배꽃

이울다

배꽃 이울다

|지은이_이영희|초판 1쇄 찍은 날_2016년 5월 12일|초판 1쇄 펴낸 날_2016년 5월 24일
|발행처_도서출판 청어람|펴낸이_서경석|편집책임_조윤희|편집_이은주, 주은영
|디자인_신현아|경기도 부천시 원미구 부일로 483번길 40 서경B/D 3F (우) 14640
|등록_1999년 5월 31일(제387-1999-000006호)|전화_032-656-4452
|팩스_032-656-4453|http://www.chungeoram.com|chungeorambook@daum.net
|어람번호_제8-0073호
|파본은 구입하신 서점에서 교환하여 드립니다. 저자와 협의하여 인지를 붙이지 않습니다.
 책값은 뒤에 있습니다. 이 책은 도서출판 청어람과 저작자의 계약에 의해 출판된 것이므로,
 무단 전재 및 유포·공유를 금합니다.

ISBN 979-11-04-90786-9 03810

배꽃
이울다

이영희 장편소설

도서출판 청어람

목차

+×+

1. 배꽃 사이로 만나다

1936년 4월, 진주군 문산면 이곡리의 밤.

휘영청 밝은 달빛 아래 배꽃이 이울어 흩날렸다. 별당에서 첫날밤
을 맞은 지안은 혼자 앉아 있었다. 잠시 후, 먼 데서 들리는 두견새
울음 사이로 발걸음 소리가 들려왔다. 단정하지 못했다. 드디어 새신
랑인 두현이 왔다.

"그대가 나의 부인이오?"

두현의 혀 꼬인 말소리가 지안의 앞에 와서 앉았다.

"어디! 명문가 규수님의 얼굴 좀 자세히 볼까나?"

무방비로 앉아 있던 지안의 얼굴이 두현의 팔 힘에 끌려 올라갔다.
두 사람의 눈이 마주쳤다. 두현의 입가는 묘하게 꼬이고 지안은 술 냄
새 때문에 머리가 어지러웠다.

"크크! 얼굴 어디에도 명문가 규수님이란 보증서는 붙어 있지 않군 그래."

'어이 이러십니까?'

지안이 눈으로 묻자 그제야 두현은 손을 놓았다.

"어디, 술 한 잔 따라보시겠소?"

두현이 불쑥 놋잔을 내밀었다. 이미 술이 꽤 취한 상태라 지안은 잔을 반 정도만 채웠다.

"잔은 채워야 제맛인 것을. 쯧! 쯧!"

놋잔은 단숨에 바닥이 드러났다.

"그건 그렇고, 계몽운동 하시는 부인의 아버님께서 어이하여 얼굴 한 번 안 뵈고 무남독녀 시집을 보내셨을꼬?"

"……."

"뼈대 있는 명문가에서는 계몽운동의 정신 따위는 따르지 않는 것이요?"

두현의 말은 혀만큼이나 꼬였다.

"밤이 깊었습니다."

지안의 음색은 맑은 파장을 일으켰다.

"하기사 그 많은 재물을 덥석 안기어주었으니 얼굴 한 번 못 본 일이 대수겠소?"

지안이 아무 말도 하지 않은 것처럼 두현은 혼자 주절거렸다.

"이만 자리에 드시지요."

"내 말에 어이하여 대꾸를 안 하시는 것이오?"

"약주가 과하신가 봅니다."

"명문가 규수께서 돈에 팔리어 왔으니 대꾸할 말이 없어 그러시오? 그렇겠지요. 무슨 대꾸할 말이 있겠소이까? 그렇게 하지요. 내 술이 과하였으니 이만 자리에 들겠소."

원앙이 놓인 비단 이불 위로 두현은 벌러덩 누워버렸다. 술잔은 상 끝에 위태하게 걸리고 두현의 등에 깔린 원앙이 금방 납작해졌다.

"아차차차!"

하지만 곧 원앙의 몸이 다시 부풀었다. 누울 때처럼 성급하게 두현이 몸을 일으켰다.

"그래도 명색이 첫날밤인데 내, 옷고름 정도는 풀어줘야겠지요."

술에 취한 두현의 손을 따라 녹원삼의 봉띠가 풀렸다. 비단 봉띠가 쓰륵 비명을 지르고 족두리에 늘어진 꽃술은 파르르 몸을 떨었다. 봉띠가 완전히 풀리자 녹원삼의 앞섶이 조금 벌어졌다. 잠시 침묵이 흘렀다.

봉띠를 잡은 채로 두현이 지안을 향해 손을 내밀었다. 싸한 냉기가 끼쳐 왔다. 두현의 손이 지안의 목덜미에 닿았다. 그대로 귓불까지 쓸어 올리더니 지안의 볼 쪽으로 자리를 옮겼다. 엄지손가락만으로 볼을 만지작거렸다.

떨림을 숨기고자 지안도 두현도 옅은 숨을 몰아쉬었다. 등줄기를 타고 올라오는 전율에 솜털이 곤두섰다.

하지만 그뿐이었다.

못할 짓을 한 것처럼 두현은 급하게 손을 거두어들였다. 그대로 다시 눕자 풀린 봉띠는 두현의 어깨 밑으로 깔려 버렸다. 그렇게 두현은 바로 잠에 들었다.

"으…… 음."

낮은 한숨과 함께 두현이 몸을 뒤척였다.

풍경처럼 앉아 있던 지안이 그제야 소맷자락을 걷었다. 손가락이 두현의 얼굴에 내려앉았다. 아주 조심스러운 동작으로 지안의 손가락 끝이 두현의 얼굴 위를 조용히 미끄러져 갔다.

두근. 두근. 두근.

미끄러지는 손길을 따라 지안의 심장이 나직하게 뛰었다.

"얼굴 한 번 못 보았다 하셨습니까? 아니요. 저는 매일 보았습니다. 생각도 나지 않는 이 얼굴을 매일 보았지요. 10년을 쉬지 않고 내리 보았어요. 이렇게 서방님 곁에 오기 위해 제가 무엇을 버렸는지 아십니까? 모르실 테지요. 꿈에서라도 모르실 테지요. 해서 그리 잔인한 말씀만을 하시는 게지요? 되었습니다. 모르고 하신 말씀이니 저는 마음에 담지 않겠어요."

속삭이는 지안의 음성을 잠에 든 두현이 들을 리가 없었다.

지안은 밝혀놓은 촛불로 시선을 돌렸다. 한숨을 내쉬더니 혼자서 족두리를 벗었다. 달빛 아래 배꽃은 새의 깃털처럼 내려앉았다.

그렇게 밤이 흘렀다.

두현은 목이 타는 듯한 갈증에 잠에서 깼다. 머리맡을 더듬어 보았다. 언제나 놓여 있던 자리끼가 손에 잡히지 않았다. 그제야 두현은 자신이 누운 곳이 지안의 방인 별당임을 기억해 냈다. 벌떡 몸을 일으켰다.

지안은 족두리와 봉잠, 채(보조비녀)만 벗고 주안상 옆에 잠들어 있었다. 모로 누운 지안의 녹원삼은 이불처럼 널따랗게 펼쳐졌다. 새벽

배꽃 이울다

녘 어스름에 떠오른 지안의 잠든 얼굴이 배꽃 같았다.

새근거리며 잠든 지안의 얼굴을 보는 두현의 입가가 부드럽게 풀렸다. 비단 이불을 짚으며 몸을 가까이 하자 바스락 비단 스치는 소리가 났다.

두현이 지안의 앞으로 가서 조용히 몸을 눕혔다. 혼례식 이후로 많이 피곤했는지 두현이 마주 누워도 지안은 미동도 없었다.

'가까이서 보니 더 선한 인상을 지녔군, 당신이란 사람! 내 그리 모질게 굴었는데도 이리 달게 잠이 든 게요?'

머리카락 몇 올이 지안의 볼에 드리워 있었다. 두현은 그 머리카락을 귀 뒤로 넘겨주었다. 살풋 웃기까지 했다. 손가락 끝에 닿은 지안의 볼이 따뜻했다. 낮게 내쉬는 지안의 숨결에서는 창포향이 났다.

'내가 무슨 마음으로 당신을 보는지 모를 테지? 이렇게 조그만 당신을 만지지 않으려 내가 얼마나 애를 썼는지 모를 테지?'

두현의 검지가 지안의 입술을 따라 선을 그렸다. 차마 입술에는 닿지 못하고 허공에서 그리는 선이었다.

'나로 하여 당신의 꿈이 어지러울 것을 아는데 모질 수밖에 없는 나의 번민을 꿈에라도 모를 테지? 앞으로 더 많은 날을 홀로 잠들며 아파야 할 당신. 하니, 이 밤에라도 달게 주무시오. 어쩌면 달게 잘 수 있는 마지막 밤이 될 것이니.'

두현이 지안에게로 더 가까이 다가갔다. 애써 억누른 욕망이 전율을 하며 조금씩 열기가 올랐다. 선을 그리던 지안의 입술 위에 자신의 입술을 살짝 포개려 했다. 마치 나비 한 마리가 날개를 접듯 조심스러운 동작이었다.

두근. 두근. 두근.

그러자 두현의 심장이 뛰었다. 아까 지안이 그랬던 것처럼.

놀란 두현이 지안의 입술로 다가가던 자신을 얼굴을 화다닥 떼어냈다. 데인 것처럼 황급히 일어섰다. 그대로 방을 나섰다.

두현은 별당의 마당으로 내려서더니 방문을 돌아보았다. 여전히 손끝에 몰린 억눌린 열기에 맥박이 미친 듯이 뛰었다. 하지만 모질게 몸을 돌려 버렸다.

'미안하단 말 따윈 하지 않을 것이요. 당신과 나, 우린 그냥 이렇게 되었소이다.'

새벽 어스름을 밟고 멀어져 가는 두현의 뒤를 이운 배꽃이 따라갔다.

아침 햇살이 배꽃을 업고 떨어졌다. 지안과 두현은 안채의 방문 앞에 나란히 서 있었다.

아침에 눈을 떴을 때 별당 방에는 지안뿐이었다. 그리고 이제야 안채에서 다시 두현을 만났다. 안채 어른들에게 아침 문안을 드릴 시간이었다.

두현은 마른 체격에 핏기가 없다. 가늘고 긴 눈은 아침이 되었는데도 온통 핏발투성이다. 입술도 거의 붉은 빛을 잃었다. 소문 그대로, 병약한 모습이었다.

어젯밤의 일이 지안의 꿈인 듯 두현은 태연하게 지안을 맞이했다. 하지만 말간 얼굴과는 달리 그의 눈빛은 이유 모를 분노에 가득 찼다. 지안의 인사에 답도 없었다.

"할아버님! 아침 문안 들었습니다."

방문을 향하는 두현의 눈빛이 금방 부드러워졌다.

"오냐! 들어오너라."

방 안에 들어선 두 사람은 절을 올렸다. 12폭 병풍을 둘러놓은 윗목에 윤 참판이 앉아 있고 조금 밑으로 시어머니 한씨 부인이 앉아 있었다.

"어흠! 잠들은 잘 잤노?"

윤 참판은 물고 있던 곰방대를 내려놓았다.

"네."

아무 일도 없었다는 듯이 두현이 답했다.

"새아가는 좋은 꿈꾸었고?"

"네……. 할아버님."

지안은 쉽게 입이 떨어지지 않았다.

"새아가! 너도 알다시피 우리 가문은 전통과 역사가 깊은 가문이라. 하니 이 집안 며느리로서 품행과 언사에 조금도 부족함이 없어야할 것이데이."

이번에는 한씨 부인의 당부가 지안에게 건너왔다.

"네! 어머님."

지안의 고개가 숙여졌다.

"무엇보다 손이 귀한 집안이다. 우리 두현이 3대 독자가 아닌가? 빨리 잉태를 하는 데 심혈을 기울이기라. 그러자고 서두른 혼사이니."

마지막 당부를 하고 윤 참판은 곰방대를 다시 들어 물었다.

"물론이죠, 할아버님."

대답을 못 하고 앉아 있는 지안을 대신해서 두현이 냉큼 대답을 했다. 그렇게 조마조마한 아침 문안 시간이 지나갔다.

오후의 햇살을 타고 배꽃이 이우는 시간, 지안은 별낭 사신의 방에서 수를 놓고 있었다.

"아씨! 별당 아씨!"

한참 손을 놀리는데 방문 밖에서 박 서방네가 지안을 불렀다. 행랑어멈이다.

"무슨 일이오?"

"사랑채에서 작은 나리가 찾으시는데예."

두현이 무슨 일로 자신을 찾는 것일까?

자신의 방을 나서면서 두현의 눈 속에 떠 있던 알 수 없는 분노가 지안의 뇌리를 스쳤다. 문안을 마치고 나와서도 두현은 지안 쪽으로 눈길 한 번 주지 않고 사랑채로 사라져 버렸었다.

외진 시골이긴 하나, 대갓집 살림답게 사랑채에는 5칸의 방이 있었다.

박 서방네가 두현의 방으로 가보라 이른 후 나가자 지안은 얼른 두현의 방으로 향했다. 두현의 방 앞에는 남자 구두가 두 켤레 놓여 있었다.

"서방님! 접니다. 찾으셨다 하시어서요."

"아, 부인! 들어오세요."

다정한 두현의 음성이 방문을 넘어 나왔다. 그 음성이 낯설었다.

방금 차린 주안상이 두현의 앞에 놓여 있었다. 그리고 옆에는 두현과 비슷한 또래의 남자가 한 명 앉아 있었다.

깔끔하게 빗어 넘긴 남자의 머리카락은 흐트러짐이 없었다. 검은 테 안경 아래의 눈빛은 맑고 깊었고, 한 벌로 맞춰 입은 회색 양복에는 주름 하나 없었다. 유난히 깔끔한, 한마디로 정갈해 보이는 남자였다.

"앉으세요. 부인."

다정한 말투지만 두현의 눈 속에 깃든 분노까지 감추지는 못했다. 지안은 두 사람에게서 멀찍이 떨어져 앉았다.

"인사할 사람이 있어 오시라 했어요. 인사하시지요. 내 오랜 지기인 허단이라 합니다. 단! 이 사람이 내 내자일세. 명문 김씨 가문의 귀한 무남독녀이시지. 김지안."

두현이 지안의 이름을 소리 내어 말하자 단의 명치끝에서 찌르르하니 가을벌레 한 마리가 울었다.

"이 친구, 경성의 경신중학교 음악 선생인데 우리 집에 잠시 머물게 되었어요."

"네."

일부러 오라 해서 인사까지 나누게 하는 두현의 마음을 지안은 모르겠다.

"본의 아니게 신세를 지게 되었습니다."

단이 깍듯한 태도로 고개를 숙였다.

"아닙니다."

지안도 같이 인사를 했다.

"부인이 이 친구를 좀 신경 써서 살펴주시오."

"알겠습니다. 인사를 드렸으니, 그럼 전 이만……."

앉은 자리가 불편하여 지안은 몸을 일으키려고 했다. 갓 시집 온 새색시가 집에 든 젊은 남자 손님을 챙길 이유는 없었다.

"잠시만 기다리세요. 내 오랜 벗과 술을 나누려고 하는데 사내끼리의 대작이 워낙에 어색해야 말이지요. 분주하지 않으면 술 한 잔씩만 따라주고 가시지요."

두현의 말에 일어서려던 지안도 놀라고 앉아 있는 단도 놀랐다.

"그만두게, 이 사람. 이 무슨 결례인가?"

단이 두현을 만류했다.

"뭐 어떤가? 서방님의 절친한 지기한테 술 한 잔 따르는 게 무에 그리 대수라고?"

"서방님! 이만 나가보겠어요."

지안의 몸이 완전히 일어섰다.

"어허! 앉으라는데도요!"

두현의 몸이 술상 너머로 반쯤은 나왔다.

"네! 그만 나가보십시오."

단이 두현의 몸을 붙들었고 지안은 일어나 방을 나갔다.

"흥! 그래…… 양갓집 규수는 서방님의 벗에게 술 한 잔을 못 따른단 말인가?"

"두현! 왜 이러나? 엄연히 법도가 있는 법인데."

"법도는 무슨 얼어 죽을? 경성에서나 내 동경 유학 시절에나 이젠 자유연애가 봄에 배꽃이 피는 것만큼이나 자연스러운 일인데, 그래 먼 길 온 내 친구에게 그만한 대접 하나를 못 해?"

"그만두라는데도, 글쎄. 내 언제 별당 아씨 술시중을 받고자 하던가?"

"별당 아씨는 무슨! 그냥 지안 씨라 부르면 그만일 것을. 신식 물 먹은 자네도 명문가 아가씨 앞이라고 시간을 거꾸로 거스르는 겐가? 흥!"

"혼례를 치른 줄도 모르고 들이닥친 내가 불청객이지."

"내 일생의 하나뿐인 진실한 벗을 누가 감히 그리 말해?"

"알았네. 알았어. 그만 잔이나 채우게."

단이 다독이자 그제야 두현이 다시 잔을 채웠다.

하지만 거나하게 술을 들이키는 두현과는 달리 단은 잔을 쥐고서 가만히 앉아 있었다. 힘을 준 손바닥에 술잔이 배겼지만 단의 마음만큼은 아니었다. 단은 지안이 걸어 나간 방문 쪽에 온통 신경이 쏠렸다.

단은 설마 했다. 아닐 것이라고 끝까지 믿고 싶었다. 하지만 문을 열고 들어온 그 모습은 딱 단의 기억 속 그 모습이었다. 그래서 두현의 입을 통해 '김,지,안'이라는 이름 세 글자가 확인되었을 때 단의 심장은 소리를 내며 내려앉았다.

행복해진 지안을 멀리서 지켜보는 것밖에 할 수 없을지라도 지금보다는 나을 것이었다. 막연하게 소원했던 지안의 행복은 이제 확연히 드러난 불행이 되었다.

단은 이를 악물었다. 시간이 많은 것을 해결해 준다는 것은 다 거짓말이었다. 어느새 단은 열다섯 살 소년의 마음으로 돌아가 버렸다.

급하게 잔을 들이켜는 것으로 마음을 숨기는 두현도 후회를 했다.

'조금은 다정하게 말을 해주어도 되었을 텐데.'

말간 지안의 눈동자가 자신을 쳐다볼 때 두현의 마음에서도 가을 벌레가 울었다. 찌르르 울리는 그 떨림은 술이 넘어가도 멈추지가 않았다.

자신의 아내가 된 지안. 언제든 자신이 안을 수 있는 여인.

하지만 두현은 고개를 저었다. 욕심내어서도, 욕심을 낼 수도 없다. 그러니 숨겨둔 마음은 절대 들키지 말아야 할 것이었다.

막 사랑채 대문을 나섰는데 누군가가 지안을 불렀다. 어제 혼례식 전 잠시 얼굴을 보았던 두현의 여동생 선아가 지안을 보고 있었다. 고데기로 컬을 넣은 선아의 머리가 멋스러웠다.

"선아 아가씨!"

이름이 불리자 선아는 경쾌한 걸음으로 지안에게 다가왔다. 활기가 넘쳤다. 멋을 내어 컬을 넣은 머리가 선아의 성격을 그대로 보여주고 있었다.

"많이 고단하시지요?"

지안에게 다가온 선아의 말이었다. 어제처럼 활기찬 모습이다. 지안은 말없이 웃어주었다.

"격식 따지기 좋아하시는 우리 할아버님! 어쩌자고 혼례를 우리 집에서 올려서는. 새언니 잠시 숨 돌릴 틈도 없네요."

원래 혼례식은 신부의 집에서 하는데 신랑이 신부의 집으로 가서 직접 신부를 맞이하므로 그 전체 절차를 친영(親迎)이라고 한다. 초행(醮行)이라 하여 신랑이 혼인식을 위해 신부의 집으로 가고 신랑이

나무 기러기를 장모에게 바치는 전안(奠雁) 절차가 있다.

그런 다음 본식이 이루어지는데 신랑 신부는 맑은 물에 손을 깨끗이 씻은 후 마주 선다. 신부가 먼저 두 번 절을 하면 신랑은 한 번의 절로 화답하기를 두 번 반복하는 교배(交拜). 그 다음 신랑 신부가 술잔을 나누는 합근(合졸)으로 본식 자체는 끝이 난다.

혼례식을 올린 후 신부의 집에서 초야를 치른다. 아마도 신부를 배려하는 마음에서일 것이다. 다음 날 신랑이 신부와 함께 자신의 집으로 돌아가는데 이것을 신행(新行)이라 한다.

신랑의 집에 도착해서 첫인사를 드리는 것은 현구고례(見舅姑禮)라 하는데 이때 신부는 폐백(幣帛)을 드린다. 폐백을 받은 시부모는 신부에게 다홍치마와 저고리, 삼작노리개를 내린다.

그리고 다음 날 다시 신부의 집으로 인사를 가는 근친(覲親) 절차가 있는데 이것이 모든 혼례식 절차의 마지막이다.

하지만 두현의 집에서 혼례식이 있었던 터라 이미 어제 폐백까지 모든 순서가 끝이 났다. 게다가 지안의 아버지 일국은 야학의 일이 바쁘다며 근친을 오지 않아도 된다고 하였다.

"고단하기는요. 잠시 서방님께 들었다 가는 길이에요."

"서운하지 않으세요? 본댁 어르신도 바로 돌아가 버리시고 근친도 가지 않고."

"조만간 가 뵐 수 있을 테지요."

"본댁 아버님께서는 계몽운동을 하시는데, 새언니에게는 벙어리 삼 년, 귀머거리 삼 년을 그대로 가르쳐서 보내셨나 봐요."

"네?"

"무슨 말을 물어도 조곤조곤 그리 답을 하시니 궁금하여 물어본 말이죠."

"아, 네."

"새언니가 이리 조신하시니 저만 경망스럽다 어머님께 불호령을 맞았어요."

선아가 괜한 너스레를 떨었다. 지안은 잔잔한 미소로 두 손을 모아 쥐었다.

"두현 오라버니에게 가는 길입니다. 경성에서 손님이 오셨어요. 혹 새언니도 보고 나오신 길이세요?"

"네. 뵈었습니다. 들어가 보세요."

"그럼."

지안을 뒤로하고 선아는 사랑채로 들어갔다. 지안도 다시 별당으로 걸음을 옮겼다.

"아씨! 작은 나리가 왜 찾으신 거라예?"

지안이 별당으로 들어서는데 슬아네가 마루에 앉아 있다가 몸을 일으켰다.

"유모!"

지안의 얼굴이 밝아졌다. 사랑채에서 묻혀 온 어두운 기운을 애써 감추었다.

"별당에는 어인 일이요? 나를 기다린 게요?"

"예―. 사랑채― 작은 나리랑은― 별일 없었―어예?"

"유모도 참! 어찌 그리 묻소? 경성에서 손님이 오셔서 인사드리고 왔소."

"그라믄 별일은 없었네예."

"유모도 참! 무슨 그런 걱정을. 내가 어린애요?

"지 눈에는 백 날 천 날이 지나도 마냥 어린 아씨지예."

지안을 낳기 전부터 어머니는 병약하였다. 슬하에 자녀라고는 지안 하나뿐인데도 젖 한 번 물려주지 못했다. 태어난 그날부터 젖을 먹여 가며 21년을 알뜰히 지안과 함께한 유모 슬아네였고 시집에까지 따라왔다.

"참! 그리고 야는 행랑채 아이인데예, 잔심부름 있으시믄 언제든 불러 시키이소."

슬아네가 옆에 서 있는 처녀 아이를 가리켰다.

"아씨! 지는 정이라 합니더."

정이가 꾸벅 인사를 했다. 행랑아범인 박 서방의 딸이었다.

"정이라고? 그래. 앞으로 친근히 지내도록 하자꾸나."

지안은 정이를 보며 다정하게 웃어주었다. 정이는 지안의 그 모습이 배꽃을 닮았다고 생각했다.

배꽃이 이우는 사이로 오후의 햇살은 꿈처럼 흩어졌다. 지안은 두현의 약을 챙겨 사랑채로 가고 있었다.

마당엘 막 들어서는데, 단이 서 있었다. 아까와는 다르게 양복 재킷을 벗고 편안한 셔츠 차림이었다. 다림질이 잘된 단의 셔츠 깃에 배꽃이 또르르 스쳐 떨어지며 향기를 묻혔다.

단의 눈길이 지안에게 와 멈추었다. 지안의 걸음도 멈추었다. 잠시 서로를 바라보는데 두 사람의 사이에 이운 배꽃이 봄눈처럼 내려앉았다.

"집을 둘러보는 중이었습니다."

단은 지안의 손에 들린 두현의 약사발을 보았다. 단의 가슴이 서늘하게 말라왔다. 말라서 퍼석거리며 먼지가 오를 지경이었다. 단은 애써 목청을 가다듬었다.

"예전과 조금도 변한 것이 없네요. 그리고…… 아까는 결례가 많았습니다."

"아닙니다."

"두현이 그런 청을 할 줄이야! 저 또한 적이 당황하였습니다."

"선생님께서 이리 말씀하실 일은 아니지요."

"혼인을 하시는 줄도 몰랐습니다. 알았다면 들르지 않았을 터인데요. 괜히 분주하게 해드리는 게 아닌가 싶습니다."

"아닙니다. 계시는 동안 편히 머무십시오. 그래야 저의 마음도 편할 것입니다."

"그리 말씀해 주시니 감사합니다."

"서방님의 약을 챙기러 가던 길입니다."

이제 그만 가야겠다는 지안의 말이다.

"이런! 약이 식었겠습니다. 얼른 가보시지요."

단에게 인사를 하고 지안은 다시 사랑채로 발걸음을 옮겼다.

그런데 이상했다.

지안의 등 뒤로 단의 시선이 느껴졌다. 낯설면서도 친숙한 느낌이었다. 가만히 서 있는 것인지 움직이는 기척도 들리지 않았다. 지안은 조바심이 나서 저릿하게 조여오는 가슴을 애써 눌렀다. 걸음을 빨

배꽃 이울다

리해서 얼른 단의 시야에서 사라졌다.

지안의 짐작대로 단은 꼼짝도 못하고 서 있었다. 공기 중에 떠도는 창포향에 갇혀 버렸다. 방금 스쳐 지나간 지안이 남겨두고 간 향기였다.

'지금은 행복하실 줄 알았습니다. 한데 왜? 어찌하여 두현과 혼인을 하신 것입니까?'

지안에게 묻지 못한 물음이 단의 입속에서 맴돌았다. 여전히 슬픔에 갇힌 지안의 모습에 단의 마음이 아렸다. 머리에 꽂힌 지안의 비녀는 비수처럼 단의 가슴을 찔렀다.

아린 배꽃 향기가 공기 중에 진동을 했다.

두현과 지안은 벌써 10분째 실랑이 중이었다. 두현은 누워 있고 지안은 약을 먹이기 위해 채근했다.

"약이 다 식었습니다. 그만 일어나세요."

김이 오르던 약사발이 이제는 싸늘했다.

"싫대도 그럽니다."

"안채 할아버님 아시면 역정 내십니다."

"아— 글쎄 싫대도요!"

지안이 다가앉은 반대쪽으로 두현은 몸을 돌려 버렸다.

"약을 아니 드시니 식욕도 없으신 거여요. 약을 드시고 나면 제가 가서 상을 봐오겠습니다."

"싫다니까! 초밥을 먹고 싶다 벌써 몇 날을 얘기했거늘, 난 그만 밥이고 뭐고 다 싫소이다."

"서방님 좋아하시는 조기를 구워드리겠어요."

"조기는 무슨! 내 언제 조기가 먹고 싶다 했소?"

"여기는 일본이 아닙니다. 시골 산중에서 초밥은 어찌 구해오라 이리 억지를 쓰십니까?"

"무에라고요? 억지를 쓴다고요? 양갓집 아가씨는 그렇게 서방님을 가르치라 배우신 게요? 내 여기가 일본이 아닌 줄 모르는 것도 아닌데."

"그러니 어서 약을 드시고 식사를 하셔요."

지안은 들고 있던 약사발을 두현에게 내밀었다.

"어허— 글쎄! 싫다는데!"

두현이 손을 강하게 내저었다. 그 손끝이 약사발에 부딪쳤다.

타악!

약사발이 날아올랐다. 그러더니 저만치 구석으로 가 굴러 떨어졌다. 방바닥에 갈색의 약물이 어그러진 무늬를 그렸다.

지안은 크지도 않은 방이 끝도 없는 허허벌판처럼 느껴졌다. 하지만 내색 없이 약사발 쪽으로 다가갔다. 손수건을 꺼내 약물을 닦아냈다. 약물이 묻는 것은 손수건인데 정작 지안의 마음에 얼룩이 졌다.

"그러게 진작 나갔으면 이 사달도 없을 것을. 앞으로 약 시중도 행랑채 이들에게 보라 하시오."

지안은 보지도 않고 두현이 이불까지 뒤집어썼다.

"약은, 다시 들이겠어요."

이불에 가려 얼굴도 보이지 않는 두현을 두고 지안은 방을 나갔다.

지안의 기척이 방에서 완전히 사라지자 돌아누웠던 두현은 다시

배꽃 이울다

몸을 돌렸다. 이불을 내리고 지안이 나간 방문 쪽을 바라보았다. 사납기만 하던 두현의 눈빛이 흔들렸다. 이 사이에 입술이 물리고 미간은 좁아졌다.

"자꾸 이러면 날더러 어쩌라고? 어리석은 사람! 가여운…… 사람!"

가여운 사람이라 읊조리는 두현의 음성은 차라리 한숨이었다. 다시 이불을 뒤집어썼다.

두현의 방을 나선 지안은 마루 기둥 옆에서 걸음을 멈추었다. 물끄러미 먼 산을 올려다보았다. 기억 속 그날의 하얀 배꽃이 지안을 마주보았다.

한순간, 배꽃이 흐릿해지고 혼례를 치르기 전 아버지 일국과 나누었던 대화가 떠올랐다.

"지안아! 애비는 아무래도 이 혼인은 시키는 게 아니다 싶구나."

"그런 말씀일랑 마세요. 시집가는 딸에게 하실 말씀이 그것뿐이셔요?"

"애비의 처지가 이렇지 않고 네 고집이 웬만하다면 너를 보내지는 않을 것이야."

"이 혼사는 무엇보다 제가 원해서 하는 것이에요. 아버질랑 아무 근심을 마세요."

"신랑 자리가 몸도 성치 않고 심성마저 온전치 않다는데."

"소문이야 늘 과장되기 마련이지요."

"근거 없이 소문이 나지는 않는 법. 혼인의 약조야 너의 조부님이 하셨다만 그 집안이 변절하면서 이미 그 효력을 잃었어."

"아버지! 이 자리가 아니면 싫다 말씀드렸어요."

"고집이라고는 없던 네가 어찌 이리 강경한지 이 애비는 당최 헤아릴
수가 없구나."

"제가 가서 성심껏 잘 하도록 하겠어요. 그리고 이 혼사를 치르고 나
면, 아버지도 더 이상 순사들에게 끌려가 치도곤을 당하시는 일도 없
을 테지요."

"지안아! 네 혹시 이 애비 때문에……."

일국은 더 말을 잇지 못하고 목이 메었다.

경성 생활을 정리하고 이곡리로 내려와 농촌계몽운동에 바쳐온 세월.
수차례 진주경찰서에 불려갔고 나올 때마다 몸에는 상처와 병이 늘었
다. 게다가 요즘 들어서 부쩍 건강이 악화되었다. 하나뿐인 혈육, 지
안의 짝을 지어놓아야 안심할 수 있을 것 같았다. 그래서 서두른 혼
사였는데, 지안은 기어이 친일의 길을 가는 윤 참판 집을 고집하였다.
일국의 마음이 참담하였다. 윤 참판의 그늘이라면 아버지를 보호할
수 있으리란 계산이 지안에게 있음을 알기에.

"제가 원한 혼사예요. 하니, 전 정말 괜찮아요."

지안은 낮게 웃었다.

배꽃이 다시 선명해지면서 지안은 생각에서 깨어났다. 아버지와 자
신 모두를 위한 선택이었다고 믿었다. 그러니, 최선을 다할 것이다.

막 마루를 내려서려는 참이었다.

기역자로 꺾인 사랑채의 건너편 방문이 열렸고 방문 바로 앞에는

단이 앉아 있었다. 비스듬히 돌아앉은 단의 어깨 위로 봄날의 햇살이 쏟아졌다.

지안은 소리를 죽이며 발걸음을 옮겼다.

"잠시만……."

하지만 노둣돌까지 채 다다르지도 않았는데 단이 지안을 불렀다.

"닦으십시오."

어느새 방을 나선 단이 지안에게로 다가왔다. 그리고 내민 단의 손에는 손수건이 들려 있었다.

'무엇입니까?'

어리둥절한 지안이 눈으로 물었다.

"약물이 묻었습니다."

지안은 그제야 자신의 모습을 내려다보았다. 노란 저고리 앞섶에 갈색 약물이 얼룩져 있었다.

"어른들 보시면 걱정하시겠네요."

들고 있는 소반에 단이 손수건을 얹어주었다. 구김 하나 없이 다림질이 되었다. 단처럼 정갈한 손수건. 모든 것을 다 지켜보았구나 싶어 지안은 당혹스러웠다.

"고맙습니다."

이 사람은 누구에게나 이리 친절하고 다정한 사람인 걸까? 분명 처음 보는 이인데 저 눈빛은 왜 친근하게 느껴지는 걸까? 혹여 한 번이라도 내가 보았던 사람일까? 아닌데?

머릿속에 수많은 물음표를 담고 지안은 사랑채를 나왔다. 그래서 자신의 도드라진 맥박 소리는 단지 당혹감 때문이라고 생각했다.

방으로 돌아온 단은 밖을 보지 않으려고 애를 썼다. 한참 생각에 잠겨 멍하니 서 있던 지안을 지켜본 자신을 지안이 느끼지 못했기를 바랐다. 하지만, 이기지 못할 힘으로 단의 시선은 지안을 따라 나섰다.

"보지 말아! 단! 제발!"

애써 다짐을 해보지만 힘겨운 싸움이었다. 고개를 돌리는 단의 목 덜미가 뻐근했다.

이운 배꽃의 꽃술이 공기 중에 떠돌았다. 남겨진 지안의 향기는 단의 방 안을 떠돌았다.

✛ ✕ ✛

행랑어멈인 박 서방네는 사랑채 단의 방을 청소하는 중이었다.

단은 방을 나가기 전, 서탁 주변은 건드리지 말아 달라고 당부를 하였다. 하지만 박 서방네는 아랑곳하지 않고 서탁 청소를 했다.

서탁 밑 얕은 선반을 닦으려 할 때였다.

달칵!

가지런히 놓아둔 책 너머에서 무엇인가 부딪치며 소리를 냈다. 박 서방네가 너무 힘을 주어서 서탁이 흔들린 모양이었다.

호기심에 책들을 들어내었다. 책 뒤쪽으로 무언가 감추어져 있었다. 아무도 없는데 괜히 주위를 둘러본 박 서방네는 그것을 꺼내어 들었다.

노란 노리개!

박 서방네의 손을 따라 나온 것은 노리개였다. 반으로 갈라진 불꽃 모양의 노란 몸체 아래에 무지개색의 술이 늘어졌다. 쌍으로 맞춘 노리개의 한 짝이었다.

"이게 뭐꼬? 노리개 아이가?"

박 서방네는 노리개를 자세히 쳐다보며 이리저리 돌려보기도 했다.

"한데 모냥이 참말로 특이하구만. 거다, 쌍노리개라? 허 선상님 연정을 품은 분이 계신가 보네. 쌍으로 맞춘 노리개를 이리 소중하게 지니고 댕기시다니. 우떤 분이신가 참말로 좋겠데이. 우리 허 선상님 연모를 받으시다이. 이리 혼자서 숨겨두고 보시다니! 아이고메! 쌩 샌님이신 줄로만 알았더만."

푸히힛—!

박 서방네가 행주치마로 노리개를 닦더니 입을 가리고 웃었다.

지안은 후원 연못의 비단잉어들에게 먹이를 주러 온 길이었다. 하지만 채 연못가에 다다르지도 못하고 대바구니를 든 지안의 몸이 멈추었다.

연못가 대나무 장의자에 앉은 단이 물속으로 먹이를 던져주고 있었다. 박 서방네가 청소를 하느라 방을 비워주고 연못가에 와 있는 참이었다.

먹이를 던질 때마다 단의 흰 셔츠 어깨 부분이 오르락내리락했다. 말끔히 빗어 넘긴 머리카락이 두세 가닥 흘러내렸다. 부드럽게 풀린 눈빛에는 연못의 물빛이 서렸다. 음악을 하는 손등 위에서 부서지는

4월의 햇살이 눈이 부셨다.

지안은 그렇게 잠시 단을 보다가 몸을 돌리려 했다. 눈이 부시다는 생각을 한 자신에게 스스로 놀랐다.

그때, 단도 청소가 다 끝났으리라 싶어 사랑채로 돌아가려던 참이었다. 막 일어서는데, 그의 시선 끝에 지안이 잡혔다.

"혹여 비단잉어 먹이를 주러 오신 길입니까?"

대바구니에 찐보리가 담겨 있는 것을 단은 보았다.

"네."

"이런! 제가 빨랐습니다. 슬아네 아주머니가 누룽지를 나눠주시어서요."

"비단잉어들 먹이는 제가 챙겨 주마고 했는데."

"저도 잉어들에게 먹이 주는 일이 좋습니다."

"손님께 그런 수고를……."

"즐거워서 하는 일인데 상관없습니다."

다정하게 웃는 단의 입꼬리가 올라갔다.

"하지만 본시 잉어란 배가 부른 후에도 먹기를 쉬지 않는 생물이니 순번이라도 정해놓고 다녀야겠습니다."

순번이라는 표현을 하는 단의 말이 재미있었지만 지안은 속으로만 웃었다. 자신에게 손수건을 건네주던 어제의 기억이 여전히 민망스러웠다.

"들어가십시오. 오늘은 제가 준 걸로 되었습니다."

단이 누룽지가 묻은 손바닥을 털어냈다.

지안이 사라지고 단은 후원에 혼자 남았다. 하지만 단의 눈에는 가고 없는 지안이 담겼다. 자기가 가라고 해놓고 보내지 못한 그 모습이 담겼다. 가라고 하고 싶지 않았다. 아니, 가라고 했지만 지안이 가지 않기를 바랐다.

마음은 다 숨겨둔 줄 알았다. 그렇게 살아왔고 그렇게 훈련했다. 10년의 시간 동안 늘 이곡리로 마음 속 냇물이 흘렀으나 애써 꽁꽁 얼려두었다. 그렇게 평생 얼음을 지고 살 것이라고 단은 생각했었다.

하지만 이곡리의 봄볕을 만나자마자, 배꽃의 꽃바람이 와 닿자마자 해빙이 시작되었다. 조그맣게 실금이 가기 시작하더니 이제 깨어지는 소리가 요란했다. 이렇게 허술하게 깨어질 무장인 줄은 단은 몰랐다.

새신부의 노란 저고리는 갓 빻아놓은 생강가루 같았다. 다홍색의 치마 위로는 다소곳하게 손이 놓였다. 길지는 않지만 가는 목이, 시원스럽게 쌍꺼풀이 진 눈이, 속이 내비치게 맑은 눈동자가 초상화처럼 단의 뇌리에 떠올랐다.

연지를 바른 발그레한 입술에까지 단의 생각이 이르렀을 때였다.

"정신 차려라! 그녀는, 그녀는 두현의 아내다!"

단은 세차게 고개를 저어 생각을 흩어버렸다. 검은 테 안경 사이로 단의 머리카락이 흩어졌다. 담겨 있던 지안의 모습도 흩어졌다.

잠시 후 단도 연못가를 떠났다. 4월의 배꽃이 팔랑거리며 향기를 풍겼다.

단이 사랑채 문으로 들어서려는 참이었다. 정이가 저만치에서 다가왔다. 어린뿌리가 내린 완두콩이 가득 든 대바구니를 들었다. 4월 초순이라 파종할 시기가 되었다.

"애! 넌 누구냐?"

자신이 가르치는 학생을 만난 것처럼 단은 정이에게 다가갔다.

"행…… 행랑채에 정이라고 합니더."

"한데 뭘 그리 들고 가는 게야?"

"완…… 완두콩이라예."

"싹이 벌써 난 것 같은데."

단은 신기하다는 듯이 어린뿌리가 내린 완두콩을 만져봤다.

"여기서는 완두콩을 이렇게 해서 먹는 게야?"

"아…… 아니라예. 요 앞밭에 심을 겁니더."

"오호라! 그러니까, 종자콩이로구나!"

대단한 발견이라도 한 것처럼 단의 입가에 탄성이 걸렸다.

"마, 맞아예."

정이의 목소리가 기어들었다.

"무겁겠구나. 이리 주련! 들어다줄 테니."

"안 돼예. 안채 어르신들 보시면 혼납니더―."

"지금 낮잠들 주무실 시간인데 어떠냐? 괜찮아. 이리 다오."

단의 손으로 정이가 들었던 대바구니가 옮겨갔다. 잠시 손가락 끝이 스치는데 정이의 귀 뒤가 빨개졌다.

단의 긴 다리가 먼저 성큼성큼 걸어갔다.

'선상님! 딱 10년 만이라예. 감히 마이 보고 싶었다고 혼자서만 얘기하는 것은 괜찮지예? 선상님은 지를, 기억하지도 못하시니께―. 그러니까, 괜찮지예?'

앞서가는 단을 보면서 정이는 달아오른 귓볼을 눌렀다. 그 눈빛이 젖어들었다. 터질 듯이 두근거리는 자신의 심장 소리를 단이 듣지 못했기를…….

휴우!

후원을 떠나며 지안은 숨을 크게 들이켰다. 이유는 모르겠지만 단을 만나면 숨을 쉬는 당연한 일도 괜히 힘이 들었다.

황급히 부엌으로 돌아온 지안은 찐보리가 든 대바구니를 부뚜막에 내려놓았다. 오늘도 후원 연못가를 떠나오기까지 단의 시선이 지안의 뒤를 따라왔었다.

그럴 리가 없는데, 그런데 왜 자꾸만!

자신을 대하는 단의 태도와 말투는 너무나 다정했다. 잠깐 잠깐 건너오는 마음 씀씀이도 깊이가 느껴졌다.

하지만 왜 나한테?

의아하면서도 그런 생각을 하는 자신이 지안 스스로 너무 이상했다.

잠시 후, 지안이 부엌에서 나왔다.

그때, 막 옆으로 비끼어 지나가는 두 사람이 보였다. 단이 완두콩이 든 큰 대바구니를 들었고 그 뒤를 정이가 강아지처럼 순하게 따라갔다. 정이를 보는 단의 눈빛이 자신을 보는 것만큼이나 따스하다는 것이 느껴졌다.

"콩은 정이 너 혼자 심는 게냐?"

"힘든 일도 아이라예. 혼자 심어도 두 식경(한 시간)이면 거뜬합니더."

"내가 도와주고 싶은데…… 그러면 안 되겠지?"

"옷만 버리실라꼬예. 그라고 그리하믄 지가 진짜 혼이 납니더."

"알았어. 하면 텃밭까지 들어다만 주마."

"고맙십니더."

정이를 신경 써주는 단의 마음이 그대로 느껴지는 대화가 지안의 귀에 들려왔다.

"그래. 역시 그런 거지. 누구에게나 친절한 분이구나. 저분은……."

그래서 단은 자신에게도 그렇게 친절한 모양이었다. 괜한 생각을 하였구나 싶어 지안은 혼자서 웃었다.

봄 햇살이 살갑게 내리고 햇살 따라 배꽃은 이울었다.

기억을 안은 배꽃.

비밀을 안은 배꽃.

설렘을 안은 배꽃.

10년 전 기억 속과 똑같은 그 배꽃이.

배꽃 이울다

2. 마음속에 쌓여가는 배꽃

이운 배꽃이 공기 중에 떠돌았다.

이곡리는 근동에서도 배꽃이 아름답기로 소문이 났다. 보통 4월 초·중순에 꽃잎을 다 떨어뜨리는데 이곡리의 배꽃은 4월 한 달을 꽉 채운 후에 이울었다. 마을 곳곳에서 배꽃 향기가 시리게 풍겼다.

"지안 아씨! 힘들지 않으셔예?"

"괜찮우. 다들 하는 일인데 나라고 힘들 게 무에요?"

"지들 같은 무지랭이들이야 허구한 날 하는 일이지만 귀한 우리 아씨야ㅡ."

"내 언제 반상의 구별, 그런 걸 따지는 사람이오?"

드넓은 윤 참판의 배 과수원에는 행랑채 사람들과 인근 아낙들이 모두 나와 배꽃을 솎았다. 거기에 별당 아씨인 지안과 슬아네, 정이도 섞여서 조금 멀찍이 서 있었다.

"아이구! 허 선상님 나오셨구만예."

옆에서 일을 하던 슬아네가 갑자기 반색을 했다. 지안과 정이는 그 말을 따라 눈길을 돌려봤다.

등 뒤에 단이 서 있었다. 산길을 올라오느라 힘이 들었는지 제일 윗 단추를 하나 풀어놓은 채로. 설핏, 도드라진 단의 목덜미가 퍼렇게 드러났다.

"네. 배꽃 솎기는 어떻게 하는 건가 궁금하기도 하고 바람도 쐬고 싶고 하여 겸사겸사 나와보았어요."

단이 지안네 쪽으로 한 걸음 다가섰다. 정이는 지안의 뒤쪽으로 물러났다.

"가을에 열매 잘 맺으라꼬 군데군데 꽃을 따주는 것이라예. 이리 정성을 들여 꽃을 솎아주어야 실한 배가 맺히는 법이지예."

슬아네의 목소리에 담긴 반가움이 더 짙어졌다.

"정말 이곡리의 배꽃은 다른 곳의 배꽃과는 다르군요. 이만큼이나 배꽃이 담백하고 정갈하게 피어나는 곳은 아마도 여기뿐일 겁니다."

"배꽃을 잘 솎아주니 더 장관이지예."

"늘 이렇게 동리 분들이 다 모여 일을 하시나 봅니다."

"그러지예. 배꽃 솎기를 할 때, 쫌 있다 인공수분을 할 때, 그리고 수확기에 다들 돌아가며 일손을 거두는 게 시골 인심 아니겠습니꺼?"

"그렇군요. 한데 배꽃 솎기를 해주지 않으면 어찌 되는 것입니까?"

"아까도 말씀드렸지만 그라믄 가을에 결실이 적고 씨알도 잘게 맺히지예."

배꽃 이울다

"하긴 꽃이나 사람이나 정성을 들이고 잘 돌봐주어야 좋은 꽃도 피고 좋은 열매도 맺는 법일 겁니다."

"암요."

"참! 그리고 이것……."

단이 갑자기 지안을 향해 무언가를 불쑥 내밀었다. 뒤로 돌렸던 단의 오른손에 정갈하게 손질된 들꽃 묶음이 있었다. 자주색 각시붓꽃과 샛노란 황매화가 한 묶음이다. 단의 긴 손가락에는 들꽃의 향기가 묻었다.

"올라오는 길에 들꽃이 하 예쁘게 피었길래 좀 꺾어와 보았습니다. 두현이 그 친구 방에 꽂아두고 보라 하면 심심파적이 될 듯하여서요."

"고맙습니다."

두현에게 줄 들꽃 묶음인 것을 알자 지안은 받아들었다.

"손질을 한다고는 했지만 다시 한 번 손보시어 꽂아두세요."

"네."

"이런 날 두현이 그 친구도 나와서 산바람도 쐬고 하면 좋을 텐데요. 언제 함께 산보나 나와보시지요."

"마음 써주셔서 고맙습니다. 그리하겠습니다."

"한데, 인공수분은 또 어찌 하는 것입니까?"

꽃묶음을 받아든 지안에게서 몸을 돌린 단이 슬아네를 보았다.

"예, 배꽃은 원황꽃과 신고 두 가지가 있습지예. 그중에 원황꽃은 혼자 수분이 되어 과실이 맺히는데 신고배는 혼자서는 수분이 안 됩지예. 해서 원황꽃의 꽃가루를 내어 신고배 꽃에다가 묻혀주는 것이 인공수분이구만예."

"일손이 분주하시겠네요."

"아이라예. 이런 것들을 다 열심히 하니께 우리 문산 배가 상품에 맛 좋기로 그리 유명한 것 아니겠십니꺼?"

"오늘 아주머니께 제가 많은 것을 배웁니다."

"학상들 가르치시는 선상님이신데 무신 그런 말씀을예."

슬아네는 손사래를 치면서도 아주 좋아 죽겠다는 얼굴이었다.

"그럼 전 이만. 괜히 옆에 서서 방해만 되겠습니다."

덜 자란 들풀 위로 단의 구둣발 소리가 저벅였다. 어린 풀내음을 풍기며 단은 다시 아래로 내려갔다. 정이의 시선은 남모르게 그 뒤를 따라갔다.

"아이쿠! 우리 허 선상님은 참 다정다감하기도 하시지. 게다가 이 꽃 가려 꺾은 것 좀 보서예. 두 번 손볼 게 없겠구만예."

지안은 말없이 꽃묶음을 들여다보았다.

"여자로 났으면 자고로 저런 사낼 만나 사랑을 받아야 할 것인디. 언제든 구김 하나 없이 반듯한 입성에 뉘에게나 친절하고 다감한 음성. 게다가 모습은 또 올매나 날렵하고 훤칠하세예? 뵐 때마다 제가 다 가슴이 뛰는구만예. 에이구! 사랑채 작은 나리와 가까운 지기시라며 어찌 저리 모습이나 성정이나 판이하신지. 안 그러냐? 정이야!"

"마, 맞아예."

"이제 내도 그만 내려가려오. 꽃이 시들기 전에 꽃기도 해야겠고."

두현을 탓하는 말을 더 듣기가 싫어 지안은 몸을 돌렸다.

"그러시겠어예? 그럼 쉬엄쉬엄 내려가서예."

지안이 멀어지자 슬아네와 정이는 사람들이 모여 있는 곳으로 걸

배꽃 이울다

음을 옮겼다.

지안은 들꽃 묶음을 안고 산길을 내려갔다.

먼 데서는 봄잠에 겨운 뻐꾸기 울음이 들려왔다. 구불렁구불렁 이어진 산길 옆에는 봄까치꽃, 별꽃, 냉이꽃이 지천으로 피었다.

그때 지안의 뒤 어디에선가 단이 나타났다. 과수원을 더 둘러보느라 늦은 터라 지안이 먼저 산길을 내려가고 있었다.

뒤에 선 자신을 지안이 눈치채지 못하자 단은 발소리를 죽이며 따라갔다. 지안이 디딘 발자국을 밟으며 지안의 고무신 자국에 자신의 구두 발자국을 겹쳤다. 여린 봄풀들은 몸을 누였다.

바스락대는 지안의 비단 치마 옆으로는 저고리 고름이 보였다 숨었다 했다. 찌르르하니 단의 명치끝이 전율을 했다.

멈칫!

그런데 얼마 가지 못하고 갑자기 지안의 발걸음이 멈추었다.

검은 원피스를 입은 열한 살의 지안이 앞쪽에서 달려오고 있었다. 너무 서두르느라 그만 넘어지고 말았다. 무릎에 금방 발갛게 피가 맺혔다. 뒤따르던 열다섯 살 소년이 다가와서 지안을 들여다보았다. 고개를 숙이고 있어 얼굴이 보이지 않았다.

손수건을 꺼내어 지안의 무릎에 묶어주었다. 발갛게 내비치던 피가 금방 멎었다.

경신중학교 교복을 입은 소년이 이번에는 지안에게 등을 내밀었다.

"업어줄까?"

돌아앉아서 여전히 얼굴이 보이지 않는 소년이 다정하게 물었다. 고개를 끄덕이고 그 등에 업히면서 지안의 볼이 빨개졌다.

10년 전 기억 속의 한 장면. 열다섯 살 그 소년이 바로 두현이었다.

지안이 낮게 웃으며 다시 걸음을 옮겼다. 하지만 기억 속의 장면을 바라보느라 바로 앞에 튀어나온 돌멩이가 있는 것을 보지 못했다.

휘청!

돌멩이에 한 발이 걸리면서 지안의 몸이 기울었다. 이대로 넘어지 겠구나 낭패감을 느꼈다. 그래도 들꽃 묶음은 망가지지 않게 몸 쪽으로 빠짝 당겨 안았다.

하지만 지안이 넘어지는 것보다 단이 달려오는 것이 더 빨랐다. 달려와 손을 내민 단이 급히 지안의 한 팔을 붙들었다.

"앗! 허…… 선…… 생님?"

팔을 잡힌 지안은 그제야 자신을 뒤따르던 단을 보았다.

"괜찮으십니까?"

바짝 맞닿은 단에게서 연한 잉크향이 풍겼다. 내려다보는 단의 속눈썹이 지안의 얼굴에 그림자를 드리웠다.

갑자기 뻐꾸기 울음소리가 뚝 그쳤다. 안 그래도 적막하던 산길이 풍경처럼 고요해져 버렸다.

"저는 괜찮습니다. 그러니 그만……."

"아! 이런! 죄송합니다."

화다닥! 당황한 단이 지안의 팔을 놓았다. 단에게서 풍기는 연한 잉크향은 봄바람에 일렁였다.

"선생님께서 어떻게?"

배꽃 이울다

"아까부터…… 뒤따라왔는데, 전혀 눈치를 못 채시기에. 과수원을 더 둘러보느라 내려오는 걸음은 제가 늦었습니다."

"꽃도…… 꽂아야 하겠고…… 해서."

지안의 말이 더듬거리고 단의 말도 조금, 더듬거렸다. 하지만 단에게 잡혔던 팔이, 지안을 잡았던 손이 화로에라도 닿은 듯 뜨거운 것은 마찬가지였다.

"흠! 흠! 하면 같이 내려가시지요."

괜히 헛기침을 하며 단이 말하는데 지안은 잠시 망설였다.

"따로이 내려가는 것이 더 이상할 듯합니다만."

"네. 하면, 산 밑까지만 그리하지요."

몸을 감쌌던 열기를 애써 외면하며 지안이 곧 고개를 끄덕였다.

이제는 나란히 서게 된 두 발자국이 산길을 따라 함께 내려갔다.

"배꽃 솎기는 얼마나 오래 해야 합니까?"

"과수원이 저리 넓으니 닷새 정도는 해야 할 것입니다."

"힘들지 않으십니까?"

"저야 소일거리 삼아 쉬엄쉬엄 하는 길이고 남은 이들이 힘이 들 테지요."

"시간이 오래 흘렀지만 이곡리의 배꽃은 그대로입니다. 아니, 더 지천으로 피어 흐드러졌네요. 장관입니다."

단의 눈빛이 기억에 젖어들었다. 지안의 눈빛에는 그리움이 어렸다.

"언제 이곡리엘 다녀가신 적이 있으십니까?"

"두현과는 보통학교 시절부터 절친한 벗이었지요. 서너 번 어울려 다녀갔던 적이 있습니다."

"경성에서 오시기에는 먼 길일 텐데요."

"경성에서야 결코 볼 수 없는 풍경이니, 풍경을 그리며 오는 걸음이 내도록 즐거웠지요."

"그러셨군요."

"부인께서도 본가가 지척인데 다니러 가시고 싶겠습니다."

"갓 시집 온 새색시의 친정 출입이 그리 자유로울 수야 없지요. 한데……."

지안이 고개를 갸웃거렸다.

"저의 본가가 어딘지를 아십니까?"

앞을 보고 걸어가면서 지안이 단에게 물었다.

"아……! 두현에게 들었습니다. 산길 너머 바로 아랫마을이시라고."

지안이 조금만 신경을 기울였더라면 당황하는 단을 알아차렸을 것이다. 하지만 자신의 어색함 때문에 앞만 보며 걷느라 알지 못했다. 지안은 그저 단에게 몸이 붙지 않게 애를 썼다.

"앞으로 2주가량은 더 머물까 하는데, 괜찮겠습니까?"

"왜 자꾸 그리 물으십니까? 서방님의 친한 지기이시고 사람 없던 집에 선생님이 오시니 모두들 좋아하고 있습니다."

지안이 어색하게 웃었다.

단은 지안이 들고 있는 들꽃 묶음을 봤다. 사실은 지안에게 주고 싶었다.

지안은 단의 구두를 내려다봤다. 구김 하나 없이 단정한 단의 모습처럼 정갈했다.

갑자기 봄날 오후의 햇살이 방향을 바꾸었다. 사선으로 비끼어 두 사람의 옆얼굴 쪽으로 쏟아졌다. 지안의 하얀 볼에 연노랑색으로 어렸다.

단이 조금 뒤로 물러났다. 살며시 팔을 들어 올렸다. 지안이 눈치채지 못하게 그 햇살을 가려주었다. 지안의 그림자와 단의 그림자가 다정하게 만나고 지안의 쪽 찐 비녀 위에는 단의 손 그늘이 어렸다. 단의 얼굴에 촉촉하게 미소가 걸렸다.

봄날 오후에 배꽃은 축복처럼 이워 내리고 길게 뻗은 산길로 나란히 내려갔다. 배꽃을 따라 내려갔다. 꽃잎을 따라.

그날 밤 지안의 방, 슬아네는 바느질감을 들었고 지안은 계속 수를 놓고 있었다.

"아씨! 시집 온 이래 계속 이 수만 놓고 계시구만예."

슬아네는 배꽃이 이우는 사이로 열한 살 소녀를 업고 가는 열다섯 살 소년을 들여다보았다. 벌써 소녀의 까만 원피스는 수가 다 놓였다. 10년 전의 지안과 두현의 모습이었다.

"응. 얼른 놓아서 방에다 걸어두고 보려 그러오."

그러면 두현도 자신을 기억해 낼까? 지안의 생각이 서늘했다. 두현은 읍내에 나가서 집에 돌아오지 않은 지 벌써 3일째였다.

"이 감은 혹 작은 나리 손수건 아니라예?"

"맞소."

수를 놓는 천은 원래 두현의 손수건이었다. 한쪽 구석에 두현의 영어 이니셜인 D·H가 새겨져 있었다.

"10년을 소중하게 품고만 계시더니, 수놓는 감으로 쓰신 거라예?"

"그렇소."

"손수건에 수놓기가 불편하지는 않으시구예?"

"괜찮은데."

"하긴, 울 아씨 솜씨가 하도 빼어나니께."

슬아네가 자랑스러운 눈빛을 하고 지안을 바라보았다.

"그런데, 유모! 유몰랑 아버님 곁에 두고 올 걸 그랬소. 슬하에 나 하나 양육하시다 내 떠나왔는데 유모마저 날 따라 나섰으니."

"어르신도, 지도 다 원했던 일이구만예."

"혼자 남으신 아버님의 일신이 얼마나 고단하실꼬?"

일국에 대한 근심이 지안의 얼굴에 그늘을 드리웠다.

"어르신 걱정은 그만하시라예. 도우는 이도 있고 늘 깔끔한 분이시니."

"진정 그럴까? 딸로도 생각 안 하시겠다 그리 역정을 내셨는데."

"역정 끝에 부러 하신 말씀이지예. 하지만 글씨, 아씨 생각을 지도 도저히 알 수가 없구만예. 10년 전 작은 기억 하나만 가지고 어찌 이런 혼처를 선택하셨는지. 좋은 자리가 얼마나 많이 있었는데예."

"유모! 그 얘긴 그만했으면 좋겠소."

슬아네는 젖을 먹여가며 21년간 자신의 곁을 지켜왔다. 10년 전 어머니의 장례 후 옹색한 집으로 이사를 들어가서부터는 잠도 한 방에서 잤다. 그러니 슬아네의 마음이 어떨지 지안은 알았다.

"알았어예. 그래도 아씨! 혹여 아씨가 허 선상님 같은 분을 만났으면 우땠을까예?"

"웅? 무슨 말이오?"

"아니. 아씨께서 허 선상님 같은 분이랑 가시버시를……."

"유모. 공연한 소리를!"

지안이 단칼에 슬아네의 말을 잘라 버렸다.

밤이 좀 더 깊었다.

슬아네는 이미 행랑채로 돌아갔고 지안도 수놓기를 중단했다.

"아씨! 아씨!"

행랑채에서 이미 잠자리에 들었을 슬아네가 별당 마당에서 지안을 불렀다.

"야심한 밤에 무슨 일이오?"

지안은 의아하여 방문 쪽으로 시선을 돌렸다.

"좀 나와보셔야겠구만예."

지안은 방문을 열고 나섰다. 바깥에 내린 어둠은 생각보다 더 깊었다.

별당의 마당에는 슬아네가, 그리고 그 옆에는 첫날 밤 이후 한 번도 별당을 찾지 않았던 두현이 술에 취해 비틀거리며 서 있었다.

"부인! 내가 왔소. 서방님이 왔단 말이요."

비틀거리는 몸짓만큼이나 비틀거리는 두현의 말이 지안을 향해 나아왔다. 지안은 댓돌 위로 내려서며 신발을 신었다.

"서방님! 이 늦은 밤중에 어인 일이십니까?"

"아니, 서방님이 내자의 방을 찾아왔는데 무슨 일이냐요? 내 부인이 그리워 일부러 행랑 사람까지 깨워서 별당으로 발걸음을 한 게 아니겠소?"

두현의 몸이 자꾸만 한쪽으로 기울었다.

"약주가 과하셨습니다. 내일 맑은 정신에 뵙지요. 사랑에는 유모가 자리 좀 봐드리오."

"네!"

기다렸다는 듯이 슬아네가 두현에게로 다가갔다.

"작은 나리! 저리 가시옵지예."

슬아네의 얼굴에는 원망이 가득했지만 말투만은 공손했다.

"뭣이라? 내가 오늘 별당에 머물겠다는데."

"제가 모십지예."

슬아네는 위태하게 넘어지려는 두현의 팔을 잡았다. 하지만 다음 순간, 두현이 슬아네의 얼굴을 사정없이 내려쳤다.

짝!

격한 마찰음이 밤공기 속에 요란했다.

"감히…… 종년 주제에 어디 상전의 일에 상관이야? 양갓집 규수께오서 서방님을 무시하시니 따라온 종년까지도 나를 무시하는 게야?"

슬아네는 얼굴을 감싸고 저만치로 물러섰다. 애써 분을 삭이느라 가슴팍이 오르내렸다.

지안은 치맛자락을 쥐고 별당 마당으로 내려섰다.

"서방님! 이 무슨 행패이십니까?"

"행패라니? 윗사람이 버릇없는 종년을 좀 가르쳤기로서니─."

"윗사람이면 윗사람답게 행동하셔야지요."

"뭐라? 하─ 그래! 이 종년의 편을 드는 게요?"

"말씀을 삼가주세요. 제 유모입니다. 하고, 편을 들다니요? 서방님의 처사가 지나치시니 드리는 말씀이지요."

"지나치다—? 흥! 양갓집 규수는 서방님께 그리 꼬박꼬박 대꾸를 하라 교육을 받으시는가? 그놈의 양반댁 규수, 참 허울도 좋구려!"

지안은 정신이 아득하여 더 이상 두현과 말을 나눌 기력도 없었다.

"제발, 그만 사랑으로 납시지요."

지안이 두현의 팔을 잡아주려 했다.

"아씨!"

하지만 다급한 슬아네의 외침이 터져 나왔다. 어느새 두현의 손이 지안을 향해 들렸다. 막 지안의 얼굴로 두현의 손이 날아오려는 참이었다. 지안은 절망감에 눈을 질근 감았다.

하지만 아무런 일도 일어나지 않았다. 격한 마찰음도 없었다. 지안은 파르르 떨리는 속눈썹을 밀어 올렸다.

또 그 사람…….

언제 온 것인지 단이 두현의 팔을 단단히 잡고 서 있었다. 틀어쥔 단의 손힘이 억세 보였다.

'저 사람은 도대체 언제부터 이 난장판을 보고 있었던 것일까?'

지안은 현기증이 일었다.

"두현! 야심한 시간에 이게 대체 무슨 일인가? 며칠 만에 집에 돌아와서는……."

"이런, 단이 자네구만. 그런데 자네가 부부유별의 일에는 왜 상관인가?"

"그만하면 됐네. 안채 어르신들 깨기 전에 그만 사랑으로 가세나."

"내 양갓집 규수에게 삼종지도를 가르치고 있었는데."

"술기운에 한 행동은 늘 후회가 되는 법이네."

"내 지금 술기운에 이러는 것으로 보이는가?"

두현은 두서도 없이 주절거렸다.

"박 서방 아저씨! 슬아네 아주머니! 이 친구 좀 부축해 가시지요."

얼마나 소란을 떨었는지 행랑아범 박 서방마저 별당에 와 있었다. 박 서방이 팔을 붙들자 두현은 그제야 조용히 이끌려 갔다. 그 뒤를 슬아네도 따라갔다.

잠시 후, 별당의 마당에는 지안과 단 두 사람만 남겨졌다.

"괜찮으십니까?"

물에 젖은 단의 음성이 눅눅했다. 단의 마음이 몇 갈래로 찢어졌다.

"밤늦게 소란케 하여 죄송합니다."

지안의 목에 가시가 걸려 따끔거렸다. 지안의 마음도 찢기기는 마찬가지였다.

"저야말로 죄송합니다. 하 소요하여 허락도 없이 별당에 들었습니다."

"아닙니다. 도와주셨으니 고마운 일이지요."

"두현이 약주가 과한 모양입니다."

"그런가 봅니다."

"두현이 저 친구가 본성이 나쁜 사람은 아닌데."

"알고 있습니다."

"이만 들어가십시오."

단이 한숨을 삼키며 지안의 방문 쪽을 가리켰다.

"네. 그럼 선생님께서도……."

지안의 치맛자락이 몸을 돌렸다. 가는 목덜미가 애처로웠다.

욱신. 욱신. 욱신―.

단의 심장에 통증이 올랐다. 단은 주먹을 틀어쥐며 참으려 애를 썼다. 하지만 결국엔 참아내지를 못했다. 단의 손이 마루 위로 올라서려던 지안의 어깨를 잡아버렸다.

"허 선생님!"

막 마루로 올라서려던 지안이 놀라서 경직되었다. 단의 손에 잡힌 지안의 어깨는 화인이 찍힌 듯 뜨거웠다.

파닥. 파닥. 파다닥.

지안의 심장 속에서 작은 새 한 마리가 날개를 파닥였다. 목울대는 서늘하게 말라왔다. 감히 몸을 돌려서 단을 마주보지도 못했다.

"놓아…… 주십시오."

겨우 마른침을 삼키며 지안이 어깨를 비틀었다.

"잠깐의 위로라고 생각하십시오. 두현의 벗으로서 드리는 위로입니다."

하지만 단은 지안의 어깨를 놓을 생각이 없었다. 낮게 깔린 단의 음성에 지안은 더 이상 몸을 피하려 하지도 못하고 돌아선 그대로 서 있었다.

"죄송합니다."

누구의 말인지 모르겠다. 단이 지안에게 한 말인지 지안이 단에게 한 말인지. 아니면 두 사람의 입에서 동시에 흘러나온 말인지.

지안의 고개가 더 외로 돌아가고 단의 손은 지안의 어깨를 토닥였다.

밤바람이 불었다. 마음이 찢어진 배꽃이 둘 사이를 건너다녔다. 서로 닿은 지안의 어깨에, 단의 손바닥에 밤바람이 싸늘했다.

사랑채로 온 두현은 이불도 덮지 않고 누워 천장을 올려다봤다. 잠자리를 보아준 박 서방과 슬아네는 이미 가고 없었다.

사실 오늘은 술을 많이 마신 것이 아니었다. 오늘은 술이 아니라 의심에 취했다.

3일 만에 읍내에서 돌아오던 길에 보았다. 단과 지안이 나란히 산길을 내려오고 있었다. 그러더니 산자락 밑 동네 입구에서 지안은 먼저 앞서가고 단은 뒤에 남았다. 그리고 지안의 손에 들려 있던 들꽃 묶음은 두현의 눈에 너무나 싱싱해 보였다.

주먹을 말아 쥔 두현의 손바닥에 손톱이 파고들었다. 옹졸한 마음이라는 것을 알았다. 터무니없는 생각이라는 것도 알았다. 하지만 알면서도 눈에서 불이 일었다.

"치졸한 놈!"

결국 자신의 의심에, 옹졸한 마음에 지고 말았다. 가눌 수 없게 술에 취한 척 별당을 찾았다. 그리고 그럴 자격도 없으면서 지안에게 상처를 입혔다. 왜 단과 둘이 산길을 내려왔냐고도, 왜 단이 들꽃 묶음을 주었냐고도 차마 물을 수가 없었다.

조금 전 사랑채 자신의 방에 들어와서야 꽂혀 있는 들꽃 묶음을 발견하였다. 배꽃 숨기를 하는 곳에 지안과 단이 다녀왔다는 것도 박 서방이 말해주고 갔다.

"어리석은 놈! 치졸한 놈! 너는 정말 자격이 없는 놈이다! 아무 자격도!"

두현은 신음인지 한숨인지 알 수 없는 소리를 내뱉었다. 입술을 아프게 깨물자 금방 벌겋게 핏빛이 돌았다.

눈을 내리깔고 속눈썹을 파르르 떨던 지안이 떠올랐다. 순결한 배꽃 같았던 아내의 모습이.

"하지만, 난 이런 것 말고는 아무것도 할 수가 없잖아."

두현은 입술을 더 세게 깨물며 얼굴을 감쌌다. 더 이상 표정을 읽을 수가 없었다.

지안은 자신의 방으로 들어왔다. 방문에 몸을 기대더니 고개를 떨구었다. 그리고는 방금 전까지 단의 손이 앉아 있었던 자신의 어깨를 만져보았다.

가만히 조용히.

그런데⋯⋯.

그런데 아팠다.

지안은 어깨에 얹혔던 손을 조금 내려 팔을 만져봤다. 그런데 거기도 아팠다. 그러면서 배꽃의 산길에서 자신의 얼굴에 그림자를 드리우던 단의 속눈썹이 떠올랐다.

"도대체 무슨 생각을 하는 거야? 김지안!"

지안은 애써 고개를 저었다. 그리고는 다시 두현에게로 생각을 돌렸다.

'십 수 년 농촌계몽에 바쳐 온 아버지의 신념을 버리고 서방님에게 왔습니다. 딸로서의 도리도 버리고 왔습니다. 10년 전의 작은 기억 하나가 무에 그리 소중하더냐고 모두들 말리셨지만 그 세월이 무색하게 당신만 보고 달려왔습니다. 제 무릎에 매어주었던 당신의 손수건이 그대로 제 마음까지 묶어버리고 말아 이리 당신 곁에 왔습니다.

그런데 왜 당신은 나를 전혀 기억하지 못하시는 건가요? 그리도 따스하고 다정했던 당신은 어디로 다 가버린 건가요? 어디로……!'

지안은 묻고 또 물었다. 하지만 혼자서 물으니 답을 하는 사람이 없었다.

아직도 별당 마당을 떠나지 못한 단의 눈에 창호지 문에 비친 지안의 모습이 들어앉았다. 그대로 단의 마음에 그림자가 되어 어렸다.

단은 손을 내밀어 창호지 방문에 어린 지안의 그림자를 어루만졌다. 지안의 어깨에 얹혔던 단의 손이 아프도록 시렸다.

'왜 자꾸 아픈 모습만 보이는 겁니까? 왜 아직도 10년 전 그때처럼 눈물을 참기만 하면서 사시는 겁니까? 이제는 작은 손수건 하나도 나서서 묶어줄 수도 없는 나는 어떡하라고 이리 상처투성이의 모습입니까?

진정 두현의 처지를 모르고 온 것입니까? 아무것도 모르고 이 집의 별당으로 오신 것이냐 말입니다. 왜? 어째서요?'

단 또한 혼자 물으니 답을 하는 이가 없었다. 지안의 어깨를 잡았던 손을 뒤집어봤다. 살며시 고개를 묻었다. 손가락 사이사이에 지안의 창포향이 배였다.

"어리석다. 단!"

그리고도 한참을 단은 배꽃에 쌓여 우두커니 서 있었다.

얼마 후, 지안의 방에서 불이 꺼졌다. 단의 마음에서도 불이 꺼졌다. 온통 캄캄해져 버렸다.

＋Ｘ＋

사랑채 마루의 맞은편에는 배롱나무가 두 그루 심겨 있었다. 보통은 붉은색 꽃이 피는데 흰 꽃이 피는 귀한 나무라며 윤 참판이 사들여 심어놓았다. 여름날로 시작하여 가을 끝자락까지 100일간이나 꽃이 피어 있어 백일홍이라 부르기도 한다.

"단이 오라버니! 배롱나무를 왜 여인들이 기거하는 안채에는 심지 않는지 아오?"

마루에 함께 앉은 단에게 선아가 물었다.

"글쎄다……?"

"저 매끄러운 나무결이 여인의 나신을 떠올린다 하여 금하는 것이라오. 쿠쿠쿠."

"선아 누인 어째 열아홉 처녀 아이가 못하는 말이 없구나."

"어때서요? 처녀가 해서는 안 되는 얘기오?"

"하여간……."

단이 밉지 않은 시선으로 선아를 봤다.

"또 배롱나무는 달리 간즈름나무라고도 부른다오. 그는 왜인지 아오?"

"그것도 내는 모르겠는데."

"배롱나무 껍질을 손으로 긁으면 잎이 움직인다오. 해서 나무가 간
즈름을 탄다 하여 그리 부른다지요."

"갑자기 웬 나무 타령이냐? 부산의 여학교에서는 그런 것만 가르치
는가 보구나."

"그게 아니라……. 별당 새언니 때문에 부아가 나서 그러오."

"으응? 별당의 부인은 왜?"

"꼼짝 못하고 서 있는 나무조차도 제 몸에 손을 대면 잎을 움직이
는데 별당의 새언니는 어째 저리 그냥 버티고만 있는 걸까요?"

"무슨 말이냐?"

"단이 오라버니도 있었잖아요? 어젯밤 일을 내도 다 들었소."

"그랬니?"

"정말 두현 오라버니 때문에 내가 창피해서 못 살아. 아무렇지도
않게 새언니 얼굴을 어찌 봐?"

"두현이도 술김에 한 행동일 게야."

"두현 오라버니가 언제는 말짱한 정신이오?"

"그것도 다 마음이 팍팍해서 그런 것 아니겠니?"

"하여간 단이 오라버니는 마음도 좋소."

"두현이, 내게는 참 아픈 벗이야."

"에휴! 한데 본댁 아버님은 계몽운동을 하시는 분인데 도대체 왜
새언니는 친일파인 우리 집으로 시집을 온 걸까요? 게다가 저리 망가
져 버린 오라버니에게."

"글쎄다."

단도 도저히 이해가 되지 않기는 마찬가지였다. 단의 기억 속 갈래머리의 소녀라면 결코 두현을 선택하여 혼인을 하지는 않았을 것이었다.

"본댁 아버님과는 생각이 달라서요?"

"조부님끼리의 약조였다고 들었다만."

"그러니 말이오. 서로 가는 길이 반대쪽으로 갈라져 버렸는데 케케묵은 옛 약조 따위가 무에 그리 대수라오? 나조차도 내 조부님이 치가 떨리도록 싫은데."

"말을 가려서 하려무나. 선아 누이가 편하게 살아가는 모든 근간에 조부님이 계시다."

"그러니 나는 내도 징글징글하오."

"그나저나…… 이 마을 이름이 이곡리인 것이 참으로 잘 어울리는구나. 이곡(梨谷), 배꽃의 골짜기라!"

계속 지안에 관한 이야기를 나누는 것이 불편했다. 그래서 단은 말을 다른 데로 돌려 버렸다.

"아니오, 오라버니!"

"응?"

"오라버니 또한 잘못 알고 있소. 배꽃 이(梨)가 아니라 귀 이(耳), 동리의 형상이 사람의 귀를 닮았다 하여 이곡리라 부르는 것을요."

"그랬니? 내는 배꽃이 하도 장관이라 배꽃의 골짜기란 뜻으로 그리 부르는 줄 알았는데."

단의 눈에 다가앉은 산이 보였다. 산자락마다 솜털구름처럼 피어오른 배꽃도.

"새언니!"

옆에 앉았던 선아가 갑자기 몸을 일으켰다. 그 기세를 따라 단의 몸도 저절로 일어났다. 작은 소반을 든 지안이 막 사랑채로 들어서는 중이었다.

"아—!"

두 사람이 일어서자 다가서던 지안이 멈칫했다.

"새언니가 이 시간에 사랑채는 어쩐 일로 오셨어요?"

조금 전 나눈 이야기에 대해선 내색도 않고 선아가 반갑게 물었다.

"사랑에서 아침 식사도 물리고 하여 입을 다실 것을 좀 내어왔는데."

"늦으셨네요. 두현 오라버닌 이미 읍내로 출타했어요."

"아…… 아까 나가신다 기별하셨는데, 깜빡하였네요. 그럼……."

한과를 얹은 소반과 함께 지안의 치맛자락은 다시 멀어졌다. 단을 마주보는데 물색없이 심장이 뛰었다.

"기별은 무슨? 어젯밤 그 지경을 겪고도 저리 챙기고 싶을까나?"

모진 말이지만 선아의 음성은 걱정을 담았다.

"아니 그러오? 단이 오라버니?"

"응? 으응……."

지안을 뒤따르던 단의 시선이 잠시 떨어졌다. 지안의 걸어가는 뒷모습이 빈껍데기 같았다. 넘어질까 위태로워서 단의 시선이 떨어지지 않고 있었다.

이윽고 지안이 완전히 모습을 감추자 단의 눈길이 갈 곳을 잃었다.

오후 나절, 청소를 마친 지안은 두현의 방을 나섰다. 두현의 방만은 다른 사람의 손을 빌리지 않고 꼭 자신이 청소했다.

단은 함께 앉아 있던 선아와 나간 모양이었다. 단의 방문을 살짝 열어 깨끗이 다림질한 손수건을 넣어두었다.

그리고 막 돌아서려는데 방문 앞에 책이 한 권 놓여 있었다. 지안은 주위를 둘러보고 책을 집어들었다. 그간 도통 책 한 권 읽을 여유도 없었다.

흰색 모조지로 쌓인 책표지를 들추어봤다.

〈독립운동의 서〉.

순간, 지안은 불에라도 데인 듯 화들짝 놀랐다.

아무나 보는 책이 아니었다. 책을 놓아두고 돌아서 나가려다 책을 들어 안쪽으로 밀어 넣었다. 다시 가려는데 도저히 안심이 되지 않았다. 지안은 책을 조금 더 안으로 밀어 넣고는 돌아서 나오려 했다. 하지만 끝내 책을 뒤집어놓고 나서야 몸을 돌렸다.

이윽고 지안은 청소감을 챙겨들고 댓돌을 내려섰다.

단은 사랑채 입구에 서서 그러는 지안을 지켜보고 있었다. 단의 입가에 작게 웃음이 걸렸다. 봄날 오후의 햇살 아래 그의 미소는 배꽃과 함께 흩날렸다.

"두현의 방 소제를 하신 것입니까?"

지안에게 다가오면서 단이 물었다.

"죄송합니다. 손수건을 돌려드리려다가 책이 보여서 그만."

멋쩍은 지안의 눈동자는 땅바닥으로 향했다.

"괜찮습니다."

오롯이 지안을 향하는 단의 눈빛에서 작은 불꽃이 피었다 잦아들었다.

"통 책 한 권 볼 여유가 없어서 그만……."

"한번 읽어보시겠습니까?"

"아닙니다."

"원하시면 가져다 읽으셔도 좋습니다."

"위험한 책을 보십니다."

지안의 음성이 속삭이듯이 낮아졌다.

"본댁 아버님이 농촌계몽운동을 하신다 들었습니다만."

"그렇습니다."

"정말, 이 책이 위험한 책인가요?"

"……."

"하긴, 안채 할아버님이 보시면 위험하긴 하겠군요."

단의 입가에 걸렸던 미소가 피식— 하고 빠져나왔다.

"누가 보아도 마찬가지이지요. 시절이 하 어수선하지 않습니까? 조금은 조심을 하시는 게 좋습니다. 작은 산골이라 하나, 어디나 숨은 눈과 귀는 있는 법입니다."

"알겠습니다. 조심하도록 하지요."

사랑채를 돌아 나가는 지안을 단은 가만히 쳐다봤다. 두현의 집에서 지안을 만나리라고는 상상하지도 못했지만 이렇게라도 마음껏 볼 수 있다는 것이 단에게는 축복이었다. 아프고도 잔인한 축복.

방으로 들어간 단은 책을 들어 올려 표지를 쓸어봤다. 따스했다. 방금 전 지안의 손길이 내려앉았던 곳이라 지안의 청포향이 배었다.

보료 밑으로 책을 숨겨 넣었다.

단의 입가로 서러운 미소가 스쳤다.

지안은 사랑채를 나서면서 조금 전 보았던 책의 제목을 떠올렸다. 아무나 볼 수 있는 책이 아니고 아무나 보는 책도 아니었다.

'허 선생님이 왜 저런 책을, 혹시……?'

단이 나랏일을 보는 사람이라면? 하지만 지안의 짐작이 맞을 리가 없었다.

'그래! 하면 이곡리에 와 있을 이유가 없잖아?'

배꽃이 이우는 사이로 사라지면서 지안은 잠시 생각에 잠겼다. 지안을 보기 위해, 10년 전의 갈래머리 소녀를 만나기 위해 단이 이곡리에 왔다는 것을 알 수가 없는 지안은 그저 이상하기만 했다.

10년이 흘러도 배꽃은 그대로였다.

그리고 10년이 지났지만 여전히 4월의 배꽃이 날아와 쌓였다. 깊은 생각에 잠긴 지안의 발걸음 위에, 서럽게 미소 짓는 단의 입가에 기억의 배꽃이 쌓였다.

3. 배꽃을 흔드는 바람

배꽃이 지들끼리 뭐라고 지껄이며 피어났다. 사람이 사는 곳에 배꽃이 피어난 것인지, 배꽃이 사는 곳에 사람이 들어온 것인지 분간이 되지 않았다.

햇살이 낮게 깔리는 이른 아침이었다.

안채가 이른 시간부터 시끌벅적했다. 곰방대를 피워 물고 앉아 있던 윤 참판은 역정이 나서 방문을 거칠게 밀어젖히며 마루로 나섰다.

"아침 댓바람부터 집안이 왜 이리 소요한 기고?"

윤 참판은 마루로 나서자마자 불호령을 내렸다.

안채 마당에는 행랑채와 바깥채 사람이 몇 나와 서 있고 제복 차림의 사람도 한 명 비키어 서 있었다.

간노 츠요시. 이곡리 출신으로 진주 경찰서 문산 지서에서 순사 노릇을 하고 있는 청년이다.

아무리 친일을 하고 있는 윤 참판이지만 이름마저도 일본식으로 바꾸고 동네 사람들에게 포악을 떠는 간노는 마땅치가 않았다. 게다가 마름 출신을 아버지로 둔 주제에 동네에서 행세를 하고 싶어 늘 안달인 모습도 윤 참판의 눈에는 같잖아 보이기가 그지없었다.

"동달이 자네가 이른 시간부터 내 집엔 무슨 일이고?"

"순사 간노입니다만, 윤 참판 어른!"

"으흠!"

윤 참판은 괜히 헛기침을 쏟아냈다.

"그래. 간노 순사가 이른 아침부터 무슨 일일꼬?"

"집안에 경사가 있으셨다고요?"

간노의 표준어는 어딘지 모르게 어색했다.

"그렇네만……."

"한데, 새로 맞으신 분이 아랫마을 김일국 상의 독녀시라고?"

"와 내 손자며느리 일을 입에다 올리는 기고?"

"이거 왜 이러실까요? 내지(內地: 본국, 일본을 이르는 말)의 열혈 동조자께서 반일에 앞장서는 집안에서 손자며느리를 새로 들이시다니."

"주제넘다! 혼사를 치르고 나면 여인은 출가외인이 되는 법. 본가와는 이제 하등의 상관도 없는 사람이제. 하고, 이제 그 어른도 활동을 많이 하지는 못하고 있다."

"이번 혼사로 서장 혼다 상께오서 심기가 많이 불편해하십니다. 뭐, 덕분에 김일국 상의 신상은 좀 편해졌지만서도."

"괜한 걸음을 했데이. 아무런 걱정도 말기라. 이제 별당의 아이는 완전한 윤씨 가문의 사람일 뿐이니."

"진주 경찰서에 돌을 던진 일로 쫓기듯 부산으로 유학을 보낸 손녀분께서도 돌아왔다 하고……."

윤 참판의 말을 들은 척도 않고 간노의 눈이 뱀처럼 가늘어졌다.

"이놈이! 니 그래도 입을 닥치지 못할끼가?"

"하고, 경성의 중학 선생까지 내려와 있다구요? 어인 연고로 이 외진 시골에까지 숨어들었을까요?"

"숨어들다니? 무슨 말을 그리 상스럽게 하는기라? 허 선상님은 사랑채 작은 나리 오랜 벗일 뿐이라. 휴양차 잠시 내려온 것이니 자네는 괘념치 마라."

분에 차서 말도 못하고 서 있는 윤 참판 대신에 옆에 서 있던 박 서방이 간노를 만류했다.

"흥! 경성에서 무엇을 하다 왔는지 어찌 다 알까? 보아하니 요주의 인물들이 한데 모이었네요."

"말을 삼가기라! 동달이!"

박 서방이 다시 만류를 했다.

"간노 순사님이라 부르라 했을 텐데."

박 서방을 향해 날아가는 간노의 시선이 칼끝처럼 매서웠다. 그 서슬에 박 서방은 한 걸음 뒤로 물러났다.

"어쨌든 혼사를 감축드립니다. 참판 어른!"

공손하지 않은 인사를 남기고 간노는 안채를 나섰다. 거들먹거리는 팔자걸음이 가소로웠다.

"오호라! 니는 정이가 아니가?"

막 안채를 나서려던 간노는 박 서방 뒤에 서 있는 정이를 발견했다.

"동달이 오라비!"

"친정으로 돌아왔다더만 참말인가 보제?"

정이가 자신을 동달로 불렀는데도 간노는 웬일인지 괘념치 않았다. 문산 사투리도 술술 나왔다.

"그거이……."

"우쨌던 정이야! 반갑데이."

간노의 얼굴에 진정한 미소가 어렸다.

"정이 니는 여게 뭐할라꼬 서 있노? 퍼뜩 나가기라."

하지만 박 서방이 정이에게 불호령을 내렸다. 그러자 간노와 이야기를 주고받으려던 정이가 말을 멈추고 말았다. 아버지 박 서방의 말을 들고는 그대로 나가고 간노도 다시 걸음을 옮겼다.

분을 겨우 누르며 서 있던 윤 참판은 간노가 사라지는 모습을 확인하자 큰 소리로 호령을 내렸다.

"대문간에 소금 왕창 뿌리기라! 아침부터 미친개가 집안에 들었구만!"

같은 친일이라고는 하나, 자신과 동달의 처지는 하늘과 땅 차이라 여기는 윤 참판이었다. 그래서 늘 동달을 업신여겼다. 이 또한 동리 사람들의 비웃음을 받는 한 이유일 것이었다.

간노가 집 앞을 벗어나기가 무섭게 박 서방네가 커다란 됫박에 왕소금을 가지고 나와 오지게 뿌려댔다. 집 앞 황톳길이 어느새 소금 눈으로 군데군데 덮여 버렸다.

"카악― 퉤!"

그러고도 성이 차지 않은지 박 서방네는 나오지도 않는 가래를 목을 끊여 토해냈다. 안채에서 물러나온 슬아네는 행랑채 입구에 서서 그 모습을 오롯이 지켜보고 섰다.

"그래ㅡ. 저 처죽일 놈의 인사는 대체 뉜고?"

슬아네가 박 서방네 가까이로 다가섰다.

"저 배라묵을 인사가 바로 이곡리 미친개라."

"이곡리 사람이가?"

"그래. 동달이라고 저 밑 이 초시 어른 집에서 마름 살던 인사의 자식놈이제."

"그래? 한데 참 이상타. 내 저 인사를 몇 번 봤는데?"

"오데서?"

"집 담 곁에서 알짱이는 거를 서너 번 봤데이."

"잘못 봤겠지. 우리 집을 와? 게다가 울 집 온 지 겨우 이레 지났는데 머를 그리 자주 봤겠노?"

"그런가? 근데 우째 저라고 돌아다니는 기고? 우짠다고 무잡스레 아씨랑 허 선상님을 입에 올린다 말이고?"

"낸들 알겠나? 우짜다 순사 자리 하나 꿰차더니 저리 발광이 나돌아 다니는걸."

"참 인간 말종일세."

"내 말이 그 말이다 아이가. 참 더러버서 몬 살겠다."

"근데 간논가 뭔가 하는 이름은 또 뭐꼬?"

"이름을 일본식으로 바꿨다 안 하나. 더 웃기는 건 간노 츠요시인지 간나 츠요시인지 그 이름이 무섭고 싸납다 뭐 그란 뜻이라네."

배꽃 이울다

"하이고ー. 참말 무섭어서 죽것다."

"그라게 말이라."

두 여인은 동시에 고시레를 외치며 안채 쪽으로 사라져 갔다.

잠시 후, 슬아네는 부지런히 박 서방을 찾고 있었다. 간도 소동이 가라앉자 사랑채 밖으로 나왔다. 마당에서 두 사람은 마주쳤다.

"슬아네 아주머니! 안채가 왜 그리 시끄러웠던 것입니까?"

단이 다가오며 물었다.

"아! 그거이 미친……."

슬아네는 미친개라고 하려다가 입을 다물었다.

"뱀 시덥잖은 손이 들어서 온 식구가 기분을 잡쳤구만예. 허 선상님은 모르셔도 될 인사입니더."

무시해서가 아니라 단까지 마음을 쓰는 게 싫었다.

"아니, 근디 박 서방 이 사람은 금세 어디를 가버린기고? 내 오늘 아침에는 꼭 별당을 손봐 달라고 했는디."

박 서방은 이른 아침부터 간노를 집에 들였다고 윤 참판에게 불호령을 듣는 중이었다.

"별당에 뭐 손볼 것이 있습니까?"

"마루 한 짝이 삐짝 튀어나왔는디 당최 여인네 힘으로는 합을 맞출 수가 없십니더."

"제가 잠시 봐드릴까요?"

"아니라예. 학상들 가르치는 선상님께 우찌 그런 일을 부탁하겠십니꺼?"

"아닙니다. 학교에서도 그런 일감은 선생들이 더러 합니다."

"그라믄 좀 봐주실랍니꺼? 우리 아씨 오르내릴 때 치맛자락 쓸릴까 걱정이다 아입니꺼."

"한데 제가 별당에 들어도 되겠습니까?"

"아무 상관 없심더. 저랑 같이 마당에만 드는데 누가 뭐라 칼 낍니꺼?"

산자락에서 흩날린 배꽃은 별당의 마루 끝에서도 서로 속삭여댔다. 정말로 딱 들어갔다 나왔다 출입하는 자리에 마루쪽 하나가 튀어나와 있었다.

"아씨!"

슬아네가 방문 쪽으로 다가갔다.

"응! 유모! 왜 그러오?"

문 가까이에 앉아 있던 지안이 바로 방문을 열었다.

빨간 속댕기를 드려 어깨 한쪽으로 늘어진 땋은 머리. 지안은 햇빛이 드는 방문 쪽에서 머리를 매만지던 중인가 보았다.

흩날리는 하얀 배꽃 사이로 지안의 빨간 속댕기가 눈이 부셨다. 단의 심장에 붉은 물이 들었다. 봄 햇살이 부서지는 머릿결은 명주실타래처럼 탐스러웠다. 그 윤기가 단의 마음에도 흘렀다.

지끈.

단의 가슴이 금방 저려왔다.

"아니, 어찌 허 선생님께서 별당에?"

지안은 속댕기만 늘인 모습을 단에게 보인 것이 무안했다.

"박 서방이 어딜 갔는지 뵈지 않아 대신 마루쪽을 손봐주신다 했구만예."

"유모는 어째 그런 일을 손님께 보게 하오?"

방문을 닫을 수도 없고 모른 척 안쪽으로 들어가 버릴 수도 없어 지안은 난처했다.

"제가 먼저 봐드리겠다 하였습니다."

단이 나서서 슬아네를 거들었다.

"송구합니다."

"아닙니다. 저야 기꺼이 해드릴 일이지요."

"그럼……. 신세를 좀 지겠습니다."

지안이 고개를 숙여 인사를 했다. 그 모습이 마치 혼례날 두현을 향해 숙이던 몸짓 같아서 단은 외면을 했다.

"문을 닫으시지요. 먼지가 날리겠습니다."

"네……."

지안의 대답과 함께 방문이 닫혔다. 빨간색 속댕기가, 명주실타래 같이 늘어지던 머릿결이 사라졌다.

"어째 그런 일을 손님께 보게 하오?"

단은 슬아네에게 하던 지안의 말을 떠올렸다.

'손님?'

마루쪽에 손을 대는 단의 손끝이 파다닥― 떨렸다.

'그래! 나는 손님이다. 이 집에 잠시 머물다가 언젠가는 반드시, 반드시 떠날 수밖에 없는.'

마루쪽을 잡은 단의 손에 힘이 들어갔다.

문을 닫은 지안은 윗목으로 자리를 옮겨 앉았다. 머리를 틀어 올렸지만 비녀를 꽂을 생각을 못했다. 올렸던 지안의 머리타래가 다시 흘러내렸다.

탁! 탁!

문밖에서 단이 마루쪽을 맞추는 소리가 울렸다. 지안의 가슴이 함께 탁탁거렸다.

안채 쪽에서 선아가 걸어 나왔다.

간노가 와서 아침부터 야단을 부리는 소리를 들었지만 꼼짝도 않고 방에만 있었다. 지나다가 마주치는 모습까지야 어쩔 수 없지만 일부러 찾아서까지 간노의 꼴을 보고 싶지는 않았다.

컬을 넣은 머리에 블라우스와 긴치마를 입고 봄 양산까지 챙겨 들었다. 조용히 대문을 빠져나오더니 남강이 보이는 마을 서쪽으로 걸음을 옮겼다.

서쪽 길 곳곳에 황매화가 피어서 가지를 늘였다. 꽃 색이 짙은 노랑으로 빛났다. 선아는 괜히 꽃가지 하나를 건드려 튕겨봤다.

하느작—!

꽃가지는 쉽게 몸을 흔들어댔다.

"지금은 남의 땅 빼앗긴 들에도 봄은 오는가?

나는 온몸에 햇살을 받고

푸른 하늘 푸른 들이 맞붙은 곳으로

가르마 같은 논길을 따라 꿈속을 가듯 걸어만 간다."

선아는 시인 이상화의 시를 조용히 읊었다. 건너편으로 정말 여인의 가르마 같은 논길이 보였다.

그때, 짐을 실은 달구지가 선아의 뒤로 지나갔다. 단출한 이삿짐이 실려 있었다. 달구지에 걸터앉은 이가 선아를 유심히 봤다.

그렇게 동리 좁은 길 사이를 얼마나 걸어갔을까? 부려만 놓고 아직 들이지 않은 이삿짐들이 어느 집 대문 앞에 놓여 있었다. 몇 되지도 않을 뿐더러 남루해 보였다.

하지만 그중에 선아의 눈길을 잡아끄는 것이 있었다. 몇 권씩을 끈으로 묶어서 놓아둔 책 더미가 허름한 이삿짐 속에서 빛을 발했다.

시문학, 자오선, 문장, 시인부락 등 갖가지 동인지들이 발행순대로 가지런히 정리가 되어 한 줄에 묶여 있고, 청록파, 생명파 시인들의 시집들도 있었다. 외진 시골 동네에 이런 책을 이만큼이나 가지고 들어온 사람이 누구인지 호기심이 발동해 선아가 정신없이 책 더미를 훑어봤다.

"누구십니까?"

어머니 한씨 부인과 비슷한 연배의 중년 여인이 대문을 열고 나왔다. 서양식 머리에, 옷도 블라우스에 긴 치마를 입었다. 잘 닦인 굽 낮은 구두도 허름한 이삿짐과는 어울리지 않았다.

"아―! 이사를 오신 듯하여. 실례를 하였습니다."

"그러셨습니까?"

중년의 여인이나 선아나 이곡리에서는 볼 수 없는 옷차림의 상대방을 바라봤다.

"짐 나를 이가 없는 것 같습니다. 손을 좀 도울까요?"

"아가씨 입성으로는 힘들 것 같은데요."

"그는 아주머니도 마찬가지인 것 같습니다만."

누구에게나 거침없는 선아의 말에 두 사람은 같이 웃었다.

"어머니! 누가 왔습니까?"

웃고 있는데 열린 대문 안에서 젊은 청년이 나왔다.

"아! 카…… 아니 강아!"

다정한 여인의 음성, 아들을 보는 눈에는 사랑이 가득 담겼다. 아마 청년의 이름이 강인가 보았다.

그런데, 정말 이상한 조합의 모자지간이었다.

중년의 어머니는 신식 옷차림인데 청년 아들은 한복에 상투까지 틀었다. 이곡리의 청년들도 머리는 간편한 서양식을 따르는데 상투까지 튼 청년의 모습이 의아했다.

'이상한 모자지간이야.'

선아는 속으로 생각했다.

"동네 아가씨인가 본데―. 이삿짐 나르는 걸 돕겠다는구나."

여전히 웃음기가 걸린 여인이 강을 보았다.

"저 잘난 입성을 하구요?"

하지만 단번에 튀어나온 강의 말투는 퉁명스럽기가 그지없었다.

"말이라도 고맙잖니? 처음 만나는 이웃인데."

"이웃이라? 몰래 물건을 들여다보고 있기에 저는 지나가던 도둑팽이라도 되는 줄 알았는데요. 댁에서는 손끝 하나 움직이지 않을 귀족 아가씨께서 남의 이삿짐에는 웬 관심이랍니까?"

강은 어머니만 쳐다보면서 말을 했다.

"괜스리 일을 치면 나만 더 복잡하니, 가던 길이나 마저 가라 하세요. 어머니!"

선아는 본 체도 않고 강은 책 꾸러미를 들어올렸다. 선아는 아예 없는 사람 취급이었다.

"무에라구요? 정말 듣자듣자 하니 말씀이 지나치시네요."

"지나치는 건 지나가는 사람이 할 일이지요."

"점점!"

선아는 자신을 한 번 보지도 않는 강의 모습에 오기가 났다. 약을 올리듯 던지는 강의 말투도 유쾌하지가 않았다.

보란 듯이 선아가 책 꾸러미 하나를 따라 들어올렸다. 그런데 생각보다 책 꾸러미는 무거웠다. 선아의 손의 중심이 삐딱하게 쏠렸다.

'아차!' 싶었는데, 책 꾸러미는 기어이 한쪽으로 밀리면서 와르르 쏟아져 버렸다. 선아의 구두 위로 책들이 두서도 없이 떨어졌다.

"아이쿠! 아가씨! 괜찮아요?"

선아를 향해 다가오는 여인의 발에도 책이 차였다. 선아의 얼굴이 상기되었다.

"이런…….결국 일 하나만 더해놓았네요. 그러니 가던 길이나 마저 가라 한 것을."

강의 말에 선아의 눈꼬리가 찢어졌다.

"자자! 귀족 아가씨 뒤처리는 제가 할 터이니 어머닌 그만 안으로 들어가세요. 짐은 제 혼자 날라도 충분합니다."

한 손에는 책 꾸러미를, 한 손에는 어머니를 끌고서 강은 대문 안으로 사라졌다. 그러도록 선아 쪽으로는 여전히 눈길 한 번 주지 않았다.

"뭐야? 저런 순 생양아치 같은 자식! 책은 다 폼으로 들고 다니는 걸 테지. 다시는 상종을 못할 무뢰배 자식 같으니라구!"

선아는 가고 없는 강을 향해 마구 욕을 해댔다.

"으아아악!"

하지만 선아는 욕을 하고도 분이 풀리지 않아 쏟아진 책 한 권을 발로 차버렸다.

타악!

책은 그대로 날아가서 대문간으로 향했다. 그런데 막 책이 날아가는 찰나에 강이 다시 나왔다. 날아간 책이 강의 고무신 위로 떨어졌다. 책을 내려다보는 강의 표정이 뜨악했다.

"귀족 아가씨께서 교양도 없이!"

강의 입이 삐딱하게 휘어지면서 휘파람을 짧게 불었다.

"귀족 아가씨? 교양? 웃기시네."

"제가 지금 아가씨를 웃기고 있었나요? 저는 그냥 이삿짐을 나르던 중이었는데요."

"말꼬리나 잡고 알랑거리다니! 이런 생양아치! 무뢰배 자식!"

선아의 입가가 매몰차게 실룩거렸다. 그런 후 눈이 돌아가도록 강을 흘겨보고는 휑하니 돌아서 버렸다.

"쯧! 쯧!"

선아의 치맛자락을 쳐다보며 강이 어깨를 으쓱거렸다.

╬ ✕ ╬

배꽃 이울다

또 하루의 봄밤이 저물어갔다. 검은 밤 사이로 배꽃은 하얗게 흩날렸다.

"아씨! 아씨! 아이고! 사랑채에, 사랑채에 좀 나가보셔야겠구만예."

다급한 목소리의 슬아네가 별당으로 뛰어들었다. 지안은 급히 방을 나섰다.

"사랑채에는 또 어찌……?"

물으면서 이미 지안의 발걸음은 사랑채를 향해 옮겨갔다.

"박 서방 아저씨! 무슨 일입니까?"

사랑채에는 이미 박 서방 부부와 정이, 다른 행랑채 사람들도 와 있었다.

"그거이― 저기―."

두현의 방에서는 비명인지 울음인지 모를 소리가 연신 새어나오고 있었다. 밤기운을 타고 퍼져 나오는 두현의 목소리가 음산했다.

"알겠어요. 일단 다들 나가 계세요."

두현의 방 쪽을 향하며 지안이 모여 선 사람들에게 말을 했다.

"알겠어예."

순박한 대답과 함께 모여 선 사람들은 모두 사랑채를 빠져나갔다. 한두 번 겪는 일이 아닌 모양이었다. 마당에는 정이만 남았다.

지안은 마루로 올라서자마자 망설일 틈도 없이 두현의 방문을 열었다. 정이가 지안의 뒤를 따라 들어왔다.

방 안은 난장판이었다. 집어던진 물건들은 엉망으로 나뒹굴고 이부자리도 구겨져 처박혔다. 그리고 윗목의 뒤집힌 좌탁 옆에는 단과 두

현이 앉아 있다. 가슴을 움켜쥐고 몸부림을 치는 두현을 품에 안고
움직이지 못하도록 달래느라 단이 진땀을 뺐다.

"서방님! 서방님! 어찌 이러십니까?"

지안이 한걸음에 두현에게로 달려갔다.

"어머니! 어머니를 불러주게! 단이! 제발 부탁이네."

들어서는 지안을 보자 두현의 가슴 통증이 더 묵직해졌다. 언제까
지 숨길 수 있을 거라고는 생각하지 않았지만 너무 빨랐다. 그래서 지
안의 등장에는 아랑곳없이 한씨 부인만을 찾았다.

"제발 정신을 좀 차리게. 별당의 부인이 오셨네."

"내 언제 별당의 사람을 찾았는가? 어머니를, 어머니를 불러달란
말일세."

지안의 가슴 한가운데로 싸— 하고 바람 한 자락이 관통했다.

"정말 왜 이러는가? 제발 좀 정신을 차려보아."

"글쎄 내는 다 필요 없다니까. 어머니를…… 어머니를……."

아무것도 해줄 수 없고 아무것도 바라지 않는 두현과 자신의 관계
가 처량했다. 더 다가가지 못하고 지안의 걸음이 멎었다.

"두현아! 이게 무신 일이고?"

방문이 다시 열리고 자리옷 차림의 한씨 부인과 선아가 옷자락이
밟히는 줄도 모르고 황급히 들어왔다. 두현은 그제야 단의 품에서
몸을 일으키며 어머니를 붙들었다.

"어머니! 어머니!"

"그래. 내다. 에미가 왔다."

"약을…… 약을 피우게 해주세요. 어머니! 참아보려 했는데, 애써

봤는데, 온몸이 아파서, 참을 수가 없습니다. 어머니! 제발……."

한씨 부인과 단과 지안, 선아의 얼굴에서 동시에 핏기가 확 걷혔다.

"두현이 너! 지금 무슨 헛소리를 하는 기고?"

한씨 부인은 못 들은 척 부정하려 했다.

"어머니! 제발!"

울먹이는 두현의 목소리는 애처롭기까지 했다.

"허 선생!"

팔을 붙잡은 두현을 안으며 한씨 부인이 단을 바라봤다.

"일단 별당 새아기를 좀 데려 나가시게."

"……."

단이 대답을 하지 않았다. 지안도 그대로 서 있었다.

"새아가! 어서 허 선생을 따라 나가기라! 정이, 너는 물건들 정리 좀 하고!"

한씨 부인의 음성이 단호해졌다. 정이는 지안의 눈치를 살피며 좌탁을 바로 놓았다. 지안은 그제야 비척이며 몸을 움직였다. 머리가 하얗게 비면서 입술이 말라왔다.

어떻게 두현의 방을 나왔는지 모르겠다. 어떻게 사랑채의 마당으로 내려섰는지도 모르겠다. 정신을 차려보니 사랑채 마당에 서 있었고 뒤로는 단의 기척이 느껴졌다.

"혹 서방님이……."

지안의 말라 버린 입술은 쉬이 떨어지지가 않았다.

"서방님이…… 혹여…… 아편을…… 아편을 하십니까?"

지안이 어렵게 물었다. 하지만 단은 아무런 답이 없었다.

"허 선생님! 대답해 주십시오."

지안의 음성이 간절해졌다.

"보신…… 그대로입니다."

낯선 사람의 음성처럼 단의 대답이 건조했다.

틱ㅡ.

지안의 안에서 줄 하나가 끊어져 버렸다. 비척비척 걸어가던 지안의 몸이 얼마 못 가서 중심을 잃고 담장에 쓰러지듯 몸을 기댔다. 짚으로 만든 인형처럼 지안의 몸이 밤바람에 움찔움찔 날렸다.

뒤에 선 단은 손을 내밀어보았지만 차마 지안의 몸을 잡아주지도 못했다. 그저 지안을 향해 손을 뻗었다가 다시 거두어들일 뿐이었다.

아픔 때문에 심장이 쪼개질 수 있다면 지금 단의 심장은 수만 개로 쪼개져 있었다. 지안에게 아무것도 해줄 수 없는 자신의 자리가 진저리가 났다.

'시작입니다. 시작에 불과할 것입니다. 정녕 두현에 대해서 아무것도 모르고 이리 오신 것입니까?'

몸서리치는 단의 독백은 아무도 몰랐다.

"정이야! 이만 별당 아씨 모시고 가련?"

단의 말에 두 사람을 보고만 있던 정이가 다가왔다. 두현의 방 정리를 대충 해놓고 정이도 밖으로 나온 걸음이었다.

"아씨! 제가 부축해 드릴께예."

정이가 지안에게로 다가갔다. 지안은 정이에게로 몸을 기댄 채 함께 사랑채를 나갔다.

밤은 배꽃과 함께 이울어 흩날렸다.

악몽을 꾸지도 않았는데 끔찍했던 밤이 지나갔다. 거짓말 같긴 하지만 그래도 아침은 어김없이 밝아왔다.

지안은 혼자 후원 연못가에 앉아 있었다. 아침 햇살이 연못 물 위에 싱그럽게 어렸다.

어젯밤 그 난리를 쳐놓고 두현은 진주엘 다녀온다며 아침 일찍 나가 버렸다. 지안을 쳐다볼 면목이 없어 집을 나가 버린 것을 지안은 알 턱이 없지만.

선아도 마실을 다녀오겠다고 했다. 지안에게 함께 가자고 했는데 거절하였다. 혼자 있고 싶었다.

지안은 연못 물속을 들여다봤다. 비단잉어들이 자유로이 헤엄쳐 다녔다. 쳐다보면서 지안은 우는 듯이 웃었다.

응?

그러다가 갑자기 잉어 떼 사이로 누군가의 모습이 어렸다. 어리는 그곳으로 지안은 시선을 돌렸다.

건너편 연못가에 열한 살의 지안이 쪼그리고 앉아 울고 있었다. 경신중학 교복을 입은 열다섯 살 두현은 등을 돌리고 앉아 지안을 달랬다.

"눈물을 참는 건 좋은 일이 아니라고 했잖니."

열한 살의 지안을 토닥이는 열다섯 살 두현의 음성이 다정했다. 그러자 참고 있던 지안의 울음이 터졌다. 그대로 두현의 품에 안겨 펑펑 눈물을 쏟아냈다.

'열한 살의 너는 참 좋았겠다. 그리 마음껏 울 수 있었으니.'

둘의 모습을 바라보며 지안은 혼자 중얼거렸다.

"잠은 잘 주무셨습니까?"

그때 지안의 등 뒤로 단의 말이 날아들었다. 놀란 지안이 벌떡 일어나 단에게 짧게 묵례를 했다. 연못가에 같이 앉아 있던 열한 살 지안과 열다섯 살 두현이, 스물한 살의 지안과 스물다섯 살의 단을 바라봤다.

지안은 묵례만 남기고 얼른 후원을 벗어나려고 했다. 단과 둘이 있으면 불편하다.

알 수 없는 그의 눈빛 때문에.

그리고, 그리고 그런 눈빛에 동그라미가, 동그라미가 이는 자신의 마음 때문에.

"햇살이 좋아 연못가에서 책이나 읽을까 해서요."

"네―."

"사랑채가 조용합니다. 선아 누이도 보이지 않고."

"서방님은 진주로 출타하셨습니다. 아가씬 마실을 나가셨구요."

"아! 그렇군요."

"보십시오, 책."

"곤해 보이십니다."

"아닙니다. 생각을 좀 하느라― 전 이만 가겠습니다."

"눈물을 참는 건 좋은 일이 아닙니다."

막 돌아서려던 지안을 향해 건너온 단의 말이었다.

지안은 화들짝 놀라며 다시 건너편의 열한 살의 자신과 열다섯 살의 두현을 봤다.

"눈물을 참는 건 좋은 일이 아니라고 했잖니."

열다섯 살의 두현이 열한 살의 지안을 보며 말했다.

"눈물을 참는 건 좋은 일이 아닙니다."

스물다섯 살의 단이 스물한 살의 지안을 보며 말하고 있다.

"주제넘은 말이었습니까?"

단이 다시 말했다.

"왜 그런 말씀을?"

"눈물을 참는 건 좋은 일이 아닙니다. 눈물을 참는 건 더 많은 눈물을 만드는 것이니까요."

"무슨 말씀이신지 모르겠습니다. 이만 가겠습니다."

지안은 단의 말을 외면하며 연못가를 벗어나 버렸다. 어느새 건너편 열한 살의 지안과 열다섯 살의 두현은 사라지고 없었다.

"휴우!"

연못가에 남겨진 단이 작게 한숨을 내쉬었다.

지안은 황급히 별당으로 돌아왔다. 하지만 방으로 들어가지 못하고 별당 기둥에 몸을 의지했다.

파다다다닥! 파다다다닥!

지안이 심장이 뛰는 소리 때문에 의지하고 선 별당 기둥이 같이 흔들리는 것 같았다.

'아니야! 저이가 아니야! 그런데 어떻게 서방님과 똑같은 말을?'

기억 속 두현의 모습과 너무나 닮아 있는 단의 모습이 지안은 혼란스러웠다.

'그래. 저이는 서방님의 오랜 지기이지. 친구라서, 지기라서 그럴 게야. 그래서 저리 서방님과 같은 말을 하는 걸 게야. 열한 살 내 어린 눈물을 닦아주었던 저 말을.'

지안은 파닥이는 심장을 겨우 억누르며 그날을 회상했다.

병약했던 어머니가 지안을 두고 세상을 떠났던 10년 전 그날. 배꽃의 그 봄날을.

숨어 있던 배꽃이 파스스 일어났다.

4. 10년 전, 배꽃의 그 봄날

1926년 진주군 문산읍 이곡리의 봄.

흩날리는 배꽃은 향긋한데 상갓집의 풍경은 슬픔의 냄새로 가득했다.

열한 살의 지안은 눈물을 참으려고 입가가 실룩이고 눈시울이 빨갰다. 어머니의 영정 사진만 하염없이 바라보며 검은 원피스자락을 마구 구겼다.

하지만 열한 살 어린아이가 눈물을 참는 것에는 한계가 있는 법. 결국 지안은 살며시 마루에서 내려섰다.

"이제 일국 아저씨네도 이렇게 문을 닫는구먼."

"그러게나. 아주머니 긴 병에다, 계몽운동이네 뭐네 하면서 그 많은 재산 다 잃고 내일이면 이 집마저도 넘겨줘야 한다던데."

"경성에서도 뜨르르하니 살다 계몽운동이네 뭐네 한다며 이곡리 내려와서는 몇 년 안 돼 집이 아주 박살이 나버렸구만."

"우리 김씨 집안에 인물 하나 났다 자랑이 자자했었는데."

"그러게 말이야. 한데, 지안인 저 어린 것이 잔망스럽기도 하지. 어머니 잃었는데 눈물 한 방울 흘리지 않으니……."

"야소교[1]에서는 곡을 하지 않는대나?"

"그래? 하긴, 일점혈육 상주한테 저런 서양 옷이 가당키나 한가? 쯧쯧쯧!"

경성에서 문상을 온 친지들의 말을 들으며 지안은 뒤꼍으로 돌아갔다. 상주 옷으로 입은 까만 원피스가 유난히 무거웠다.

뒤꼍 담벼락 아래에 털썩 주저앉으며 어머니의 유품을 꺼내 들었다.

"어머니! 전 울지 않을 거예요. 혼자 남은 아버지 가여워서 절대 울지 않아요."

울음을 참는 지안의 입가에 경련이 일었다.

"그런데 어떡하죠? 자꾸 눈물이 나오려고 해요. 참아야 하는데―."

지안은 단단히 다짐을 해보았다. 그런데…….

"눈물을 참는 건 좋은 일이 아니야."

갑자기 옆에서 낯선 음성이 날아들었다.

지안은 얼른 고개를 돌려보았다. 검은색 교복을 입은 소년이 뒤꼍 모퉁이에 서 있었다. 봄 햇살에 반사된 소년의 얼굴이 보이지 않아 지안은 눈을 찡그렸다. 눈이 부셨다.

---

1) 야소교(耶蘇教): 예수교. 기독교.

그러다가 갑자기 지안은 벌떡 일어났다. 그 바람에 어머니의 유품이 품에서 떨어졌다. 지안은 그것도 모르고 쪽문을 나와 뛰어가 버렸다.

지안은 신작로길 옆 논두렁길을 지났다. 논두렁길 아래는 온통 자운영꽃이 피어올랐다. 토끼풀을 닮은 얼굴에 분홍과 보라로 물이 든 자운영꽃. 혼자 숨죽이는 울음 같은 자운영꽃. 그 꽃을 바라보면서 지안은 자신을 뒤따르는 소년을 느꼈다.

어느새 산길로 들어섰다. 봄날의 배꽃이 흩날려 지안의 검은 원피스 위에 물방울처럼 놓였다. 소년의 기척은 여전히 느껴지고 있었다.

지안은 뜀박질을 시작했다. 배꽃 사이로 검은 원피스 자락이 휘날렸다. 얼른 소년을 떼어내 버리려 했다.

하지만 소년의 걸음도 따라서 빨라졌다. 결국 지안은 쫓기듯이 뛰게 되었고 그러다 그만 넘어지고 말았다.

"아야!"

넘어지면서 무릎을 세게 부딪친 모양이었다. 지안의 무릎에서 발갛게 피가 배어나왔다.

"이런! 괜찮니?"

다가온 소년이 지안의 앞에 꿇어앉더니 지안의 무릎을 들여다보았다. 번지는 피를 보았다.

"가만!"

소년이 얼른 교복 주머니에서 손수건을 꺼냈다. 다림질이 잘 되어 구김이 없었다.

"조금만 참아."

소년이 지안의 무릎을 싸매었다. 조심스러운 소년의 손길이 움직이는 대로 번지던 무릎의 피가 모습을 감추었다. 조심스럽고 또 다정했다.

어디선가 4월의 봄바람이 불었다. 둘을 둘러싸고 흐드러지게 벌어진 배꽃들이 춤추듯이 떨어져 내렸다. 배추흰나비는 나풀나풀 날아와 지안의 원피스 치맛자락에 내려앉았다. 살포시 접히는 배추흰나비의 날개 위로 아지랑이는 나긋나긋 피어올랐다.

무엇이라고 설명할 수는 없지만 정갈한 소년의 체취는 지안의 코끝으로 스며들었다.

툭!

갑자기 지안의 눈에서 눈물 한 방울이 떨어졌다.

흐읍!

지안은 눈물을 참아보려고 했다. 하지만 잘 되지가 않았다.

"어쩌지? 많이 아픈가 보구나."

소년의 말이 걱정을 많이 담았다.

"미안해. 내가 괜히 쫓아와서……."

"아파서 우는 거 아니에요. 아니라구―!"

하루 종일 눈물을 참아왔던 지안이 울먹이기 시작했다. 숨어 흐르던 개울물이 장마에 불어나 넘치듯 울음이 크게 터져 나오려 하였다.

"울고 싶으면 그냥 울어. 눈물을 참는 건 좋은 일이 아니야. 눈물을 참는 건 더 많은 눈물을 만드는 일이라구."

"으으으아앙!"

소년의 말이 끝나자마자 지안의 눈물이 터지고 말았다.

"그래. 이렇게 우는 게 나아."

소년의 손이 다정하게 지안을 토닥였다. 어깨가 아니라 지안의 마음을 토닥였다.

그래서였을까? 비밀히 감추었던 지안의 울음이 처음 본 낯선 소년 앞에서 터져 버렸던 건. 한번 터져 버린 지안의 울음은 걷잡을 수 없이 커져만 갔다. 소년은 쉬지 않고 지안을 토닥여 주었다.

토닥토닥!

너무 따스했고

또

괜히 두근거렸다.

지안의 울음을 듣고 배꽃이 더 많이 흩날리기 시작했다. 양 갈래로 땋은 지안의 머리 위에 흰 꽃잎이 몸을 누였다. 지안을 안고 토닥이는 소년의 긴 손가락 위에도 나풀거리며 몸을 누였다. 아린 배꽃 향기가 코를 찔렀다.

지안의 울음이 잦아들기까지 소년의 토닥거림은 멎지 않았다.

"그만 일어날까?"

소년이 물었다. 지안이 고개를 끄덕이자 소년은 길고도 가는 손가락으로 지안의 남은 눈물도 닦아주었다. 눈 밑을 지나는 소년의 손가락에서는 잉크향이 났다.

"얼른 돌아가서 약도 바르고 해야겠는걸."

지안이 다시 고개를 끄덕였다. 소년의 손이 지안의 몸을 일으켰고 지안의 얼굴에는 자운영꽃물이 들었다. 지안의 원피스 자락을 털어주는 소년의 손끝도 파르르 떨렸다.

지안과 소년은 나란히 서서 산길을 내려왔다.

완만한 산기슭에 삐삐(싱아)가 온통 고개를 내밀었다. 껍질을 벗겨 흰 속살을 꺼내 씹으면 갓 언 얼음처럼 서늘한 맛이 났다.

조금 더 내려오자 산지기의 움막집이 보였다. 산지기는 보이지 않았다. 그리고 보니 인기척이 하나도 없었다. 배꽃의 움직임만 빼면 산길은 온통 적막했다.

지안은 왈칵 무섬증이 올랐다. 저도 모르게 소년 쪽으로 몸이 붙었다. 그러자 소년이 무릎을 꿇고 앉더니 지안에게 등을 내밀었다.

"업어줄까? 많이 걷기도 했고 무릎을 다쳐서 걸어가기도 힘들겠어. 어머니 상중인데 얼른 가지 않으면 어른들한테 걱정 듣겠는걸."

돌아앉은 소년의 등이 듬직했다. 그래서였을 것이다. 지안이 선뜻 소년의 등에 몸을 눕힌 것이.

소년은 지안을 업고도 가뿐히 발걸음을 옮겼다. 그렇게 소년은 지안을 업고 산길을 걸어 내려왔다. 흩날리는 배꽃은 풀 먹여 널어놓은 홑이불 같았다.

산길이 끝나자 신작로길이 나왔다. 소년은 올 때처럼 신작로 옆 논두렁길로 걸었다. 논두렁길은 점성이 있어 질척거렸다.

"무거웁지 않아요?"

산길에서부터 한참이나 지안을 업고 내려왔는데.

"아니! 하나도 무거웁지 않다."

"거짓부렁!"

"참말이다. 이대로 업고서 경성까지도 가겠는데."

"진주라 천리길~ 노래도 있는데. 참말 경성까지 갈 수 있을라구요?"

"하하하! 그럼 어디 이대로 경성까지 가볼까?"

"말도 안 돼요."

"그러게! 하하하―."

소년이 웃는데 지안의 마음이 부끄러웠다. 괜히 소년의 등에 얼굴을 묻었다. 그리고 그때, 어머니가 가르쳐 주었던 자운영꽃의 꽃말을 떠올렸다.

"그런데 넌 말씨가 이 고향 아이가 아닌 것 같애."

"원래 경성에서 살다가 3년 전에 이곡리로 내려왔어요. 보통학교 1학년까지는 경성에서 다녔죠."

"그래? 경성에서 이 먼 이곡리까지 어떻게?"

"아버지가 농촌계몽운동을 하시는데 이곡리에 연고가 있어서요. 어머니 생전에 몸이 약하셔서 휴양도 되겠다 해서요."

"계몽운동이라? 아버님께서 훌륭한 일을 하시는구나."

"야학도 하시고 농수로 개설도 연구하시고 그러는데."

지안의 목소리에 자랑스러움이 배었다.

"그래. 널 보니 너의 아버님이 그런 분이실 것 같아."

한참을 지나서 둘은 동네 입구에 다다랐다. 저만치에 지안의 집이 건너다 보였다.

"이제 내려줄게."

소년이 조심스럽게 지안을 내려주었다. 곁눈질로 보니 소년의 이마 옆으로 땀방울이 송골송골 맺혀 있었다.

"고맙습니다."

지안은 소년에게 인사를 하고는 한 번 마주보지도 못하고 집 쪽으로 뛰어갔다. 부끄러워서 소년의 얼굴을 바로 볼 수가 없었다.

하지만 소년의 얼굴이 잘 보이지 않을 때쯤 되어서는 돌아서서 손을 흔들어 주었다.

"뛰지 마! 피가 다시 날지도 몰라!"

걱정하는 소년의 음성은 또다시 뛰어오면서 들었다.

그 밤에, 장례상이 치워진 대청마루에 손수건을 들고서 지안은 혼자 앉아 있었다.

봄밤 위에 별들이 반짝였다. 그중에서 여우별 하나가 숨었다 나타났다 했다. 아무리 기억을 모아보아도 밤하늘의 여우별처럼 소년의 얼굴은 기억이 나지 않았다. 어렴풋한 윤곽만이 그려졌다.

하지만 선명하게 기억나는 것이 있었다. 결코 잊을 수 없는 것이 있었다. 그것은 바로 하늘같이 울어버리는 자신을 안고 토닥이던 소년의 교복 가슴께에 놓여 있던 이름.

윤. 두. 현. 윤두현. 윤두현이라는 이름 세 글자.

윗마을 윤 참판 댁 손자. 지안의 정혼자라는 열다섯 살 소년의 이름 세 글자. 조부님 때부터 약혼이 되어 있는 사이라고 슬아네가 이야기해 주었다.

그 봄밤 여우별 아래에서 열한 살 지안은 그 세 글자에 마음을 묶어버렸다. 그래서 어머니를 여의고 유품을 잃어버리고 정든 집을 떠나야 하는 슬픔은 위로를 받았다.

지안은 두현의 손수건을 들여다보았다. 두현의 영어 이니셜 D·H가 수놓인 것을 보면 특별한 손수건일 것이다. 손수건을 돌려받기 위해서라도 두현이 다시 올 거라고 지안은 믿었다.

배꽃 이울다

다음 날 아침 어머니를 마지막으로 보내고 정든 집을 떠나야 했다. 두현은 오지 않았지만 이사할 집을 알고 있을 테니 그곳으로라도 두현이 다시 오리라 지안은 또 믿었다.

하지만 그것은 지안만의 생각이었다. 그 후로 두 번 다시는 두현을 보지 못했다.

세월이 흘렀다.

두현에 대한 지안의 기억은 시간을 먹으며 자라갔다. 예배당에 앉아서 기도를 할 때마다 그의 이름은 빼먹지 않았다.

하지만, 들려오는 그에 대한 소문들은 참담한 것뿐이었다. 그의 할아버지가 변절하여 친일파가 되어버렸다고 했다. 줄곧 경성에서만 지내던 두현이 이번에는 영영 일본으로 떠나 버렸다고 했다. 다시는 이 곡리로 돌아오지 않겠다고 소리를 지르며 떠났다고 했다.

그래도 지안의 기억은 사그라들지 않았고 기다림은 시들지 않았다.

그렇게 10년이 흘렀다. 배꽃의 봄날 오후, 그 기억 하나만을 가지고 10년이 흘렀던 것이다.

작년 말, 두현이 일본에서 돌아왔다. 만신창이가 되어서 돌아왔다.

친일파 집안에 이번엔 개망나니까지 생겼다며 마을 사람들이 손가락질을 하였다. 그래도 지안의 마음은 여전히 두현을 향해 목을 늘였다. 지안의 기다림이 반가움에 화색을 띠었다.

윤 참판의 청혼이 들어왔다. 조부님 대의 약조를 지킬 때가 되지 않았냐 하였다. 혼례 후 평생 넉넉히 살 수 있게 뒤를 봐주겠다고 아버지 일국에게 제안을 하였다.

일국은 대꾸할 가치도 없다며 일언지하에 거절을 하였고 동리에서는 윤 참판이 드디어 망령이 난 모양이라고 입을 대었다. 어디에다가 감히 청혼을 하는 거냐고 뒤에서들 수군거렸다.

그런데 스물한 살의 지안은 시집을 가겠다고 하였다. 윤 참판의 집이 아니면 평생 시집을 가지 않겠다며 아버지 일국에게 협박 아닌 협박까지도 하였다. 아버지까지 지켜줄 수 있는 선택은 그것밖에 없었다.

"지안이! 너 어찌― 어찌―."

지안의 말에 일국은 어이가 없어서 가슴만 쳤다.

"아씨! 도대체 왜 그러신데예? 기어이 어르신 기함하시는 것을 보실 요량입니꺼예? 그 좋은 혼처를 다 마다하시고 혼인을 미루기만 하시더니 결국 이리 하실라꼬 그랬습니꺼?"

슬아네까지 나서서 지안을 어르기도 하고 눈물로 호소도 하였다.

하지만 아무도 지안의 고집을 꺾지 못하고 결국 혼인이 성사되었다. 그렇지만 함이 들어오는 날에도 굳게 닫힌 일국의 방문은 열리지 않았다.

일국의 집이 너무 옹색하여 혼례식은 윤 참판의 집에서 치르는 것으로 하였다. 일국은 알아서 다 하시라 하였다. 어차피 일국에게는 이러나저러나 기쁘지 않은 혼사였다.

그렇게 스물한 살의 지안은 처음 만났던 배꽃의 봄날에 스물다섯 살 두현의 신부가 되었다. 그의 아내가 되었다. 10년을 기다려 그의 곁으로 오게 되었다.

갑자기 아버지가 실종되고 할아버지는 친일파로 변절해 버렸으니 두현의 마음의 상처가 얼마나 클지 지안은 짐작하였다. 자신이 두현의 곁에서 함께한다면 예전의 모습을 다시 찾을 수 있으리라 생각했다.

친일파라는 오명을 꼭 벗게 해주겠다 다짐을 했다. 당장은 아버지까지 도울 수 있으니 지안으로서는 더 없이 좋은 일이라고 믿었다.

╌ ╳ ╌

그런데…….

'10년을 키워온 그리움인데 난 왜 이렇게 아프기만 한 걸까? 10년을 간직해 온 기다림인데 그는 왜 늘 엇나가기만 하는 걸까? 10년의 시간 동안 그는 왜 이리도 변해 버린 걸까? 내가 그 상처를 과연 치유할 수는 있는 것일까? 나는 10년을 하루도 잊지 않았는데 그는, 그는 왜 나를 알아보지도 못하는 걸까……?'

지안은 회상에서 깨어났다.

그러자 슬픔의 기운이 한꺼번에 몰려들었다. 지안은 애써 저고리 앞섶을 움켜쥐었다. 별당 기둥을 의지한 손이 파르르 떨렸다. 눈물을 참으려고 입술을 앙다물었다.

그런데, 조금 전 연못가에서 만났던 단의 말이 귓가를 울리며 생각났다.

"눈물을 참는 것은 좋은 일이 아닙니다."

쏘옥ㅡ.

그러자 거짓말같이 단의 말꼬리를 잡고 눈물 한 방울이 뽑혀 나왔다. 뒤를 이어 두 방울 세 방울 계속 흘렀다. 더운 숨이 올랐다. 참았던 지안의 울음이 결국 터져 버렸다.

"흐흐흐흐흑!"

지안은 저고리 앞섶을 더 아프게 쥐었다. 그래. 단의 말이 맞다. 눈물을 참는 건 더 많은 눈물을 만드는 일일 뿐이었다.

단은 후원에서부터 지안의 뒤를 따라왔다. 지안은 한 번도 뒤를 돌아보지 않았다. 그렇게 별당 대문 입구에서 단은 눈물 속에 잠기는 지안을 오롯이 지켜봤다.

'이럴 거면서, 이럴 수밖에 없는데 왜? 어찌해서 두현과……?'

지안에게 눈물을 참지 말라고 자신이 말했었다. 그런데 지안의 눈물에 오히려 단이 잠겨 버렸다. 눈물 속에 빠져 숨을 쉴 수가 없었다. 단도 셔츠 앞자락을 잡으며 애써 호흡을 가다듬었다.

지안의 쪽 찐 머리는 윤기 나는 도자기였다. 다소곳한 손짓은 물방울을 튀기며 헤엄치는 어린 무지개숭어였다. 단은 그런 지안에게서 눈길을 뗄 수가 없었다. 그래서 그때마다 간신히 자신과 싸움을 하며 눈길을 거두었다.

스물다섯 살 단은 심장을 잊고 살아야 하는데 욱신거리는 심장의 통증을 느꼈다. 눈물을 버리고 살아야 하는데 고통으로 젖어드는 자신의 눈시울을 깨달았다.

'가여운 사람! 애달픈 사람!'

단의 셔츠 앞자락이 사납게 구겨졌다.

╬ × ╬

배꽃이 잔잔하게 이울었다.

4월 중순으로 접어들면서 배꽃은 절정을 향해 치달았다. 배꽃 향기가 손끝에서도 돋고 옷자락 끝에서도 돋아났다.

"허 선상님!"

"박 서방 아저씨! 어쩐 일이십니까?"

단은 방문을 열며 박 서방을 쳐다봤다.

"손님이 찾아 오셨습니더예."

"손님이라니요? 저를 말입니까?"

단의 고개가 갸우뚱해졌다.

"안녕하십니까?"

박 서방의 뒤로 젊은 청년이 들어섰다.

"누구신지─?"

기억을 더듬어보지만 전혀 알지 못하는 얼굴이었다. 들어선 젊은 청년은 희멀건 얼굴에 한복을 입고 상투까지 틀었다.

"저는 이강이라고 합니다. 며칠 전 이곡리로 이사를 들어왔지요."

"그러시군요. 안녕하십니까? 한데 저를 어찌?"

단의 의아함이 더 커졌다.

"허 선상님! 그럼 지는 이만─."

할 일을 마친 박 서방은 사랑채를 나갔다.

"잠시 들어도 되겠습니까?"

강이 마루 앞으로 한층 다가섰다.

"아이쿠! 이런! 안으로 드시지요."

"실례하겠습니다. 콜록—!"

마루로 올라서는 강이 마른기침을 뱉었다.

단과 강, 두 사람은 단의 방 안에 마주보고 앉았다.

"시골 동리에 말 나눌 벗이 없어 답답하던 차였습니다."

말을 하며 강은 방을 둘러봤다. 단의 첫인상만큼이나 정갈하고 단정했다. 게다가 희미하게 잉크 냄새가 풍겼다.

"그랬습니까?"

단은 말과 입성이 따로 노는 강을 봤다.

"한데 이 댁에 경신중학 선생님이 내려와 계신다 말을 전해 듣고서 실례를 무릅쓰고 이리 걸음을 하였습니다. 바쁘신 중이었습니까?"

"아닙니다."

"시골에는 요양 차 오게 되었습니다. 경성에서는 동인지에 글도 투고하고 야학에서 수업도 하곤 하였는데—."

"수고가 많으셨군요."

"아닙니다. 한데 건강이 좋지 않아 갑자기 맞은 시골 생활이 무료하기가 짝이 없습니다."

"이곡리에 무슨 연고가 있으신가 봅니다."

"저희 어머니께서 오래 전 보았던 배꽃이 참으로 빼어난 곳이라며 하도 성화를 대서서 이리 오게 되었지요."

"네. 이곡리의 배꽃이라면 누구나 다시 보고 싶을 것입니다. 소개가 늦었습니다. 저는 허단입니다."

"허 선생님? 아하! 이런! 벌써 우리 사이에 동질성 하나를 발견했습니다."

"동질성이라뇨?"

무슨 뜬금없는 말이냐고 단이 물었다.

"단과 강, 저희 둘 다 외자 이름을 가졌지 않습니까?"

"아! 그런가요? 하하하하하!"

강의 익살에 단이 시원하게 웃었다.

"단이 오라버니!"

계속 단의 방문이 열려 있었는데 이번에는 언제든지 마음 내키는 대로 사랑채를 드나드는 선아가 왔다. 단은 강을 향하던 웃음 그대로 선아를 맞았다.

"선아 누이! 사랑채에는 또 어쩐 일이야?"

"뭐 내가 못 올 데라도 왔우?"

"사랑 출입이 잦다고 안채 어르신들께 걱정 듣겠구나."

"내가 오라버니와 내외라도 할 사이우, 어디? 그나저나 손님이 계시네요."

낯선 남자가 있는데도 개의치 않고 선아는 냉큼 마루 위로 올라앉았다.

"얼마 전 이곡리로 새로 이사를 들어온 분이시라는구나."

"그러오?"

"두 사람 다 신식 공부한 사람들이니 인사를 나누어도 흠이 되진 않겠지?"

"흠은 무슨? 두현 오라버니 말처럼 오라버니도 별당 새언니 따라 고루해지시는 거우?"

선아의 몸은 벌써 반이나 방으로 들어왔다.

"제가 먼저 인사하지요. 안녕하세요? 저는 윤선아라고 합니다."

"안녕하세요? 저는 이강…… 어!"

서로를 향해 고개를 숙이던 두 사람은 그제야 서로를 알아봤다. 강의 눈이 휘둥그레졌다. 선아는 손가락을 들어 강을 가리켰다.

"다…… 당신은! 생양아치 무뢰배!"

"어! 귀족 아가씨?"

아무런 영문을 모르는 단만 혼자서 어리둥절했다.

잠시 후, 세 사람은 마주 앉아 있었다.

"하하하! 그런 인연이 있었구나!"

선아가 처음 만났던 날의 이야기를 들려준 참이었다. 어찌나 우습게 이야기를 하는지 단이 허리가 아프게 웃어댔다.

"글쎄, 단이 오라버니! 내는 있는 척 책이나 들고 다니면서 속은 텅 빈 깡통 같은 이인 줄 알았소."

선아의 입이 못마땅하여 삐쭉거렸다.

"그럴 리가. 사람을 보면 몰라서―?"

"그러니 말이오. 생긴 것은 멀쩡한데 하는 냥이랑 말본새는 영―."

"내가 그리 무례하였습니까?"

강이 대화에 끼어들었다.

"말해 무엇합니까? 처음 보는 이에게 어찌 그리 면박을 주던지―. 그래놓고 어찌 우리 집에 올 생각을 했는지 모르겠우."

말은 강에게 하는 것인데 여전히 선아의 얼굴은 단을 보고 있었다. 저번 날 강이 자신에게 했던 그대로 복수를 해줄 참이었다.

"나는 선아 씨를 그때 처음 보지 않았는데요. 또한 예가 댁인지 모르고 왔습니다."

"그럼 내를 언제 봤단 말입니까?"

"글쎄요? 꿈에서 한 번쯤은 보았지 않았을까요?"

"무에라구요?"

선아의 눈이 한껏 위로 치떠졌다.

"첫인상이 그러했으나 이제는 되었다. 그만하거라. 선아 누이!"

"단이 오라버니! 저 이나 좀 말려보우. 아주 무례함을 타고났나 보오."

강이 놀리느라 하는 말인데 자꾸만 노여움을 타는 선아의 모습이 단도 재미있었다.

"이 선생님도 그만하시지요. 선아 또한 부산에서 여학교 공부를 하는 중이니 두 사람도 동무 삼아 지내도록 하세요."

"내는 싫소! 저런 무뢰배랑 내가 왜?"

선아의 고개가 샐쭉하니 돌아갔다.

"내는 좋습니다. 꿈에서 본 미인이시라면."

강은 능글맞은 웃음을 띠었다.

"자꾸 꿈 타령은 왜 한답니까?"

선아가 강에게 타박을 주었다.

"이미 꾼 꿈을 아니 꾸었다 할 수도 없잖습니까?"

선아가 그러던 말던 강은 아랑곳하지 않았다.

"하하하하! 자! 이제 그만들 하라니까요. 이 선생님, 야학 이야기나 좀 더 들려주시지요."

강과 선아의 티격태격하는 모양새가 쉽게 멈출 것 같지가 않았다. 꼭 싸우는 것처럼 보이지만도 않아 단은 웃음으로 무마하려고 했다.

그때, 지안은 한씨 부인의 어깨를 주물러 주고 나오는 길이었다. 사랑채 담 밑을 지나가다가 담장을 넘어 나오는 단의 웃음소리를 들었다.

걸음을 멈추었다. 담장 위로는 능소화 가지가 늘어지고 단의 웃음은 실타래처럼 지안의 마음에 늘어졌다.

'늘 잔잔한 사람인 줄 알았는데 저리 크게 웃기도 하는구나!'

지안도 괜히 웃음이 났다. 조금 전까지는 마음이 찢기고 있었는데. 지안은 웃음을 걸고 사랑채 출입문을 조용히 지나갔다. 물론 자신이 웃는다는 것도 모르고.

웃고 있던 단은 사랑채 출입문 앞을 지나는 지안을 봤다. 방문이 열려 있어서 지안의 모습이 오롯이 내다보였다.

단은 지안의 뒷머리에 꽂힌 비녀를 봤다. 오늘도 지안의 비녀는 비수처럼 아팠다. 단의 웃음이 잦아들었다. 살짝 날리는 지안의 치맛자락이 너무 서러웠다. 단의 웃음이 더 잦아들었다.

강은 물끄러미 어딘가로 향하는 단의 시선이 이상하여 그것을 따라가 봤다. 막 사랑채 대문 앞을 지나 사라지는 지안이 단의 시선 끝에 있었다.

'응? 왜?'

눈치가 빠른 강이었다. 말도 안 되는 일이지만 단의 시선에 담긴 감정의 정체가 무엇인지 강은 대번에 알아차렸다. 놀란 강이 단을 다시 보는데 그것도 모른 채 단의 시선은 여전히 지안에게 못 박혀 있었다.

✛ ✖ ✛

새로 홑이불을 내어놓아 헌 이불들을 빨았다. 후원 연못가가 볕이 제일 잘 들어 이불 빨래는 늘 거기서 말렸다. 지안이 슬아네와 정이의 뒤를 따라서 갔다.

"에고머니! 아씨! 저것 좀 보시라예!"

슬아네가 가리키는 후원 연못가에는 단이 앉아 있었다. 비단잉어들에게 밥을 주는지 연신 물속으로 뭔가를 던져 넣었다.

"우짜믄 우리 허 선상님은 물고기들에조차 다정다감하실꺼나예?"

슬아네는 그저 단이 좋은 모양이었다. 생글거리며 웃는데 눈이 작아졌다.

"진짜 그래예."

정이의 시선도 봄기운을 품었다.

"이불을 너실 모양입니다."

그러는 사이, 언제 세 사람을 보았는지 단이 다가왔다. 손끝에서 누룽지 부스러기가 떨어져 내렸다.

"네. 햇빛이 하 좋아 이불을 빨았구만예."

슬아네의 목소리가 우스울 만큼 간드러졌다.

"무거워서 적이 힘이 들겠는데요."

"괜찮구만예."

"아닙니다. 제가 좀 도와드리지요."

"무신 말씀을예? 학상들 가르치시는 귀하신 손인데 이런 궂은일을 하면 되시간데예? 저번에도 별당 마루쪽을 보아주십사 했다가 아씨가 야단 야단하셨구만예."

"유모! 내 언제 그랬소?"

슬아네에게만 들리게 속삭이는 지안.

"하니 저만큼 비켜나 계세예. 지들이 할 것이구만예."

지안의 말은 못 들은 척 슬아네가 단을 향해 손사래를 쳤다.

"사양 마세요. 본가에서도 더러 하였습니다."

단은 누룽지 부스러기를 마저 떨어내더니 대야로 손을 뻗었다. 그의 손을 따라 맥이 빠진 이불이 딸려 올라왔다.

"아씨! 그라믄 아씰랑 저만치 물러서 계세예."

그래서 돕겠다고 따라나선 지안은 옆에 서 있을 뿐이었다.

단과 슬아네가 주름을 펴 털자 물방울들이 햇살 속으로 튀어 올랐다. 정이가 가운데를 펴주었다. 단의 손목에서는 파랗게 핏줄이 비쳤다. 얼음이 언 개울물 속을 언뜻 지나는 숭어 허리처럼 청량했다. 지안은 눈이 부셨다.

공기 중에 튀어 오른 물방울들이 단의 셔츠 깃에 내려앉았다. 단의 셔츠 깃에 물방울들이 들었다. 지안, 더 눈이 부셨다. 잠시 눈을 깜박였다가 다시 떴다.

작은 이불은 혼자 널겠다며 단이 소매까지 걷어붙였다. 이제는 슬아네와 정이도 물러나서 지안 곁에 서 있었다. 슬아네가 자꾸 웃었다. 작아졌던 눈이 아예 얼굴에서 사라졌다. 그건 정이도 마찬가지였다.

"유모!"

지안이 슬아네를 불렀다. 하지만 슬아네는 단을 보느라 부르는 소리도 못 들었다. 지안이 슬아네의 팔을 살짝 흔들었다.

"유모! 유모는 허 선생님이 그리 좋으오?"

그제야 슬아네가 지안을 봤다.

"아무렴예. 여자라 치고 우리 허 선상님 같은 분 마다할 이가 있을 끼라예?"

"······."

"정이야! 니도 허 선상님이 좋제?"

"몰라예."

말은 그렇게 해놓고 정이의 얼굴이 표 나게 붉어졌다.

"유몬 언제 봤다고 말끝마다 우리 허 선생님, 우리 허 선생님인 게요? 우리 집 오신 지 아직 두 이레도 안 되었는데."

"왜예? 제가 그리 부르니 아씨, 부러우서예?"

"뭐요?"

"그라믄 아씨도 우리 허 선생님이라고 부르시면 되잖아예."

지안은 슬아네의 말에 피식— 작은 웃음이 났다.

"아이쿠! 아씨 한 번 웃으시라 그냥 해본 소리구만예. 그래도 덕분에 우리 아씨 진짜로 한 번 웃으셨네. 보세예! 아씨 그리 웃으시니 얼마나 좋아예? 정이야! 안 그렇나?"

지안이 웃자 슬아네도 오랜만에 활짝 웃었다.

"하모예. 별당 아씬 웃으시는 게 곱구만예."

정이도 슬아네를 따라 정말 좋아했다.

'내가 웃었던가? 지금 내가 웃었던가? 저 사람을 보며 내가 웃음이 났던가? 그런데 저이는 왜 저리 열한 살 내가 만났던 서방님을 떠올리게 하는 걸까? 왜 저이를 보면 자꾸만 이전의 서방님이 생각나는 걸까? 내가 혹여 저런 모습의 서방님을 생각하며 그리워했던 걸까? 그런 걸까?'

"혹여 힘이 필요한 일이 더 없습니까?"

단이 마지막 이불까지를 다 널고 지안네에게 다가왔다.

"있기는 허지만 아무려면 허 선상님 손을 또 빌릴꺼나예? 이만치 해주신 것만 해도 고마우시구만예."

슬아네의 목소리는 아직도 간드러지고 있었다.

"밥만 축내고 있나 슬슬 걱정이 되던 참입니다."

"아이고! 무신 그런 말씀을예. 어쩜 허 선상님은 그리 마음씀씀이도 깊으십니꺼예? 계셔 주시는 것만 해도 지들은 든든하고 좋습니더예."

슬아네가 손사래를 쳤다.

"그런가요?"

"하모예. 통 집에서 남자 그림자는 찾아볼 수도 없는디, 우리야 다 좋다 아입니꺼."

"다행이네요. 필요하시면 언제든 말씀해 주세요."

"알았십니더. 그런데 허 선생님은 우째 그리 다정스러우십니꺼? 나중에 혼인을 하시게 되믄 최고로 좋은 낭군이 되시겠어예."

"과찬이신데요. 본가에서는 크게 그렇지도 않습니다."

"아이라예. 아씨! 아씨 생각도 그렇지예?"

손사래를 치던 슬아네가 느닷없이 지안을 향해 물었다.

"응? 아니— 저—."

지안은 금세 답을 못했다.

"아씨도 그리 생각하시지예?"

슬아네가 다시 물었다. 그러다가 표 나지 않게 지안을 툭— 치기까지 했다. 그제야 지안도 고개를 끄덕였다. 단을 향해 작게 웃어주기까지 했다. 슬아네가 좋아라 하며 따라 웃었다.

"허 선상님! 보셨지예? 지안 아씨도 그렇다 안 하십니꺼? 오호호호호!"

단도 지안을 보며 되돌려 웃어주었다. 두 사람의 웃음이 서로에게로 건너갔다.

'아씨! 허 선상님!'

정이는 그 모습을 가만히 곁눈질로 바라봤다.

며칠 만에 집에 돌아온 두현은 후원을 향해 오고 있었다. 단의 모습이 보이지 않아 찾고 있는 중이었다. 외출은 잘 하지 않는 친구이고 방에서 책을 읽는 중이 아니니 후원 연못가의 잉어들에게 먹이를 주고 있을 것이었다.

두현이 막 후원 모퉁이를 돌았을 때였다. 웃고 있는 지안의 얼굴이 제일 먼저 두현의 눈에 들어왔다. 비스듬히 옆으로 서 있는 지안의 얼굴선이 단아했다. 까맣게 빗어 넘긴 머리에는 봄 햇살이 선을 그리며 흩어졌다.

곱다. 고운 사람이다.

무방비로 선 두현의 마음속에서 이 말이 떠올랐다. 하지만, 두현의 눈에 고와 보여서는 안 되는 사람. 애써 고개를 돌려 외면해 보려고 했다.

그러다가 지안의 앞에서 웃고 있는 단이 그제야 두현의 눈에 들어왔다. 이상했다. 두현의 시선에 두 사람의 모습이 참 잘 어울려 보였다.

게다가 지안을 보는 단의 눈빛이 너무나 따스하다는 것이 두현에게도 느껴졌다. 그냥 따스한 눈빛이 아니고 왠지 마음이 녹아 있는 듯한 눈빛.

'윤두현! 미쳤구나! 지금 무슨 생각을 하는 거냐?'

두현은 애써 고개를 저었다. 하지만 고개를 돌리지는 못하고 그대로 단과 지안 두 사람을 보았다.

두현의 눈에 슬아네와 정이는 보이지 않았다.

잠시 후, 단과 두현은 사랑채의 마루에 앉아 바둑을 두었다. 구등산 위에서 배꽃이 이울어 마을 아래로 흰 천 늘어지듯 휘날렸다.

"지내기에는 어떤가?"

"내는 좋으네."

"정말 보름 정도만 머물고 돌아갈 텐가? 한 달은 여유가 있다면서."

"경성 올라가서 준비할 것들도 있고."

"하면 닷새 정도 남았나? 어찌 되었든 내 집에 머물 동안은 다 잊고 편히 지내게. 전쟁터처럼 살아가는 자네 인생이 아닌가?"

"걱정해 주는 친구의 우정에 내가 감명을 받아야 하는 게지?"

"나야말로 감명을 받아야지. 전쟁터에 사는 와중에 날 보러 달려와 주었으니."

"자네가 일본에서 병증이 심한 채로 돌아왔는데 응당 들여다보아야지."

"딱 그 이유뿐이던가?"

두현은 후원의 연못가에서 마주보며 웃던 단과 지안의 모습을 떠올랐다. 너무 따스했던 그 분위기도.

"응?"

"아닐세. 그나저나 우스운 일이로세. 친일파 윤 참판댁 사랑채에 독립투사라? 혼다 상이 알면 기함을 하겠군."

"해서? 고변이라도 할 텐가?"

"예끼! 이 사람! 비록 개망나니 한량으로 살아가고 있지만 벗으로서, 이 나라의 백성으로서 내는 자네를 존경하고 그 뜻을 흠모하네."

두현은 이미 오래전부터 단에게 공작금을 제공하고 있었다.

"하면 이런 생활은 그만 접어두고 나와 걸음을 같이할 텐가?"

"됐네. 내 항상 말하지만 자네의 사상놀음까지 나누고 싶지는 않으이. 내야 이리 한 세상 너울거리며 살다 가면 그만이지. 자네에게 들이는 거액의 공작금으로 내 할 일은 다 하는 거네."

또 제자리다. 언제나 이 이야기만 나오면 두 사람은 평행선을 탔다.

"바둑 두는 사람이 어딜 갔는가?"

두현이 얼른 화제를 바꾸었다.

"내 도저히 바둑만큼은 자네를 이길 수가 없군그래."

단이 망설이며 바둑돌을 놓지 못했다.

"바둑만큼은? 하면, 다른 무엇으로는 자네가 나를 이겼던가?"

"무에라고?"

"그렇잖은가? 경신중학 시절에도 온 시내 여학생들의 인기는 내가 독차지했고, 자네는 포기한 동경 유학을 내는 다녀왔고, 게다가……."

"게다가, 또 무엔가? 잘난 친구는 어디 더 해보시게나."

단은 다정한 음성으로 짐짓 화를 내보았다.

"아직 혼전인 자네에 비해 난 어엿이 명문가의 규수를 맞아 일가를 이루었으니."

"……."

혼인 이야기가 나오자 갑자기 단의 입이 닫혔다.

"게다가 그 명문가 규수님은 어찌나 깍듯하기도 하신지 내 아무리 타박을 놓아도 저리 지극정성으로 나를 받들어 섬기니. 부부유별의 도리만큼은 확실히 배워서 온 듯하이. 고루하기가 짝이 없는 사람일세그려. 크크크―!"

"자넨 어찌하여 별당의 부인을 그리도 못살게 구는 겐가? 부인의 마음이 진정이라는 것을 자네도 알고 있을 터인데."

"진정이라……? 글쎄, 별당 저 사람에게 진정이라는 것이 있을까나?"

"내 보기에는 그러한 것을 자넨 어찌 그리도 부인을 헤아리지 못하고……."

"그만하게. 자네와 그 사람 얘기를 나누고픈 마음은 조금치도 없으니."

이번에는 두현이 입을 딱 다물어 버렸다.

"서방님! 바둑을 두고 계십니까? 입 다실 것을 조금 내어왔어요."

때마침 지안이 따뜻하게 찐 떡을 가지고 왔다. 아직도 김이 오르는 떡을 내려놓으며 지안은 단을 향해 어색하게 웃어주었다.

"드시고들 하세요."

지안은 다시 부엌으로 돌아가서 슬아네가 뒷정리하는 것을 도울 참이었다.

"부인! 잠시만 기다려 보시오. 혹 바둑을 둘 줄 아시오?"

두현은 지안을 보지 않고 바둑돌을 놓았다.

"바둑이라면 저는 잘 모르겠습니다."

남자들이 즐겨하는 바둑을 지안이 알 리가 없었다.

"바둑도 모른단 말이오?"

두현의 음성이 삐딱하게 올라갔다.

"하면 도대체 부인이 아는 것은 무엇이오? 농촌계몽운동 하시는 부친 밑에서 같잖게 내훈이니 삼종지도니 그런 것만 배우신 것입니까?"

두현의 말은 괜한 시비를 거는 것이었다.

"바둑은 여인들이 즐기는 것이 아닙니다."

그래도 지안은 공손하게 답을 했다.

"여인들이 즐기는 것이 아니라? 그럴 리가요. 내 옛 연인들은 모두 바둑을 잘 두었어요. 나와 대국을 하기도 했는데. 이러니 내가 부인과는 아무런 재미가 없다는 것이오. 서방님 홀리는 색기가 있기를 하나, 이야기가 통하기를 하나, 같이 즐길 만한 취미거리가 하나라도 있나……."

도를 넘긴 두현의 말에 지안과 단의 낯색이 함께 창백해졌다. 하얗게 걷혀 버린 지안의 낯빛에 핏기가 돌아올 기색이 없고 바둑돌을 쥔 단의 손도 깊은 주름이 가며 단단해졌다.

"안 그렇소이까?"

두현은 지안의 하얗게 질린 안색을 아랑곳하지 않았다.

그때, 갑자기 탁 하고 바둑판이 부서지는 소리가 났다. 단이 바둑판이 부서져라 돌을 내려놓은 탓이었다.

"깜짝이야! 단이 이 사람! 이게 뭐 하는 겐가?"

두현의 시선이 지안에게서 단에게로 옮겨 왔다.

"바둑 두는 사람이 어디 가셨는가? 말은 그만하시고 얼른 돌이나 놓으시게."

표 내지 않으려고 애를 쓰며 이 사이로 밀어내는 단의 말이었다.

"그럼, 전 이만 나가보겠어요."

그 틈을 타 지안은 얼른 사랑채를 물러 나왔다. 얼굴이 달아오르면서 마음이 쓰려왔다. 그런데 그것이 두현의 도를 넘은 말 때문인지, 단에게 못 볼 모습을 보인 창피함 때문인지는 잘 모르겠다. 그런 혼란을 겪는 자신이 지안은 또 혼란스러웠다.

두현은 처음부터 그렇게 모진 말을 할 생각은 아니었다. 바둑을 둘 줄 아냐고 물어볼 때만 해도 모른다 하면 좀 가르쳐 줄까 하려고 했었다. 그런데 아까 후원에서 보았던 단과 지안의 모습이 자꾸 떠올랐다.

그렇게 편안한 웃음을 지안은 한 번도 자기에게는 보여준 적이 없었다. 여인을 보는 단의 따스한 눈빛도 낯설었다. 이유도 없었다. 기분이 너무나 나빴고 지안에게 그렇게 나쁜 자신의 기분을 표현하고 싶었다.

한심한 놈— 윤두현.

두현은 그런 자신을 비웃었다.

바둑돌을 놓은 단은 두현의 입을 막아버리고 싶은 자신의 손을 억지로 눌렀다.

두현과 지안은 같은 울타리 안에 있고 자신은 그저 밖에 서 있는 손님일 뿐이었다. 그 울타리를 넘어가서도, 넘어갈 수도 없다. 자신은 아무것도 해줄 수가 없다. 확인된 지안의 불행을 그저 지켜볼 뿐이었다. 행복을 막연하게 기원할 때가 차라리 더 나았다고 혼자 되뇌면서.

지금이라도 이곡리를 떠나는 것이 좋을지도 모르겠다.

'하지만!'

도저히 단은 혼자 두고 갈 수가 없을 것 같았다. 이곳에. 저 조그만 지안을.

밤이 되었다.

"유모! 이 시간에 과수원길에 올라가면 남들 보기 이상하겠소?"

지안과 슬아네는 저녁을 끝내고 함께 별당 마당을 거닐던 참이었다. 어둠에 가려 표정을 읽을 수 없는 지안이 슬아네에게 물었다.

단과 바둑을 둔 후 집을 나간 두현은 오늘도 집에 돌아오지 않을 모양이었다. 지안의 얼굴색이 밤보다 더 어두웠다.

"아니, 뜬금없이 야밤에 산에는 왜예?"

뜬금없다고는 하지만 슬아네의 표정은 측은함을 담았다.

"안 되겠소?"

"오밤중에 산에 오르다가 누가 보면 이상한 소문만 날라꼬예."

"그렇겠지?"

"하모예. 손바닥만 한 시골 동네에서 우사스럽거로."

"하면, 재 너머 신작로 길에라도 잠시 같이 가려오?"

"와예? 저녁 자시고 속이 부대낍니꺼?"

"으응. 내 속이 좀 답답하오."

"알았어예. 저녁밥도 묵었으니 얼른 갔다가 오지예, 뭐."

그래서 슬아네는 긴 말을 하지 않는다.

조용히 대문이 열리고 지안과 슬아네가 집을 나섰다.

함께 동네를 벗어나 산자락 옆 오솔길을 걸었다. 달빛이 조는 오솔길은 고요했다.

지안은 열다섯 살 두현이 열한 살 자신을 업고 배꽃 사이를 지나는 것을 보았다.

"서방님……."

지안의 입가에 설핏 서러운 웃음이 걸렸다.

부지런히 걷다 보니 어느새 오솔길은 끝이 나고 신작로가 나왔다. 신작로길 아래 논두렁에는 온통 자운영꽃이 피어올랐다. 분홍색 물을 들인 쌀알이 모여 돋은 것처럼 한 꽃대에 옹기종기 꽃잎이 붙었다.

분홍색의 꽃물이 들다가 들다가 보라색으로 멍이 든 자운영꽃. 지안은 또 열다섯 살 두현이 열한 살 자신을 업고 논두렁을 지나는 모습을 봤다.

그런데 이상했다. 두 사람의 옆으로 다른 모습이 떠올랐다.

한쪽만 쌍꺼풀이 진 눈빛.

작게 미소가 걸리는 입가.

전체가 서글서글한 얼굴.

언제나 구김 없이 반듯한 모습.

음악을 한다는 가늘고 긴 손가락.

열한 살 자신을 업은 열다섯 살 두현의 모습 옆으로 자꾸만 경신중학교 음악 선생님인 단의 모습이 떠올랐다.

손수건을 건네주던 단의 친절함.

비단잉어들에게 먹이를 던져주며 정갈하게 피어나던 단의 웃음.

넘어지려는 자신을 잡아주던 단의 손길.

자신의 어깨에 얹혀 다독여 주던 따스한 단의 마음.

사랑채 바깥까지 흘러나오던 단의 웃음.

파닥. 파닥. 파닥.

지안의 안에서 작은 새가 다시 파닥였다.

'물색없이! 정신 차려라! 지안! 그분은 누구에게나 친절한 분일 뿐이야. 게다가 어쩌면 그분은……'

고개를 젓는 지안의 눈시울이 저절로 붉어졌다.

"아─씨─!"

슬아네의 눈시울도 붉어졌다. 어스름 봄밤이 가려놓아 주위는 온통 어두움인 채로.

하지만 그 시간, 논두렁길 한끝에는 먼저 온 단도 서 있었다. 어스름 봄밤이 가려놓아 단에게도 지안과 슬아네가 보이지 않기는 마찬가지였다.

단도 배꽃의 오솔길을 지나왔다. 단이 서 있는 논두렁길 아래에도 자운영꽃이 지천이었다.

단의 기억도 과거의 한 시간에 붙박여 한없이 펼쳐지고 있었다. 검은 원피스를 입고 눈물을 참던 열한 살 어린 소녀에게로, 그 10년 전 시간으로 단의 기억도 붙박인다.

10년 전, 오솔길에 닿은 산자락에 배꽃은 이울고 단은 지안을 업고 그 산길을 내려왔다……

검은 원피스를 입은 지안은 이울어 내리는 배꽃보다 가벼웠다…….

그리고 10년 전, 신작로길 아래 이 논두렁길을 또 지안을 업고 지나갔다…….

논두렁 중간에 버티고 앉은 개구리를 뛰어넘느라 단이 풀쩍이자 지안이 단의 목을 끌어안았다…….

피어오른 자운영꽃을 보며 지안이 꽃말을 아냐고 물었다…….

마을 입구에서 마지막으로 단을 향해 손을 흔들고 단의 손수건을 무릎에 맨 채로 지안은 나풀나풀 뛰어갔다…….

선아와 함께 앉아 있던 자신을 보고 외면하며 돌아서 나가던 지안은 그때 열한 살 어린 소녀였다. 민들레처럼 가냘프게 흔들리는 조그마한 여자아이였다.

"김, 지, 안. 김, 지, 안!"

단은 입모양으로만 지안의 이름을 한 자 한 자 불러보았다.

나뒹군 약사발을 들고 방을 나서던 지안의 치맛자락은 그때의 상복 원피스처럼 서러웠다. 머리끝에 내려앉은 지안의 비녀는 발갛게 번져 났던 무릎의 피처럼 단에게 아프기만 했다. 별당의 마루 앞에서 토닥여 주었던 지안의 어깨는 여전히 그때처럼 가냘프기만 했다. 두현의 지나친 말에 얼굴을 붉히고 나가던 지안의 등은 단의 등에 업혔던 그 날처럼 가볍기만 했다.

"김. 지. 안. 도대체, 왜, 두현과……?"

지안 본인에게는 아무것도 물을 수 없는 단의 가슴에 감전이 된 듯 전기가 올랐다.

자운영꽃이 흐느꼈다. 그 울음을 따라 달빛은 잘게 쪼개졌다. 쪼개지는 달빛 사이로 이운 배꽃은 자꾸만 날아와 쌓여갔다. 지안의 마음속에 쌓이고 단의 마음속에 쌓이고 두현의 마음속에도 쌓여갔다.

5. 배꽃, 애처롭게 욱신거린다

"허 선생님! 여기 별당분의 아버님께서 야학을 운영하신다지요?"

"저도 그리 알고 있습니다."

"같이 한 번 가보시렵니까?"

강의 물음에 단은 잠시 망설였다.

"혹 야학에 도울 일이 있으면 손을 보탤까 싶어서요. 허 선생님이야 곧 떠나실 분이지만 저는 이제 이곡리에 터를 잡았으니 조금이라도 쓸모 있는 일을 해야 하지 않을까 싶네요."

아침나절, 단을 찾아온 강이 청을 하였다. 단의 망설임도 잠시, 두 사람은 함께 일국의 야학으로 향했다.

동네 안에서는 야학을 운영할 수 없어서 마을 뒷산자락에 지어놓은 야학의 교실은 조그마한 초가집처럼 보였다.

낡을 대로 낡은 책상과 걸상이 몇 놓여 있고 칠판 대용으로 쓰이는 큰 합판이 놓인 야학의 교실은 초라하지만 깨끗했다. 게다가 교실 출입문 쪽으로는 소담하게 가꾸어놓은 꽃밭도 있었다.

4월의 봄을 타고 피어오른 배꽃은 야학의 교실을 배경으로 병풍처럼 수놓였다.

"귀하신 손들이 오셨는데 대접할 것이 마땅치가 않네요."

손때가 묻은 놋주전자에서 물을 따라온 일국이 자리에 앉은 단과 강의 앞에 잔을 놓았다.

"이 외진 이곡리에 경성분이 두 분이나 오시다니. 정말 반갑습니다."

아들 뻘이나 되게 나이가 어린 단과 강에게 일국은 깍듯이 존칭을 했다.

"기별도 없이 들렀는데 반갑게 맞아주시니 고맙습니다."

"이리 의식 있는 분을 뵙게 되어 저희가 영광이지요."

단과 강이 다시 한 번 고개를 숙였다.

"영광이라니요? 무슨 그런 과찬의 말씀을?"

손을 내저으며 고개를 젓는 일국의 겸손은 진심이었다.

일국의 모습은 딱 지안과 닮았다. 지조 있는 입매가, 진심이 서린 눈빛이, 알맞게 곧은 콧날까지. 10년 전, 언뜻 보았던 모습이라 기억은 잘 나지 않지만 단은 새삼 일국의 분위기가 그날과 똑같다고 생각을 했다.

"이 선생님은 경성의 야학에서 아이들을 가르치셨다고요?"

"네. 주로 빈민가 아이들의 한글 공부를 담당했었습니다."

"야학이라 해도 편한 일이 많았을 텐데."

빈민가 아이들에게 글자를 가르치는 일은 야학에서도 제일 힘든 일이었다. 아이들이라도 먹고 사는 일이 빠듯하다 보니 공부만 가르치는 것이 아니고 가정사도 헤아리고 돌보아야 했다.

"제가 좋아서 하였습니다."

강이 기분 좋게 웃자 일국도 함께 웃었다.

"허 선생님께서는 경신중학의 음악 담당 선생님이셨다고요?"

"네. 두 분에 비하면 풍족한 환경에서 아이들을 가르쳤습니다."

"가르치는 일에 어찌 풍족과 빈곤을 따지겠습니까? 다 귀하고 존엄한 일이지요."

일국의 입매가 다시 다정하게 휘었다.

"지금 윤 참판 댁에 머무신다 들었는데, 혹?"

"네."

일국이 망설이듯이 문자 단이 재빨리 답을 했다.

"허 선생님! 혹 우리 아이가 어찌…… 아, 아닙니다."

일국은 아마도 지안의 안부를 묻고 싶었던 모양이었다. 하지만 금방 물음을 거두고 말았다.

'별당의 따님께서는 잘 지내고 있습니다.'

이렇게 답을 해야 된다고 단은 생각했지만 차마 말을 하지 못했다. 그 말은 거짓말임을 단도 알고 있고 물론 일국도 알 것이었다.

"선생님! 그리 존대를 마시고 편안하게 불러주십시오."

대신 단은 일국에게 편하게 말을 하라고 청을 했다.

"초면에 그럴 수야 없지요."

일국이 다시 손을 내저었다.

"저도 그러시면 좋겠습니다."

강이 대화에 끼어들었다.

"하하하! 그래요. 하면 차차 그리하도록 하지요."

강까지 청을 하자 일국이 고개를 끄덕였다.

"한데 제가 손을 좀 도울 일이 있을까요? 아니, 꼭 돕고 싶습니다."

"아이들이 많지가 않아 지금은 일손이 부족하지 않아요. 한창 농번기라 다들 바쁘기도 하고. 그리고 정기적으로 와서 도움을 주는 손길도 있고요."

돕는 손길이 선아라고는 말하지 않는 일국이었다. 지금 야학의 교실과 주변이 깨끗하게 손질이 된 것은 모두 선아가 청소를 한 덕분이었다. 입구의 꽃밭도 선아가 만들어놓았다. 시집을 가기 전에는 지안이 매일 도와주었다.

"농번기가 끝나면 아이들은 물론이고 부녀자들까지 야학에 나오기도 합니다. 그때가 되면 일손이 부족할 터이니 이 선생님께 도움을 좀 청하지요."

"꼭 그리해 주십시오."

강이 웃으며 단과 일국을 번갈아 봤다.

"야학을 하신 지는 얼마나 되셨습니까?"

"10년이 훌쩍 넘었습니다."

"계속 혼자서 일을 보신 것입니까?"

"틈틈이 돕는 손길들도 있었고 혼자 한다고 크게 힘든 부분도 없어서."

"마을에 좋은 일도 많이 하셨다 들었는데요."

"이제야 내 한 몸 건사하기도 빠듯한 지경이니 다 옛말이지요. 하하하하!"

일국의 웃음에서 얼핏 병약함이 배어나왔다.

"허 선생님! 요즘 경성은 어떻습니까? 인천을 통해 외국의 문물이 더 급속히 밀려들고 있다 들었는데요."

이번에는 일국이 단을 향해 물었다.

"네. 하루가 다르게 변하고 있습니다. 달포 전 보았던 풍경이 어느새 낯설게 변해 있기도 하고 자주 다니던 골목길에 새 건물이 속속들이 생겨나기도 하니까요."

"참, 그렇겠지요? 나라를 잃고 말을 잃어도 시간은 그대로라 변함없이 흘러가고 있으니."

일국의 음성이 잠시 무거워졌다. 세 사람 다 같은 마음이라 야학의 교실 안에는 잠시 침묵이 흘렀다.

"선생님! 또 들르도록 하겠습니다."

"그래요. 하지만 간노라는 인사가 늘 야학을 주시하고 있으니 너무 자주 들르지는 마세요. 괜한 치도곤을 당할지도 모르니."

"상관없습니다. 아무 죄 없는 사람에게 무슨 해코지야 하겠습니까? 하니 다음에 뵙게 되면 꼭 그냥 자네라 부르시고 하대를 하시깁니다."

창백한 낯빛의 강이 얼굴을 밝히며 일국에게 작별의 인사를 건넸다. 일국이 알았다며 다시 미소를 지었다.

"선생님! 모쪼록 평안하십시오. 이곡리를 떠나기 전 또 틈이 나면 들르겠습니다."

"그러세요, 허 선생님!"

강이 먼저 교실을 나가고 단도 발걸음을 옮기자 일국이 따라 나오며 배웅을 했다.

배꽃의 바람이 부는 산자락에는 봄 햇살이 다정했다. 따스한 기운을 느끼며 단이 막 야학의 교실을 나서려 했다.

"한데, 허 선생님!"

완전히 밖으로 나가려는 단의 발걸음을 일국이 붙들었다.

"네?"

단이 일국 쪽으로 몸을 돌렸다.

"실례지만, 우리, 초면이 아니지 않습니까?"

"네?"

단이 의아하여 물었다.

"아! 네가 눈썰미가 좀 좋은 편이라! 분명 낯이 익은 모습이라서."

"글쎄요. 경성에서 함께 살았으니 지나가는 걸음에라도 본 적이 있지 않겠습니까?"

"아니! 분명 그건 아닌 것 같은데."

단의 가슴이 뜨끔했고 일국이 고개를 갸웃거렸다. 일국의 말대로 눈썰미가 좋아 10년 전에 마주 앉아 인사까지 나눈 단의 모습을 기억해 낸 모양이었다. 하지만 일국 또한 그 소년이 단이라고는 꿈에서도 상상하지 못할 것이니 지극히 의아할 것이었다.

단이 황급히 밖으로 나서고 일국도 교실의 밖으로 나왔다.

"콜록! 콜록!"

그리고 배꽃을 실은 4월의 봄바람은 따스하기만 한데 일국이 갑자기 심한 기침을 내뱉었다. 가슴까지 심하게 들썩거리는데 예사 기침이 아니었다.

"선생님! 어찌 그러십니까?"

"괜찮으신 겁니까?"

단과 강이 놀라 동시에 일국의 등을 붙들었다.

"괜찮아요. 괜찮습니다. 지나는 봄 감기에 걸린 모양이니."

"약은 드셨습니까?"

단의 얼굴에 걱정이 잔뜩 걸렸다.

"약까지 먹을 정도는 아닙니다."

"미리 단속을 하셔야지요. 제가 읍내에 나가 약이라도 좀 지어다 드릴까요?"

"그러지 마세요. 집에도 지어다놓은 약이 있습니다."

　일국이 손으로 기침을 막으며 두 사람에게 얼른 가라 손짓을 했다. 일국의 태도가 하도 단호하여 더 말을 못하고 단과 강은 다시 산자락을 내려왔다.

"건강이 좋아 보이시지가 않습니다."

　두 팔을 깍지 껴 머리 뒤로 얹은 강이 고개를 돌려 일국 쪽을 봤다. 기침하는 모습을 보이기 싫은지 일국은 벌써 교실 안으로 들어가 버리고 없었다.

"그러게요. 걱정입니다."

　단도 일국 쪽을 봤다. 마치 지안을 뒤에 남겨두고 온 것 같아서 마음이 편하지가 않았다. 심장 밑자락에서부터 욱신거리는 통증이 올라오는 기분이었다.

더 이상 말이 없이 두 사람은 산자락을 내려왔다.

지안은 정이와 함께 읍내에 다녀오는 길이었다. 필요한 수실이 있어서 슬아네게 함께 가자 했는데 마침 박 서방네와 장독간 정리를 하고 있었다.

세상이 변했으니 여자도 글자는 알아야 된다는 한씨 부인의 배려로 정이는 보통학교까지 다녔다고 했다. 행랑살이는 시키지 않겠다며 박 서방 부부가 애를 써서 구한 혼처로 시집을 보내었다. 열일곱 살 나이에 간 시집이었는데 아이를 낳지 못해 2년 만에 도로 집으로 쫓기어 왔다. 지안이 시집오기 며칠 전의 일이었단다.

저 건너 하늘에 매지구름이 떠올랐다. 배꽃은 구름에 가려 엷게 그림자가 졌다. 갔다가 돌아오는 내도록 종종걸음으로 잘 따르는 정이의 모습이 순한 양 같았다.

"아무래도 너 줄 고무신을 하나 살 걸 그랬어."

정이를 보는 지안의 눈빛이 다정했다.

"아니라예. 신발은 신은 것 말고도 또 있구만예."

"신발이 없어 그러는 것이 아니라 내가 선물을 하고 싶어 그런 게지."

"됐구만예. 지는 아무 상관 없어예."

"매지구름이 떴구나. 곧 비가 올 모양이야."

"그렇네예. 서둘러 가야겠구만예."

"비가 오고 나면 또 배꽃이 한 차례 떨어지겠구나."

"그렇지예."

"아쉽구나! 이제 배꽃을 볼 날도 얼마 남지 않았어."

"아씨! 아씨는 어째 그리도 배꽃을 좋아하세예?"

"으응—? 글쎄! 그는 왜?"

"아씨랑 배꽃이랑 참말로 잘 어울려서 물어봤구만예."

"내랑 배꽃이랑? 어째서?"

"배꽃의 꽃말이 뭔지 아십니꺼예?"

지안의 물음에 답을 않고 정이가 뜬금없이 물었다.

"배꽃의 꽃말? 배꽃의 꽃말이 따로 있니?"

"하모예."

"무언데?"

"배꽃의 꽃말은 온화한 애정이라예."

"그렇구나."

"온화한 애정— 아씨랑 딱 어울리는 말이지 않아예? 지는 배꽃을
볼 때마다 딱 아씨가 떠오르는구만예."

"정이야! 내가 그리 보였니?"

"네."

"고맙구나. 한데 어찌 정이 넌 배꽃의 꽃말을 알고 있는 게야?"

"지가 꽃말에 관심이 많구만예."

"꽃말에?"

"예. 어릴 때부터 무슨 꽃이든 꼭 꽃말을 알아내고는 했으니까예."

"그래? 기특하구나. 그럼……."

"네?"

배꽃 이울다

"혹— 혹, 자운영꽃의 꽃말은 무엔지 아니?"

"그라믄예. 자운영의 꽃말은⋯⋯ 그대의 관대한 사랑이라예."

답을 듣는 지안도 답을 하는 정이도 잠시 기억에 잠겼다. 기억 속의 그날. 자운영꽃의 그날. 배꽃 흩날리던 그날.

"예전에 허 선상님도 지한테 자운영 꽃말을 물어보셨었는디—."

정이가 혼자서 중얼거리듯 내뱉었다. 하지만 지안은 기억 속에 있어서 정이의 말을 듣지 못했다.

"한데, 정이야! 다음에 강에 갈 때도 또 따라가련?"

지안이 다정하게 물었다. 읍내에서 수실을 사고 돌아오는 길에 남강이 흘러가는 강자락에 서서 한참 강물을 보다가 왔다.

"아씨는 강도 좋아하시나 봐예?"

"응. 강물을 보는 게 내는 참 좋아. 강물을 보고 있으면 내도 강을 따라 자유롭게 흘러가는 것 같아서. 한데 시집오고부터는 강을 보러 가는 것도 쉽지가 않구나."

시할아버지에 시어머니까지 함께 사는 집에서 바깥출입 한 번도 편하지만은 않았다.

"말씀만 하이소. 언제든지 어디든지 아씨 따라 나설 테니께예."

"어쩨 너는 싫단 소리를 하는 법이 없구나."

"아씨랑 같이 가는 걸음인데 절대 싫을 리가 없잖아예."

"말하는 것도 언제나 예쁘지."

"아이라예."

정이가 낯을 붉히고 두 사람은 다시 부지런히 발걸음을 옮겼다.

그런데 아직 동네 입구도 보이지 않는데 제복을 차려입은 간노가 다가오고 있었다. 좀 떨어져서 지안의 뒤를 따르던 정이가 얼른 지안 쪽으로 몸을 붙였다.

"이런— 김일국 상의 따님이 아니십니까?"

간노가 다가와 말을 붙였다. 정이가 지안 쪽으로 더 붙어 섰다.

"그렇습니다만?"

대답하는 지안의 목소리가 서늘했다.

"아이쿠! 이런 결례를. 이제는 윤 참판 어르신 댁 귀한 손주며느님 이 되셨지요?"

"제게 무슨 용무가 있으십니까?"

지안의 말 같지가 않게 차가운 어투였다.

"크크크! 김일국 상이 윤 참판 어르신 그늘 밑에 숨어 서서 어떻게 지내시나 궁금한 것이지 아씨께야 달리 용무가 있을까요?"

간노의 수작을 뻔히 알기에 지안은 대꾸를 하지 않았다.

"요즘에는 통 일국 상이 지서에서 치도곤을 당하는 일도, 바쁘게 들락거리는 일도 없으니 내가 좀이 쑤십니다요."

도발하는 간노의 수작이 도를 넘어갔다.

"동달이 오래비! 어째 감히 별당 아씨께 이리 무례히 수작을 거는 기라예?"

바짝 붙어 있기만 하던 정이가 냉큼 앞으로 나섰다.

"동달이 오래비라? 정이 니가 부르니까 동달이, 그 이름도 듣기가 좋구나야."

"흰소리 그만두고 저리 비키라예. 별당 아씨 얼릉 돌아가셔야 되니 까예."

"어데 먼 데 다녀오는 길이더냐? 여자 둘이서 조심히 다녀야 될 낀데."

"그래도 자꾸! 그게 오래비랑 뭔 상관이라예! 당장 저리 비끼라니께예!"

정이가 간노의 몸을 떠밀었다. 그러자 간노는 의외로 쉽게 뒤로 물러섰다.

"하면, 먼저 갑지요. 저도 이곡리 동네에 들어가는 길이니."

의외로 쉽사리 떨어져 나간 간노는 인사까지 잊지 않았다.

이제 지안과 정이는 거의 어깨를 나란히 하고 동네 입구로 향한다. 간노를 피하느라 한참 길가에 서 있었다.

그런데 낭패를 만났다. 동네 입구에도 아직 못 미쳐 결국 빗방울이 떨어지기 시작했다. 봄날 한때 지나가는 여우비지만 일단 피를 피해야 했다. 저만치에 잎이 무성한 느티나무가 보였다. 손으로 우산을 해 쓰며 두 사람은 느티나무를 향해 갔다.

그런데 느티나무 밑에는 이미 한 사람이 들어서 있었다.

그 사람, 단.

도통 외출이라곤 안 하더니 난데없이 느티나무 아래에 단이 서 있었다.

지안은 비를 피할 생각도 못 하고 걸음을 멈추었다. 그런데 옆에 서 있던 정이는 갑자기 동리 쪽을 향해 뛰어가기 시작했다.

"정이야! 니 어디 가는 게야?"

놀란 지안이 뛰어가는 정이를 보며 물었다.

"아씨! 나무 밑에서 비 피하고 들어오시라예. 지는 먼저 가보겠구만예."

"정이야!"

"정이야!"

단과 지안이 동시에 말려보았지만 정이는 한복 치맛자락을 나풀대며 가버렸다. 꼭 달음박질을 해서만이 아니라 정이의 얼굴이 붉어졌다.

정이를 따라 뛰어갈 수도 없는 노릇이라 지안은 그냥 서 있었다. 지안의 저고리 동정에 빗방울이 묻기 시작했다. 똑! 똑! 비의 무늬가 생겼다.

그런 지안을 보던 단이 느티나무에서 걸어 나왔다. 단의 흰 셔츠 목깃에 빗방울이 후두둑— 내려앉았다. 빨래를 널어주던 후원 연못가의 그날처럼.

"저도 먼저 가겠으니 들어서세요. 여우비라고 하나 맞으면 몸에 해롭습니다."

단은 지안에게 느티나무 자리를 양보할 모양이었다. 하지만 지안이 여전히 망설이자 단이 빗속으로 걸어가려 했다. 셔츠 목깃에 들던 빗방울이 단의 어깨에도 무늬를 그렸다.

"안 그러셔도 됩니다."

지안의 입이 열리자 단이 지안을 돌아봤다.

"함께— 비를 피하다 가셔도 된단 말씀이에요."

단의 눈길이 지안의 젖은 어깨에 머물렀다. 지안의 어깨에서 마른 물기가 조금씩 연기가 되어 올랐다. 아무 말 없이 단이 다시 지안 쪽으로 다가왔다.

그렇게 단과 지안이 동시에 나무 밑으로 들어섰다.

후두둑─! 후두둑!

느티나무 잎새에 빗방울이 소리를 내며 부딪쳐 내렸다. 옷자란 토란잎 위에 어린 빗방울들이 줄을 지어 굴러 내렸다. 팔을 벌린 아이처럼 널찍한 이파리 위로 구슬 굴러가는 소리가 났다. 키 큰 옥수숫대는 우쭐우쭐 비춤을 추었다. 늘어진 이파리들은 물고기 비늘처럼 가지런했다. 땅을 감고 낮게 기어가는 고구마순은 등을 엎드린 우산 같았다.

가로수로 심어놓은 배나무에서도 비를 타고 배꽃이 이랑이랑 이울었다. 꽃잎 속에 비가 섞여 내리는 듯 배꽃향기와 비 내음이 섞였다.

두 사람은 말없이 풍경만 바라봤다.

"이 비가 그치면 배꽃이 많이 흩어지겠습니다."

풍경에서 눈을 떼지 않고 단이 먼저 말을 했다.

"네."

지안이 짧게 답을 했다.

"이곡리의 풍경이 한산해지겠군요."

"네."

여전히 네─ 라고만 답을 하는 지안.

"저기…… 이런 말씀 어떠실지 모르지만……."

그런 지안을 향해 망설이듯이 건너오는 단의 말이었다.

"제가 언제까지 머무를지 모르는데 너무 내외하듯이 그러지 않으셨으면 합니다."

"네?"

지안의 가슴이 뜨끔했다. 그를 보면 불편한 자기의 마음을 단이 알아차렸나 보았다.

"혹여 제가 선생님을 불편하시게 하였습니까?"

지안이 조심스럽게 물었다.

"아니, 그런 게 아니라 다정다감한 성격이신데 저에게는 유독 거리를 두시니 서운하여 드리는 말씀입니다."

"네? 그럴 리가요? 그렇지 않습니다."

지안은 애써 부정을 했다.

"하면, 차후로는 가벼운 담소 정도는 나눌 수 있겠습니까?"

"네? 아……."

지안이 잠시 망설였다. 큰일 하는 단을 자신이 불편하게 해서는 안 되는데.

"네……. 앞으로는 그러도록 하지요."

지안이 작은 웃음과 함께 단을 향해 고개를 끄덕였다.

"선생님도 읍내에 다녀오셨습니까? 혹시 약을 지으러 다녀오신 걸음이세요?"

그제야 지안은 단의 손에 들린 약봉지를 발견하고 눈이 동그래졌다. 지안의 아버지 일국에게 가져다주려고 단도 읍내에 나가 약을 지어오던 걸음이었다.

"네."

단이 어색하게 답을 하며 약봉지를 뒤로 숨겼다.

"이런! 어디가 편치 않으십니까? 말씀을 하시지 않고요."

지안이 걱정을 하며 계속 약봉지를 봤다.

"제가 먹을 것이 아닙니다. 저는 이리 말짱한데요. 아는 분께서 봄 감기가 드셨다 해서."

"이곡리에 또 아시는 분이 있으십니까?"

"그냥 좀—."

정확하게 답을 못하고 단이 머뭇거리자 지안은 너무 꼬치꼬치 캐물었나 싶어서 말을 멈추었다. 지안을 생각하는 마음으로 단이 지어온 아버지의 약인 줄은 꿈에도 모르고.

지안이 약봉지에서 시선을 거두자 단은 가만히 지안을 보았다. 곧은 지안의 목덜미에서 바람 냄새가 났다. 결 곱게 빗어 쪽을 찐 머릿결에서도 바람 냄새가 났다. 어디선가 불어온 바람이 지안의 목덜미에, 머릿결에 내려앉았나 보았다.

'그래. 이만큼이라도 되었다. 이만큼이라도.'

단은 욱신거리는 자신의 마음에게 애써 다짐을 주었다.

그런데, 느티나무 돌아간 반대편에 우산이 하나 걸쳐져 있었다. 지안은 보지 못했고 단은 모른 척을 했다. 읍내에 가기 전, 단이 가지고 나왔던 우산이었다. 지안과 함께 쓸 수는 없어 단은 그냥 모른 척을 했다.

비 오는 봄날 오후의 풍경이 파스텔 톤으로 따스해졌다.

비가 그치고 돌아오는 길이었다. 단이 앞서가고 지안은 멀리 떨어져 뒤를 따라왔다.

마을 경계에 들어서는 길은 작은 개울 하나를 건너야 했다. 잠시 지나가는 여우비이긴 해도 비의 양이 많았는지 개울물이 많이 불어났다.

"앞서 가십시오."

단이 정중하게 손을 내밀었다.

"아닙니다. 선생님 먼저!"

"연약한 여성을 대우해 주는 것도 계몽정신 중의 하나 아닌가요?"

웃음을 건 단이 그렇게 말하자 지안이 더는 거절을 못 했다.

풍당풍당 놓인 징검다리는 겨우 제일 윗부분만 드러내 놓고 있었다. 지안이 조심스럽게 첫 번째 돌 위에 발을 얹었다.

지안이 다음 돌로 건너가자 단이 첫 번째 돌 위에 발을 얹었다. 아까 지안의 발이 얹혔던 딱 그 자리였다. 그렇게 앞뒤로 나란히 서서 징검다리를 건넜다.

지안의 신발바닥을 간지럽힌 물줄기는 단의 신발바닥도 간지럽혔다. 지안의 발 위쪽에서 찰랑거렸던 물결은 단의 발 위쪽에서도 찰랑거렸다. 개울가의 물풀들은 간지럼을 타는 것처럼 몸을 흔들었다.

단이 팔을 옆으로 벌려 지안을 보호하여 감싸듯이 하고 뒤를 따랐다.

고귀한 아가씨를 지키려는 무사와도 같이. 혹시나 지안이 비틀거리면 언제든 잡아줄 수 있도록.

잠시 후, 동네 어귀 우물가에까지 이르렀다. 그런데 야단이 났다. 동네 사람들이 둘러선 가운데 간노가 강의 멱살을 잡고 있었던 것이다.

"감히 대 일본제국의 순사에게 그런 표현을 쓰다니! 시궁창 구치소 맛을 한 번 보고 싶은 모양이지!"

간노의 말소리는 잇새에서 으르렁거렸다. 강보다 한 배 반은 됨직

배꽃 이울다

한 덩치 때문에 멱살을 잡힌 강은 더욱 왜소해 보였다.

"내가 뭘 어쨌다고 이럽니까?"

"니가 무슨 말을 했는지도 모른단 말이야?"

"왜 얼토당토않은 시비랍니까? 내가 무슨 말을 했다고?"

"내가 분명히 들었어. 쪽—바—리—, 개—라는 말—."

간노가 제 분을 이기지 못하고 발까지 굴렀다.

"뭐 찔리는 거라도 있습니까? 혼자서 그런 말을 상상해서 듣다니."

"뭐라! 그래도 이 조쎈징이! 쓴 주먹맛을 봐야 그 아가리를 닥칠 모양이지."

"아가리라니요? 그런 상스러운 말을. 그리고 조쎈징이라니? 그쪽도 대한제국 사람 아닙니까?"

강이 대한제국이라는 말에 힘을 주었다.

"시끄러워. 폐가 썩어 문드러지는 폐병쟁이처럼 희여멀건한 주제에 겁도 없이. 안 되겠군. 콩밥을 먹기 전에 내 주먹맛부터 보아야겠구만!"

간노는 금방이라도 강을 내려칠 기세로 팔을 치켜들었다. 강은 될 대로 되라는 식으로 눈을 감아버렸다. 그러자 지켜보던 단이 성큼성큼 다가가서 간노의 팔을 붙들었다.

"넌 뭐…… 뭡니까?"

아무에게나 하대를 하는 버릇대로 고함을 치려던 간노는 단의 얼굴과 차림새를 보고서는 말꼬리를 흐렸다.

"이곡리 사람이 아닌 것 같은…… 같습니다."

"나는 경성에서 온 허단이라는 사람입니다. 지금 윤 참판 어르신 댁에서 머물고 있고요."

"아하! 그 경성 선생!"

고개를 끄덕이는 간노의 입가가 묘하게 꼬였다.

"그렇습니다."

"한데 그냥 지나갈 일이지 우리 일에 무슨 상관입니까?"

"대 일본제국의 순사에게는 엄격한 행동 수칙이 있지요. 그런데 이렇게 아무나 막 멱살을 잡으라는 조항은 없는 것으로 압니다만."

논리정연한 단의 말에 간노의 얼굴이 종이처럼 구겨졌다.

"무고한 신민을 폭행하면 품위 유지 조항을 위반하는 것인 줄 압니다만."

"이자가 먼저 황국신민으로서 하지 못할 말을 입에 담았을 뿐이요."

"혹시 여기 서 계신 분들 중에서 그 말을 들으신 분이 계십니까?"

단이 둘러선 사람들을 일별했다.

"아니예."

"나도 못 들었어예."

사람들은 다들 고개를 가로저었다.

"어떻습니까? 아무도 들은 사람이 없네요. 제가 보기에도 순사분께서 잘못 들으신 듯한데요."

그제야 간노는 강의 멱살을 놓았다.

"품위 유지 항목이라? 중학교 음악 선생이라 들었는데 어찌 그런 것까지 알고 있답니까?"

간노의 얼굴에 애써 억누른 분기가 가득했다.

"학교에서 배우는 것이 교과 지식인 것만은 아니니까요."

"그래요?"

분기에 서린 간노가 묘한 미소를 지었다.

"어이! 조쎈징! 앞으로는 조심하라고!"

으름장을 남기고 간노는 재빨리 사라져 갔다. 시궁쥐처럼 약삭빠르게.

"에이구! 속이 다 후련하구마는."

"지 놈도 지가 쪽바리 개놈이라는 것을 아니까 지레 찔려서 저 지랄이제."

"마른벼락을 맞아서 뒈질 놈!"

둘러선 사람들도 한 마디씩 욕설을 내뱉으며 흩어져 갔다.

"이 선생님! 큰 낭패를 당하실 뻔했어요."

단이 다가가 강의 옷매무새를 만져 주었다.

"고맙습니다. 콜록! 콜록!"

강이 심한 기침을 뱉어냈다.

"어쩌자고 면전에 대고 그런 말을 하신 것입니까?"

"거들먹거리며 팔자걸음 걷는 모습이 하도 꼴 사나와서. 콜록! 들릴 정도로 크게 말한 줄은 몰랐네요."

"그런 언사는 우리 중 누구에게도 유익하지가 않습니다."

"알고 있습니다. 그만 욱한 마음에. 콜록!"

"안색이 나빠 보입니다. 그만 댁으로 돌아가세요."

"네."

"조만간 책을 빌리러 댁에 들러도 되겠습니까?"

"네. 콜록! 언제든 오십시오. 허 선생님이라면 대환영입니다. 콜록! 한데, 왜 약봉지를······?"

무슨 약이냐고 물으려고 하다가 강은 뒤에 서 있는 지안을 보며 입을 다물었다. 단이 사 들고 온 지안의 아버지 일국의 약봉지. 그리고 예전 사랑채에서 지안에게 가서 못 박히던 단의 시선.

'허 선생님! 정말 그렇습니까?'

10년 전을 모르는 강의 마음 끝에 단에 대한 안타까움이 걸렸다.

"그럼 전 이만!"

하지만 아무런 내색 없이 강은 걸음을 옮겼다. 정말로 힘이 드는 모양인지 발걸음이 무거웠다.

그래도 지안을 스쳐 지나가면서 인사를 잊지 않았다.

다시 앞뒤로 나란히 서서 단과 지안은 집으로 돌아왔다.

이울어 흩날리는 배꽃이 단의 심장 위에서 욱신거렸다. 지안의 손 끝에서도 욱신거렸다. 단이 가여운 강의 발걸음 위에서도 욱신거렸다. 4월의 봄날 위에서 욱신거렸다.

연늪은 동리 앞 쑥밭에 있는 못이다. 연꽃이 많이 피어나서 이곡리 토박이들은 모두 연늪이라고 부른다. 아직 연꽃이 필 시기는 아니라 연잎만이 무성히 우거져 있었다.

선아는 한씨 부인의 꾸지람을 듣고 연늪에 나온 길이었다.

"선아야! 니 어째 학교엘 돌아갈 생각을 않는 게고? 혼례식만 보고 바로 가겠다더니."

"걱정일랑 붙들어 매세요. 어디 제가 원해서 간 학교이던가요?"

"니 요즘 사돈어르신 야학에도 자주 나간다면서?"

"발 달린 짐승이 어디는 못 갑니까?"

"동달이 그치가 보기라도 하면 어떡할라꼬?"

"쥐새끼 같은 그치가 내랑 무에 상관이라고요?"

"처녀애가 말하는 것 하고는. 괜히 얽혀들면 할아버님 노여워하시는데이."

"신경 안 써요. 저만 보면 할아버지 노여워하시는 거야 어디 하루 이틀 일이래야지요?"

"또 엇발을 나는기가? 할아버님이 누구보다 널 귀애하시는 걸 너도 알 터인디."

"제가 언제 할아버님 귀여움을 받고 싶다 하였습니까?"

"그럼, 학교는 이대로 돌아가지 않을 참이가?"

"지긋지긋한 일제 찬양은 할아버지한테 듣는 걸로 족합니다. 학교에까지 가서 배울 게 무에랍니까? 학교에 더는 가지 않을 것이에요."

"선아야! 도대체 너—!"

한씨 부인의 음성을 뒤로하고 방을 나와 버렸다. 잠시, 할아버지 윤 참판의 방을 건너다보았다.

5년 전, 아버지가 행방불명되었다. 일국의 야학에 문구류를 전달하러 간 것이 마지막 모습인데 집으로 돌아오는 길에 연기처럼 사라져 버리고 말았다.

며칠을 앓아누웠던 할아버지는 수레에 쌀가마니를 가득 싣고 진주

경찰서로 가셨다. 물론 쌀가마니 안에 들었던 것은 쌀이 아니었다. 그 후로 계속 수레가 진주 경찰서를 오갔다.

선아가 진주경찰서 유리창에 돌을 던졌던 날은 경찰서장 혼다의 훈장수여식이 있던 날이었다. 수탈품을 거두는 성과가 우수하다 하여 천황이 내린 훈장이었다.

"어머! 이강 씨! 안녕하세요?"

생각에 잠겨서 보지 못했는데 반대쪽에서 이강과 그의 어머니가 다가왔다.

"네. 안녕하세요?"

강과 그의 어머니가 동시에 답을 했다.

잠시 후, 선아와 강은 나란히 걷고 있었다. 강의 어머니는 뒤에 조금 처져서 따라왔다.

"연늪에는 어쩐 일이세요?"

선아는 언제나의 쾌활한 음성이었다.

"어머니가 연을 좋아하십니다. 하고, 연구해 보아야 할 것도 있고 해서."

"연구라니요?"

"연꽃이 피었다 지면 그만인 연늪이라지요. 하지만, 잘만 연구하면 연근을 이용하여 동리 사람들의 생활에 도움이 될 듯하여서요."

"도움이라면?"

"연근의 쓰임이 다양하지 않습니까? 장절임이나 초절임으로 먹기도 하지만 지혈 효과와 소염 작용이 있지요. 진주나 부산의 약재상과 거래를 트게 되면 좋을 것 같습니다. 물론 수확만 제대로 할 수 있다면요."

"글쎄요? 동리에서는 오랫동안 버려두고 꽃이나 보는 양인데."

"그러니 연구를 해본다지 않습니까?"

선아는 새삼 강이 달라 보였다.

"저희 동리 분도 아니신데 훌륭한 생각을 내셨네요. 참말로 실현만
된다면 동리 사람들의 살림에 크게 보탬이 되겠습니다."

하지만 강은 답을 않고 선아를 물끄러미 봤다.

"아무려면 윤 참판 어른을 따를 수야 없겠지요."

한참 만에 나온 강의 대답은 비꼬는 말투였다. 강의 집 대문 앞에
서 처음 만났던 그날처럼.

"무슨 말씀이신지?"

"할아버님께서 진주 경찰서장과 친분이 두텁다고."

"해서요?"

"그리 든든한 뒷배를 두셨으니 제가 아무리 보탬이 된다 한들 그
댁의 살림에야 뉘 따를 수가 있겠냔 그 말씀입니다."

"비꼬시는 말씀이시네요."

선아의 말투도 따라서 삐딱하게 올라갔다.

"네―."

강의 대답도 선아만큼 삐딱했다.

두 사람의 시선이 마주봤다. 둘 다 눈에서 불꽃이 튀었다.

"뭔가 오해를 하시나 본데요."

선아의 얼굴이 슬픈 건지 비웃는 건지 조금 일그러졌다.

"뭘 말입니까?"

"저도 제 할아버지가 징글징글한 사람입니다. 그러니 부러 제 앞에서 그리 할아버지를 비꼬시지 않아도 됩니다."

"……."

"제가 할아버지를 선택해서 난 게 아니니 그 손녀라는 이름은 내 탓이 아닙니다. 하지만 그 덕택으로 먹고 지내는 건 내가 선택했으니 이는 내 탓이지요. 그래서 나는 내도 징글징글합니다. 그러니 부러 그리 긁어주실 필요까지는 없으시다 이 말입니다. 이강 씨 말이 아니라도 충분히 처절하게 느끼고 있으니까요."

선아의 음성에 비감이 서렸다. 입술을 아프게 앙 다물었다. 강은 말없이 선아를 보았다. 뒤에서 두 사람을 따르며 대화를 듣던 강의 어머니 함안댁의 얼굴이 어두워졌다.

연잎이 하늘거렸다. 연잎 위에도 배꽃이 이울어 내렸다. 넓적한 연잎이 배꽃잎을 얹고서 하늘거렸다.

행랑채에서는 슬아네와 박 서방네가 함께 앉아 바느질을 했다. 그런데 아까부터 박 서방네는 자꾸만 슬아네를 흘깃거리며 무슨 말인가를 하고 싶어 하는 모양새였다. 모르는 척하던 슬아네가 결국은 박 서방네를 보았다.

"그래! 무슨 말이 하고 싶은 기고?"

"그게 말이라……."

박 서방네는 기다렸다는 듯 바느질감을 내려놓고 냉큼 다가와 앉았다.

"뭘 말인디?"

"그거이……."

"참— 그만 뜸 들이고 말을 하세. 아니면 애저녁에 그만두던지."

"알았데이, 알았어, 내 얘기해 줄끼라."

박 서방은 두현을 따라 밤마실을 나갔다. 그래서 슬아네와 박 서방네가 함께 바느질을 하고 있었다.

"사랑채 작은 나리, 혼전에 연분 났던 아가씨가 있는 줄은 다 알제?"

물으면서도 박 서방네의 얼굴이 반쯤은 돌아갔다. 애써 슬아네와 눈을 맞추지 않으려는 모양이었다.

"에구! 난 또 뭔 호사한 얘기라꼬? 그야 혼전에 다 알고 왔제."

"글씨! 근디 그게 다가 아니라……."

"다가 아니믄?"

슬아네는 더욱 은밀해진 박 서방네의 말투에 귀가 쏠렸다.

"작은 나리, 여기 돌아오시기 전 그 아가씨랑 4년은 넘게 같이 살았제."

"뭐라? 뭔 소리고?"

"뭔 말인지 못 알아듣는가? 그냥 연연했던 사이가 아니라 같이 살림을 차렸단 말이라. 참판 어르신 눈을 피해서 같이 일본으로 가더만 거기서 아예 함께 살았단 말이제."

"잉?"

슬아네의 눈앞으로 번개가 한 자락 지나갔다.

"살림을 차렸다꼬? 거 참말이가?"

"참말이제, 그람 거짓말일까 봐?"

"시상에! 시상에나!"

"그라고 확인된 사실은 없지만서도 뭐 아도 하나 있었다꼬 하고."

"박 서방네 자네가 돌았는갑다. 그 무신 미친 소리고?"

슬아네는 어이가 없어 말문이 막혔다. 아이가 있었다는 소문까지는 믿고 싶지도 않았고 결코 있어서도 안 되는 일이었다.

"하기사 확인도 안 된 소문을 늘어놓을 이유는 없을 끼고. 그래도 사실은 참말로 더 긴한 건, 그게 아이고……."

"답답하구면. 사설 그만 늘어놓고 냉큼 말을 하세."

"그 아가씨 하동 대부자 집 아가씨였제. 씨종 출신인 부친이 면천하여 만주에서 장사로 그리 부를 모았다는구만. 그 사실 처음 아신 참판 나리 두 분을 떼어놓겠다 난리도 아니었네. 천하다, 난하다 하시며 오죽 그 아가씰 들볶았어야제. 해서 작은 나리가 두 번 다시는 집안에 발걸음을 안 하겠다 하고 일본으로 가버리신 거라. 자네도 참판 나리 성정은 알제?"

"에이구! 그래서 우째 됐단 말이고?"

"그거이…… 나중에는 참판 나리가 일본까지 가서서 살림을 다 때려 부수고 난리를 치고 하시니 그러다가 정을 못 뗀 두 분이 그만 같이 약을 드셨구만."

"뭐시라꼬!"

슬아네의 맥이 막혀 버렸다.

"그래, 그예 아가씨는 세상을 달리 허고, 꼬박 일주일 만에 깨어난 작은 나리도 심신이 다 망가져 돌아와 버렸제. 원래 한량 기질이 있었어도 저리 막장인 작은 나리는 아니었으니께."

"참말이라?"

"참말이제."

"자네는 이 얘길 어디서 들은 기고?"

"어디서 듣긴? 안채에서야 쉬쉬 하시지만 행랑채 사람들은 다 아는 얘긴 거를."

슬아네는 작은 나리가 지안 아씨를 왜 그리 못 잡아 안달인가 이제야 알겠다. 퍽퍽해 오는 가슴을 저도 모르게 두드려댔다.

"내 이럴 줄 알았데이. 내 이럴 줄 알았어. 아무리 작은 나리 개차반이라 하나 고운 우리 아씨 어찌 그리 못 잡아 난리신가 했더니 다 이런 이유가 있었던 것이었제! 그러니, 우짤꼬! 앞으로 이 일을 우짤꼬! 신분이 천하다 해서 찢어진 연이 있으니 양갓집 규수라고 모셔온 아씨가 얼마나 꼴사나웠을꼬? 죽어서 그리 아프게 헤어졌으니 우리 아씨가 아무리 어여쁜들 그 모습이 눈에 찰꼬? 살아서 찢어진 정도 애틋할 거를 죽어 찢어진 그 정을 우리 아씨가 어찌 이겨낼꼬! 죽음길 함께 가버린 작은 나리 마음을 여리디여린 우리 아씨 어찌 붙잡을꼬! 아이고! 아씨! 이 일을 우짠다 말입니꺼?"

슬아네의 통곡 속에 밤이 저물었다. 아무 일도 없는 듯 또 하루의 배꽃이 이울었다.

다음 날 아침, 닫아놓은 지안의 방문에 이우는 배꽃이 날아와 몸을 붙였다. 작은 강아지 지나간 모양으로 꽃잎이 동그랗게 수놓였다.

"유모─!"

"네─ 아씨!"

"미안하오. 내 혼자 있고 싶은데."

"아씨!"

"내는 괜찮소. 하니, 그만 나가보오."

밤새 슬아네의 심장이 벌렁거리며 뛰놀았고 아침을 먹자마자 지안에게 달려온 걸음이었다. 늘 속으로만 삼키는 지안의 성품을 모르지 않으나 지안에게 숨길 수도 없었다.

"그람, 필요하면 후딱 부르시이소."

슬아네는 방문을 나서면서 뒤에 앉은 지안에 대한 걱정이 태산 같았다. 그나마 확인되지 않은 아이에 대한 소문은 이야기하지 않기를 잘했다고 생각했다.

지안은 문이 닫히자 앉은 자리가 불편하게 배겨왔다.

"어쩌면 이 자리는 내 자리가 아니었던 걸까? 차라리 잊고 살았으면 좋았을까? 차라리 부부의 연을 맺지 않는 게 옳았던 걸까?"

스스로에게 묻던 지안은 또 스스로에게 대답을 했다.

'그래. 슬아네의 말이 맞다. 살아서 떨어져 나간 정도 내가 이기지 못할 것을 죽어 떨어진 그 정을, 그 정을 내가 어찌 이길꼬— 그 정을 어찌…….'

방문 밖에 이우는 배꽃처럼 지안이 고개를 떨구었다.

잠시 후, 지안은 방을 나섰다.

마음이 어지러웠다. 후원을 향해 발걸음을 옮겼다. 비단잉어들의 헤엄이라도 들여다보려고 했다.

지안은 연못가의 대나무 장의자에 앉았다. 지안의 그림자가 물 위에 드리우자 비단잉어들이 몰려들었다. 먹이를 줄 것이라고 생각하나

보았다.

넋 없이 앉아 얼마나 시간이 지났을까?

지안은 열심히 지느러미를 파닥거리는 비단잉어들을 보았다. 좁은 연못 속을 헤엄쳐 다니는데도 씩씩하고 활기차다.

'그래! 너희들도 그렇게 치열하게 살아내는구나!"

지안의 마음이 조금은 가라앉았다.

'좁은 연못이 답답할 터인데 그렇게 열심히 견디어내는구나!'

지안의 마음이 조금 더 가벼워졌다.

이미 일어난 일이고 지안의 힘으로 돌이킬 수 없는 시간이다. 인정하고 받아들이는 수밖에는 없다. 이 또한 지안이 안고 가야 할 두현의 일부분이다. 자신이 선택한 두현의 시간이다.

'그러니 나 또한 견디어내야 할 것이다. 그래! 그래야만 할 것이다.'

지안은 스스로에게 다짐을 주었다.

"무슨 생각을 그리 골똘히 하시는 겁니까?"

지안이 막 생각을 정리하던 참이었다.

"아ㅡ! 허 선생님!"

단이 왔다. 여느 때처럼 누룽지 부스러기를 손에 들었다.

"잉어들 먹이나 좀 줄까 해서 나왔는데ㅡ."

"네ㅡ."

꼭 이런 모습을 단에게 들킨다. 싫었다. 그래도 오늘은 단을 피하지 않고 다시 앉았다. 두현의 옛 연인에 대해 물어볼 참이었다.

단이 다가와서 장의자에 앉았다. 지안에게서 멀찍이 떨어진 반대편 자리에. 단이 누룽지 부스러기를 던져 넣자 비단잉어들이 더 많이 모여들었다. 앉은 발쪽이 온통 비단잉어 천지였다.

단이 살며시 웃자 한쪽만 쌍꺼풀이 진 눈이 가늘어졌다. 왜 가지 않냐고 지안에게 물어보지 않았다. 아무 말 없이 지안과 나란히 앉아 있는 것만으로도 단은 좋았다.

시간이 잠시 흘렀다.

"허 선생님! 여쭙고 싶은 것이 있습니다."

"무엇입니까?"

그래. 지안이 이유도 없이 자신의 옆에 앉아 있었을 리가 없었다.

"서방님의 동경 유학 시절…… 함께 지내었던 분을 알고 계십니까?"

"그걸 부인께서 어떻게? 알고…… 계셨습니까?"

먹이를 던져 넣던 단의 손길이 딱 멈추었다. 많이 놀랐지만 겉으로는 내색을 하지 않았다.

"아니요. 오늘에서야 알게 되었습니다. 혹여 보신 적이 있으십니까?"

"……."

"괜찮습니다. 혹여 보신 적이 있으시다면 말씀해 주셔요."

"두현과 함께 다니러 온 적이 있었습니다. 해서 몇 번 보았어요."

단의 입술이 억지로 열렸다.

"어떤…… 분…… 이셨습니까?"

더 조심스러워지는 지안의 물음.

"그는 왜 물으십니까?"

지안을 쳐다보는 단의 눈빛에 작게 동그라미가 일어났다. 지안도 단을 마주보는데 지안의 눈빛에서는 더 큰 동그라미가 일었다. 지안이 먼저 시선을 돌려 버렸다.

"그저 궁금하여서요."

지안은 애써 동그라미를 잠재웠다.

"이미 간 사람입니다. 가여운 사람이긴 하나 부인께서 궁금해하실 이유도, 필요도 없는 이예요."

단의 말이 단호했다.

"제가 괜한 것을 여쭈었네요."

"지금 두현의 곁에 계시는 분은 부인이십니다. 그것이 중요한 사실이지요. 하니, 그 한 가지만 기억하십시오."

지안이 서글프게 웃었다. 그 웃음이 단은 또 애처로웠다.

"혹 제가 더 알아야 할 것은 없나요? 서방님에 대해?"

서글픈 웃음은 여전히 지안의 입가에 걸려 있었다.

"……."

"혹여 있다면 말씀해 주세요. 저는 괜찮습니다."

"……더는 없습니다."

거짓말이었다. 하지만 마지막 일만큼은 어떻게든 숨겨두고 싶었다.

"사실은 그 일로 하여 저 친구가 아편 중독에도 빠져들었어요. 원래부터 그리 방탕한 친구는 아니었으니. 하지만 시간이 많이 지난 것도 아니고, 곁에서 살뜰히 살펴만 준다면 이길 수 있을 거라 생각합니다. 부인께서 두현일 조금만 더 헤아리고 품어주신다면……."

단은 이런 말을 하고 싶었던 것이 아니었다. 이런 말 따위는 하고 싶지도 않았다.

'바보 같은 단! 이런 말이 오히려 더 잔인한 것이다.'

하지만 단은 자신의 입술을 원망하면서 말을 했다. 이 말 또한 지안을 위하는 것이니. 마지막 진실만은 반드시 숨겨두어야 하므로.

"무슨 말씀이신지 알겠습니다. 이 또한 저에게 주어진 저의 몫. 그러니 저 또한 그럴 요량입니다."

지안은 순하게 대답을 했다. 두 사람은 더 이상 말이 없이 비단잉어를 바라봤다.

4월 중순으로 접어든 산자락에서 배꽃이 이울었다. 비밀을 간직한 하얀 꽃잎이 단의 안경 너머로, 지안의 저고리 옆으로, 연못 물 위로 퐁퐁 내려앉았다.

단이 먼저 돌아갔고 지안은 조금 더 연못가에 머물다가 별당으로 돌아가고 있었다. 그런데 저만치에서 배꽃 하나를 치맛자락에 얹고 정이가 득달같이 지안에게로 달려왔다.

"아씨! 별당 아씨!"

"정이야! 왜 그러니?"

"큰일 났십니더. 큰일 났어예."

"왜 그러니? 천천히 말해 보렴."

"지금 안채에 동달이 오래비가 왔는디예."

"응."

"허 선상님 방을 뒤짐하겠다며 참판 나리께 말하는 중이라예."

"응? 뭐라고?"

"허 선상님이 일없이 내려온 사람은 도저히 아닌 것 같다며, 뭐 진주경찰서장의 동의서까지 받아왔다면서, 그랬더니 지금 참판 어르신이 하나도 걸릴 것 없으니 얼마든지 그러라고. 마음대로 뒤짐해 보라고…….”

“응? 하면, 허 선생님은?”

“잠시 누구 만나러 나가신다던데예.”

지안의 얼굴이 순식간에 경직됐다. 얼른 단의 방 쪽으로 걸음을 옮겼다. 정이도 황급히 뒤를 따랐다.

단의 방 앞에 이르자마자 지안은 급하게 문을 열고 들여다봤다. 서탁 위에 모조지로 싸인 책이 놓여 있었다.

간노가 보게 되면 큰일이었다. 지안은 방으로 들어가서 책을 치마 안으로 얼른 숨겼다.

“저 방이다.”

하지만 어느새 간노의 목소리가 들려왔다. 웬일로 사복을 입은 간노 뒤로는 사복 차림의 남자가 두 명이나 더 있었고 박 서방네도 함께 왔다.

“공손하게 뒤짐하도록. 여기는 대일본 제국의 열혈 동조자 윤 참판 어르신 댁이라는 것을 잊지 말고.”

“하이!”

뒤따라 온 박 서방네의 입에서 ‘아이고’ 하는 신음이 터져 나왔고 사복들은 신발을 벗고 마루로 뛰어올랐다.

“안 됩니다. 주인도 없는 방을 어찌 뒤짐한다는 것입니까?”

채 책을 마무리하지 못했다. 그래서 그저 치마 밑에 숨기고 선 지안이 방문 앞에서 팔을 벌렸다.

“비켜주십쇼! 혼다 서장님의 동의서까지 가지고 왔습니다.”

지안을 향하는 간노의 음성이 이죽거렸다.

"안 됩니다. 주인이 있는 날 다시 오시지요."

"비키시죠. 윤 참판 어르신도 허락하신 일이라 했습니다."

"안 된다 했습니다."

지안의 목소리도 간노에게 맞서면서 날이 섰다. 그러자 뱀처럼 가는 간노의 시선이 지안을 위에서부터 쭉 훑어봤다.

그러다가 지안을 발밑을 향했을 때였다. 지안의 치마에 채 다 가려지지 못하고 책 한 귀퉁이가 삐죽이 튀어나와 있었다.

"오호라!"

간노의 얼굴에 '옳다구나!' 하는 표정이 떠올랐다.

"치마 밑에 감추신 그 책은 무엇입니까?"

간노가 야비하게 비아냥거렸다.

"책이라니요? 저는 아무 것도 감춘 것이 없습니다."

지안이 강경하게 머리를 저었다.

"보시죠. 치마 바깥으로 삐죽이 책 한쪽 끝이 튀어나와 있는데요."

"없습니다."

"스스로 비켜나실까요? 아니면 제가 비키시도록 할까요?"

"분명 아무 것도 없다 했습니다."

어디서 그런 용기가 나왔는지 모르겠다. 하지만 지안은 조금의 요동도 없었다. 그 자리에 못 박혀 돌이 되어버릴지언정 단의 책을 들킬 수는 없었다.

그리고 아무리 간노라 해도 함부로 자신을 밀쳐 낼 수는 없을 것이라고 어리석게 소망해 보았다.

"아이고! 아씨! 왜 그란데예? 그냥 이리 비키 나이시소."

"날벼락 맞을라 그라십니꺼? 얼른 이리 오이소!"

애가 탄 정이와 박 서방네가 울상을 지었다. 하지만 지안은 그 말도 못 들은 척이었다.

"그렇다면 할 수 없지. 잠시 실례를 하겠습니다."

막 간노가 지안의 팔을 잡아당기려고 했다.

"이게 뭐 하는 짓입니까?"

화가 난 단의 음성이 들려왔다. 강을 만나 책을 빌려 온 단이 사랑채로 들어서고 있었다.

"오호라! 드디어 방 주인이신 경성 선생이 오셨네요."

간노가 이죽거리며 지안과 단을 번갈아 보았다.

"뭐 하는 거냐 물었습니다."

화를 내는데도 단의 음성은 여전히 침착했다. 주저 없이 방으로 들어와 지안의 옆에 와서 섰다.

"내가 말입니다. 아무래도 경성 선생님이 이상하여 머무시는 방을 한 번 뒤짐하겠다 진주경찰서장님의 동의서까지 들고 방문을 하였지요. 품위 유지니 뭐니 하면서 이상한 말씀을 하시지 않았습니까? 크크!"

야비한 웃음을 흘리며 간노가 계속 이죽거렸다.

"감추신 것이 없으시면 걱정할 필요도 없을 터. 게다가 윤 참판 어르신도 얼마든지 뒤짐하라 허락을 하셨구요."

"하면 방이나 뒤짐할 것이지 남의 댁 부인께 이 무슨 무례입니까?"

"저도 그저 뒤짐이나 하고 가려는데 이 부인께서 주인도 없는 방을 뒤짐할 수는 없다며 막무가내이시라."

간노가 지안과 단을 번갈아 보았다.

"자! 이제 주인도 왔으니 방을 뒤짐하여도 되겠지요?"

간노가 지안에게로 다가서며 싱글벙글이었다.

"부인! 저리 나가시지요."

그제야 상황을 알게 된 단이 지안을 재촉했다. 단에게서도 지안의 치마 밑에 가리고 선 책이 보였다.

"아닙니다. 못 나갑니다."

"괜찮습니다. 저리 나가세요. 방을 비워 드려야 저들이 편안하게 뒤짐을 하겠지요. 박 서방네 아주머니! 좀 모시고 나가시지요."

"허 선생님!"

"정말 아무 일 없을 겁니다. 저를 믿으세요."

어쩌려고 그러냐고 지안이 눈으로 단에게 물었다. 하지만 단은 거침없이 당당했다.

박 서방네가 들어와 지안을 잡아끌고 지안의 치마 밑에 숨겨둔 책이 모습을 드러냈다. 흰색 모조지로 싸인 단의 책.

"흐흐흐흐흥."

간노가 더없이 야비한 웃음을 흘리면서 책을 집어들었고 지안은 질끈 눈을 감아버렸다.

"흐흐흐! 별당 아씨께선 왜 눈을 감으실까나요?"

간노는 일부러 천천히 책을 펼쳐 보여줬다. 그런데…….

시문학!

모조지로 싸여 있던 책은 시문학 동인지였다. 간노의 안색이 대번에 바뀌고 웃음도 딱 그쳐 버렸다. 단은 웃음을 지었고 마음을 졸이던 지안은 가슴을 쓸어내렸다.

"이런! 제기랄!"

거친 욕설을 내뱉으며 간노가 책을 집어 던졌다. 나머지를 뒤져 보던 두 사람도 간노에게 와서 아무것도 없다고 말을 했다.

"왜 이깟 책을 숨기고서 안 보이려고 한 겁니까?"

간노가 대번에 마루로 나섰다.

"숨기다니요? 치마폭이 넓으니 위에서는 책이 깔려 있는 것을 몰랐을 뿐입니다."

지안답지 않게 핑계를 술술 둘러댔다. 옆에 섰던 단이 피식 웃었다.

'이런! 큰일이다.'

낭패를 당한 간노는 비명을 삼켰다. 혼다에게 대어를 낚아오겠다고 큰소리 치고 동의서까지 받아왔다. 게다가 상대는 어마어마한 윤 참판이었다.

단의 행동도, 지안의 행동도 충분히 의심스럽다. 지안의 표정 변화도 분명히 보았다. 하지만 아무런 물증이 없었다. 심증만으로 얻을 수 있는 것은 아무것도 없었다.

'아이쿠! 이제 혼다에게 실컷 깨질 일만 남았구나!'

간노의 오금이 저렸다. 사복 차림의 두 사람을 끌고 사라져 가는 간노의 뒷모습이 자신이 사는 시궁창에 미끄러져 버린 시궁쥐처럼 처량했다.

"어떻게 된 일이십니까? 분명히 일전에는……."

간노가 완전히 사라지자 지안이 낮게 속삭이듯 단에게 물었다. 정이와 박 서방네는 저만치에 물러서서 지안을 기다리고 있었다.

"저이가 처음 다녀간 후에 그 책은 아무도 모르게 치워두었습니다. 혹여 무슨 일이 생길는지 모르고, 무엇이든지 유비무환인 법이니까요."

"저는 그것도 모르고 얼마나 애를 태웠던지요. 조심 또 조심을 하십시오."

"더 주의하지요."

"저이는 왜 이리 우리 주변을 떠도는지 모르겠습니다. 행여 허 선생님께 해를 끼칠까 마음이 놓이지가 않습니다."

지안이 양손을 모아 가슴 위에 올려놓았다.

"걱정해…… 주시는 겁니까? 저를……?"

지안을 보는 단의 눈빛이 촉촉했다.

"집, 집에 드신 손님을 살피는 것도 저의 할 도리라 생각합니다."

시선을 피하면서 괜히 지안이 말을 더듬거렸다.

"잘 알겠습니다. 꼭 그리하지요."

단이 공손히 묵례를 했다. 그 인사를 뒤로하고 지안은 사랑채를 나섰다.

단은 책을 들고 사랑채 마당에 한참을 서 있었다. 지안에 대한 고마운 마음에 흐뭇한 웃음을 감추지 못했다.

한바탕 소동이 지나고 지안은 한씨 부인과 함께 안채에서 다림질을 하는 중이었다. 이우는 배꽃은 안채의 마당에 살포시 내려앉고 숯을 담아놓은 화로에서는 불기가 피어올랐다.

"새아가."

인두질을 멈춘 한씨 부인이 다정하게 지안을 불렀다.

"네! 어머님."

"많이 고단허제?"

"아니에요."

"내 다 안데이. 고단한 니 처지를, 내 다 알아. 사랑채 아이 성정을 내 모르는 바도 아이고. 그래도 우짜겠노? 이제 부부로 연을 맺어 함께 살아가야 하는 거를."

"네."

"자고로 사내란 안사람이 하기 나름인 게다. 새아가가 조금만 더 마음을 쓰고 살갑게 두현일 대해주도록 하기라."

"제가 더 신경을 쓰겠습니다. 어머님!"

"고맙구나. 참! 동달이 그자는 아무것도 못 찾고 돌아갔다면서?"

"네."

"경성에서 선생일 잘 하고 있는 허 선생을 뭐할라꼬 그리 생트집이라더노? 휴양차 와 있는 사람 번거룹거로."

"워낙에 성정이 그런 사람인 듯합니다."

"긁어 부스럼이라꼬, 이제 뒷감당을 할라믄 고초 꽤나 겪겠구나. 쯧! 쯧!"

조금 전의 책에 관한 일은 윤 참판이나 한씨 부인은 알지 못했다. 지안이 다들 조심해 달라 단단히 입단속을 시켰다.

"그나저나, 혹시…… 좋은 소식은 없는 거가?"

"네……?"

어리둥절하던 지안은 잠시 후에야 한씨 부인의 말이 무슨 뜻인지 알아차렸다.

"어젯밤에도 두현이가 별당에 들었다 나왔제?"

거짓말을 할 수 없는 지안이 그저 어색한 웃음을 지었다.

혼자서 족두리를 벗고 잠들었던 첫날 밤 이후로 다시는 별당을 찾지 않는 두현. 딱 한 번 술에 취해 찾아와서 행패를 부리던 모습도 떠올랐다.

"아니, 아니다, 시집온 지 달포도 안 된 널 두고 내가 조갑증이 난 게제. 우리 집안 워낙 손이 귀하다 보니 내가 이리 망령이 나는구나."

"송구합니다, 어머님."

"아이다. 니 송구하라고 한 말도 아니니."

"송구합니다."

"아이라니까네. 그만 다림질일랑 정성들여 하기라. 몸이 부실하니 입성이라도 좋아야 밖에 나가 행세를 할 것이제."

"네."

"인두를 다시 만들어야겠다. 바닥이 많이 닳아버렸데이."

다림질을 마친 지안은 두현의 방을 청소하러 왔다. 두현은 없는데 그의 약 내음은 온 방에 알싸하니 배었다.

정성들여 구석구석 걸레질을 하고 마지막으로 좌탁을 재빨리 닦았다. 두현이 좌탁에 손을 대는 것을 너무 싫어하는 까닭이었다.

그런데 좌탁 위에 수첩이 하나 놓여 있었다. 그동안 한 번도 보지 못했다. 뭐가 삐죽 튀어나와 있어 가지런하게 정리를 해두려고 지안이 수첩을 들어올렸다.

팔랑!

수첩 갈피 사이에서 튀어나와 있던 것이 떨어져 내렸다.

응?

떨어져 내린 것은 환하게 웃고 있는 두현의 사진이었다. 정말 환한 얼굴이었다. 지금과 같은 병색도 없이 건강해 보였다. 지안으로서는 처음 보는 두현의 모습이었다.

그리고…….

두현의 옆에는 한 여인이 함께 웃고 있었다. 눈이 커다랗고 입매도 긴 서구형의 여인이었다.

게다가!

사진을 쥔 지안의 손이 저도 모르게 떨렸다. 두 사람 사이에는 이제 막 백일을 지난 듯한 갓난아이도 안겨 있었다.

지안은 사진을 골몰히 들여다봤다. 아이의 입매가 그대로 두현을 닮았다. 사진의 날짜를 보니 올해로 3살쯤 되겠다.

지안은 슬아네의 말이 생각났다.

"그냥 연연했던 사이가 아니라 일본에서 4년이 넘도록 부부로 살았다 하더구만예."

'부부로……? 설마?'

골똘히 사진을 들여다보느라 지안은 방문이 열리는 것을 알지 못했다.

"뭐 하시는 겝니까?"

날아드는 두현의 목소리에 당황스러움이 잔뜩 묻었다.

지안은 그제야 퍼뜩 고개를 들었다.

열린 문 앞에 두현이, 그리고 그 뒤로 단이 서 있었다. 지안은 앉은 자세에서 일어나지도 못하고 두 사람을 엉거주춤 올려다보았다.

"언제부터 남의 물건을 훔쳐보는 취향을 가지신 겁니까?"

빠르게 다가온 두현이 지안에게서 사진을 빼앗아 들었다.

"양갓집 규수께서 체통도 없이……. 그만 나가보세요."

사진을 움켜쥔 두현은 그대로 윗목에 돌아앉아 버렸다. 하지만 두현이 고개를 돌리고 있으니 지안과 단은 보지 못했다. 참혹함으로 일그러지는 두현의 표정을.

지안은 아무 말 없이 일어나 방을 나섰다. 단을 잠시 바라보는데 지금만큼은 단도 지안의 눈길을 외면했다.

'더 이상 제가 알아야 할 일은 없다고 하셨잖아요?'

지안이 그렇게 묻는 것 같아 단은 지안을 볼 수가 없었다. 하루도 안 돼 거짓말이 들통 나 버렸다. 지안을 위해 했던 단의 거짓말이…….
숨겨놓았던 마지막 진실이…….

자신을 위해 지안은 상상할 수도 없는 용기를 내주었다. 그런데 단은 두현과 함께 지안을 상처 입히고 말았다.

지안은 휘청이며 마루를 내려섰다. 문도 닫지 못했다. 그대로 사랑채를 나섰다. 언제나 비녀 끝에 내려앉는 듯했던 단의 시선이 오늘은 따라오지를 않았다. 지안의 얼굴이 백자처럼 창백했다.

단이 방문을 닫았다. 빈껍데기만 남아 걸어가는 지안의 뒷모습을 애써 외면했다. 대신 두현을 원망이 가득 담긴 눈초리로 바라봤다.

"사진일랑 간수를 잘할 것이지."

단은 두현에게서 멀찍이 떨어져 앉았다. 두현도 단을 마주보지 못했다. 싸늘한 침묵과 냉기가 방안을 가득 메웠다.

그날 밤.

밤이 늦도록 지안은 잠들 수가 없었다.

마음속에서 나비가 수천 마리나 파닥였다. 장지문에 어리는 달빛이 날카로운 장도가 되어 심장을 관통했다. 이운 배꽃은 미친 듯이 흩날렸다.

'내가 잘못한 것인가? 어디까지일까? 어디까지가 끝일까? 끝이 있기나 한 걸까?'

지안은 소낙비 내리는 겨울 산중에 혼자 남아 밤을 새는 기분이었다. 어깨가, 손끝이, 발끝이 사시나무 떨리듯 파닥거렸다. 팔을 들어 올려 얼굴을 물었다.

단은 좌탁 앞에 앉아 이마를 괴고 있었다. 두현의 방을 나서기 전 자신을 잠깐 쳐다보았던 지안의 눈길을 떠올렸다.

원망도 아니고 아픔도 아니었던 그 눈빛. 체념의 눈빛.

나라를 위해, 민족을 위해 지안을 잊으리라 했을 때 자신이 가졌던 눈빛과 꼭 같은 그 눈빛.

'여기를 오지 말았어야 했다. 이곳으로 오지는 말았어야 했다. 그녀가 두현의 아내가 되는 것을 보았을 때 그때에라도 다른 곳으로 갔어야 했다. 여기 머무르는 것이 아니었다. 잘못하였다. 잘못하였어.

예정대로 떠나는 거다. 나는 아무것도 할 수 없는 무력한 존재. 그래. 떠나자! 단.'

오늘 새로 다친 상처처럼 단에게 지안의 모습이 아팠다. 심장 속에 살고 있는 그 모습이 욱신거려서 죽겠다. 이제는 심장 속에 숨겨두지도 못할 만큼 커져 버린 지안이라서.

두현도 어스름 달빛을 받으며 자신의 방에 누워 있었다.

늘 아무 것도 묻지 않고 아프다 내색도 하지 않는 지안을 떠올렸다. 자신의 아내. 언제든지 손만 내밀면 안을 수 있는 자신의 사람.

'저렇게 풍경 같구나. 저 사람은! 저렇게 한결같구나. 저 사람은! 한데, 무엇 때문에 나에게로 왔을까? 왜 저리 견디고만 있는 것일까? 이렇게까지 밑바닥을 다 보았는데도 왜? 어째서 아무것도 묻지 않고? 왜?'

지안에 대한 미안함과 가여움에 두현은 눈을 감아버렸다.

╀ ╳ ╀

배꽃이 이울면서 또 하루가 지난다.

강은 복잡한 마음으로 일국의 야학을 향해 갔다. 선아의 올케, 윤참판 댁 별당의 지안, 지안을 보는 애틋한 눈빛의 단, 분명 일국의 것이 분명했던 단의 손에 들린 약봉지.

"설마! 설마 아니겠지?"

자신에게 물으면서 아니라고 답을 하고 싶지만 아닌 게 아니라는 것이 확실했다.

"하긴 허 선생님은 곧 떠나신다는데, 내가 상관할 바도 아니겠지."

강은 일국을 만나서 이야기를 나누며 복잡해진 머릿속을 정리하고 다 잊어버리려고 했다.

"선생님! 김 선생님!"

문이 열린 교실 쪽을 들여다보며 강은 일국을 불렀다. 저번 날 방문했을 때보다 야학 전체가 더 깔끔하고 정결해졌다. 아무래도 여자의 손길이 닿는 모양이었다.

"선생님!"

아무리 기다려도 답이 없자 강은 교실 안으로 발을 들였다. 바깥보다 훨씬 깔끔한 교실 안은 텅 비어 있어 인기척이 없었다.

"선생⋯⋯?"

"누구세요?"

한 번 더 일국을 부르려던 강의 말을 자르며 뒤에서 목소리가 날아왔다. 강이 몸을 돌리자 햇살이 내린 교실 바깥에 신식 옷차림의 여자가 서 있었다.

"김 선생님을 뵈러⋯⋯."

하지만 이번에도 강의 말은 중간에서 잘리고 말았다. 바깥에 선 신식 옷차림의 여자는 선아였다.

응?

그리고 선아의 손에는 바깥을 쓸다가 온 듯 지푸라기가 묻은 대빗자루가 들려 있었다.

"아니, 선아 씨가 여긴 어떻게?"

놀란 강이 연늪에서의 일도 잊고 선아에게 물었다.

"우리가 그런 것 물어볼 사이이던가요?"

하지만 돌아온 것은 차갑도록 냉정한 대답이었다. 그러고는 선아는 몸을 돌려 다시 마당을 쓸기 시작했다. 아무래도 야학에 닿은 손길의 주인은 선아인 모양이었다고 강은 생각했다.

"잠시 김 선생님을 뵈러 왔는데요."

한 걸음 다가서며 강이 다시 말했다.

"선생님은 몸이 불편하여 오늘은 나오시지 않습니다."

열심히 비질을 하며 선아는 강 쪽을 한 번 보지도 않았다.

"혹 야학을 돕는다는 사람이 선아 씨…… 입니까?"

강은 선아에 대한 의아함이 울컥 기침처럼 올랐다. 하지만 선아는 아무런 답이 없었다.

"선아 씨가…… 김 선생님을 돕는 것입니까?"

하지만 강도 끈질기게 다시 물었다.

"좀!"

그러자 거세게 몸을 돌린 선아의 입에서는 비명 같은 소리가 터져 나왔다.

"내가 선생님을 돕든, 야학을 돕든, 그게 그쪽 분이랑 무슨 상관이세요?"

강도 아니고 그쪽이라 했다.

"거치적거리니 이만 돌아가시죠. 아니면 선생님 댁으로 찾아가 뵙든지요."

선아는 도통 강이랑 말을 섞을 생각이 없는 모양이었다. 다시 비질을 시작하는데 날리는 먼지가 선아의 마음처럼 사납게 강의 얼굴로 휘몰아 왔다.

강이 그저 멍하게 이울어 날리는 배꽃을 봤다.

단과 지안과 두현의 사이에도 배꽃은 이울어 날렸다. 사진에 대해서는 아무도 말이 없었다. 지안은 단이나 두현에게 묻지 않았고 단이나 두현도 지안에게 설명이 없었다.

지안은 작설차를 들고 사랑채로 향했다. 웬일로 두현이 지안에게 차를 청하였다.

지안은 아무런 내색도 없이 마주앉은 단과 두현 사이에 찻잔을 내려놓았다.

두현은 말없이 차를 마셨다. 단은 차를 마시기 전 '차향이 좋습니다' 하고 인사를 잊지 않았다.

'그래. 더 이상 아무 일은 일어나지 않았으면 싶다. 그냥 이만큼만 평온하면 좋겠다. 이만큼의 평온함이라도 내게 허락된다면. 당당하지 못한 내 마음에 대한 속죄로라도, 그래! 그랬으면 좋겠다.'

지안이 혼자서 한숨을 삭였다.

하지만 지안의 이런 생각을 뒤엎기라도 하는 듯 갑자기 사랑채 안으로 슬아네가 뛰어들었다. 뛰어드는 품새가 예사롭지 않았다. 게다가 일전에 두현과의 일 이후로는 사랑 출입은 절대 하지 않았었다.

"아씨—! 아씨—!"

슬아네는 목이 메어 말을 잇지 못했다. 그러자 지안의 마음은 벌써 경기를 일으킨 듯 파닥였다.

"유모! 어인 일이오?"

"그거이! 아씨—! 으흐흐흐흐!"

슬아네는 아예 대놓고 대성통곡을 했다. 시집 어른들 눈이 무섭다고 늘 조심하고 주의하던 모습은 온데간데없었다.

"어쩜 좋을까예? 어르신이— 우리 어르신……! 으흐흐흐흐흑!"

슬아네의 말이 끝나자 지안은 심한 어지러움을 느꼈다. 노랗게 변한 하늘이 사정없이 빙글빙글 돌아갔다.

'지금 내가 무슨 말을 들은 건가? 지금 슬아네가 나에게 무슨 말을 하는 게지?'

분명히 지안 자신의 귀로 들었는데 무슨 말을 들었는지 모르겠다.

'너무 어지럽다. 어딘가로 가서 기대어야 하겠는데.'

그런데 이상했다.

비틀거리는 지안의 발걸음이 자꾸만 단 쪽으로 놓였다. 두현에게로 가려 하는 지안의 생각을 따르지 않고 지안의 발은 반대로 단에게로 놓였다.

두현이 아닌 단 쪽으로 걸음을 옮기던 지안은 그대로 마루 앞에 쓰러지고 말았다. 내도록 가슴에 쌓아만 놓았던 상처들이 한꺼번에 터져 났다.

'아…… 버지……! 저는 어쩌라고!'

소리 없는 절규가 지안의 안에서 피처럼 터져 났다.

두현은 얼른 손을 내밀었다. 무너져 내리는 지안의 모습이 너무 애처로웠다. 이제 아버지까지 잃고 어떻게 해야 하나 두현의 마음이 참담했다. 쓰러지는 지안을 받아주어야겠다고 생각을 했다.

하지만, 두현은 지안을 받아주지 못했다.

"부인!"

왜냐하면 단이 두현보다 좀 더 빨랐다. 장작개비처럼 허물어져 버리는 지안을 단이 얼른 손을 내밀어 안아들었다. 핏기가 걷힌 단의 얼굴은 지안만큼이나 창백했다. 지안을 안고 들여다보는 단은 두현이 옆에 있다는 것도 느끼지 못하는 모양이었다.

"단이 자네!"

두현의 낯에서도 핏기가 싹 가셨다.

'바람이 울고 있구나. 혼절해 버린 나 대신 바람이 저리 울고 있구나.'

혼절한 속에서 지안은 꿈을 꾸었다. 단이 자신을 안고 있는지도 모른 채 꿈을 꾸었다.

'이제 어쩌면 나는 이 손을 놓지 못할지도 모르겠다. 바람은 알고 있구나. 더 이상 막을 수 없는 내 마음의 방향을 저 바람은 알고 있구나.'

지안을 안은 단도 생각을 했다.

'단이 자네? 부인?'

둘을 보는 두현의 마음도 아득했다. 분명 지안의 발걸음은 자신이 아닌 단을 향해 비틀거리고 있었다. 지안을 안고 들여다보는 단의 모습도 낯설기만 했다.

'무슨⋯⋯? 도대체 이게 무슨?'

아무도 설명해 주지 않는 상황 속에서 두현은 맥이 풀려 버렸다.

＋×＋

강은 자신의 방에 앉아 원고지에 글을 써내려 가는 중이었다.

허름한 시골집이 불편하긴 하지만 글을 쓰는 데는 더없이 좋았다. 시끄러운 경성에서만 지내다가 만나게 된 시골 풍경도 더없이 맘에 들었다.

살림만 하던 어머니 함안댁에게는 어떨지 모르겠지만 강은 이곡리가 더없이 좋았다.

"문상 가서 별일은 없었니?"

함안댁이 물었다.

"네."

"아무도 없는 집에서 혼자. 참 안되셨구나."

"그러게요. 정말 훌륭한 어른이었는데."

"야학에서 한 번 뵈었다 했지?"

"네. 윤 참판 댁에 머무는 허 선생님과 함께 가서 뵈었었지요. 이리 허망하게 가실 줄 알았으면 좀 더 자주 찾아뵙는 건데 늦게야 후회가 되네요."

"상주는 누가 서는 것이냐?"

"사위 있잖아요. 소문난 개망나니이긴 하지만 장례까지야 외면하지 못하겠죠."

"아이구! 시집온 지 보름도 안 돼서 그 집 부인의 처지도 안쓰럽게 되었구나."

"두루두루 그러네요."

강이 펜을 내려놓으며 쓰게 입맛을 다셨다.

야학에서 선아를 만난 후, 물어물어 일국의 집을 찾아갔다. 아무리 불러도 인기척이 없어 방문을 열어 보았더니 일국은 낮잠에 들었던 모습 그대로 숨이 멎어 있었다. 지병이었던 심장 때문일 것이라고 했다.

지안에게 소식을 전한 것도 강이었다.

문상을 갔을 때, 상주인 두현의 옆에는 단도 함께였다. 지안에게 내려앉는 시리고 아픈 눈빛의 주인은 두현이 아니라 단이라는 것을 강은 또 단번에 알아보았다.

"한데, 무슨 글을 쓰는 게야?"

"부산 신문사에 투고를 해볼까 해서요."

"무슨?"

"이곡리 연늪에 대한 글입니다. 이름이 알려지면 개발하기에도 좀 더 수월하지 않을까 해서요."

함안댁은 다림질을 하던 손길을 멈추었다. 강 쪽으로 조금 다가와 앉았다.

"참으로 열심이구나!"

"마음이 심란하여 그런지 글이 잘나가지가 않아요."

"쉬엄쉬엄 하려무나. 한데— 카와!"

함안댁이 강을 카와라고 불렀다. 글을 쓰던 강의 손길이 멈추었다.

"어머니! 그 이름은 결단코 듣기가 싫다 말씀드렸어요."

펜을 강하게 내려놓는 바람에 책상과 맞부딪쳐 소리가 났다.

"둘이만 있는데 무에?"

금방 함안댁의 목소리가 기어들어 갔다.

"싫습니다. 어머니! 저는 싫어요. 둘이든 셋이든."

격한 음성에 세차게 몸까지 흔들어대는 바람에 책상이 요동을 했다.

"알았다, 알았어. 잘못하였다. 미안하게 되었어. 한데, 일전에 그 아가씨 말이다."

함안댁이 말꼬리를 돌렸다.

"누구 말씀이세요?"

"그 왜, 연늪에서 만났던?"

"아— 윤선아 씨 말이세요?"

"그래. 그 윤 참판댁 고명딸이라는."

"그이는 왜요?"

"너무 그렇게 볼 때마다 몰아세우지 말아라. 부모를 선택해서 태어나는 사람은 없는 법이니."

"제가 어쨌게요?"

강의 시선이 날카로워지는데 함안댁은 측은하게 강을 봤다.

이곡리로 이사를 오던 날, 짐수레 위에서 두 사람은 선아를 처음 보았다. 신식옷을 떨쳐입은 당찬 걸음의 처녀는 손으로 황매화 꽃까지를 튕기고 있었다. 사치스러운 옷차림이었다.

수레를 끌던 이가 길게 선아를 바라보는 강의 눈길을 알아채었다.

"윤 참판댁 손녀 아가씨구만예."

"윤 참판댁 손녀 아가씨—?"

배꽃 이울다

"예. 동리에서 제일가는 만석꾼 집안이지예."

"그래서 입성이 저랬군요. 누구나 한 번은 돌아보겠습니다. 이 외딴 시골에서."

"그렇지예? 허지만, 아가씨 부친 실종되신 후 참판 어르신이 일본 앞 잡이가 돼버렸구만예. 일전엔 춘궁기에 곡식도 풀고 마을 저수지도 만들어주고, 참 존경을 받던 집안이었는디 이제는 고마 일본 앞잡이 가 돼 버렸으이……."

"아……!"

강이 고개를 끄덕였다. 사치스러운 선아의 옷차림이 이해가 되었 다. 돈이 있다고 해서 아무나 입을 수 있는 옷이 아니었다.

박쥐처럼 일본에 붙어 호위호식하는 부류들.

동족의 피를 빨아 마신 후 일본의 발 앞에 토해 바치는 부류들.

동리에서 제일 큰 기와집에 경성의 중학 선생님이 있다는 말을 듣 고 단을 방문하였을 때도 선아의 집이라는 것은 미처 생각하지 못했 다. 사랑채로 들어온 선아와 만나고서야 미리 짐작하지 못한 자신을 책망하였다. 두 번 다시 집으로 단을 방문하지는 않았고 연늪에서 선 아를 우연히 만났었다.

"동네 빨래터에 갔다가 얘기를 들었어."

"무슨 얘기를요?"

"그 댁 어르신과 아가씨는 생각이 다르다더구나. 서로 반목도 심하 다 하고."

"그야 집안 사정이지요. 하고 다니는 입성을 보세요. 집안의 힘을 믿고 유세를 떠는 모습이 아닙니까?"

"모두 읍내에서 천을 끊어다 직접 만들어 입는 옷이라던데. 가난한 상인들에게 도움을 주고 싶다며. 부산의 여학교에서 의상 공부를 한다더라."

"……."

"그 정도 집안의 아가씨면 경성이나 일본에서 옷을 해다 입지 않겠니? 게다가 부산 야학에서는 아이들도 가르쳤다 하고."

"……."

"진주경찰서에 돌을 던졌다가 쫓기듯 내몰려서 부산의 여학교로 가게 되었다더라. 동리 사람들이 입을 모아서 그 아가씨는 칭찬을 했어. 하니, 니 생각만으로 너무 그렇게 몰아붙이기만 하지 말어."

"네에? 제가 무얼 어쨌다고 그러십니까? 어머니."

"그 아가씨를 보며 강이 니가 무슨 마음을 느끼는지 에미도 안다. 하지만 강아! 그러지 말거라. 어쩔 수 없는 핏줄의 연결이다. 그는 니가 더 잘 알지 않니?"

함안댁이 측은하게 바라보는데 강은 시선을 애써 피해 버렸다. 그러면서 아까 일국의 야학에서 대빗자루를 들고 서 있던 선아의 모습을 떠올렸다.

"그 따위 집안의 그 따위 사정이야 제 알 바는 아닙니다."

신랄한 강의 대꾸였다. 하지만 말은 그렇게 해놓고 계속 선아를 떠올렸다.

선아는 꼼짝 않고 누운 두현을 재촉 중이었다. 지안의 본가로 가서 장례를 치르고 돌아온 후에도 두현은 별당에 얼굴 한 번 내밀지 않았다.

"오라버니! 별당 새언니에게 좀 나가보오."

"귀찮대도 왜 이러는 게야?"

"귀찮다니? 새언니가 귀찮우? 이제 아버지마저 여의고 혼자 되었는데 오라버니라도 옆에 좀 있어야지 않우?"

"먼 길 같이 가서 3일상까지 다 치르고 왔다. 이제 그만 날 내버려 둬."

"먼 길이라니? 길 하나 건너는 게 무에 그리 멀다고?"

"내게는 먼 길이었다. 힘들었다고! 집도 지내기에 불편하였고."

"오라버닌 감정도 없소? 마음도 없냐구? 별당 새언니가 가엽지도 않으오?"

"별당의 저 사람이 선택해서 한 혼사야. 누가 등 떠밀어 온 길이 아니라구! 남들이 다 부러워할 만한 큰 집에 평생 먹고 지낼 전답까지 챙겨주었다. 이사나 얼른 할 것인지 옹색하게 그게 뭐라냐? 결국 살아보지도, 써보지도 못하고 저 사람 아버지는 세상을 떠나 버렸으니. 할아버님 재산이나 누리려는 욕심에 별당의 저 사람 스스로 제 발등을 찍은 꼴이다."

"해서요?"

"하니, 내 위로까지 바란다면 그건 별당 저 사람 욕심이다 이 말이다."

"아이구! 이 한심한 오라버니를 보게? 아무리 집안일에 관심이 없기로 별당 새언니 일을 이리 까마득히 모르고 있소?"

선아의 손이 두현의 등을 철썩 때렸다.

"이게 무슨 짓이야? 내가 뭘 모른다고 이 난리를 부리는 게야?"

"우리 집에서 혼례 올리던 날, 본가 아버님께서 할아버님이 건네었던 집문서며 땅문서며 하나도 남김없이 몽땅 두고 간 걸 오라버닌 진정 모른단 말이오?"

"뭐라고? 니, 그게 참말이냐?"

누워 있던 두현이 벌떡 일어났다. 비스듬히 걸치고 있던 양복저고리가 떨어졌다.

"내 오라버니에게 거짓을 말하겠우? 다음 날 할아버님이 도로 드리고 오라 박 서방을 보내었는데 대문 안에 발도 못 들이고 문전박대를 당하고 돌아왔우."

"뭐? 참말로? 넌 그 얘길 왜 인제야 내게 하는 게야?"

"언제 물어보기는 했소? 게다가, 동리 사람들까지 다 아는 일을 왜 오라버니만 모른단 말이오?"

"아니. 그럼…… 별당 저 사람은…… 왜? 아니…… 왜?"

두현의 얼굴이 복잡해지면서 수많은 물음표가 떠올랐다.

"그걸 내가 알겠소? 오라버니가 알겠소? 하니, 좀 나가보란 말이오. 저리 넋을 놓고 빈껍데기처럼 앉아 있는데 나가서 좀 다독여라도 주란 말이요! 그도 아니면 무슨 이유로 우리 같은 집안에 시집을 온 거냐고 그거라도 물어보시오."

두현은 내동댕이쳐진 약사발을 들고 나가던 지안의 다소곳한 뒷모습을 떠올렸다.

연못가에 앉아 물속을 들여다보던 지안의 고운 모습을 떠올렸다.

혜숙과 인실의 사진을 보고도 착한 눈빛으로 자신을 보던 지안의 모습을 떠올렸다. 아버지의 부음을 듣고 장작개비처럼 쓰러져 버리던 지안의 모습도 떠올렸다.

"내는 참…… 말 몰…… 랐…… 다."

두현의 음성이 비어서 가벼워졌다. 거미줄 같았다.

"이제라도 알았으니 가보오. 새언니한테 좀 나가보란 말이오."

애처로웠다. 쓰러지는 가녀린 몸을 안아주고 싶을 만큼 두현도 지안이 애처로웠다.

하지만…….

"됐다. 내는 계속 모르는 일이다."

두현은 다시 모질게 누워버렸다.

"참말 이러기요?"

"선아 너도 귀찮아. 그만 나가보아."

"진짜! 이리 모질고 매정하기는……."

두현의 등을 매섭게 노려보고 선아는 나가 버렸다. 고개를 절레절레 흔든다. 두현은 표 나지 않게 이불깃을 틀어쥐었다.

선아는 안채 자신의 방으로 돌아와 배를 깔고 누워 잡지를 넘겼다. 지안에게 가볼까 싶었지만 자신이 무슨 위로가 될까 싶어 그만두었다.

한쪽 구석에 치워두었던 시문학 잡지를 꺼내 들었다. 강이 건네주고 간 거였다.

아침나절 강이 찾아와 대문 밖에 서 있었다. 학교에도 다시 돌아가지 않고 시골에서 무료할 터이니 책을 빌려주겠다 하였다. 몇 권의 동인지가 이삿날처럼 끈에 묶여 따라왔다.

"웬 바람이 불었답니까?"

선아의 말이 곱게 나가지 않았다.

"책을 즐긴다고 사랑채 허 선생님이 말씀하시더군요. 좋아하실 듯하여."

"언제부터 내 좋아하는 것을 챙겼답니까? 볼 때마다 면박을 주지 못해 그리 안달이시더니……."

"저 때문에 마음이 상하신 모양입니다."

"상하고 말고 할 게 무에랍니까? 저와는 하등 관계도 없는 사람에게."

"관계란 것이야 만들면 되는 것이지요."

"무슨 수작이랍니까?"

"수작이라니요? 양가댁 아가씨 말씀이 험하십니다."

"언제 양가댁 아가씨 취급이나 하셨던가요? 내는 됐습니다."

선아는 말을 끝내고 집으로 들어오려 했다. 하지만, 강이 선아의 팔을 잡았다.

"이게 뭐 하는 겝니까?"

선아의 눈이 팔자로 구부러졌다.

"정식으로 사과하지요. 선아 씨에게 무례히 굴었던 것, 미안합니다."

고개까지 숙였다가 다시 든 강의 눈빛에는 진심이 담겨 있었다.

"아니, 어! 이렇게까지야……. 뭐……."

"그럼, 사과를 받아주시는 게지요?"

눈빛만큼이나 진심이 담긴 목소리였다.

"아니, 뭐."

"받아주시는 게지요?"

강이 다짐하듯이 다시 물었다.

"뭐, 내 또한 잘한 것은 없으니."

팔자로 구부러졌던 선아의 눈이 일자로 펴졌다.

"그럼, 화해한 걸로 알겠습니다."

"화해씩이나 뭘? 그냥 이걸로 퉁 치는 게지요."

"퉁 친다고요? 하하하! 선아 씨 언어구사는 참으로 현란합니다."

강이 웃었는데 그 또한 진심이 담긴 웃음이었다.

"아무려면 이강 씨를 따라갈까요?"

선아가, 늘 자신을 비꼬아대던 강을, 마지막으로 꼬집어주었다.

"그런가요? 선아 씨! 하하하하─!"

하지만 강은 계속 웃었다. 그리고 선아 씨라고 이름을 불러주었다.

선아는 책에서 눈을 떼며 그 장면을 되새겨 보았다. 입안에 앵두를
머금은 것처럼 침이 고였다. '선아 씨'라고 부르던 강의 목소리가 새그
럽게 입안을 감돌았다. 스스로 '선아 씨' 하고 불러봤다.

"뭐 하는 게지! 내 지금 무슨 생각을 하는 게야?"

선아는 자신의 머리를 쥐어박았다. 쥐어 박힌 머리가 띵하고 울렸
다. 그 울림을 따라 다시 '선아 씨'라고 부르던 강의 목소리가 들려왔
다.

"에이─! 훠어이! 훠어이!"

선아는 결국 읽고 있던 책 사이에 머리를 집어넣었다. 머리카락이 헝클어졌다.

선아가 자신의 방으로 돌아가고 한참을 지났다. 방문이 열려 있어서 두현과 선아의 대화가 단에게 그대로 들려왔다. 단의 마음이 아프게 서걱댔다.

매정하다며 두현을 책망하던 선아의 말은 단도 하고 싶었다. 단 또한 억지로라도 두현을 끌고 가 지안에게 보내고 싶었다. 하지만 그 어느 것도 단의 몫은 아니었다.

'어리석다! 나는! 어리석다! 결국 말 한마디 못할 거면서!'

하릴없이 눈을 감은 단은 10년 전의 기억 속으로 빠져들었다.

＋×＋

1926년 진주군 문산읍 이곡리의 봄.

마을 서쪽 구등산 위에 그 이름대로 배꽃이 거북이 모양으로 피어올랐다.

열다섯 살의 단과 두현은 두현의 집 사랑채에 있었다.

경신중학 2학년이 되고 학기를 한 달쯤 보낸 후 갑작스럽게 휴교 조치가 내려졌다. 그래서 둘은 함께 이곡리로 내려온 것이다.

"두현아! 니 혹시 만해 선생님이 작년에 발표하신 〈님의 침묵〉을 읽어보았어?"

발을 포개고 단정하게 앉아 있던 단이 물었다.

"응? 〈님의 침묵〉? 그건 또 무슨 연애시라니?"

"연애시? 너, 무슨 말을? 만해 선생님이 누구신지 두현이 너도 알잖어."

"알다마다. 내 알다마다. 내 친구 단이가 어떤 친군데 내, 만해 선생을 모르겠냐?"

"그런데 어째서 연애시냐고 물어보는 게야?"

"단이 넌!"

두현이 지겹다는 듯 고개를 흔들었다.

"붉은 마음 단! 내 친구 단이! 나라를 향한 너의 그 붉은 마음은 내가 다 알고도 넘침이 있으니까 제발 그놈의 사상놀음까지 나랑 나눌 생각은 말아. 머리 아프니까!"

"사상놀음이라니? 작금의 현실에서……."

"아! 작금의 현실? 네―. 네―. 네―. 잘 알고 있습니다. 잘 알고 있어요. 하니, 그만하세요."

두현이 손사래까지 쳤다. 그래서 단도 더는 말을 이을 생각이 없어졌다.

"한데…… 내 교복을 저리 뜯어놓았으니 어쩔 참이야?"

윗목에는 허단이란 이름이 새겨진 교복이 반듯하게 개켜져 있었다. 한쪽 어깨의 솔기가 심하게 뜯어졌다. 조금 전에 팔 힘을 겨룬다며 장난을 치다가 두현이 저 모양으로 망쳐 놓았다.

"우리 행랑어멈 솜씨가 얼마나 좋게? 감쪽같이 고쳐 줄 테니 염려 놓아."

"하여간― 의뭉스럽긴!"

"그나저나— 경성 촌놈! 시골, 시골 노래를 부르더니 보신 감상이 어떠신가?"

두현은 보료 위에 누워 단을 놀려댔다.

"기대 이상인데. 다시 보니 더 장관인 모습이야."

"경성 촌놈이 언제 배꽃 볼 기회는 있었고? 너 아니었음 내가 이 황금 같은 기회에 또 촌구석으로 내려오기나 했겠냐?"

두현이 구시렁대었다. 하지만 단은 두 번째로 만나는 이곡리의 배꽃 장관에 온통 마음을 빼앗겼다.

그때, 방문 밖에서 박 서방이 두현을 불렀다.

"대련님! 얼른 나오시이소예."

"……."

"대련님!"

두현은 들은 척도 않는데 박 서방은 계속 채근을 했다. 그러자 단이 오히려 애가 타서 사랑채 방문을 밀쳐 열었다.

"두현아! 대체 무슨 일이야?"

"몰라! 이웃 동네에 초상이 났는데 달구벌(대구) 가신 우리 할아버님, 나더러 대신 문상을 다녀오라고."

"그래? 그럼 가 봐야지."

"미쳤냐? 그 집 열한 살 꼬맹이가 내 정혼녀란다. 내가 뭐 발목 잡힐 일 있냐? 이 개명천지에 웬 정혼자? 게다가 난 상갓집 이런 칙칙한 곳은 딱 질색이다."

"아이쿠! 대련님! 그럼 제가 참판 나리께 경을 칩니다예."

열린 문 밖에 선 박 서방이 다시 한 번 사정을 했다.

"일어나! 원래 그런 자리일수록 인사를 가는 게 도리야. 더구나 그런 약조가 있는 집안이라면 당연히 더 가 봬야지."

단도 같이 두현을 재촉하였다.

"아ㅡ. 싫어! 싫다구!"

두현이 이번에는 냉큼 돌아누워 버렸다.

"두현ㅡ!"

"대련님ㅡ!"

그래도 두 사람의 채근이 이어지자 두현이 갑자기 되돌아 누웠다. 두현의 눈에는 장난기가 가득 서렸다.

"오호라! 그러면 되겠군!"

"뭘?"

"이럼 어때? 단이 니가 내 대신 갔다 오는 건?"

"뭐라고?"

단의 시선이 밖에 서 있는 박 서방에게로 향했다.

"할아버님 내가 문상 안 간 거 아시면 불호령 내리실 테고, 그럼 난 단이 너 때문에 못 갔다 그리 말씀 올릴 거다."

"뭐야? 두현이, 정말ㅡ."

"어때? 좋은 일이잖냐? 우리 모범생 단 군이야 그런 자리 가서 인사도 잘 차리실 테고."

"너ㅡ."

"난 몰라. 그럼 너도 가지 말든지. 어쨌든 난 추호도 갈 생각이 없네."

두현은 다시 돌아누워 아예 이불까지 뒤집어썼다.

"대련님!"

방 밖에서는 박 서방이 이제 애원조였다. 단은 한참을 망설였다.

"이게 말이 돼? 얼굴만 봐도 금방 너 아닌 줄 알 텐데."

"경성 가서 지낸 지 벌써 6년이 넘었어. 저번에 너랑 왔을 때 말고는 집에 다니러 온 적은 거의 없고. 우리 집 하인들도 내가 한 번씩 내려오면 누군지 몰라볼 때도 있어. 하물며 남의 집 사람들이야 말해 무엇하겠어? 알아서 해. 난 그만 잘 테니."

단은 더 이상 두현을 설득할 수 없음을 알았다. 그러자 박 서방이 이제는 단에게 간청했다.

"아이쿠! 그럼 제발 단이 대련님이라도 대신 가 주서예."

누군가는 가야 할 참이었다. 결국 단이 결심을 하고 일어섰다. 단이 일어서는 소리가 들리자 두현이 이불을 내리며 단을 보았다.

"어이! 친구! 그냥 가지 말고 내 교복을 입고 가. 우리 할아버님, 외동손자 경신중학 다니는 게 일생의 큰 자랑 중 하나시니까. 이름 도장도 확실히 찍을 테고."

그래서 열다섯 살의 단은 두현의 교복을 입고 박 서방과 함께 집을 나섰다. 아름드리 느티나무가 늘어선 시골길을 걸어서 지안의 집을 향해 갔다.

막 지안의 집에 들어섰다.

검은 원피스를 입고 뒤꼍으로 사라지는 소녀를 보았다. 괜히 단의 눈길이 따라갔다.

단은 두현의 이름으로 문상을 했다. 사람들의 대화를 들으며 방금 사라진 아이가 남겨진 무남독녀임을 알았다. 이름이 지안이란다.

그런데 상주라고 하기엔 어린 여자아이에게 눈물기가 하나도 없었다. 그리고 그 모습은 단에게 울고 있는 모습보다 더 슬펐다. 그래서 문상을 마치고도 왠지 돌아갈 수가 없어 박 서방을 먼저 보냈다.

지안은 뒤꼍 황토 담벼락에 기대어 앉아 있었다. 경련이 일도록 입술을 앙다물고는 어머니의 유품인 노란 노리개를 손에 들고 절대로 울지 않겠다고 말하고 있었다.

그 모습이 바람에 지지 않으려고 가는 이파리를 뉘어대는 민들레처럼 애처로웠다. 까만 원피스를 입어서 더욱 희디흰 얼굴이 혼자 핀 배꽃처럼 가련했다.

덜컹ㅡ, 단의 마음속으로 마차가 한 대 지나갔다.

"눈물을 참는 건 좋은 일이 아니야!"

그래서 열다섯 살의 단은 열한 살의 지안에게 그렇게 말해주었다.

지안이 단을 눈이 부신 듯 바라보더니 그대로 달아나 버렸다.

단은 지안이 떨어뜨리고 간 노란 노리개를 발견했다. 지안이 앉았던 발치 아래에 떨어져 있었다. 노란 노리개를 주워들었다. 그러고는 말없이 지안을 따라갔다.

왜였을까?

열한 살 그 어린 지안이 왜 그리 단의 눈에 밟혔던 걸까? 민들레 같은 그 뒷모습이 왜 그리 단의 마음속으로 걸어 들어왔던 걸까?

자운영꽃의 논두렁길을 지났고 배꽃 흩날리는 산길로 접어들었다.

한참의 시간이 지난 후.

넘어져서 다친 지안을 업고 산길을 다시 내려왔다. 배꽃 이우는 산길을 내려와 자운영꽃이 만개한 논두렁길을 지날 때였다.

개구리란 놈이 두 마리 꼼짝도 않고 논두렁 가운데 앉았다. 그냥 걸어갈 수가 없었다. 단이 논두렁에서 풀쩍 뛰었다.

"우왓!"

업혀 있던 지안이 단의 목을 와락 끌어안았다. 단의 입이 벌어졌다. 심어놓은 콩잎이 함께 웃었다.

"너…… 이름이 지안이라지?"

콩잎의 웃음을 보며 단이 물었다.

"어! 어떻게 내 이름을?"

"아까, 어른들이 얘기 나누시는 걸 들었다."

"아!"

"참 예쁜 이름이구나. 뜻이 뭔지 물어봐도 될까?"

"알 지에 평안할 안. 평안함을 아는 사람이 되라고 아버지가 그리 지어주셨어요. 또한 사람들에게도 평안함을 알게 해주는 그런 사람이 되라고."

"그래? 너랑 꼭 어울리는 이름이로구나."

정말이다.

지안의 얼굴이, 웃음이, 심지어 눈물까지도 단의 마음에 알 수 없는 잔잔함을 안겨주었다. 업혀 있던 지안이 단의 등에다가 고개를 묻었다. 단은 또 웃었다.

"저기 저 자운영 꽃말이 무엔지 알아요?"

고개를 묻고 있던 지안이 대뜸 물었다.

"응? ……아니."

단은 논두렁 밑으로 만발한 그 꽃의 이름이 자운영인지도 몰랐다.

그래서 꽃말이 무엇인지 말해주기를 기다렸는데 그러고는 지안은 더 말이 없었다.

단은 마을 입구에 다다르기까지 내도록 자운영의 꽃말이 궁금하였다.

마을 입구에서 지안을 내려주었다.

"고마워요. 오―라―버―니."

인사를 하느라 숙인 고개를 들지도 않고 지안이 인사를 했다. 목소리가 너무 작아 들리지가 않았다.

"응?"

단이 다시 물었다.

"고맙다구요. 오라버니!"

오.라.버.니!

쭈뼛거리며 단의 온몸에 솜털이 곤두섰다. 자기를 보고 오라버니란다!

인사를 마친 지안은 갈래머리를 흔들며 뛰어갔다. 얼굴이 잘 보이지 않을 만큼 멀어지자 저만치에서 손을 흔들며 단에게 웃음을 보여주었다.

"잘 가요! 오라버니!"

지안의 목소리가 메아리처럼 울렸다.

지안이 작게 사라져 버린 후에야 단은 여전히 자신의 주머니에 들어 있는 노란 노리개를 깨달았다. 하지만 지안을 부르지 않았다.

덜커덩― 단의 마음속으로 마차가 또 지나갔다. 덜커덩―! 또 한 대. 덜커덩―! 한 대 더.

한참을 더 서 있다가 터벅터벅 두현의 집으로 돌아왔다. 그때까지도 두현은 자리를 깔고 누워 있었다.

"두현아! 니 혹시 자운영꽃 꽃말이 무엔지 알고 있니?"

두현이 무슨 뚱딴지같은 소리냐는 표정을 지어 보였다.

"자운영꽃? 그건 또 어디에 피는 꽃이냐?"

"저기 신작로길에? 몰라?"

"내가 알 턱이 없잖아."

"그래? 모르면 됐다."

"한데― 왜 묻는 게야?"

"그냥 궁금하여서."

"사내자식이 애살스럽긴―. 정히 궁금하면 행랑채 정이에게 물어보렴. 꽃에 대한 것이라면 우리 동리에서 제일 잘 알 게다."

"정이?"

"그래. 행랑채 박 서방 딸 말이야. 우리 집 오던 첫날 대문간에서 보았잖어? 쬐끄만 게 꽃말에 대해서라면 아주 박사란다. 어머니가 영특하다시며 칭찬이 자자하시던걸."

단은 그제야 생각이 났다.

3일 전, 두현의 집에 오던 날, 대문간에서 마중을 하던 조그만 여자아이는 얼굴이 검고 하나로 올려 묶은 머리가 깡총했었다. 어제는 안채에서 내린 과자도 하나 나누어주었었다.

단은 슬쩍 몸을 일으켜 서둘러 행랑채로 나갔다.

행랑채 방문 앞에 정이가 혼자 앉아 있었다. 첫날 보았던 모습대로 자그마한 여자아이였다.

배꽃 이울다

단이 다가가자 정이가 화들짝 놀라며 몸을 일으켰다. 단은 자운영 꽃말을 아느냐고 정이에게 물었다.

"그건, 그대의 관대한 사…… 사랑이라예."

더듬거리며 꽃말을 이야기하는데 말을 하는 정이도 듣는 단도 함께 얼굴이 붉어졌다.

그날, 밤이 깊었는데도 단은 잠에 들 수가 없었다.

배꽃 같은 지안의 웃음이 온 천장에 동그라미를 그려대며 퍼져 났다. 민들레 같은 지안의 눈물이 창호지문에 온통 무늬를 그리며 흘렀다. 지안의 울던 모습도, 웃던 모습도 그대로 낙인이 되어 열다섯 살 단에게 내려앉았다.

아픈 낙인이 되어서.

보지 않으려 눈을 감으면 지안이 단의 바로 옆에 와서 앉았다. 자운영꽃의 꽃말을 자꾸 속삭여 주었다.

"자운영꽃의 꽃말은 그대의 관대한 사랑이려요."

단의 귓속의 솜털이 곤두섰다.

그 후, 두현 몰래 3번쯤 지안의 집을 찾아갔다. 노리개를 돌려주려고 온 거라고 핑계를 만들었다. 큰형수가 만들어준, 단의 이니셜이 영어식 순서 D·H로 수놓인 손수건도 찾아야 했다.

하지만 아무리 들여다보아도 지안의 모습은 보이지 않았다. 적막감마저 감도는 지안의 집은 이미 비어 있었다. 장례를 치르자마자 초라한 작은 집으로 이사를 갔다는 것을 단은 알 수가 없었다.

단은 짧은 인연이 서글펐다. 하지만 더 이상 어쩔 도리가 없었다. 두현에게도 동네 사람 누구에게도 지안의 행방을 물을 수가 없었다.

그리고 무엇보다 지안은 두현의 정혼녀였다.

스스로도 자각하지 못했지만 열다섯 살의 단은 인생에 단 하나뿐일 강렬한 기억 하나를 심장에 박아두고 말았다.

세월은 무심히 흘렀다.

단은 경신중학교, 경성고보를 졸업하고 연희전문학교에 입학을 하였다. 이곡리에서 돌아온 후 학생 비밀 조직의 핵심으로 부상한 단은 대학에 입학을 하면서는 자연스럽게 〈의열단〉의 비밀 공작원이 되었다.

스무 살 피 끓는 청춘을 잃어버린 나라를 위해 바치리라 단은 다짐하였다.

의열단의 공약 10조에서 말하기를 나라를 위해 사는 사람은 심장을 잊어야 한다고 했다. 민족을 위해 싸우는 사람은 눈물을 버려야 한다고 했다.

그 공약에

첫째가 천하에 정의의 일을 맹렬히 실행하기로 함.
둘째가 조선의 독립과 세계의 평등을 위하여 신명을 희생하기로 함.
셋째가 충의의 기백과 희생의 정신이 확고한 자라 함.
넷째가 의열단의 뜻을 먼저 행하고 의열단원으로서의 정의를 급히 행함.

이라고 명시되어 있었다.

졸업을 한 후에는 신분 위장을 위해 경신중학교 음악 선생이 되었다.

하지만 단은 그 봄날 위의 지안을 생각하면 자신의 심장 한구석에 쪼그리고 앉아 혼자 떨고 있는 지안의 모습이 아파왔다. 자신의 눈을 타고 흥건하게 흐르는 지안의 눈물이 아려왔다. 고개를 들면 저 멀리 지안이 있는 쪽으로 눈길이 갔다.

봄이 오면 경성 시내를 벗어나 배꽃이 피어오른 변두리길을 한없이 서성이기도 했다. 하지만 이곡리 그 마을이 아니라서 배꽃은 피었지만 똑같은 배꽃은 아니었다.

때로는 자운영꽃을 보기도 하였다. '그대의 관대한 사랑', 그 꽃말이 자꾸만 귀에 맴돌았다. 하지만 그 또한 똑같은 자운영꽃은 아니었다.

그냥 잊고 살리라 했다. 지안의 노란 노리개는 언제나 단의 가슴 안주머니에 들어 있었지만 잊고 살리라 다짐했었다. 모르고 살리라 그리 맹세했었다.

그렇게 시간이 또 흘렀다.

작년, 그러니까 1935년 7월 5일의 일이다.

조선혁명당, 의열단, 신한독립당, 한국독립당 등 민족주의 단체의 모임이 있었다. 모두가 통합하여 조선민족혁명당(朝鮮民族革命黨)이 출범되었고 의열단을 포함한 기존의 단체들이 공식적으로 해체가 되었다.

교사 일을 그만두었다. 그렇게 올해 4월, 한 달간의 여유 시간이 생겼다. 10년 만에 스스로에게 허락한 휴가를 어디서 보낼지 단은 단번에 결정하였다.

두현에게 기별을 넣었다. 두현이 고교 졸업 후 일본으로 유학을 떠나고 윤 참판이 친일의 길로 들어서면서 다시는 와보지 못했던 이곡리였다.

다시 돌아온 이곡리는 기억 속 그날처럼 배꽃의 봄날이었다.

동리길 양옆으로는 배꽃이 화사하게 피어올라 부는 바람마저 물들였다. 그래서 햇살이 사선으로 비끼어가는 봄날 위에는 흰 바람이 흩날리고 있었다. 배꽃을 바라보며 단의 눈시울이 기억으로 젖어들었다.

"혹여 다시 볼 수 있을까? 먼발치에서라도 잠시……."

생각하는 것만으로도 단의 목이 탔다.

두현이 일본 유학을 떠나기 전 지나가는 말처럼 단이 물었었다. 정혼녀라던 여자아이는 잘 지내고 있냐고. 여전히 그 동네에서 살고는 있다고 두현이 무심하게 답을 했었다. 단은 이번에는 지안의 집을 꼭 찾아보리라 다짐을 하였다.

세월이 흘렀지만, 여전히 생생했다.

나풀거리던 양 갈래 머리가, 슬픔이 어린 눈망울이, 눈물을 참으려 앙 다물던 입술이, 까만 원피스 자락에 수놓이던 이운 배꽃이, 그 어지러운 향기가…….

"자운영꽃의 꽃말이 뭔지 알아요?"

귓가에 속삭이던 지안의 음성도 아직 또렷했다.

단은 가벼운 걸음으로 두현의 집으로 들어섰다.

웬일인지 앞마당부터가 시끌벅적하였다. 놀랍게도 두현의 혼례가 치러지고 있었다. 자신에게는 아무런 언질이 없었는데.

단의 시선 끝에 두현이 보였고 건너편에는 녹원삼에 얼굴을 묻은 신부가 서 있었다. 단은 안경을 고쳐 쓰며 신부를 골똘히 바라보았다.

쿵!

갑자기 단의 심장이 내려앉았다.

천천히 다가갔다.

설마! 행여나, 아니겠지? 아니겠지?

단은 속으로 무수히 되뇌었다. 그러고는 마른침을 삼키며 새신부의 얼굴을 다시 보았다.

하지만 새신부의 숙인 얼굴에 눈길이 머무는 순간, 단이 들고 있던 가방이 둔탁하게 떨어져 내렸다. 가방을 들었던 손에 힘이 빠지면서 거칠게 떨려왔다.

'그녀다!'

10년 만이었다. 꼭 10년의 세월이 흘렀다. 하지만 단은 금방 지안을 알아보았다.

자운영꽃의 논두렁길과 배꽃 화사하던 산길을 업고 내려왔던 지안.

민들레같이 숨어서 눈물을 흘리던 지안.

단을 향해 손을 흔들며 배꽃 같은 웃음을 보이던 지안.

지안이 새신부의 녹원삼을 입고 두현의 맞은편에 서 있었다. 개구리를 피하느라 뛰었던 단의 목을 끌어안았던 지안의 손은 새신부의 절을 올리고 있었다.

단은 사람들 속에 숨어 서서 숨죽여 지안을 보았다. 손끝부터 떨려 오던 기색은 이제 온몸을 감싸고 휘몰았다. 단은 양팔로 단단히 가슴을 죄었다.

'지안은 두현에 대해 아무것도 모르는 것인가?'

설마 지안이 두현과 혼인을 할 줄은 몰랐다. 농촌계몽운동을 하는 지안의 아버지는 왜 이 혼인을 허락한 것일까?

혼례식으로 떠들썩한 앞마당에서 단의 마음만은 멀리로 달아나고 있었다.

단은 열한 살 민들레 같았던 작은 소녀가 배꽃같이 피어난 스물한 살 여인이 되었음을 보았다. 까만 원피스의 작디작은 아이가 녹원삼 차려입은 여인이 된 것을 보았다. 친구의 신부가 되었음을 보았다.

자신이 지안을 보는 눈빛으로, 지안은 두현을 보고 있음을 아프게 깨달았다.

┽╳┽

10년을 한 번도 품에서 놓지 않은 노란 노리개가 단의 가슴에 들어 있는데 지안 앞에 나설 수는 없었다. 아무리 마음이 아리고 쓰려도 지안에게는 그 이유를 말할 수가 없었다. 10년 전 배꽃의 봄날을 지안에게 얘기할 수도 없었다.

단은 속으로 단단히 다짐을 했다.

'잊지 말아야 한다. 그녀는 남의 아내. 내 심장에 살고 있는 열한 살 소녀는 이제 두현의 아내. 아무리 가련해도, 아무리 애처로워도 이제는 남의 사람! 잊지 말아야 한다. 단! 잊지 말아야……'

간노와 다툼이 있은 뒤라 갑자기 떠나면 더 의심을 살 듯하여 3일장이 끝나도록 기다렸다.

지안의 집이 너무 옹색하여 거기 머물 수는 없어 왔다 갔다 하며 장례를 돕고 함께 돌아온 걸음이었다. 아버지를 잃고 가엾게 여윈 지안은 10년 전 그날과 똑같아 차마 발걸음이 떨어지지 않기도 했다.

내일이면 정말 이곡리를 떠날 것이다. 그렇게 결정했다.

무수한 단의 독백이 배꽃처럼 피어올랐다. 구등산 산자락에서는 거북이 울음처럼 배꽃이 흩날렸다. 애처롭게, 애처롭게 이울어 흩날렸다.

6. 배꽃의 하룻밤, 너무나 짧은

배꽃의 봄날은 끝이 났다.

더 이상 바람에 춤추며 떠도는 배꽃을 볼 수가 없었다. 대신 배꽃이 물이 올랐던 자리는 곁벚꽃, 금낭화, 금붓꽃, 금잔디, 노란제비꽃, 뿌리뱅이, 양지꽃, 영산홍, 자운영, 청미래덩굴, 큰개별꽃, 큰구슬봉이가 차지하였다.

안채 뜰의 함박꽃도 꽃잎을 피워 올리기 시작했고 모과나무도 진분홍 꽃을 매달았다.

이운 배꽃 같은 상복을 입은 지안은 별당 자신의 방 장지문을 다 열어젖히고 앉아 있었다.

'아버지! 제가 시집을 오지 않았으면 어땠을까요? 아버지 가시는 길 그리 외롭지 않았을까요?

아버지! 배꽃이 다 떨어져 버렸어요. 아버지와 함께 늘 걸었던 그 과수원 길에 배꽃 이울 때면 저더러 그 꽃잎 닮았다 귀애하셨죠. 신 작로 길에 미루나무 물 오를 때면 저더러도 그리 곧게 살라 가르쳐 주 셨죠.

10년 전 어머니 가시고 똑같은 이 봄날에 아버지마저 저를 떠나십 니까? 귀하다 하시던 저를 두고 가셨습니까? 해마다 봄날은 돌아오 는데 그때마다 혼자 몸서리치라고 정녕 두고 가신 겁니까?

이제는 이것이 마지막이란 그런 믿음도 저는 가지고 싶지가 않습니 다. 저는 이제 어떻게 해요? 아버지! 아버지!'

빈껍데기만 남은 소라고둥같이 움츠려 들며 지안은 독백을 했다.

그리고 단은 별당이 보이는 곳에 서 있었다.

모두가 나가 버린 한낮의 집은 자정처럼 적막했다. 넋을 잃고 앉아 있는 지안의 모습이 보였다. 단은 지안의 고통과 아픔을 너무나 살뜰 히 들여다봐 버렸다. 지안은 열한 살 어렸던 모습처럼 슬픔을 가누고 눈물을 참고만 있었다.

'봄날은 이렇게 가나 봅니다. 배꽃이 더 이상 이워 날리지가 않습니 다. 하지만 내 마음의 봄날 위엔 상복 입은 당신이 배꽃처럼 이워 내 립니다.

손끝 하나도 잡아줄 수 없는 나라서, 눈물 한 줄기 여며줄 수 없는 나라서, 당신을 바라만 보며 당신처럼 그렇게 나도 야위어가고 있음 을, 이런 나를 한합니다. 이런 길을 가야 함을 애통합니다. 당신에게 이런 나라서 너무 죄스럽습니다.'

독백하는 단의 시선은 지안에게 못 박혀 있었다. 내일이면 떠날 것이다. 이렇게 보는 지안의 모습이 마지막일지도 몰랐다.

두현은 읍내에 다녀오는 길이었다. 지안에게 주려고 박가분(최초의 화장품) 한 통을 샀다. 선아의 닦달을 핑계 삼아 지안에게 가볼 참이었다.

저만치에 문을 열어젖히고 앉은 지안이 보였다. 밑으로 내린 지안의 고개가 다소곳했다. 핏줄이 드러난 이마도 다소곳했다. 창백하게 마른 얼굴이 두현의 눈에 새삼 고와 보였다. 지안에 대한 미안함이 스물거리듯이 두현의 전신으로 기어올랐다.

'이리 고운 당신을, 내 정녕 미안하오.'

그리고 다음 순간 두현의 심장이 뛰었다. 미안함 때문이 아니었다. 숨겨놓았던 마음이 저절로 치밀어 올라 두현의 심장이 뛰었다. 두현은 서둘러 지안에게로 발걸음을 옮기려 했다.

하지만 그때, 두현은 보았다. 별당이 보이는 벽 귀퉁이에 단이 붙어 서 있었다. 그래서 두현은 단의 이름을 부르려 했다. 그런데 단은 두현의 기척도 못 느끼고 하염없이 어딘가에 눈길을 고정하고 있었다.

'이상하다. 단! 무엇을 저리 골몰히 보는 것이지?'

의아한 두현은 단의 시선이 나아가는 그곳을 보았다.

확!

확인을 한 순간 대번에 두현의 얼굴에서 핏기가 걷혔다. 단의 시선이 나아가 머무는 곳에는 지안이 앉아 있었다. 이울어 날리던 배꽃보다 더 창백한 지안이 앉아 있었다. 새삼 두현의 눈에 고운 지안이 단의 시선 끝에 앉아 있었다.

'설마? 단이 저 친구, 자네 정말로……!'

두현의 낯빛이 변하더니 단과 들고 있던 박가분을 번갈아 쳐다봤다. 그러다가 황급히 발걸음을 돌려 버렸다. 쥐고 있던 박가분은 두현의 양복 주머니로 다시 들어갔다.

선아와 강은 함께 연늪을 거닐고 있었다. 7, 8월이나 되어야 꽃을 피우는 연꽃이지만 초록이 눈이 부시게 지쳐 이파리는 화사하게 물이 올랐다.

"집안 분위기는 좀 안정되었나요?"

위로가 담긴 음성으로 강이 물었다.

"그냥 다들 침울하지요, 뭐."

여전히 침울한 표정으로 선아가 답했다.

"하긴 그리 훌륭하신 분이 그렇게나 어이없이 떠나셨으니."

"그렇죠? 새언니 본댁 아버님이 얼마나 동리 사람들한테 공경을 받았게요? 마을 수로 개관 사업도 맨 처음 시작하신 분이고 동리 아이들 절반이 그분의 야학에서 글을 익힌걸요."

"그렇군요. 한데…… 어찌 별당의 그분은……?"

"참! 역시나 이강 씨, 직설적인 분이시군요. 그런 아버님 밑에서 자란 새언니가 어찌하여 친일파의 집안으로 시집을 왔나 의아하신 게지요?"

선아의 직설적인 표현에 강은 대답 대신 웃었다.

"그건 아무도 모르는 일이에요. 할아버지가 혼약의 정표로 준 전답

이랑 집조차 몽땅 돌려주신 걸 보면 할아버지의 재물에 의지하고자
한 바도 아닌 것 같은데."

"그렇군요."

강과 선아의 사이에 잠시 침묵이 흘렀다.

"선생님께서는 내도록 건강이 나쁘셨어요. 혼인 후에는 더 악화가
되셨구요. 그런데 단 한 번도 새언니에게 귀띔을 해주지 못했지요. 선
생님께서 꼭 함구해 달라 신신당부를 하셔서. 혹 내가 언질을 주었다
면 사정이 조금을 달라졌을까요? 모두가 제 탓인 것만 같아 새언니에
게 두고두고 미안한 마음이에요."

"선아 씨의 탓도 아니고 그 누구의 탓도 아니에요. 시절이 흉흉한
탓이겠지요."

"강 씨 말이 맞아요. 새언니의 아버님은 일본인들이 죽인 겁니다."

다시 열린 선아의 입에서 나온 말은 신랄했다.

"지병으로 돌아가셨다 들었는데……."

선아에게 묻는 강의 말꼬리가 흐려졌다.

"저들이 눈엣가시 같은 그분을 그냥 두고 보았답니까? 걸핏하면 문
산지서나 진주경찰서에 불려 다니셨고 한 번 다녀올 때마다 느는 게
상처요 병이니 무쇠인들 견딘답니까?"

강은 아무런 말도 없었다. 같이 펄펄 뛰어야 할 텐데 이상했다.

"뼛속 깊이까지 독이 사무치신 게지요. 게다가 일점혈육 새언니는
이런 집안으로 시집을 와버렸으니."

"……."

"내 생각에, 일본인들의 피에는 잔혹한 본성이 똑같이 흐르는 것

같습니다. 그렇지 않고서야 멀쩡한 남의 나라를 차지하고 들어앉아 이렇게 포악을 부릴 수야 없는 게지요."

"……."

"뭐예요? 계속 한 말씀도 않으시고?"

계속 침묵을 지키는 강이 이상하여 선아가 물었다.

"그 피를 부정한다면 어떻게 되겠습니까?"

선아의 물음에는 답을 않고 뜬금없이 강이 물었다.

"피를 부정한다고요? 글쎄요? 부정한다 하여 부정되어지는 것이 피랍니까? 어쩔 수 없이 그 피는 그 피인 게지요. 내가 아무리 징글징글하다 외면하려 하나 내 속에는 내 할아버님의 피가 흐르는 것처럼요."

"그렇겠지요."

강의 말이 말라가는 풀더미처럼 퍼석였다.

"한데 앞으로 야학은 어떻게 되는 것입니까?"

강이 얼른 화젯거리를 바꾸어 버렸다.

"글쎄요? 당분간은 문을 닫아야겠지요? 하지만 당분간이에요. 제가 맡아서 해볼 참이니. 내가 한다고 나서서 일본어도 가르치고 하면 경찰서에서도 대놓고 반대는 못할 테지요. 친일파 할아버지가 뜻밖에 이리 도움이 될 때도 있네요."

"……."

"참! 이강 씨도 야학에 나와 손을 좀 도우시면 어떨까요? 경성에서 경험도 있으시고 하니!"

"글쎄요."

오늘따라 강은 이상하다. 생각에 깊이 잠겨 야학을 도우라는 말에도 선뜻 답을 하지 않았다.

"어머……!"

그때, 갑자기 짧은 비명이 났다. 그러더니 강의 옆에서 나란히 걷던 선아의 키가 작아져 버렸다. 늪 주변에 생겨난 작은 구덩이 때문이었다.

아이들이 파놓았는지 산짐승이 파놓았는지는 알 수 없지만 두 사람이 나란히 걷던 늪 가장자리에 구덩이가 하나가 생겼다. 거기로 늪의 진흙물이 흘러 들어와 뻘 구덩이가 되었는데 연잎이 보자기처럼 그 위를 덮고 있었다. 선아도 강도 알지 못했다. 그 허방에 선아의 한 발이 쑥 빠져 버린 것이었다.

"아이! 이를 어째?"

얼른 발을 빼어내는데 점성이 좋은 진흙 허방은 선아의 구두까지는 뱉어내지 않았다. 흰 양말인 채로 발만 빠져나왔다.

"아이 참!"

연신 탄식을 연발하며 신발을 끄집어내려 선아가 몸을 숙였다.

"잠깐만!"

하지만 강이 먼저 몸을 숙였다. 주저함도 없이 뻘 구덩이 속으로 손을 집어넣었다. 잠시 이리저리 손을 흔들었다. 잠시 후에 손끝을 따라 선아의 구두가 딸려 나왔다.

온통 진흙 뻘 투성이었다.

"아이— 참!"

신을 수 없는 지경이 된 구두를 보며 선아가 입맛을 다셨다.

그때, 강이 구두를 꺼낸 손을 풀들 위에 슥슥 문질렀다. 손에 묻었던 진흙이 금세 모습을 감추었다. 그리고는 한복 저고리 위에 겹쳐 입은 조끼를 벗었다.

조끼를 벗어 무엇을 하려는가 싶어서 보는데 강이 선아의 구두를 닦아내기 시작했다. 선아는 놀라서 아무런 말도 못하고 있었다.

"이강 씨!"

"조금만 기다려 봐요."

강의 조끼가 더러워지고 선아의 구두는 본모습을 드러냈다.

"자!"

강은 다 닦은 구두를 선아의 발 앞에 놓더니 한 손으로 잡아주었다. 선아는 무안하여 가만히 서 있었다.

"뭐 하는 거예요? 신어요. 잡아줄 테니."

강이 선아를 재촉했다. 마지못해 선아는 닦인 구두에 발을 집어넣었다. 두근— 선아의 가슴이 뛰었다. 널따란 연잎 하나가 선아의 가슴 속에서 연신 흔들렸다.

"어이쿠! 말도 미운 말만 골라 하더니 발도 어쩜 이리 못생겼을까?"

선아가 구두를 신고 나자 강이 몸을 일으켰다. 그러면서 이렇게 한 마디를 잊지 않았다.

"무에라구요?"

골이 난 선아가 금세 화가 나서 대꾸를 했다.

"여자 발이라면 자고로 앙증맞고 귀여워야지! 무슨 발이 솥뚜껑만하니 꼭 사내대장부의 발 같습니다."

선아의 반응이 재미있는 강이 실소를 흘리며 계속 선아를 놀려댔다.

"이강 씨! 무슨 그런 구시대적인 발언을!"

선아의 목소리가 어찌나 큰지 연잎들이 휘청거렸다.

"귀청 떨어지겠습니다."

그러든가 말든가 강의 목소리는 여전히 장난기가 가득했다.

"제 신발 문수는 딱 표준치 문수예요. 이강 씨 집에서는 이렇게 작은 솥에다가 밥을 지어먹으시나 봅니다."

"구두 솥에다가 밥을 뭐하러 지어 먹어요? 고약한 발 고린내만 날 터인데."

"정말 말을 다 했습니까?"

"내가 선아 씨 눈치 보느라 하고 싶은 말도 마음대로 못 한답니까?"

"정말 점점―."

"하하하! 이러니 내가 자꾸 선아 씨를 놀려댈 밖에요. 농입니다, 농. 선아 씨 발 참 예쁩니다."

강이 손까지 내저으면서 웃었다.

방금 두근거렸던 것은 취소다. 어쩌면 저렇게 미운 말만 골라 하는지 모르겠다. 선아의 입이 샐쭉하니 돌아갔다.

밤이 깊었다.

두현은 자신의 방에 혼자 누워 있었다.

처음 지안이 청혼을 수락했다 들었을 때 두현은 한 번 본 적도 없는 그녀가 미웠다. 비록 조부님 때부터의 정혼이었다고는 하나, 농촌 계몽가로 반일의 길을 걷는 지안의 집안과는 달리 할아버지 윤 참판이 변절하면서 그것은 이미 깨어진 약조라 생각했었다. 게다가 작은 시골 마을, 두현에 대한 소문은 이미 질리도록 퍼져 있어 지각 있는 아가씨라면 절대 자신에게 오지는 않으리라 생각했다.

그런데 지안은 자신에게 온다고 했다. 기울어진 가세에 윤 참판의 도움을 받고서 자기의 아내가 되겠다고 했다.

돈에 자신을 파는 여인이라 생각했다. 할아버지처럼 가문을 맹신하여 가문을 위해 그렇게 팔려오는 여인이라 생각했다.

양갓집의 아가씨는 그래야 하는 거냐며 역정을 내며 물었다. 박 서방이 맨 궤짝에 실려 집을 나가는 집문서며 땅문서며 패물들을 보면서 옆에 있지도 않은 지안에게 수없이 역정을 내고 고함을 질렀다.

한참 혼자서 화를 내며 고함을 지르던 중이었다. 두현은 벌떡 몸을 일으켜 집을 나섰다. 살며시 박 서방의 뒤를 따라 나갔다. 어디 얼굴이나 한 번 보자는 심산이었다.

얕은 재를 넘어서 신작로를 지나가자 금방 지안의 동네가 나왔다.

지안이 사는 집은 초라하고 옹색하였다. 경성에서도 뜨르르하게 살았고 이곡리에 내려와서도 몇 년간은 동네 사람들에게 은혜를 베풀며 살았다 들었는데 그렇게까지 빈곤한 처지가 되었을 줄은 생각도 못했다.

박 서방이 들어갔다 다시 나오기까지 꺾어진 골목 옆에 서 있었다. 얼마 지나지도 않았는데 박 서방은 금방 밖으로 나왔다.

멀어지는 박 서방의 뒷모습을 보고 나서야 두현은 싸리로 엮어 만든 대문으로 가까이 다가가 보았다. 이리저리 기웃거려 보았지만 사람의 기척은 없었다.

그렇게 얼마나 서 있었을까?

문이 열리더니 한 여인이 나왔다. 두현은 그녀가 지안이라는 것을 알 수 있었다.

"이건 말도 안 되는 일이다!"

두현은 잠시 숨을 멈추었다.

방을 나와 뒤꼍으로 돌아가는 지안에게서 눈을 뗄 수가 없었다. 지안은 지조 있는 입매와 정갈한 눈빛을 지니고 있었다. 옮겨 걷는 발걸음도 다소곳하고 절도가 있었다. 두현이 상상하며 왔던 모습과는 전혀 다른 모습이었다.

그래서였을 것이다.

지안에게 느끼는 배신감이 훨씬 커졌다.

그런 얼굴을 하고서는 돈에 팔려오는 여인이라는 것이 용서가 되지 않았다. 그런 분위기를 풍기면서 가문에 팔려오는 여인이라는 것이 용납이 되지 않았다. 차라리 심술 맞거나 욕심이 서린 얼굴이었다면 두현의 마음이 조금은 편하였을지 몰랐다.

하지만 반면에 두현은 또 알았다. 자신이 처음 본 지안에게 마음을 뺏겨 버리고 말았다는 사실을. 그리고 매일매일 그것을 부정하면서 혼례 날을 기다렸다는 것을.

혼례를 치르고 첫날 밤, 족두리도 벗겨주지 않고 혼자 잠에 들었다. 그러고도 매일 어떻게 하면 지안을 힘들게 할 수 있나 두현은 생각을 모았다. 그 말간 가면을 벗겨 버리고 싶었다. 언제쯤이면 제 욕심을 드러낼까 알고 싶었다. 그러면서 지안을 보면 뛰는 자신의 심장과도 힘겹게 싸움을 하였다.

그렇게 배꽃의 4월을 보내었다.

하지만 얼마 지나지 않아 지안이 그런 여인이 아님을 알게 되었다. 지안은 배꽃처럼 순결하고 지조 있는 여인임을 알게 되었다. 돈에 팔리는, 가문에 팔리는 그런 여인이 아님을 알았다.

아무리 힘들게 하여도 늘 자신을 향해 한결같은 마음으로 최선을 다하는 지안의 진심을 알게 되었다.

그래서 어느 날부터인가 지안에 대한 자신의 매정함과 억지가 스스로도 미안하고 아팠다.

하지만 지안을 받아들이기엔 천하다 하여 죽어간 혜숙이 너무 가여웠다. 할아버지 손에 이끌려오며 억지로 버려두고 온 자신의 핏줄도 자꾸 떠올랐다. 그래서 더 지안에게 패악을 부리며 멀리 하였다.

이제 선아의 말로 인해 모든 진실을 알게 되었다. 하지만 그 또한 너무 늦었다.

'그리고 무엇보다, 무엇보다 나는…… 나는…….'

여기까지 생각이 미치자, 이번에는 단이 잇달아 떠올랐다.

후원의 연못가에서 지안과 함께 따스해 보이던 단. 쓰러지는 지안을 안아들던 단의 놀란 모습. 아버지상을 치르고 돌아온 지안을 바라보던 깊은 눈빛. 별당에 앉아 있는 지안을 넋 놓고 바라보던 그 눈빛.

'언제부터 단은 지안을 그렇게 바라보았던 것일까? 아니, 단에게 그런 눈빛이 있기나 했었나?'

두현의 마음이 어지러웠다.

"밤 산책이나 다녀와야겠다!"

두현은 팔베개를 풀고 몸을 일으켰다. 단의 방 쪽은 보지도 않고 행랑채를 향해 갔다. 박 서방을 불러 함께 다녀올 참이었다.

슬아네는 박 서방네와 함께 앉아 있었다. 박 서방은 이웃집에 짚신을 삼으러 갔다.

"에구! 이런 혼인은 하는 게 아닌 것을…… 에이구!"

슬아네의 목소리는 깊은 탄식에 젖어 있었다. 행주치마로 계속 눈물을 찍어냈다.

"그러게나. 별당 아씨 저리 슬픔에 젖어 있는데 사랑채 작은 나리는 아는 척도 안 하고 계시니."

박 서방네가 옆에서 맞장구를 쳤다.

"어쩜 저리 모질꺼나! 어쩌면 저리도 퍽퍽할꺼나!"

"작은 나리 처사는 내도 할 말이 없구만. 미안허네."

"아씨 이리 혼사 맺어 온 일로 안 그래도 골병이 드신 몸에 심화까지 덧대었으이 우찌 더 목숨이 연명되셨을꺼나? 에이고! 어르신! 혼인한 지 보름도 안 돼 이리 허망하이 가시다니! 에이구!"

"그나저나 별당 아씬, 작은 나리 사정을 다 알고도 어찌 혼인할 결심을 했는가? 양반님네들에게는 몇 십 년이나 묵은 약조가 그리 중하던가?"

"그게 아이라."

도리질을 하는 슬아네의 손끝은 여전히 눈물을 닦아내고 있었다.

"내 자네헌테 얘기해 주리다. 뭐 그리 숨길 얘기도 아니구먼. 이 애기도 않으면 내 오늘 밤을 샐 것 같지가 않으이."

슬아네가 행주치마에서 얼굴을 들었다.

"무슨 긴한 시연이 따로이 있는 것이가?"

박 서방네가 슬아네 옆으로 조금 더 다가와 앉았다.

"연전에, 그러니까 우리 마님 작고하셨을 그 10년 전에 말이라. 그때 작은 나리 경신중학 학생이었제?"

"그랬제."

"핵교가 쉬게 돼서 그때 이곡리에 와 계셨제?"

"암!"

"먼 길 가신 참판 나리 분부로 작은 나리가 우리 본댁에 문상을 왔더랬제. 자네도 혹 기억나는가?"

"암! 그때 핵교가 쉬게 돼서 이곡리에 와 기셨고 울 서방이 모시고 같이 다녀왔은께."

"그때 말이라, 혼자 남으신 어르신이 눈에 밟혀 우리 아씨 눈물 한 번 못 흘리셨는데, 작은 나리가 우찌 우찌 위로를 해주셨는갑제. 두 분이 함께 나갔다 족히 한 식경은 같이 있다가 들어왔는디 그때 첫 정을 주시고는 우리 아씨 그만 마음을 딱 정하셔 버렸네.

변절한 집안에 작은 나리 심신이 온전치 않다 우리 어르신 그리 만류하셨는데, 아씨는 끝내 고집을 부려 이 댁에 온 것이라. 얼굴도 기억 안 나는 그 만남이 무에 그리 사무친다고 그 정인을 혼자서 10년을 품어오신 것이제."

"에구! 세상에! 참말로 그런 일이 있었구만."

박 서방네가 과장되게 놀란 척을 했다.

"그렇다고 이런 혼인을 했단 말이가?"

"소녀 시절 첫 정이라 너무 사무치시나 보다 하고 우리가 다 지고 말았제. 10년을 한결같이 품고 살아가는데 아무도 말릴 수가 없었네. 그런데 우짜노? 오늘에서야 아씨 그 결심이 이리 원망이 나고 한이 되네."

지안을 향한 것은 아니지만 정말 슬아네의 음성에는 원망이 가득했다. 아마도 그것은 두현을 향한 원망일 것이었다.

"그래도 인제야 어쩔 텐가?"

박 서방네가 슬아네를 다독였다.

"그러게나 말이제! 인제야 어쩔 텐가? 아이구! 가련하고 사무치네! 우리 어르신!"

"에이구! 쯧쯧쯧!"

"아이구! 가련하고 사무치네! 우리 아씨!"

박 서방네가 딱한 마음에 혀를 찼다. 슬아네의 울음 섞인 탄식이 창호지문을 넘어 나왔다.

박 서방을 찾아 행랑채로 건너왔던 두현은 두 사람의 대화를 다 듣고 말았다. 두현은 그만 말문이 막혔다.

"단이! 자네……."

그대로 아무 말 없이 사랑채로 다시 건너갔다. 어기적거리는 두현의 발걸음이 어지럽게 놓였다.

사랑채 단의 방에서는 불빛이 새어나오고 있었다. 책이라도 보는 건지 앉아 있는 옆모습이 단정했다.

'별당의 저 사람, 그녀는…… 그랬던 것인가? 단 자네…… 자네 또

한 정녕 그랬단 말인가? 그 10년의 긴 세월을? 이 모진 사람들 같으니라고!'

단의 그림자가 잠시 몸을 흔들었다. 두현의 눈동자가 따라 흔들렸다.

'단이! 답을 해보게. 내가 모든 진실을 알게 되었단 말일세. 하면, 이제 나는, 나는 어째야 하는 것인가?'

두현은 장지문에 어린 단의 그림자를 하염없이 바라보았다.

시간이 한참 흘렀다. 단의 방에서 불이 꺼졌다. 잠에 들려는 모양이었다. 불이 꺼지자 두현은 신발을 벗고 자신의 방으로 들어가려는 듯했다.

10년 전, 자신을 대신해 제 교복을 입고 문상을 갔던 단…….

몇 번이나 이곡리의 정혼자는 잘 있느냐며 지나가는 말로 물어보던 단…….

독립운동 비밀조직 운동원으로 늘 몸을 사렸는데 갑자기 이곡리엘 찾아온 단…….

두현의 입술이 깨물렸다. 그러다가 갑자기 몸을 돌려 별당을 향해 갔다.

지안의 방에서는 아직 불빛이 새어나오고 있었다. 새삼 두현의 눈에 고운 지안이 옆모습을 늘이며 앉아 있었다. 두현은 한참 그 모습을 바라보았다.

'가여운 사람! 어리석은 사람!'

지안의 그림자가 일어섰다. 아마도 지안도 잠에 들 모양이었다. 문단속을 하려는지 방문 가까이로 걸어왔다.

두현은 주먹을 쥐고 입술을 더 깊이 깨물었다. 성큼성큼 지안의 방을 향해 올라갔다. 거친 손길로 방문을 열어젖혔다.

"서방님!"

막 문을 잠그려던 지안이 화들짝 놀랐다.

"기척도 없이 어인 일이십니까?"

문고리를 잡고 서 있는 지안을 두현은 내려다봤다. 지안은 하얀 자리옷 차림이었다. 문을 잡은 두현의 손이 파르르 떨렸다.

"어인 일이십니까? 막 잠자리에 들려던 참인데요."

지안이 물었다. 하지만 두현은 답도 없이 지안의 손을 낚아챘다. 문을 열 때처럼 거칠게 지안의 몸을 잡아 끌었다.

"서방님! 팔이 아픕니다."

지안의 말은 들은 척도 않고 두현은 아랫목에 깔아놓은 이부자리 위로 지안을 끌어갔다. 지안을 먼저 앉히더니 자신도 건너편에 앉았다. 그러더니 잡은 팔을 풀지도 않은 채 지안을 당겨 안았다. 조그마한 지안의 어깨가 두현의 품에 와서 안겼다. 이불의 봉황무늬가 주름이 졌다. 난폭한 몸짓이었다.

"서…… 방님?"

지안이 당황하여 두현을 부르지만 두현은 지안을 안은 팔에 힘을 더 주었다. 지안의 속저고리가 하얗게 구겨졌다.

지안의 어깨를 안은 두현의 팔이 지안의 몸을 뒤로 눕혔다. 하얀 속치마가 이불 위에 펼쳐졌다.

자신의 두 팔 안에 지안을 가두고 두현은 지안을 내려다봤다. 창백하게 질린 지안의 얼굴이 숨어서 피는 박꽃 같았다. 찌릿─ 두현의 몸에 전기가 올랐다.

등을 깔고 누운 지안의 속눈썹이 파르르 떨렸다. 두현의 호흡은 조금씩 빨라졌다. 다음 순간, 두현이 얼굴이 서서히 지안에게로 내려왔다. 두현의 양 볼이 표 나지 않게 경련했다.

지안은 눈을 감았다. 감은 속눈썹은 튕기다 만 거문고 줄처럼 떨렸다. 바싹 모아 쥔 지안의 양손에 힘이 들어갔다. 노랗게 핏기가 걷혔다.

두현의 얼굴이 좀 더 가까이 내려갔다. 그의 호흡이 조금 더 빨라졌다.

막 두현의 얼굴이 지안의 얼굴로 내려앉으려는 때였다. 갑자기 지안이 고개를 돌려 버렸다. 고개를 외로 돌리고 누워서 지안의 눈이 더 세게 감겼다. 이 끝에 물린 지안의 입술이 새파래졌다.

저고리의 고름을 풀려는 두현의 손길도 지안은 거부해 버렸다.

"부인! 왜 나를 피하는 것이오? 나를 보시오."

두현은 손을 내밀어 지안의 얼굴을 바로 하려고 했다. 하지만 지안의 얼굴에서 드러나는 결연한 빛에 그 손이 지안의 얼굴에 닿기도 전에 그만두었다.

"부인! 그대의 앞에 보이는 나는 누구요?"

두현이 묻지만 지안은 눈을 감은 채 미동도 없었다. 옆으로 돌린 고개도 결연한 얼굴빛도 그대로였다. 지안의 모아 쥔 양손이 파르르 떨렸다.

"보시오! 부인! 그대의 앞에 있는 이 내가 누구냔 말이요?"

여전히 지안이 답이 없자 두현의 몸이 지안에게서 떨어졌다. 내리

누르고 있던 지안의 몸도 풀어주었다.

'윤두현! 그래. 너는 이것밖에 되지 않는 인간이다. 윤두현, 결국엔 안지도 못할 거면서 너는 이렇게 치졸하고도 옹졸한 인간이란 말이다.'

속으로 자신을 비웃는 두현의 말은 촛불만이 들었다.

"아니 그렇소? 부인? 크하하하하!"

그제야 지안은 눈을 떴다. 그러고는 서러운 웃음을 흘리는 두현의 얼굴을 보았다.

"크하하하하하하!"

거나한 웃음과 함께 두현의 몸이 뒤로 젖혀졌다.

지안은 영문을 모르고 일어나 옷을 추슬렀다. 그러면서 왜 두현의 얼굴을 피하였는지 자신에게 묻고 또 물었다.

어리둥절한 배꽃은 별당의 마당에 내려와 쌓였다.

다음 날 오전, 단과 두현은 후원 연못가에 앉아 있었다. 두현은 무언가 할 말이 있는 모양이었고 단도 오후에는 떠나겠다는 말을 할 참이었다.

"재밌지 않나? 세상이야 어찌 돌아가건 햇살은 이리 따스하고 더욱이 친일파인 나와 독립운동가인 자네가 마주보고 함께 앉아 있으니."

두현이 비웃듯이 말했다. 하지만 그 비웃음은 두현 자신을 향한 것이었다.

"단이 자네! 내 하나 물어봐도 되겠는가?"

"무엇을?"

"참말 왜 우리 집엘 방문한 겐가?"

지안처럼 단도 10년 전의 그날을 얘기하지는 않을 것이다. 하지만 두현의 질문에 단의 눈빛이 금세 흔들렸다.

"또 묻는가?"

"그냥 궁금하여서. 자네가 시간을 허투루 보내는 사람은 아니지 않은가?"

"자네가 일본에서 돌아왔고 또 언제 다시 보게 될지 모르니 일부러 걸음한 길이라 했잖은가?"

"정녕 그게 다인가?"

"사람 싱겁긴! 하면 뭐 또 다른 연유라도 있어야 하는가?"

"난 자네가 혹시 누구 보고 싶은 사람이라도 있나 싶었네."

두현은 곁눈질을 하여 단을 봤다. 자신의 짐작이 맞았다. 단의 눈빛이 더 크게 흔들리더니 안색이 확 변했다.

"내 보고 싶은 사람이야 자네 말고 누가 있겠는가? 내가 이곡리에 연고가 어디에 있다고."

"하하하! 역시 그렇지?"

확인을 하였으니 이제 말만 하면 되었다. 두현은 양손을 힘차게 끌어 쥐었다.

"내 자네에게 고백할 비밀이 있어 보자고 했네. 그리고 부탁도 있네."

두현의 양손에 힘이 더 들어갔다.

"응? 무슨? 부탁이야 그렇다 치고 고백할 비밀이라니?"

"혜숙이 기억나는가?"

혜숙은 두현과 함께 약을 먹었던 옛 여인의 이름이었다.

"응."

"내겐 혜숙이 첫 마음이고 마지막 마음이었던 듯싶어."

두현의 말은 거짓말이었다. 지금 그의 마음속에는 지안이 들어 있으니.

"혜숙이 출신이 천하다 하여 할아버님이 그리 반대 않으셨으면, 지금쯤 저 별당엔 혜숙이 앉아 있겠지."

두현이 후원에서는 보이지 않는 별당을 쳐다봤다.

"그래도, 그 말은 별당의 부인께 결례의 말이네."

단 역시 별당 쪽을 쳐다보며 말을 했다.

"내도 아네. 알고 보면 제일 불쌍한 사람은 바로 별당의 저 사람이니. 나야 내 죽은 사랑 타령에 이리 절어 살지만 죄 없는 저 사람 내게 와서 하루하루 시들어가는 것, 내도 사람인 이상에야 볼 낯이 없네."

두현의 말에서 진심이 묻어났다.

"이 친구야! 정말 그런 마음이면 부인께 좀 다정히 대할 것을 그러나?"

단의 말에서는 측은함이 묻어났다.

"아니. 됐네. 나 때문에 죽은 목숨은 혜숙이 하나로 됐어."

"무슨 말인가?"

"내 비밀을 하나 알려준다 하지 않았나? 무엔가 하면…… 별당의 저 사람……!"

"……"

두현의 말투가 은밀해졌다. 두현의 몸도 단 쪽으로 더 기울었다.

"별당의 저 사람, 아직도 말간 처녀일세."

단은 두현의 말이 이해가 되지 않았다.

"자네에게조차 말 못 했지만, 혜숙이 그리 죽고 나만 다시 살아났을 때 난 더 이상 여인을 안을 수 없는 몸이 되었네."

"두현이 자네 무슨……?"

믿을 수 없다는 눈빛으로 단이 두현을 보았다.

"말 그대로일세. 혜숙이는 죽고 나는 구사일생 살아나 일본에서 돌아왔으나 난 더 이상 여인을 안을 수 없는 몸으로 돌아왔어. 읍내 색시집에 가서 아무리 벗은 여인을 품으려 해도 이제는 내 몸이 동하지를 않는단 이 말일세. 그러니 별당의 저 사람, 족두리 드리워 시집온 그날처럼 아직도 말간 처녀의 몸 그대로란 말이야. 크하하하하하!"

두현이 미친 듯이 웃어댔다.

"이 사람─ 두현이!"

단은 할 말을 잃었다. 연못 속의 비단잉어들이 미친 듯이 요동을 쳤다.

저녁나절 지안은 윤 참판의 부름으로 안채에 들어와 있었다. 윤 참판은 도금을 한 곰방대에 불을 당겼다.

"새아가!"

윤 참판이 느긋하게 재를 털었다.

"아버지 상 치르느라 많이 힘들었제?"

"아닙니다."

"이제 혈혈단신, 세상에 피붙이 하나 없이 되었제."

다정한 음성에 담긴 매서운 뜻에 지안은 잠시 소름이 돋았다.

"하니…… 이제 혈육이라도 하나 보아야 되지 않겠나 싶은디."

"……."

그건 지안 혼자 노력한다고 해서 될 일이 아니었다.

"해서, 내 새아가에게 묻고 싶은 것이 있데이."

"네."

"다 알고 묻는 말이니 거짓을 고할 건 없다. 알겠제?"

"무슨 말씀이신지요?"

"시집 온 이래 보름이 되어가도록 한 번도 두현이와 밤을 보내지 않은 줄을 내 안다."

"할아버님!"

지안의 얼굴이 참혹함으로 물들었다. 윤 참판까지 그 사실을 알고 있을 것이라고는 생각하지 못하였다. 지안의 고개가 저절로 떨어졌다.

"이제야 새삼 무얼 숨기겠노? 일본에서 사랑채 저 아이 돌아올 때, 그예 더 이상 대를 이을 수 없는 몸이 되어 왔다는구나!"

"네……?"

숙였던 지안의 고개가 놀라움으로 번쩍 들렸다.

"내도 인제야 그를 알았느니. 아무리 대를 이을 욕심이 있고 새아기 니가 탐이 났어도 진즉에 알고서야 너를 내 집안에 들이지는 않았을 기라."

"할아버님!"

한 번도 별당에 들지 않았던 두현. 그저 자신에 대한 미움 때문이라고만 생각했는데 그에게 이런 사정이 있는 줄은 지안은 몰랐다.

"니도 통 몰랐제?"

"……송구 ……합니다."

지안은 정말 미안한 마음이었다. 진즉에 두현의 사정을 알았다면 그가 아무리 자신을 밀어내더라도 먼저 다가가서 그의 고통을 품어줄 수도 있지 않았을까?

"아이다. 니 송구할 일이 아이니."

어디선가 두견새 울음이 들리기 시작했다. 지안의 심정만큼이나 참혹한 울음소리가 찢어질 듯 드높게 들렸다. 소름이 더 깊게 올랐다.

"새아가! 이리 가까이 오련?"

윤 참판이 다정히 지안을 불렀다. 지안은 솟아오르는 소름을 겨우 참아가며 윤 참판의 가까이로 다가가 앉았다.

"어쩌겠노? 닌 이미 우리 집안사람이 되었고 이제 와 대를 끊을 수도 없는 노릇."

윤 참판의 음성은 뱀의 비늘처럼 차가웠다.

"할아버님! 무슨 말씀이십니까?"

다가앉았던 지안의 몸이 저절로 뒤로 물러났다.

"오늘 밤……."

윤 참판이 잠시 숨을 골랐다.

"오늘 밤 허 선생을 별당에 들라고 했데이."

잠시 숨을 고른 후에 흘러나온 윤 참판의 말은 청천벽력이었다.

"할아버님!"

두견새의 울음을 닮은 외침이 지안의 입에서 터져 나왔다. 하지만 윤 참판은 외면했다.

"두현이도 아는 일이니 그리 알고 준비하기라."

"그럴 수는 없습니다. 할아버님!"

"그럴 수 없다?"

"네."

"그라믄 우짤끼고? 이 집을 나갈 끼가?"

"할아버님! 어찌? 어찌 그런 분부를……? 그럴 수 없…… 습니다."

"그으래? 정녕 싫다는 말이제? 그람 니 맘대로 하기라! 흥! 내야 손부를 다시 들이면 그만이지만 니는 이제 돌아갈 집도 없데이!"

윤 참판은 그 말을 마치고 찬바람이 나도록 돌아앉았다.

"할아버님! 할아버님!"

지안을 따라 두견새 울음이 더 커졌다.

늦은 밤, 단은 팔짱을 끼고 사랑채 방을 서성이고 있었다. 오전에 연못가에서 두현과 나누었던 대화를 다시 곱씹어보았다.

━ ✕ ━

"내, 또한 부탁이 있다 했네."

미친 듯이 웃어대던 두현이 다시 진지한 얼굴로 돌아왔다.

"아버지 잃고 돌아갈 친정도 없는데 아이도 없이 살아갈 저 사람의

배꽃 이울다

세월이 얼마나 고단할 것인가? 하니, 슬하에 아이라도 하나 있으면 저 사람 세월이 조금은 위로가 될 듯하네만."

대꾸도 못하고 단의 마음이 찢겼다. 지안이 가엾고 가여워서 마음이 찢겼다. 두현 또한 가엾기는 마찬가지였다.

"하나 아이를 가질 방법도 없지 않은가?"

"그러니, 내 자네에게 부탁이네."

"무엇을 말인가?"

"오늘 밤……."

말머리만 꺼내놓고 두현이 차마 말을 잇지 못했다.

"오늘 밤…… 별당에 들어주게."

지안과 두현으로 인해 마음이 찢기던 단은 화들짝 놀랐다.

"두현이 자네! 지금 무슨 말을 하는 겐가?"

"들은 그대로네. 오늘 밤 별당의 저 사람과 하룻밤을 보내어주게."

"자네 지금 제정신으로 그런 말을 하는 겐가?"

"장부로 나서 자신의 내자를 다른 이에게 부탁하는 심사를 자네가 짐작이나 하겠는가?"

"한데, 왜 그런 미친 소리를 하는 게야?"

"하지만, 하지만 말이네, 내 자네여서 괜찮네."

"그만 두게. 별당의 부인을 어디까지 모욕하려고 이러는 건가?"

"진심이네. 단이! 내, 진심이야!"

"못 들은 걸로 하겠네. 내 지금 어떠한 처지임을 자네도 모르지 않을 터. 내가 여기 너무 오래 머물렀네. 안 그래도 오후에는 떠나겠다는 말을 할 참이었어."

"단이 이 친구야!"

"되었어. 내는 당장 짐을 꾸리겠네."

단은 단호하게 말을 잘랐다. 그런데 그때, 두현이 갑자기 단의 앞으로 무너져 내리더니 무릎을 꿇고 앉았다.

"단이!"

두현의 음성이 처절해졌다.

"단이, 제발, 제발 도와주게."

"자네 정말 제정신이 아니로구만. 난 그만 들어가겠어."

단은 냉정하게 발길을 돌리려 했다.

"자네가 아니면 다른 사내가 들게 될 것이네."

"무슨 말인가?"

돌아보는 단의 얼굴이 창백하게 질렸다. 마지막 이우는 배꽃이 미친 듯이 휘날렸다.

"할아버님이 사실을 아셨네. 별당 저 사람 아버님 상 치르고 돌아와 자꾸만 후손을 재촉하시기에 내 그만 홧김에 말을 해버렸네. 가문에 목숨을 거는 할아버님 성정을 자네라고 모르진 않겠지? 가문을 살리자고 벗을 버리고 변절까지 하신 분이네.

오늘 밤, 만약 자네가 안 된다 하면 다른 사내를 들이겠다고 하셨어. 그나마 자네인 것이 제일 낫지 않겠냐 하시면서……. 아버지까지 잃고 이제 돌아갈 곳도 없는데, 하면 별당의 저 사람을 어쩌면 좋겠는가? 제발, 제발 단이!"

두현의 마지막 말에 단의 얼굴이 사납게 일그러졌다. 그대로 주먹을 쥐고는 연못가 잔바위를 내려쳤다. 울분 같은 핏물이 단의 손등에

서 터져 잔바위의 등을 타고 흘러내렸다. 단의 가슴에서는 그보다 더
한 핏물이 터져났다.

✝ ✕ ✝

자정이 넘은 시간이었다.

온 산 음산하게 울어대는 두견새 말고는 모두가 잠든 밤이었다. 두
견새는 잠도 들지 않았다.

지안은 옷을 그대로 다 차려입고 별당 자신의 방에 앉아 있었다.
불도 켜지 않은 방 안은 어스름한 달빛이 내려 사물만 겨우 분간할
만했다. 아프게 깨문 입술에서는 통증이 느껴지지도 않았다.

스르르─!

그때, 창호지문이 소리도 없이 열렸다. 지안은 고개를 들었다. 단
이 지안의 방으로 들어섰다.

그가 왔다.

기척도 없이 단이 왔다.

지안의 방에 들어서는 단의 등 뒤로 배꽃이 하얗게 이울어 떨어졌
다. 밤은 더 까맣고 배꽃은 더 하얗다.

단이 지안의 방으로 들어서고 방문이 닫히자 별당 마당에 선 두현
은 주먹을 굳게 쥐었다. 두현이 직접 단을 데리고 별당으로 왔다. 이
울어 날린 배꽃 한 송이가 핏줄이 선 두현의 손등으로 내려앉았다.

어차피 윤 참판이 바라는 일은 결코 일어나지 않을 것이었다. 지안
도 단도 둘 다 그럴 수 있는 사람들이 아니었다. 두현은 잘 알고 있었

다. 하지만 이것으로 조금이나마 자신의 죄책감을 덜고 싶은 것이 두현의 진짜 마음이었다.

그리고 이 밤이 지나고 나면 무슨 수를 써서든 지안을 데리고 이곡리를 떠날 작정이었다. 단에게는 말하지 못했지만 꼭 그렇게 할 것이었다.

자신을 단인 줄로 알고 모든 것을 버리고 자신에게 온 지안.

언제나 배꽃같이 온화한 애정으로 자신을 바라보던 지안.

10년의 세월 동안 단을 그리워했을 지안.

지안을 바라보는 눈길에 아픔이 서리서리 어렸지만 그래도 묵묵히 곁을 지키는 단.

전쟁 같은 삶의 잠시의 휴가를 지안을 보러 온 단.

10년의 세월 동안 지안을 품어왔을 단.

"단이 자네! 그리고 부인! 참말로 닮았소. 어찌 그리도 닮았단 말이오? 두 사람은."

불 꺼져 캄캄한 지안의 방문을 두현은 쳐다보았다.

"그러니 그 10년 세월을 그렇게 모질게 서로만을 바라볼 수 있었겠지! 그리 똑 닮았기에 그랬겠지. 하지만 단이! 그리고 부인! 미안하지만, 참으로 면목 없지만 내는 이제라도 김지안 당신의 남편으로 살고 싶소. 그러니 기억할 이 한 밤을 오래, 오래 품도록 하시오. 내는 그 후에 당신 곁에만 있을 수 있어도 그걸로 만족하겠소이다. 이기적이고 못난 나를 그저 용서하시오."

주먹을 말아 쥔 두현은 애써 발길을 돌렸다. 그대로 별당을 나갔다.

배꽃 이울다

'할아버님!'

별당 바깥마당에는 윤 참판이 서 있었다. 혹시나 싶어서 두현과 단을 뒤따라 왔다. 두현의 주먹이 파르르 떨렸다. 윤 참판을 외면하고 그대로 사라져 버렸다.

윤 참판의 얼굴에는 흡족한 미소가 떠올랐다. 야비했다.

앉아 있던 지안과 방으로 들어선 단은 서로를 바라봤다. 한없이 바라보았다. 한참을.

달빛이 고즈넉한 방 안에는 그저 두견새 울음만이 내려앉을 뿐이었다. 창호지 문에 어리는 배꽃은 산발한 여인의 옷자락 같았다.

이윽고 시선을 거두며 지안이 먼저 입을 열었다.

"아니 오실 줄 알았습니다."

대꾸도 없이 단은 여전히 방문 앞에 서 있었다.

"제가 아는 허 선생님이라면 아니 오실 거라 그리 믿었습니다."

"저도 오고 싶지 않았습니다."

"하면, 그냥 오시지 말 것을."

"저 또한 부인의 마음과 별반 다르지 않습니다. 인정을 모르고 욕망에만 마음이 이끌린다면 어찌 금수와 다른 사람이라 하겠습니까? 다만 두현이 저를 재촉하여 여기까지 끌어오니 그 간절함을 못 이겨 발걸음을 하였습니다. 또한 지금 바깥에는 안채 할아버님도 지켜보고 서 계시지요. 무례를 용서하신다면 시간이 좀 지난 후에 가도록 하겠습니다."

단이 지안에게서 먼 벽 쪽으로 가서 기대어 앉았다.

기대어 앉은 벽에는 수놓인 그림틀이 하나 걸려 있었다. 배꽃 이우는 과수원 길에서 소녀를 업고 가는 소년의 모습. 자신의 이니셜이 새겨진 손수건에, 지안을 업고 가는 자신의 모습이다. 하지만 단은 보지 못했다.

단이 입고 온 양복저고리 안주머니에는 지안의 노란 노리개가 들어 있었다. 통증을 참으며 가슴께를 누르고 있는 단인데 지안 또한 그 노란 노리개를 알지 못했다.

"제가 선생님께 무례한 말씀을……."

잠시나마 단을 탓했던 자신의 성급함을 지안은 사과했다.

"아닙니다. 어찌 되었든 제가 와서는 아니 될 일이었습니다. 죄송합니다."

어쩔 수 없이 끌려오긴 했지만 이렇게 지안에게 온 자신을 단도 사과했다.

"아니요. 죄송할 사람도 잘못한 사람도 모두 저입니다."

나직한 지안의 음성이 방안에 울렸다.

"그리 말씀하지 마세요. 이 밤의 상황을 원한 사람은 우리 중 아무도 없습니다. 두현이 저 친구도 가여운 사람입니다. 이것 또한 부인을 위한 두현의 마음임을 헤아려 주십시오."

단의 그 말을 들으며 지안은 아무렇게나 붕대가 휘감긴 단의 손을 보았다. 붕대 밖으로 핏빛이 비쳤다.

"다치셨습니까?"

"네! 좀……."

지안이 일어섰다. 지안의 치맛자락 소리는 달빛이 밝혀놓은 방 안

에 퍼져났다. 지안이 경대 쪽으로 걸음을 옮기더니 약 상자를 들고
단에게로 갔다.

"좀 보아도 되겠습니까?"

지안의 손이 건너와 단의 손등에 머물렀다. 그리고 그 손길을 따라
단의 손에 감겼던 붕대가 풀렸다. 드러난 손등에 이지러진 상처 자욱
이 선명했다. 연못가의 잔바위를 내려치고 남은 상처였다.

소독약이 발리고 머크로크롬이 연주황색으로 단의 손등에 발렸
다.

숙인 지안의 머릿결에서 풀잎 냄새가 났다. 창포 말린 물 내음이었
다. 숙인 지안의 목덜미에서 봄비 내음이 났다. 느티나무 아래에서
함께 머물렀던 그날의 비 내음이었다.

그래서 단의 왼손은 애써 인내하고 있었다. 지안을 향해 나가지 않
도록. 지안의 고운 어깨를 끌어안지 않도록. 그 결 고운 머리를 쓰다
듬지 않도록.

지안처럼 입술을 깨물며 단은 고개를 돌려 버렸다.

"되었습니다."

새로이 붕대가 감겼다. 잠시 만났던 두 사람의 손이 떨어졌다.

"고맙습니다."

"어쩌다 이리 되셨습니까?"

약상자를 정리하며 지안이 물었다.

"마음이 가벼운 벌이지요."

한숨과 함께 딸려 나온 단의 대답이었다.

"무슨……?"

"……아닙니다."

단은 눈을 감아버렸다. 지안을 보지 않으려는 마음이었다. 기대는 단의 몸짓에 걸어놓은 그림틀이 잠깐 흔들렸다. 개구리를 피해 뛰었던 것처럼 그림틀 속의 단과 지안이 폴짝거렸다.

지안은 약상자를 정리해 넣고서는 멀찍이 떨어져 앉았다.

"오늘 하루, 시간을 벌어드리는 것뿐입니다. 차후엔 어쩌실 요량이십니까?"

다른 사내를 들이겠다는 윤 참판의 일을 묻는 것이었다.

"어떻게든 될 것입니다."

하지만 지안의 음성은 의연하기만 했다.

"두현이 원망스럽지 않으십니까?"

"누구를 원망할 일입니까?"

"이 혼사를 후회…… 하시지는 않습니까?"

단이 떨리며 물었다.

"그런 마음 없습니다. 제가 원해서 한 혼사인 것을요."

지안도 역시 떨리며 고개를 저었다.

"왜?"

갑자기 단이 비명을 지르듯 음성을 높였다.

"왜 그렇게 다 참기만 하시는 겁니까?"

"허 선생님!"

"차라리 원망을 하십시오. 눈물이라도 흘리시란 말입니다."

"원망한다 하여, 눈물을 흘린다고 하여 달라지는 것이 무엇입니까?"

모든 것을 체념한 지안의 음성에 단이 갑자기 벌떡 일어섰다.

저벅! 저벅!

그렇게 단이 떨어져 앉은 지안에게로 다가왔다. 지안의 팔을 잡았다. 낚아채듯이 급한 몸짓이라 지안의 몸이 잠시 앞으로 쏠렸다 돌아왔다.

"무에가 달라지냐 물었습니까?"

단에게 팔을 잡힌 지안은 깜짝 놀랐다. 단의 눈빛이 지안을 빨아들이듯이 깊고 아스라했다.

"허 선생…… 님!"

팔을 잡은 단이나 팔을 잡힌 지안이나 둘 다 파르르 떨려왔다. 느껴지는 서로의 박동이 벅찼다. 두 사람의 시선이 어지럽게 얽혔다. 숨소리마저 낮게 잦아들었다.

'무에가 달라지냐 물었습니까? 원망을 한다면 그 핑계로 한 번 안아줄 수라도 있겠지요. 눈물을 흘린다면 그 핑계로 한 번 쓰다듬어라도 볼 수 있겠지요. 어찌해서 내게는, 내게는 단 한 자락도 허락해 주시지를 않는 것입니까?'

지안은 듣지 못하는 말이 단의 뇌리 속으로 지나갔다.

'원망할 수는 없습니다. 하면 선생님에게 기대고 싶어질 것입니다. 눈물을 흘릴 수는 없습니다. 하면 선생님에게 닦아달라 그렇게 욕심을 부리고 싶어질 것입니다. 그 어느 것도 제게는 허락되지가 않는 것입니다.'

단은 듣지 못하는 말은 지안의 뇌리 속으로 지나갔다.

서로는 들을 수 없는 말을 하며 두 사람의 시선이 더 어지럽게 얽혔다. 잡은 손이, 잡힌 팔이 함께 아렸다.

"이 밤이 두견새는 참 많이 아픈가 봅니다."

지안의 팔을 잡은 채 한숨처럼 되뇌는 단의 말이었다. 방문 밖에서는 자지러지게 울어대는 두견새 울음이 이울어 흩날리는 배꽃과 함께 피어올랐다. 밤이 깊어갈수록 두견새 울음소리도 더 애절해졌다.

지안의 눈에 눈물이 고이고 시작하고 그 모습을 보는 단의 동공이 취기가 오른 듯 흔들렸다.

"그런데……."

단의 말이 조금 느려졌다. 눈동자가 더 흔들리면서 지안의 팔을 잡은 손에도 힘이 더 들어왔다.

"그런데…… 제 마음은 더…… 아픕니다."

단의 팔이 지안의 팔을 쓸 듯이 하고 올라와서 지안의 어깨에 내려앉았다.

"하니, 이번의 무례도 용서해 주십시오."

확! 단이 지안을 끌어당겼다. 그러고서는 자신의 팔 안에 지안을 가두었다. 동그랗게 닿은 단의 팔 안으로 지안의 몸이 들어가서 안겼다.

쿵!

마주보던 두 개의 심장이 갑자기 수천 리 아래로 곤두박질을 했다. 수백 송이의 배꽃이 갑자기 피어나 온 방 안에 어지럽게 향기를 날리고 그 꽃잎을 따라 그만큼의 나비 떼도 어지럽게 방 안을 날아다녔다.

서로의 가까이에 서로의 숨결이 있었다. 속으로만 숨겨놓은 마음

배꽃 이울다

들은 첫사랑이라서 파르르 떨렸다. 지안의 창포향이 홀리듯이 단에게 다가왔다. 단의 잉크향은 지안의 치맛자락 끝에 머물렀다.

단이 고개를 들어 지안을 보았다. 천천히 눈물에 젖은 지안의 볼을 쓸어내렸다. 뚫어지듯이 날아오는 단의 시선을 지안도 피하지 않았다.

단의 얼굴이 천천히 지안의 얼굴로 다가갔다. 서로의 향이 서로를 홀린 듯이 단의 입술과 지안의 입술이 가까워졌다.

단의 눈이 감기고 지안의 눈이 감겼다. 파르르 떨리는 속눈썹들이 아래위로 흔들렸다. 그러고는 지안의 입술 위에 단의 입술이 닿았다. 한숨 같은 지안의 입술에 연기 같은 단의 입술이 닿았다.

두 개의 입술이 조금씩 더 밀착했다. 더운 숨이 오르기 시작하면서 막 두 사람의 잇속이 벌어지려고 했다.

멈칫!

하지만 금방 단이 눈을 떴다. 눈 감은 지안을 애처롭게 보더니 얼굴을 멀리 했다.

"미안…… 합니다."

지안의 어깨를 꽉 잡은 채 단이 더운 숨을 삼켰다. 애써 삼킨 더운 숨결에 이를 악물었다.

"아니…… 에요. 제가 죄송…… 합니다."

그러자 지안도 눈을 떴다. 눈물이 고인 지안이 고개를 저어 아니라고 말을 했다.

단이 지안의 목덜미에 고개를 묻으며 지안을 다시 당겨 안았다. 어찌나 세게 안는지 지안의 저고리 등으로 단의 손이 파고 들어갔다.

안아버리고 싶다!

이대로 모든 것을 다 잊고 그냥 자신에게 허락된 하룻밤으로 지안을 안고 싶다. 위로의 몸짓으로 마음껏 지안에게 취하고 싶다. 다른 사람의 마음 같은 것일랑은 생각지 말고 그냥 자신의 마음이 가는 대로 그렇게 지안을 느끼고 싶다.

미칠 듯한 갈망이 단의 등줄기를 타고 오르며 요동을 쳤다. 지안의 목덜미에서는 그 미친 갈망만큼 창포꽃이 피어나고, 피어나고 또 피어났다.

'미안하네. 두현이.'

하지만 그럴 수 없음을, 그래서는 안 되는 일임을 단은 알고 있다. 참고 또 참느라고 지안의 목덜미에 묻힌 단의 얼굴이 이지러지고 또 이지러졌다.

지안은 파닥거리는 단의 심장 소리를 들었다. 지안의 심장 위에 바로 단의 심장이 있었다. 그리고 단을 닮아서 단처럼 정갈한 잉크향은 손자국처럼 찍혔다. 그의 등 뒤에 얹힌 고뇌의 무게는 지안에게도 묵직했다.

왜 두현의 입술을 피하였는지 이제는 알 것 같았다. 상상할 수 없었던 용기가 어디서 나왔는지도 이제야 알겠다.

가져서는 안 되는 마음이 지안의 안에 커다랗게 집을 지어버렸다. 이제는 몰아낼 수도 없을 만큼 크게 자리를 잡고 앉았다. 그리고 지금 단의 잉크향이 끊임없이 문을 열어버리라고 두들겨댄다. 그리고 지안 또한 이대로 자신을 열고 단에게로 무너지고 싶다.

'서방님! 송구합니다. 저를, 저를 용서하셔요.'

하지만 지안 또한 있을 수 없는 일이라는 것을 안다. 그래서 기대어 오는 단의 잉크향을 조용히 삼킬 뿐이었다. 그렇게 10년 전 자신도 단에게 기대었다는 것은 꿈에도 생각하지 못하면서.

힘을 준 단의 손가락이 지안의 등을 더 파고들고 적당하게 굴곡진 지안의 몸매가 단의 몸 안에 갇혀 미동도 없었다.

단의 마음이, 지안의 마음이 쪼개지듯 아팠다. 단의 이니셜이 새겨진 손수건에 수놓인 10년 전의 단과 지안만 아무것도 모른 채 행복한 모습이었다.

배꽃이 창호지문에 미친 그림자를 찍어대며 이울어 흩날렸다. 잠들지 못한 두견새의 비명 같은 울음소리는 배꽃 사이로 계속 내려앉았다.

시간이 흘러 어느새 새벽이었다. 아직도 어둠이 다 걷히지 않은 새벽이었다.

밤새 두견새는 잠들지도 않고 울음을 흘렸고 지안과 단도 함께 깨어 있었다. 얼마나 오래 서로를 안고 있었는지 모르겠다. 얼마나 미친 듯이 서로의 갈망과 싸웠는지도 모르겠다.

그리고 새벽이 되어서야 단은 지안의 방을 나왔다. 시간이 좀 지난 후에 가겠다고 한 단은 가지 않았고 지안도 구태여 가라고 하지 않았다. 그렇게 한 밤을 두 사람은 앉아서 지새웠다.

별당을 나서는 단의 발걸음 소리가 들린다. 앉은 자세로 흐트러짐이 없던 지안의 몸이 허물 벗는 벌레처럼 널브러졌다.

단이 짐 가방을 챙겨들고 두현의 집 대문을 밀었다. 지안은 여전히 널브러진 모습 그대로 엎드려 있었다.

단이 거리를 나서서 걸어갔다. 지안은 희미하게 대문 여닫는 소리를 들으며 흐느끼기 시작했다.

단은 이제 꽃잎이 거의 남아 있지 않은 배꽃 길을 걸으며 독백했다. 어느새 배꽃의 풍경이 한산해져 버렸다.

'기뻤습니다. 사실은 행복했습니다. 친구가 그리 이끌었다 변명은 하였지만 사실 내 발걸음이 하루에도 몇 번씩 그렇게 당신에게 가고 있었나 봅니다. 어쩌면 오랜 친구에게 고맙다고 말을 하고 싶었는지도 모르겠습니다. 친구의 아내가 되어 다시 만난 당신을, 아니 그 전에 한 번이라도 당신을 찾아 만날 수 없었던 나를 한없이 원망하던 시간이었습니다. 하지만 아무것도 약조할 수 없으니 눈길 한 번 줄 수 없었고, 나라 잃은 백성의 운명이라 나라가 부르면 언제든 달려가야 함을, 잃어버린 나라의 백성이란 이 운명을 나는 통곡하고 싶습니다. 지난 밤 안았던 당신의 치마에 달빛처럼 내려앉은 내 미련만 이리 남기고 나는 갑니다. 이리 그만 갑니다.'

지안도 흐느끼며 역시나 독백했다.

'이걸로 저는 되었습니다. 당신과 마주앉을 수 있었던 이 밤 하나로 저는 됐습니다. 이 기억 하나로 저는 됐습니다. 난향처럼 퍼지는 당신의 숨결을 느끼며 내도록 속죄하는 마음으로 마주했던 이 밤 하나면 저는 됐습니다. 10년을 그리워 온 내 마음을 말짱하게도 배반했던 이 한 밤을 그래도 기쁘게 기억할 수 있어 저는 고맙습니다. 생각했던 그대로의 모습으로 함께해 주셔서 저는 고맙습니다. 부디 오래 오래 평안하시기를, 가시는 앞길이 평안하고 무사하기를 그리 기도하고 기도

하겠습니다.'

밤새 뜬눈으로 보낸 두현도 좌탁 모서리를 움켜쥐고 독백했다.

'미안하네. 친구! 용서하시오. 부인! 나는 끝까지 철저히 이기적인 사람입니다. 처음부터 내 것이 아니었던 이야기를 결국 내가 주인공이 되어 끝맺어 버리는 나를, 하지만 이제 나도 당신이 아니면 안 되겠기에. 미안하네. 친구! 용서하시오. 부인!'

이곡리의 새벽이 점점 더 밝아왔다.

혼자 엎드린 지안의 등 위로, 떠나가는 단의 어깨 위로, 참회의 눈물로 떨고 있는 두현의 머리 위로 십자가처럼 내려앉는 새벽이 그렇게 밝아왔다.

배꽃의 잔치가 끝이 났다.

짧은 배꽃의 하룻밤도 그렇게 끝이 났다.

7. 배꽃 따라 흩어지다

선아는 강의 집을 향해 걸어가고 있었다. 사랑채 배롱나무에서 꺾은 흰색 꽃이 한 묶음이나 선아에게 안겨 있었다.

8월은 백일홍이 가장 절정이다. 오래가기도 하거니와 보기 힘든 흰 백일홍이니 강에게 꽂아두고 보라 할 참이었다. 다 읽은 책도 돌려주고 새 책도 다시 빌릴 겸 겸사겸사 나선 길이었다.

한씨 부인이 다 큰 처녀 아이가 남의 집에 허물도 없이 드나드냐며 잔소리를 하였지만 못 들은 척하였다.

배나무에 매달린 열매의 알이 제법 굵어졌다. 여름 햇빛을 열심히 받고 나면 이제 완전히 굵어질 터였다. 결실의 계절이 다가올 것이다. 선아는 부지런히 발을 놀렸다. 지나치는 풍경들이 다 다정했다. 요즘 부쩍 콧노래가 늘어났다.

저만치에 강의 집이 보였다. 다가가니 대문이 열려 있었다. 그의 어머니 함안댁이 늘 열심히 문단속을 하는 편인데 오늘은 왜 그런지 모르겠다.

대문이 아예 없기도 한 집이 많은 이곡리와는 달리 경성에서 살다 온 함안댁은 늘 문단속을 철저히 하였다. 강이 몇 번 그러시지 말라 당부하는 말은 선아도 들었는데 경성에서 살다 온 습관이 쉬이 버려지지가 않는 모양이었다.

"이강 씨! 계세요?"

선아가 대문 안으로 고개를 늘이고 불러보는데 아무런 답이 없었다. 잠시 망설였다.

그러다가 대문 안으로 살짝 발을 들여놓았다. 항상 집 앞에서만 있다가 돌아갔지 집 안에 들어와 보기는 처음이었다. 밖에서 보던 그대로 허름한 세간이 눈에 들어왔다.

"아무도 아니 계세요? 아주머니? 이강 씨?"

역시나 대답이 없었다. 대문까지 열어두고 집을 비운 채 나간 모양이었다. 빈집에 들어왔으니 낭패다 싶어 선아는 막 발걸음을 돌리려 했다.

"嫌いです!"

갑자기 날아든 일본어가 선아의 발걸음을 잡아챘다.

싫습니다!

정확한 발음으로 날아온 일본말은 강의 음성이었다.

'강이? 강이 일본말을? 그가 왜……?'

선아는 소리가 난 쪽을 향해 갔다. 비스듬히 열린 부엌문 쪽에서 강의 목소리가 새어나오고 있었다.

일본이라면 치를 떠는 강이었다. 그래서, 부산의 여학교에서 일본어를 배워 능숙하게 구사하는 선아와는 달리 일본어는 한마디도 할 줄 모른다고 했다. 설령 아는 단어가 있다 하더라도 절대 자신의 입에서 일본어가 나갈 일은 없을 것이라고까지 했다.

분명 일본어를 모를 리가 없는데 지나치게 부정하는 강의 모습이 선아에게는 이상하기까지 하였지만 더 이상 묻지는 않았다.

부엌 안에는 강과 그의 어머니 함안댁이 서 있었다. 그리고 조금 옆으로는 양복에 모자까지 눌러쓴 중년의 신사가 마주보고 있었다. 하고 있는 입성이 딱 일본인이다. 선아 쪽에서는 모로 서 있는 형상이라 세 사람 다 선아가 온 것을 몰랐다.

"けれども 君の おとうさんです(그래도 너의 아버지야)."

이번에는 함안댁의 말이었다. 함안댁이 구사하는 일본어도 보통 수준은 아니었다.

'아버지라니? 설마 강의 아버지가 일본인?'

서 있던 선아의 눈이 등잔처럼 휘둥그레졌다.

"싫습니다. 저는 싫다구요. 이런 잔인하고 더러운 일본인의 피 따위 저는 싫다구요. 돌아가세요. 그만 돌아가! 당신을 피해 여기까지 도망쳐 온 우리 마음을 정녕 모르시는 겁니까? 제게는, 제게는 일본인 아버지 따위는 없습니다."

강이 비명처럼 말을 토해냈다.

"いっしょに 行こう(같이 가자)! 너무 늦—어—서는 안 돼."

일본인 남자는 일본어와 어눌한 한국말을 섞어 강에게 대꾸했다.

"일본이요? 왜요? 내 나라를 짓밟고 내 이웃을 죽인 일본에는 제가 왜요?"

강의 입에서는 더 이상 일본말이 나오지 않았다. 중년의 일본 신사는 쓰고 있던 모자를 양손에 쥐고서는 말없이 강을 바라보고만 있었다.

강이 몸을 돌리더니 문을 향해 달려왔다. 서슬 퍼렇게 뛰어오던 강의 손이 부엌문을 부서져라 밀어젖혔다.

퍼걱!

나무문에서 부서지는 마찰음이 났다.

"かわ! かわ!"

뒤에서 일본 남자와 함안댁이 애타게 강을 불렀다.

카와! 바로 강(川)을 이르는 일본말이었다.

문이 열리고 강이 막 뛰쳐나오려던 찰나였다. 문 앞에 서 있는 선아의 모습을 강이 발견했다. 두 사람은 동시에 흠칫 놀랐다.

"아니…… 저기…… 책을 다 봤는데 돌려주려고…… 그게…… 그러니까……."

책과 꽃을 든 손을 허둥지둥 놀리며 선아가 두서없이 말을 했다. 그런 선아를 보는 강의 얼굴이 아프게 이지러졌다.

강은 그대로 선아를 지나서 뛰어갔다. 뛰어가는 강의 어깨가 선아의 어깨를 스치자 선아가 잠시 휘청거렸다. 힘없이 쥐고 있던 책과 흰 백일홍이 선아의 손에서 떨어져 내렸다.

강, 아니 카와를 뒤따라 나오던 함안댁도 선아와 얼굴이 마주쳤다. 그녀의 낯빛이 흙색이 되었다.

"선…… 아…… 양!"

함안댁도 선아도 아무런 말을 하지 못했다. 뛰어가 버린 강의 발걸음에 즈려밟힌 백일홍 꽃내음만 어지럽게 풍겼다.

선아는 어떻게 집으로 돌아왔는지 몰랐고 밤새 한 잠도 이루지 못했다.

날이 밝자마자 눈 밑에 드리운 그늘과 함께 선아는 집을 나섰다. 무슨 말을 해야 할지 모르겠지만 강과 이야기를 나누어야 하겠다고 생각했다. 막 사랑채를 지나 나오는데 가지 끝에 매달린 배롱나무 꽃잎이 힘없이 흔들거렸다.

강의 집을 향해 가는 길이 천 리나 되는 듯 멀게 느껴졌다. 발밑만 내려다보며 걸었다. 구두를 봤다. 일전에 강이 진흙허방에서 건져 준 구두다. 강의 손길이 지나간 자리마다 빛이 났다. 요즘 계속 이 구두만 신고 다녔다.

강의 집 대문은 굳게 닫혀 있었다. 언제나 닫혀 있던 대문이지만 오늘은 더 견고해 보였다. 선아를 향해 절대 들어오지 말라고 엄포를 놓는 듯했다.

처음에는 살며시 두들겨 보았다. 넘어다 보이는 안에서는 아무런 기척이 없었다. 조금 더 세게 두들겨 보았다. 역시나 인기척이 없었다.

"아주머니! 이강 씨!"

이번에는 소리를 내어 불러보았다. 작지 않은 소리라 그랬는지 방문이 열렸다. 함안댁이 얼핏 고개를 내밀었다. 하지만 곧 그 모습도 사라지고 온통 적막만이 흐를 뿐이었다.

"아주머니! 이강 씨! 이강 씨!"

좀 더 불러보았다. 대답이 없을 것이라고 알면서도 더 불러봤다. 결국 아무런 인기척도 다시 들려오지 않았다.

선아는 힘없이 발걸음을 돌렸다. 하지만 자꾸만 고개는 뒤로 돌아갔다.

얼마나 시간이 흘렀을까?

함안댁이 다시 방문을 열어보았다. 대문간이 적막했다. 선아는 가버리고 없었다.

"이럴 필요까지야 무에 있니? 부러 발걸음을 한 모양인데."

"두세요. 다시는 볼 일도 없는 이이니."

"그래도……."

"저이는 신경 쓰지 마세요. 그나저나 어머니가 그 사람에게 연락을 하신 겁니까?"

함안댁을 건너다보는 강의 눈빛에 원망이 담겼다.

"그 사람이라니? 어쨌든 너의 아버지야. 그리고, 아니다. 내 어찌 그랬겠니? 이웃 살던 인천댁한테 언제 한 번 언질을 주었는데 그 말을 듣고 몇 달을 찾아 헤맸다 하시더구나."

이곡리까지 찾아온 일본인 아버지를 말하는 중이었다.

"아무 말 없이 떠나자 말씀 드렸잖습니까?"

"아버지가 설마하니 예까지 찾아오실 줄은 나도 몰랐다."

"어머니! 저는 아버지가 없습니다. 그러니 아버지란 말씀은 두 번 다시 하시지 마세요."

"카와!"

"그 이름도 저는 모르는 이름입니다. 하니, 두 번 다시 그 이름도 부르시지 마세요. 제발! 제발요!"

크흑! 크흑!

절규하던 강의 말이 갑자기 터진 기침에 막혀 버렸다. 함안댁은 놀라서 강을 보았다. 강의 입가를 타고 붉은 핏물이 흘러내렸다.

"강아! 강아!"

함안댁의 치맛자락이 아무렇게나 이지러지며 강에게로 다가갔다.

크흑! 크흐흐흑!

강의 기침이 더 거세어지고 핏물도 더 많이 쏟아져 내렸다.

"강아! 에미가 잘못하였다. 잘못하였어. 하니, 그만 진정하렴. 제발 진정해."

함안댁이 급하게 강의 등을 두들겨댔다. 하지만 강의 기침은 멈추지 않았다. 붉은 핏물이 펼쳐 놓은 책 위로 별똥별처럼 떨어져 내렸다.

┼ ╳ ┼

다시 봄이 돌아왔다. 단이 떠난 그 봄이 다시 돌아왔다.

단이 떠난 후 두현은 완전히 다른 사람이 되었다. 집에서는 얼굴 한 번 보기 힘들었던 그는 일체 바깥출입을 하지 않았다. 그 대신 지안은 후원 연못가에서 물고기 밥을 주고 있거나 안채 뜰을 손질하거나 혹은 책을 읽고 있는 두현을 볼 수 있었다.

지안을 보는 눈빛은 더없이 부드러웠고 집 안에서 큰 소리도 더 이상 나지 않았다. 두현이 별당에 드는 일은 여전히 없었지만 자주 지안을 사랑으로 불러 함께 식사를 하고 차를 나누기도 했다.

또 지안으로서는 참으로 불행 중 다행인 일도 있었다. 바로 윤 참판의 죽음이었다.

단이 떠나고 2주쯤 되었을 때, 박 서방을 데리고 읍내에 나갔던 윤 참판은 박 서방을 먼저 돌려보내고 일을 보았는데 어쩐 일인지 그 밤에 집으로 돌아오지 않았다. 전에 없던 일이었다.

그리고 이튿날, 아침 일 나가던 한 소작농이 신작로길 옆 경사진 논둑길에서 윤 참판을 발견하였다. 늦은 밤길에 발을 헛디뎠다는 것이 의원의 말이었지만 포악한 윤 참판의 행태에 원한을 가진 누군가의 소행이라는 게 지배적인 의견이었다.

흉흉한 소문이 난무한 가운데 치러진 윤 참판의 장례식은 조용히 끝났다.

윤 참판의 죽음 이후, 한씨 부인이 극구 말렸는데도 두현은 기어이 49일 동안 시묘살이를 하였다. 봄날이라고는 하지만 병약한 두현에게 밤의 산공기는 치명적인 것이었다. 하지만 두현은 치열하게 그 날들을 보내었고 시묘살이를 하는 그의 모습은 속죄를 하며 두 손을 모은 사람 같았다. 그 치열한 모습에 한씨 부인도 지안도 더는 말릴 수가 없었다.

그렇게 시간이 흘렀고 겨울이 지난 것이었다.

두현의 건강 상태는 이제 완전히 악화가 되었다. 지안의 손이 아니면 스스로 밥 먹는 일도 힘들어졌다. 아편과 알콜 중독의 후유증에다가 윤 참판 상을 치르며 시묘살이를 한 탓이었다.

의원의 말로는 봄을 넘기기 힘들 거란다. 그나마 이만큼이라도 목숨을 이어붙인 건 지극정성인 지안의 보살핌 덕분이라고 하였다. 두현도 나름대로 술과 아편에 의지하지 않고 견디고 이겨내느라 애를 썼다.

'으악!'

설핏 낮잠에 들었던 두현은 악몽과 함께 깨어났다. 깊고 깊은 구렁으로 한없이 떨어져 내리는 꿈이었다.

지안은 두현의 곁에 웅크리고 앉아 새우잠에 들어 있었다. 손을 올려 그 얼굴을 한 번 쓸어보았다. 마음이 아프다. 늦어버린 자신의 마음이 너무 아프다. 풀잎 같은 이 사람, 두고 가는 마음이 너무 아프다.

두현의 손길에 지안이 잠을 깼다.

"일어나셨어요?"

지안이 눈물이 날 만큼 다정하게 물었다.

"고맙소."

두현은 대번에 목이 메었다.

"무엘 그런 말씀을 하세요? 정이야! 나가서 대야에 물을 다시 떠다 주겠니?"

정이는 지안과 함께 두현을 돌보고 있던 중이었다.

"야! 아씨!"

"방문은 그만 열어두고 가려무나! 서방님 바깥공기 좀 쐬시게."

"알았어예."

정이가 나가고 지안은 다시 두현을 보았다. 메마른 얼굴이었다. 봄날 위에 배꽃은 다시 피어 흐드러지는데 두현의 얼굴만은 겨울이 가득했다. 지안을 보는 그 눈길만이 봄빛을 지니고 따스할 뿐.

"내 마지막 길에 당신같이 고운 꽃 한 송이 만나서 그래도 세상을 아름답다 기억하고 갈 수 있게 해줘 고맙소."

지안을 향해 건네는 두현의 말소리가 나직했다.

"마지막이라뇨? 왜 그런 흉한 말씀을 하세요?"

지안은 애써 부정해 보았다.

"당신이 아니었으면, 내 마지막 길, 참으로 쓸쓸하고 외로웠을 것을."

이제는 귀를 기울이지 않으면 자세히 들리지도 않는 두현의 음성이었다.

"그런 말씀 마시래도요."

지안은 애써 도리질을 했다.

"부인! 혹, 내가 언제 당신을 처음 보았는지 아시오?"

갑작스러운 두현의 말에 지안은 살짝 놀랐다. 어쩌면 이제야 두현이 자신을 처음 만났던 배꽃 흩날리던 봄날의 이야기를 해주려는 모양이었다.

"기억…… 하십니까?"

설렘을 안고 지안이 물었다. 심장이 두근거리며 뛰었다.

"함이 들어가던 날, 박 서방의 뒤를 쫓아 부인의 집에 갔었소. 방문을 열고 나서는 당신을 숨어서 지켜봤었지."

"네?"

역시나 두현은 배꽃의 봄날 오후는 기억하지 못하는 모양이었다.

지안의 설렘이 그만 잦아들었다.

"부인의 그 선한 눈빛이 마음에 남아 오래 오래 기억이 났었소."

"그러셨습니까?"

아무런 내색도 하지 않고 지안이 고개를 끄덕였다.

하지만 두현은 지안의 표정을 모두 다 읽어냈다.

어쩌면 배꽃의 봄날 오후에 지안을 처음 만났노라고 얘기해 주었으면 좋았을지도 모르겠다. 하지만 단과 지안의 10년 세월을 알면서도 끊어놓아 버렸다. 그러니, 그 추억까지 차마 자신의 것으로 만들어 버릴 수는 없었다.

두현은 고개를 저으며 헛된 소망을 떨쳐내 버렸다.

두현이 손짓을 했다. 가까이 오라는 말이었다. 지안은 무릎걸음으로 두현에게로 다가갔다. 두현이 손을 내밀었다. 지안의 양어깨를 그러쥐더니 자신의 품으로 잡아당겼다. 그 작은 손짓 하나도 힘이 드는 모습이었다.

지안은 살며시 두현의 품에 고개를 누였다. 귓가에 와 닿는 심장박동이 세미하게 떨렸다. 두현의 손이 지안의 머리를 쓰다듬었다. 배꽃 하나가 얹히듯 가벼운 손길이었다.

'미안하오. 부인! 내만의 마음으로 끝내 당신을 곁에 두는 나의 이기심이 미안하오. 하지만 이제 가는 마지막 걸음, 당신이 없이는 나도 안 될 것 같으니 끝까지 붙잡고만 있는 나를 용서하시오. 행여 후에 모든 것을 알게 되더라도 그때도 나를 용서하시오.'

지안의 머리를 쓰다듬으며 두현은 독백했다.

'우리는, 우리는 왜 이리 길게 돌아서 왔을까요? 당신은, 당신은 왜

이리 늦게 돌아온 건가요?'

두현의 품에 고개를 묻고 지안도 속으로 독백했다.

열린 방문으로 누워 있는 두현과 그 품에 고개를 기댄 지안의 모습이 보였다. 잠시 두현을 보러 사랑에 들렀던 선아는 기대어 있는 두 사람의 모습에 발걸음을 멈추고 물끄러미 바라봤다.

고개를 기대고 엎드려 있어서 지안은 알지 못할 것이었다. 두현의 눈 안에 얼마나 많은 이야기가 지나가고 있는지.

미안함, 아픔, 뒤늦은 후회와 사랑.

대신 전해줄 수도 없는 이야기라서 선아는 그저 두 사람의 모습을 바라만 보았다.

지난주의 일이 떠올랐다.

지안은 잠시 약을 달이러 두현의 옆을 비웠고 선아가 책을 읽어주느라 두현의 곁을 지키고 있었다. 두현은 선잠에 든 듯했다. 잠이 들어 있을 때면 혹여나 숨이 떨어진 것이 아닐까 의심이 들 만큼 두현의 숨소리에는 힘이 하나도 없었다.

"누이야!"

잠에 든 줄 알았던 두현이 갑자기 선아를 불렀다.

"오라버니! 잠든 게 아니었소?"

대답 대신 두현이 고개를 끄덕였다.

"별당 그 사람은?"

지안이 아직도 약을 달이는 중이냐 묻는 말이었다. 선아는 고개를 끄덕였다.

"누이야!"

"으응! 오라버니!"

선아는 왈칵 눈물이 쏟아졌다. 비록 가까이 지내지는 못했으나 오누이의 정은 남들과 다르지 않았다.

"내 저 사람에게 참으로 많이 미안하다. 너무 늦어버린 내 마음도 송구하고."

"무엘 그런 말을 하오?"

"아니야. 내 참으로 많이 죄스럽다."

"그런 말일랑 말고 얼른 털고 일어나기나 하오. 그게 그동안의 오라버니 죄를 갚는 길이오."

"이제는 다 소용없다."

"자꾸 약한 말 마오. 마음이 강해야 병도 이기는 법이오."

"아냐. 그냥 너에게 내 물어보고 싶은 말이 있다."

"무에요?"

"별당의 저 사람! 첫 마음이 누군지 내는 알고 있다."

뜬금없는 두현의 말에 선아는 고개를 조금 더 두현에게로 가까이 했다. 무슨 말이냐고 물었다.

"별당의 저 사람! 첫 마음이 누군지 내는 알고 있다. 그런데 저 사람은 그이를 잘못 알고 있어. 하면……."

"하면?"

"내가 일러주어야 하겠니? 말아야 하겠니?"

"지금에야 오라버니의 아내가 되었는데 첫 마음이란 게 무슨 그리 큰 상관이오?"

242 **배꽃** 이울다

"저 사람에게는 큰 상관이 있지. 그래. 정말 큰 상관이 있어."

"그게 무슨 말이요?"

선아는 두현이 헛소리를 하는가 싶었다.

"저 사람⋯⋯."

갑자기 두현의 열이 오르기 시작했다. 볼에서부터 올라온 열이 온 얼굴에 벌겋게 달아올랐다.

"자기 첫 마음이 내인 줄 알고 있다. 해서 나에게 시집을 온 게다. 농촌계몽가 아버지의 자긍심마저 배신하고 친일파 집안의 내게로 왔 단 말이다."

열 끝에 두현은 조금씩 까무러치고 있었다.

"오라버니! 오라버니! 그 무슨 말이오, 응? 오라버니!"

선아가 다시 채근하며 물었지만 두현은 답이 없었다. 그대로 잠이 들어버렸었다.

┼ ╳ ┼

기대어 있는 두 사람을 보며 선아는 새삼 그 생각을 떨쳐 버렸다.

'오라버니가 헛소리를 한 게지? 그래! 열이 올라 헛소리를 한 게야. 하여간!'

선아는 실소를 흘렸다.

바람결에 이운 배꽃이 가쁜 호흡처럼 흩어졌다.

시간이 흐르고 선아는 집을 나섰다. 연늪을 향해 걸어갔다. 그리 고 걸어가는 선아의 목이 아프게 치밀어 오르는 이름이 있었다.

이강!

일본인 아버지를 본 이후로 한 번도 얼굴을 보지 못했다. 어머니 함안댁조차도 바깥출입을 일절 하지 않았다. 몇 번이나 집엘 찾아갔지만 한 번도 대문은 열리지 않았다.

대문 틈새에다가 편지를 몇 번 끼워놓고도 와봤지만 그때마다 비에 젖어 늘어져 있을 뿐이었다.

시간은 무심히 흘렀고 다시 봄이 돌아왔다.

선아는 연늪을 향해 걸었다. 강은 도대체 무엇을 하고 지내는 걸까? 그 많은 지식과 생각들은 누구와 나누고 있는 걸까? 남몰래 짓는 강의 서글픈 눈빛을 그동안 한 번도 알아주지 못한 자신이 원망스러웠다.

그 시간, 강도 연늪에 와 서서 선아를 생각했다. 흔들리는 연잎들을 바라봤다. 크게 웃자란 잎새들이 선아를 향해 늘어지는 자신의 그리움 같았다.

하지만 여기까지일 뿐이었다. 친일파 할아버지를 둔 선아와 일본인 아버지를 둔 자신. 혈관 속에 흐르는 피를 부정하고 싶은 두 사람이 만나 무슨 그림을 그릴 수 있을까?

"이강…… 씨?"

하릴없이 서 있는 강을 누군가 불렀다. 선아였다. 조금 떨어진 앞쪽에서 선아가 걸음을 멈추고 강을 불렀다.

"이강 씨!"

선아의 목소리가 반가움으로 물들었다. 강을 향해 걸음을 옮겼다.

강도 선아 쪽으로 걸음을 옮겼다. 선아의 얼굴에 미소가 걸렸다.

하지만 강은 그대로 선아를 지나쳐 가버렸다. 강은 어서 그 자리를 벗어나려고 하였다. 걸렸던 미소가 선아의 얼굴에서 사라졌다.

"비겁하군요. 이강 씨!"

하지만 선아의 말이 강의 걸음을 잡았다. 강이 고개를 돌렸다.

"무슨 말씀입니까? 윤선아 씨!"

강은 잇새로 말을 밀어 올렸다. 그녀를 그리워하였으나 그것이 비겁하다는 말을 들을 이유는 아니었다.

"당신의 아버지가 일본인이라고 해서 나는 당신을 비난할 생각은 조금도 없어요. 그런데 이렇게 나를 피하는 이유가 뭐죠?"

"비난할 생각이 없다구요? 아! 비난할 말이 더 남아 있었나 보군요."

"무슨 말씀이죠?"

"내 생각에, 일본인들의 피에는 잔혹한 본성이 똑같이 흐르는 것 같습니다. 그렇지 않고서야 멀쩡한 남의 나라를 차지하고 들어앉아 이렇게 포악을 부릴 수야 없는 게지요. 피가 포악한 자들입니다. 저들은."

지안의 아버지 일국의 초상 후에 연늪에서 만났던 강에게 했던 선아의 말을 강은 그대로 읊조리고 있었다.

"그건…… 그건 그냥 일반적인 이야기를 한 것뿐이에요. 강 씨는 그런 사람이 아니니까."

"그 이야기가 내게는 해당이 되지 않는다 그 말입니까? 우습군요. 또, 분명 이렇게도 말했었지요? 부정한다 하여 부정되어지는 것이 피랍니까? 어쩔 수 없이 그 피는 그 피인 게지요. 내가 아무리 징글징글하다 외면하려 하나 내 속에는 내 할아버지의 피가 흐르는 것처럼요."

선아의 말을 그대로 또박또박 뱉어내는 강.

"그건…… 그건……."

선아는 대꾸할 말이 없었다.

"더 할 말이 없을 줄 압니다. 그럼 저는 이만."

강은 다시 가던 걸음을 재촉했다. 강은 선아의 당돌한 그 말조차도 미치도록 그리웠다. 그러니 선아에게 그 마음을 들키기 전에 얼른 자리를 떠나려는 것이었다.

"기다려요. 이강 씨!"

갑자기 강의 팔이 거세게 잡혔다. 빠른 걸음으로 다가온 선아가 강의 한 팔을 단단히 잡아 버렸다.

"뭐 하시는 겁니까?"

강은 선아에게 잡힌 팔을 빼내려고 했다. 하지만 선아의 손힘이 만만치가 않았다.

"당신의 아버지가 일본인이라는 것을 알았다면 당신의 면전에 대고 그런 말을 하지는 않았을 거예요."

"그게 무슨 상관입니까?"

"상관이 있어요."

"도대체……."

강은 화를 내려 하였다. 하지만 화를 내지 못했다. 강의 팔을 잡고 선 선아의 눈가에서 눈물이 흐르고 있었다.

"윤선아 씨!"

"상관이 있어요. 사람들이 내 할아버지를 얘기하며 눈에 보이지 않게 보내는 야유와 멸시! 그게 얼마나 아프고 살이 저미는지 잘 아는 나니까……."

목이 메는지 선아는 말을 잇지 못했다.

"잘 아는 나니까, 그러니까, 그런 식으로 이강 씨에게 똑같이 상처를 주지는 않았을 거예요."

"……."

"미안해요. 그런 식으로 말해서, 그런 식으로 말해서 당신에게 상처를 줘서 미안해요. 그러니, 그러니까 이런 식으로 나를 피하지는 말아줘요."

으흐흑! 결국 선아의 울음이 터졌다. 아이처럼 감추지 않고 터져 나오는 울음.

연잎을 보며 왜 그리 마음이 아팠는지 선아는 이제야 알겠다. 그건 그냥 아픔이 아니고 그리움이었다. 그건 그냥 통증이 아니고 기다림이었다. 돌아서 가버리는 강을 보면서 확실히 알겠다. 그건 바로 강을 향한 자신의 마음이었다.

강은 가만히 선아를 바라보았다. 그 눈길이 찬찬했다. 그러다가 선아에게 잡힌 팔을 빼어냈다. 선아의 눈물이 거절의 상처로 더 깊어졌다.

하지만 다음 순간, 강의 손이 선아의 팔을 잡았다. 선아보다 더 강한 힘으로 그 팔을 잡았다. 그러고는 선아의 몸을 잡아당겼다. 힘은 강하지만 손짓은 부드러웠다. 그대로 강의 품에 선아가 들어가 안겼다.

강의 손이 올라와 선아의 등을 안았다. 선아의 팔이 올라와 강의 어깨를 안았다.

강도 알고 있었다. 선아를 생각할 때면 흘러나왔던 한숨이 결국은 선아에 대한 자신의 마음이었음을 강도 알고 있었다.

"미안해요. 그런 식으로 말해서 미안해요. 미안해요. 미안해요."

선아가 계속 미안하다며 눈물을 흘렸다. 강이 더 힘을 주어 선아의 등을 안았다.

"미안해요. 나도 미안해요. 일본인의 피가 흐르는 나라서 미안해요. 미안해요. 선아 씨!"

강의 목이 메었다. 으흐흐흥! 선아의 울음이 더 커졌다. 강은 힘주어 안은 선아의 등을 계속 다독였다.

선아의 울음이 연늪에 퍼지는 그때, 지안은 잠시 정자나무 아래에서 발을 멈추었다. 두현의 약을 찾으러 읍내에 다녀오는 길이었다. 옆에는 언제나처럼 정이가 있었다. 가까이 앉은 불시산 위에 배꽃이 잔치처럼 피어올랐다.

"별당 아씨! 왜 그러세예?"

발걸음을 멈춘 지안을 보며 정이가 물었다.

"잠시만. 잠시만 나무 아래에서 쉬었다 갈까?"

"그럴까예?"

나무 둥치에 기대어 서서 지안은 눈을 감았다. 단과 함께 비를 피하였던 그 봄날을 기억했다. 단의 흰 셔츠 깃에 떨어져 앉던 빗방울을 생각했다. 이제 언제든 비가 내릴 때면 빗방울에 젖어들던 단의 셔츠 깃을 떠올리게 되었다.

"정이야! 너도 허 선생님이 보고 싶으니?"

"예에엥?"

지안이 묻자 정이의 얼굴이 눈에 띄게 붉어졌다. 목소리도 한껏 높았다.

"아니다. 유모랑 박 서방 아주머니가 허 선생님 얘기들을 하셔서. 혹여, 정이 너도 그렇게 보고 싶은 겐가 물어본 게야."

"아씨도…… 참! 지야 그립고 말고 할 것도 없는 인연이구만예."

정이의 음성이 서글펐다.

"아씨는예? 아씨는 어떠세예?"

"응? 무얼?"

"아씨는 허 선상님이 보고 싶지 않으세예?"

"내가? 허 선생님을 말이냐?"

"예—."

정이의 질문에 지안은 그저 낮게 웃었다. 지안 또한 그를 그리워할 수 있는 인연은 아닐 것이었다.

"글쎄……."

"아씨! 그라믄 누군가를 마음에 품는다는 건 어떤 것일까예?"

"으응?"

"그냥 궁금해서예. 누군가를 마음에 품고 연모하는 것은 어떤 거라예? 시집까지 댕겨온 지가 이런 말 묻는 것 우습지만서도예, 마이 궁금해네예."

"글쎄! 그 마음은 어떤 걸까? 아마도 그건……."

정이를 건너다보는 지안의 시선이 아련했다.

"아마도 그건 내 마음의 집에서 나는 나오고 연모하는 그이를 대신 들이는 것이 아닐까? 그이가 좋아하는 방향으로 집을 앉히고 그이가 바라는 풍경이 보이는 쪽으로 창문을 내고 그이가 좋아하는 향기가 나는 바람이 부는 쪽으로 문을 열어두는 것."

"무슨 말씀이신지 지는 다는 모르겠어예. 우쨌든 그라믄 누군가를 연모한다는 건 꼭 내 옆짝에다가 그 사람을 붙들어놓는 것이네예."

그렇게 물으면서 정이는 지안이 단을 향해 그렇게 해주길 마음속으로 바랐다.

"아니. 아니란다. 정이야! 연모의 마음이란 소유도 아니고 이기심도 아니란다. 그이가 언제든 세상을 너울너울 떠다닐 수 있게 멀리서 지켜봐 주는 것. 그리고 그렇게 떠다니다 지칠 때면 내게로 돌아와 쉴 수 있도록 언제나 내 자리에서 기다리고 또 기다려 주는 것, 그게 참 연모의 마음 아니겠니?"

"내를 혼자 남겨두고 그 사람만 너울너울 떠다니면 그게 무슨 연모라예?"

"그럼 정이 너는 나 때문에 연모하는 사람이 손이 매이고 발이 묶인다면 좋겠어?"

"그거는 아이라예."

"그러니까 자유롭게 다닐 수 있도록 지켜봐 주어야겠지."

이 말은 정이에게 하는 말이 아니라 지안 자신에게 하는 말이었다.

'그라믄 아씨는 그 마음으로 허 선상님을 보내신 거라예?'

정이는 지안에게 이렇게 묻고 싶었다. 하지만 차마 소리내어 말하

배꽃 이울다

지는 못했다.

"이런! 널 데리고 내가 쓸데없는 말이 길었구나. 이만 돌아가련? 서방님이 찾으시겠구나!"

아련한 눈빛을 벗어버리고 지안이 배꽃나무에 기대었던 몸을 바로 세웠다.

"알았어예."

순한 양처럼 대답을 하고 정이는 지안의 뒤를 따랐다.

'아씨! 그라믄 허 선상님이랑 아씨랑 한 세상 같이 너울너울 떠댕기시면 안 되겠어예?'

정이는 여전히 소리 내지 못한 물음으로 지안의 등을 바라봤다. 배꽃의 잔치는 4월 위에 화사했다.

경성 지하의 건물에서 단은 잉크를 묻히는 중이었다. 제본기에서는 부지런히 종이가 넘어갔다.

"허 선생님! 우편이 왔습니다."

단은 잉크를 묻히던 손을 멈추었다. 얼마 전에 새로이 조직에 가입한 기수가 단을 향해 다가왔다. 단의 경신중학 후배이기도 한 기수는 주로 인쇄물을 전달하는 일을 하고 있었다. 아직은 어린 학생 신분이라 위험한 일을 시킬 수는 없었다.

"이곡리에서 왔습니다만."

김도현 앞으로 온 편지. 김도현은 총독부의 수배를 받게 된 단이 쓰고 있는 가명이었다.

"늘 말씀하시던 그곳이지요?"

기수가 다시 물었다.

"응?"

"배꽃이 곱다 하시던 그곳 아닌가요?"

"아! 그래."

"하지만, 허 선생님!"

자신을 불러놓고 기수가 말이 없자 단이 물끄러미 기수를 바라보았다.

"선생님 마음속에 정말 고운 것은 그곳의 배꽃이 아니지요?"

"무슨 말인가?"

"선생님 마음속에 정말 고운 것은 그곳의 누군가일 것입니다. 배꽃을 닮은! 제 말이 맞지요?"

"기수 군! 싱거운 말을 하는군그래."

"제 말이 맞을 것 같습니다. 편지 얼른 읽으세요. 저는 나가 있겠습니다."

농담처럼 한마디를 남기고 기수는 다시 밖으로 나가 버렸다. 기수의 뒷모습을 보다가 단은 양복 가슴께에 손을 얹었다.

그 손은 양복 안으로 들어갔고 다시 나온 그 손에 노란 노리개가 따라 나왔다. 잉크가 묻은 손을 닦았다. 수건에 조그맣게 잉크물이 들었다.

단은 깨끗해진 손으로 노리개를 쓰다듬었다. 차갑지만 따스한 온기다. 단은 노리개를 쥔 손으로 편지 겉봉을 뜯었다.

조용히 편지를 읽어내려 갔다. 단의 눈빛이 점점 어두워졌다. 편지가 살짝 구겨졌다.

배꽃의 하룻밤을 보내고 경성으로 돌아온 뒤 어떻게든 두현과 지안을 경성으로 부르려고 궁리를 하였다. 잠시 시간만 벌어주는 것뿐이라고 지안에게는 말했지만 사실은 그대로 이곡리에 지안을 놔둘 생각은 털끝만큼도 없었다.

하지만 두현의 몸이 많이 약해서 경성으로 어떻게 올라오게 해야할지 가늠이 되지 않았다. 자유로운 신분도 아닌지라 단의 마음속에서 매일 매일 불이 일었다.

그런데 삼 주일도 채 지나지 않아 이곡리로부터 전보를 받았다. 윤참판이 급사했다는 내용이었다. 고인에게는 미안한 일이었지만 단은 가슴을 쓸어내렸다. 차마 지안과 두현을 볼 수가 없어 장례식에는 참석하지 않았다. 따로 시간도 없었다.

그렇게 시간이 흘렀고 다시 봄이 돌아온 것이었다.

단은 편지에서 고개를 들어 반대쪽을 건너다봤다. 저만치 한쪽 벽에 지안과 자신이 앉아 있는 것이 보였다. 지안의 숙인 이마가 하얗게 내비쳤다.

단이 지안을 안았다. 동그랗게 안겨온 지안이 단의 셔츠 깃에 고개를 묻었다. 하지만 단이 손을 내밀자 단과 지안의 모습이 사라졌다.

"김. 지. 안!"

단은 지안의 이름을 소리 내어 불렀다. 노리개와 편지를 쥔 손에 힘이 들어갔다.

"이제 내가 어떻게 해야 하는 것인가?"

한씨 부인이 보낸 편지의 내용은, 두현의 목숨이 위중하니 바쁘더라도 꼭 이곡리에를 한 번 다녀가라는 전갈이었다.

"김. 지. 안!"

다시 한 번 지안의 이름을 소리 내어 불렀다. 서 있는 단의 머리 위로 이운 배꽃이 우수수 쏟아졌다. 배꽃 향기가 코를 찔렀다.

배꽃 이울다

8. 가시는 길 따라 배꽃은 이울고

배꽃이 유난히도 이울어 흩날리는 봄날이었다. 배꽃이 너무나 많아 하늘도 배꽃 모양으로 그늘지고 있었다.

산자락의 야학 교실에서 선아와 강은 함께 있었다. 몇 안 되는 아이들은 돌아갔고 강은 책걸상을, 선아는 칠판을 정리했다.

탁자 위에는 일본어 교본이 놓여 있었다. 진주경찰서의 눈을 피하기 위해 일본어 교본을 놓아두고 간노가 급습이라도 할 때면 일본어를 가르치는 시늉을 했다.

"오늘 하루도 수고 많았어요."

정리를 끝낸 강이 선아에게로 다가왔다.

"강이 씨도 고생했어요."

선아가 다정하게 웃었다.

"이런! 멋쟁이 아가씨의 머리가 이게 뭐예요?"

열심히 글을 적느라 고데기로 멋을 넣은 선아의 머리가 헝클어져 있었다. 강이 손가락을 살살 움직여 선아의 머리모양을 다듬어주었다.

"아침마다 머리 모양 내는 것, 귀찮지 않아요?"

손가락을 여전히 선아의 이마 쪽에 댄 채 강이 물었다.

"왜요? 또 귀족 아가씨 타령이라도 하시려고요?"

선아가 밉지 않게 눈을 흘겼다.

"그냥 신기해서 그래요. 시간이 많이 걸릴 것 같아서."

"우리 어머니나 별당의 새언니는 아침마다 동백기름을 발라 머리에 쪽을 찌지요. 그러는 모습을 보면 무슨 성스러운 의식이라도 행하는 것 같아요. 저에게도 마찬가지예요. 아침마다 머리 모양 내는 게 저에게도 성스러운 일과의 시작이니까."

"에이구! 성스럽기씩이나요?"

"성스럽죠. 그리고 이건 강이 씨가 상투를 트는 거랑 같지 않을까요? 강이 씨도 머리를 함부로 막 틀어 올리지는 않잖아요."

"되로 주고 말로 받는다더니. 괜히 물어봤다가 일장연설이시네."

"그냥 내 생각을 말할 것뿐인데."

"때로는 생각을 머리 안에만 좀 넣어둬 봐요. 족족 다 말로 내뱉지 말고."

"강이 씨가 남 말 할 처지는 아니잖아요."

"남? 우리가 남인가요?"

강이 능청스럽게 웃었다.

"남이 아니면요? 정이 말처럼 넘이에요?"

"뭐라구요? 하하하! 하여튼 한마디도 안 져."

"질 이유 없으니까."

"알았어요. 알았어. 내가 졌으니까 이제 그만."

강이 양손을 앞으로 내밀어 벽처럼 위로 폈다. 선아가 입을 비죽거렸다.

"그런데 정말 부산의 여학교로는 돌아가지 않을 거예요?"

강이 이번에는 창문을 단속했다. 창문이라고 해봐야 뻥 뚫린 공간에 낡은 천을 늘여놓은 게 다이지만.

"이제 다시 학교는 안 가요. 지긋지긋한 일……."

일제 찬양이라고 하려다가 선아는 입을 다물었다. 가만히 눈을 들어 강의 얼굴을 살폈다.

"하하하! 눈치 보지 말아요. 선아 씨랑은 어울리지 않으니까."

하지만 강은 아무렇지도 않은 듯 너털웃음을 터뜨렸다.

"자! 마무리는 다 되었고 이만 나가볼까요?"

강이 먼저 출입문 쪽으로 가더니 한 팔을 내밀어 선아에게 먼저 나가라고 했다.

바깥에는 어둠이 조금씩 내렸다. 봄밤의 어둠 속에서 이울어 날리는 배꽃은 배추흰나비처럼 수놓이고 있었다.

"강이 씨가 뒷정리를 많이 해주셨으니 문은 제가 잠글게요."

먼저 나간 선아가 강이 나오자 열쇠를 꺼내들었다.

"내가 해도 되는데. 수업도 못 돕게 하면서."

"됐거든요. 수업은 나 혼자로 충분해요."

강이 열쇠를 받아 들려고 하자 선아가 얼른 까치발을 하고서 자물쇠 안으로 들이밀었다. 하지만 아무리 발꿈치를 높여봐도 손이 닿지가 않았다.

"아이, 참! 자물쇠를 밑으로 바꾸어 달든지, 원!"

선아가 바들거리며 투정을 부렸다. 그 모습을 보던 강이 얼른 열쇠를 받아들더니 마무리를 했다. 철컥 소리와 함께 자물쇠가 단단히 잠겼다.

"내가 할 수 있다니까요."

자존심이 상한 선아가 몸을 홱 돌렸다. 그 바람에 선아의 뒤에 바짝 붙어서 서 있던 강의 가슴에 얼굴을 부딪치고 말았다.

"왜 이리 붙어 있어요?"

선아가 강의 몸을 밀어냈다. 하지만 강은 꿈쩍도 않고 서서 선아를 내려다봤다.

"뭐, 뭐요?"

강의 눈길이 너무 따가워서 선아는 순간 당황했다. 그러자 강의 입가가 길게 늘어지면서 보기 좋게 휘어졌다.

"글쎄요, 뭘까요?"

시선을 선아의 얼굴에 못 박은 채 강의 얼굴이 선아의 얼굴로 다가왔다. 못 박힌 시선은 선아의 얼굴을 뻥 뚫어버릴 정도로 따가웠다. 갑자기 흩날리던 배꽃이 멈추면서 선아의 눈가가 파르르 떨렸다.

꿀꺽! 누구의 목에서 나는 소리인지는 모르지만 침 넘어가는 소리가 크게 울렸다. 강이 오른손을 들어 올려 선아의 턱 밑을 잡자 선아의 눈이 저절로 감겨 버렸다.

"아얏!"

하지만 잠시 후, 강이 얕은 비명을 질렀다. 강의 등 뒤에서 날아온 돌멩이 하나가 강의 뒷머리를 강타하고 만 것이었다.

"누구야?"

강이 고개를 돌리자 감겼던 선아의 눈도 떴다.

두 사람의 뒤에는 남루한 한복을 입고 머리에는 땜 자국이 있는 소년 하나가 서 있었다. 눈가에는 눈물이 그렁그렁 고여서 금방이라도 흘러내릴 것 같았다.

"경구야!"

야학에 나오는 소년이었다. 선아가 경구에게로 다가가려고 했다. 하지만.

"에이씨!"

욕설을 내뱉은 경구가 황급히 발걸음을 돌려 산자락 아래로 뛰어가 버렸다. 손 안에 꼭 쥐고 있던 무엇인가가 떨어져 내렸는데도 못 알아차리는 눈치였다.

선아가 다가가서 떨어진 것을 주워들었다. 질이 나쁜 한지, 쓰다 남은 문종이 같았다. 꼬깃꼬깃 접어놓은 모양이 편지 같아서 선아는 펴서 읽어보았다.

서나 선생님, 조아해에.

맞춤법도 맞지 않고 삐뚤삐뚤하게 쓰여진 글씨는 뜻밖의 러브레터였다.

"오호라! 이게 말로만 듣던 그 러브레터? 하하! 선아 씨, 인기 많은 여선생님이셨군요."

어느새 다가온 강이 휘파람을 불었다.

"그럼 몰랐어요?"

선아가 앞장서서 성큼성큼 걸어가 버렸다.

"어디 가요? 하던 건 마저 해야지!"

여전히 휘파람을 부는 강이 선아의 손을 낚아챘다. 금방 선아의 발이 묶이고 말았다.

"장난 좀 그만하면 안 돼요?"

선아가 강의 손을 뿌리치려고 했다.

"장난 아닌데."

어느새 장난기는 모두 걷어낸 강이 진지한 눈빛을 하고 선아와 눈맞춤을 했다. 그러고는 선아의 몸을 더 당겨서 가까이 서게 했다. 강의 다른 팔이 올라오자 선아의 허리가 강의 팔 안으로 맞춤하게 감겨 들어왔다.

파르르 떨리는 속눈썹은 강의 것이기도 하고 선아의 것이기도 했다. 두근대며 뛰는 심장은 강의 가슴 위에도 있고 선아의 가슴 안에도 있었다. 맞닿은 두 사람의 숨결이 하나로 내쉬고 하나로 들이쉬면서 얽혀간다.

살랑살랑!

4월의 봄밤 속에 멈추었던 바람이 다시 불어왔다. 가녀린 가지 위에 피어오른 배꽃 한 송이에 그 바람이 입을 맞추었다. 배꽃의 하얀 꽃잎이 발그레하니 물들었다.

바람의 입술이 끊임없이 꽃잎 위를 간질이자 망울로 맺혀 있던 배꽃의 잇속이 활짝 벌어졌다. 바람의 호흡이, 배꽃의 호흡이 뜨겁게 오르내렸다.

두현이 배꽃 날리는 모습이 보고 싶다고 해서 사랑채 문을 온통 열어젖혔다. 그는 마지막 가쁜 숨을 내쉬었다. 지안은 그런 두현을 품에 뉘이고 아득한 마음으로 함께 조바심쳤다. 두 사람을 보며 이우는 배꽃은 조용히 숨을 죽였다.

"그동안 정말 고마웠소."

힘없이 몸을 늘어뜨린 두현이 지안에게 말했다.

"그런 말 마시래도요. 왜 자꾸 흉한 말씀만 하셔요?"

애써 부정해 보지만 지안의 대답 끝에 눈물이 어렸다.

"당신에게는 너무도 미안한 것뿐인데……."

"아니에요. 전 항상 서방님에게 고마운 마음인 것을요."

진심이었다. 두현에게 늘 고마운 지안의 마음이니.

"제일 많이 미안한 것, 당신에게 끝내 말해주지 못하고 가는 것, 그래도 날 용서하시오. 조금만, 조금만 더 당신이 더 나를 기억해 주길 바라서 이렇게 속이고 가는 나를……. 혹여 나중에 모든 걸 알게 되더라도 날 너무 오래 미워하지는 말아요."

두현은 열에 들떠서 지안이 이해할 수 없는 말들을 했다.

"그만 말씀하세요. 힘드세요."

두현이 지안의 손을 잡았다. 두현의 손은 비쩍 말라 물기 없는 나무줄기 같았다. 그러고는 지안의 잡은 손을 그대로 자신의 얼굴에다가 갖다 댔다. 지안의 손에는 알싸한 한약 냄새가 온통 배어 있었다.

"이 고운 손에 온통 약 냄새만 풍기게 하고 가는구려."

두현의 얼굴에 서러운 웃음이 걸렸다.

"아니에요."

두현은 지안의 손을 놓아주더니 다시 손을 올려 지안의 볼을 쓰다듬었다. 조심스럽게 지나가는 손길에 뒤늦은 사랑의 마음이 가득했다. 지안을 쳐다보는 눈길에도 늦어버린 미안함과 자책으로 그늘이 드리웠다.

"내게 원망이 많았을 것이요."

"왜 자꾸 그런 말씀만 하셔요?"

"내가 달리 당신에게 무슨 말을 하겠소?"

"서방님……."

"고맙소이다. 참말 많이 고맙소이다. 이리 끝까지 내 곁을 지켜주어서."

"전 서방님의 아내입니다. 응당 저의 할 도리인 것을요."

말끝을 흐리는 지안. 눈물이 차오르지만 굳건하게 참았다.

"내는 당신에게 이런 말을 할 자격이 없는 사람이라는 것을 아오. 하지만 꼭 한마디, 마지막으로 해주고픈 말이 있소."

"말씀하셔요."

"너무 늦어버린 말이라는 걸 알고 있소. 그리고 이 말은 차라리 아니 하고 가는 것이 좋을지도 모르겠소. 하지만 당신은……."

두현은 잠시 숨을 골랐다.

"진즉에 당신은…… 내 마음에 살고 있는 단 한 사람의 여인이오."

"서방님!"

"함이 들어가던 날, 내 당신을 처음 보았다 말했었지요?"

지안은 고개를 끄덕였다.

"사실 그때부터 당신을 볼 때마다 내 심장이 뛰었더랬소. 들키지 않으려고, 오히려 마음을 안 주려고 내 당신에게 그리 모질게 굴었는지 모르겠소이다. 당신을 사랑하게 될까 봐, 아니 이미 사랑하는 내 마음을 들킬까 봐 그래서 그랬소. 천하다 하여 죽어간 그 옛사람에게, 한 번 찾아보지도 못한 내 아이에게 그것이 너무 미안해서, 그러면 안 될 것 같아서, 게다가 난 당신을 안을 수도 없는 몸. 그래서 모질고 아프게 당신을 밀어냈던 것이요."

두현의 식어가는 볼을 타고 한 줄기 눈물이 흘러내렸다. 회한의 눈물이고 뒤늦은 후회의 눈물이었다. 몸의 온기가 식어가니 흘러내리는 눈물도 차가웠다. 그리고 그 고백에 겨우 참고 있던 지안의 눈물이 기어이 또르르 흐르고 말았다.

이제 그런 건 아무래도 상관이 없었다. 지안의 볼이 눈물로 젖었다.

"그냥 내 마지막 고해성사요. 하니, 내 가고 나면 이 말일랑은 다 잊어버리고 말아요. 꼭 그리해요. 알았지요?"

"서방님!"

지안의 몸에 기대에 누운 두현의 몸이 조금씩 떨어졌다. 지안의 눈물방울이 함께 바닥으로 떨어졌다.

"울지 말아요. 마지막으로 기억하는 당신 모습은 활짝 웃는 모습이면 좋겠어."

두현의 마른 손이 지안의 볼을 따라 흐르는 눈물을 닦아주었다. 두현의 손이 지나는 자리마다 숨겨두었던 뒤늦은 마음이 아프게 새겨졌다.

그만 단과 함께 떠나도 좋다는 얘기를 해주면 어떨까?

하지만 숨이 멎는 마지막 순간까지는 자신이 지안의 남편이길 두현은 또 욕심 부렸다.

"이 봄이 되면, 이 봄이 돌아오면 당신과 함께 배꽃 이우는 과수원 길 산책이라도 한 번 하고 싶었는데…… 그 좋아하는 배꽃길 한 번이라도 같이 걷고 싶었는데, 그랬는데 그저 떠나는 나를……."

두현의 숨결이 급격하게 거칠어졌다.

"으흑! 으흑!"

가쁜 숨을 내뱉는 두현의 얼굴빛은 이미 흙빛이었다.

"서방님! 서방님! 왜 이러십니까? 정신을 놓으시면 아니 되십니다."

"나를…… 용서하시오. 모든 것을 알게 된 이후에라도 또 다시 나를 용서하시오. 나를 용서……."

두현의 몸이 경련하듯 한 번 거세게 떨렸다. 지안의 얼굴에 닿은 두현의 손에 마지막 힘이 들었다가 빠졌다. 지안은 그 손을 놓칠까 봐 두려워 세게 틀어잡았다.

툭!

하지만 무심한 두현의 손은 차가운 얼음덩이처럼 지안의 볼을 따라 떨어져 버렸다.

그리고, 그러고는 그만이었다.

열에 들떠 오르던 두현의 호흡이 조용히 멈추었다. 안 그래도 핏기가 없는 얼굴이 더할 데 없이 창백해져 버렸다. 낙화하는 흰 국화송이처럼 흩어져 버렸다. 두현은 그렇게 고개를 떨구며 스물여섯 살 서러운 인생을 마감했다.

"서방님! 서방님! 어찌 이러십니까? 서방님! 아니 됩니다. 아니 됩니다."

지안은 고개를 세차게 흔들었다. 그러다가 안고 있던 두현의 몸을 흔들어봤다. 하지만 미동조차도 없는 두현의 몸이었다. 준비는 했지만 아직은 아니었다.

"이러지 마셔요. 제게 어찌 이러십니까? 그런 말들만 남기고 이리 가시면 남겨지는 저는 어찌하라고! 서방님! 서방니임……! 으흐흐흑!"

지안은 두현의 몸 위에 엎드려 숨죽여 울었다. 숨죽인 지안의 울음은 흩날리는 배꽃이다. 차갑게 식어가는 두현의 몸을 붙잡고 배꽃이 분분히 흩날렸다.

'10년을 그리워했고 1년을 함께 살았던 당신! 열한 살 어린 내 마음에 단 하나의 그리움이었던 당신! 하지만 10년의 그리움이 무색하게 당신에게 원망도 많았던 나를, 그나마 반쪽 마음밖에 줄 수 없었던 나를, 서방님도, 서방님도 용서하세요.'

"으흐흐흐흑!"

지안이 아픔에 북받쳐 울었다. 통곡을 했다. 자운영꽃 만발한 개울물이 홍수에 터져나오듯이 그렇게 서럽게 소리 내어 울었다.

안채에서 약을 달여 들고 오던 한씨 부인은 그 광경을 보고 약사발을 떨어뜨리고 말았다. 한씨 부인의 울음이 잿빛으로 터져 났다. 뒤를 따라오던 정이도 입을 막았다. 바깥채 사람들이 하나둘 모여들었다. 다들 울음을 터뜨렸다.

울음이 잠긴 사랑채가 젖어 가는데 대문을 박차며 그가, 단이 뛰어 들어왔다.

두현의 삼일장이 끝났고, 사람들도 다들 돌아갔다.

마른 종이처럼 힘이 없는 한씨 부인과 지안의 곁에서, 단은 살뜰히 상주 노릇을 하였다. 상주의 완장까지 팔에 찼다. 집안에 남자라고는 없으니 그럴 수밖에.

장례상이 치워진다. 영정 사진을 치우고 놓였던 국화꽃들을 내렸다. 상을 덮었던 흰색의 보도 치워졌다.

한씨 부인이 갑자기 휘청거리며 현기증을 일으켰다. 옆에 서 있던 슬아네와 박 서방네가 양쪽으로 부축을 하여 방으로 들어갔다.

지안은 상이 치워지고 있는 마루 한 귀퉁이에 가서 앉았다. 언제나처럼 정이가 가서 나란히 앉았다. 단은 가만히 서서 그 모습을 보았다. 창백한 지안의 얼굴이 치워지고 있는 흰색의 보보다 더 하얗다.

그때, 갑자기 마당이 소란했다. 상중인데 누가 이렇게 큰 소리를 내는지 모르겠다. 단의 시선도 지안의 시선도 정이의 시선도 안채 출입문 쪽으로 향했다.

반갑지 않은 얼굴, 누구도 반기지 않을 얼굴.

열린 안채의 대문으로 간노가 들어서고 있었다. 그리고 간노가 막 마루 쪽으로 발길을 옮기려는데 박 서방이 얼른 그 앞을 막아섰다.

"자네가 여긴 우짠 일로 왔노?"

"어허! 이거 왜 이러시나? 연전에 큰일 치르시고 이번에 또 흉사가 있다 해서 문산 지서의 순사님이 친히 문상을 왔는데."

"지금 뭐라카노? 자네의 인사 따윈 필요 없으니께 이만 썩 가기라."

"문상 온 사람을 내치는 법도 있소?"

"뉘 자네를 반긴다꼬 여게를 왔단 말이고?"

"반긴다 하여 왔소이까? 내 사람 된 도리로 문상을 온 걸음인데."

박 서방의 냉대에도 간노는 고분고분 답을 했다.

"박 서방 아저씨! 상이야 이미 치워졌지만 그래도 문상을 오신 거라 하니 따뜻한 국밥 한 그릇 대접해서 보내세요."

두 사람의 실랑이를 지켜보던 지안이 마루에서 반쯤 일어섰다. 박 서방은 할 말이 많은 얼굴로 지안을 보았지만 고개를 끄덕이며 마당을 물러나갔다.

"역시 계몽하신 분이시라 생각이 틔셨습니다. 암요. 문상 온 이를 부러 내치는 법은 없지 않습니까?"

간노가 의뭉스러운 눈으로 지안을 보았다. 그 시선을 보며 정이가 얼른 몸을 일으켰다.

"동달이 오래비! 국밥이나 드시고 그만 가시오. 바깥마당에 밥상이 아직 차려져 있을 테니께예."

"알았다. 알았어. 내 금방 나갈끼다."

하지만 말과는 달리 간노는 여전히 서 있었다. 그리고 간노의 의뭉스러운 시선은 지안에게로 날아가 꽂혔다. 꼭 나비를 낚아채려고 죽은 척 엎드린 두꺼비 한 마리 같았다.

"얼른 나가라고예."

정이가 이번에는 역정이 섞인 말투로 간노를 재촉했다.

"알았다 안카나."

이때, 상 앞에 서 있던 단이 마루를 내려서며 구두를 신었다. 그러더니 지안과 정이가 앉아 있는 곳 바로 앞으로 가서 섰다. 반쯤 몸을 일으켰던 지안과 정이의 모습이 단의 등 뒤에서 자취를 감추었다.

지안은 자신의 앞을 가로막고 서는 단의 뒷모습을 보았다. 하지만 금방 시선을 거두어들였다. 모두에게 죄스럽기만 했다.

단을 발견한 간노의 눈썹이 움찔 올라갔다. 단을 쳐다보는 입가가 묘하게 꼬였다.

"아이쿠! 경성 선생께서 또 와 계시네요."

"네! 뭐가 잘못되었습니까?"

"뒤돌아 서 계셔서 선생님인 줄 몰랐네요."

"제가 와 있는 것을 확인하실 이유라도 있습니까?"

"아닙니다. 그럴 리가 있겠습니까?"

말의 끝을 늘여가며 간노의 말투가 이상했다.

"이만 나가주시지요."

간노를 보는 단의 눈에 힘이 들어갔다. 눈썹이 살짝 구부러졌다.

"알겠어요. 하면, 불청객은 이만 물러갑지요."

힘이 들어간 단의 눈길을 보며 간노가 발걸음을 돌렸다.

"어디 따뜻한 국밥이나 한 그릇 먹을꺼나?"

혼자서 중얼거리며 안채 마당을 나가는 간노. 하지만 시선을 흘깃 돌려서 여전히 단에게 가려서 보이지 않는 지안 쪽을 훔쳐보았다.

"이게 웬 떡이람! 두 마리 토끼를 한꺼번에 잡게 되었잖아. 크하하하!"

입가에 걸리는 간노의 미소가 소름이 끼쳤다.

지안은 소복 차림으로 별당의 뒤꼍에 앉아 있었다.

열한 살, 어머니를 여의었던 그때처럼 처량하게 앉아 있었다. 1년 사이 벌써 세 번의 상복을 입었다. 이제는 참을 눈물도 남아 있지 않아 그저 멍하니 앉아 있었다.

손에 든 사진을 들여다보았다. 두현과 혜숙의 가운데 앉은 아이의 웃음이 해맑았다.

두현의 딸 인실.

그 해맑은 웃음이 서러워서 지안의 슬픔이 더 깊어졌다.

'이제 내가 거두어야 할 아이인가?'

인실의 얼굴에서 두현의 모습을 발견해 보려고 사진을 눈 가까이로 가져왔다. 눈매도, 입매도, 눈썹 모양까지도 두현을 닮았다.

그리고 지안의 그 모습을 뒤꼍 모퉁이에서 단이 지켜보고 있었다. 지안을 처음 만났을 때의 열다섯 살 소년처럼, 스물여섯 살의 단은 그렇게 지안을 숨어서 바라보고 있었다.

'상복을 입은 당신을 보는 것이 벌써 세 번째. 처음 만났을 때도, 두 번째 만났을 때도, 이제 만주로 떠나기 전 마지막으로 기억할 당신의 모습도 상복 속의 모습이군요. 어쩌면 이렇게도 매번 처연하단 말입니까?'

단은 지안 쪽으로 다가가려 하다가 그만두었다. 어차피 한 번 다독여 줄 수도 없는 사이었다. 그리고 이제는 모든 것이 부질없는 일이 되어버렸다.

한씨 부인의 부름을 받고 뒤꼍을 나온 지안은 한씨 부인과 마주 앉았다. 1년 새 두 번의 큰일을 겪은 한씨 부인은, 더욱이나 자식을 앞세운 터라 훤어이 비어 있는 모습이었다.

슬픔은 나누면 덜어진다고 했던가?

하지만 똑같은 슬픔의 얼굴이 만나 서로가 서로를 더 아파할 뿐이라 지안도 한씨 부인도 서로에게 어떤 위로도 건네질 못했다.

"허 선생을 보았제?"

슬픈 눈으로 지안을 건너다보던 한씨 부인이 물었다.

"네."

두현의 상을 치르는 동안 내도록 상주 노릇을 해주었던 단의 모습을 잠깐 떠올렸다.

"허 선생이 나라를 위해 일한다는 것도 알고 있나?"

한씨 부인의 눈에 담긴 슬픔이 좀 더 깊어졌다는 건 지안의 착각일까? 단에 대해 묻는 한씨 부인의 눈동자가 격하게 흔들렸다.

"그저 짐작만 할 뿐입니다."

"내 사실 두현과 함께 허 선생의 뒤를 봐주고 있었데이. 마지막으로 두현일 보러 오라 기별한 것도 나였으이."

"네에."

"연전에 너와 허 선생이 아버님으로 하여 곤욕을 치룬 것도 내도 안데이."

"어머님! 어찌?"

"나서서 도와주지 못한 나를 원망하기라. 내 진정 미안하구나."

배꽃 이울다

"어머님! 이미 지난 일, 저는 다 잊었습니다."

지안은 도리질을 했다. 진심이다. 이미 지난 일이다. 그리고 자신의 마음도 죄인일 뿐이었다.

"오늘 밤 사랑채에 허 선생 저녁상은 새아가 니가 챙기도록 하거라."

"네?"

도리질을 하다 말고 지안은 어리둥절했다.

"허 선생님 저녁상을 제가요?"

"오냐. 시에미로서의 명이다."

"왜 그런?"

"새아가!"

한씨 부인이 지안에게로 다가와 앉더니 손을 잡았다.

"허 선생이 나라를 위해 일한다는 것, 나는 상전에 두현이한테 들어서 알았데이. 우리가 보내는 돈이 군자금으로 사용된다는 사실을. 한데…… 허 선생, 국내 사정이 어려워져서 만주로 간다고 하더구나."

"네…… 에."

만주!

언제나 멀리에 있는 사람이었지만 다시 더 멀어져 가는 사람. 만주라? 그렇다면 이번이 마지막으로 보는 단의 모습이 될 것이었다.

"허 선생이 가고 나면 니는 괜찮겠노?"

"어머님! 어찌 그리 물으십니까?"

지안은 깜짝 놀랐다.

"내도 다 아는 바가 있제."

"무슨……?"

┼ ✕ ┼

"어머니!"

세상을 떠나기 며칠 전, 열에 들뜬 두현이 한씨 부인을 불렀다.

"그래. 에미다. 에미가 옆에 있데이."

뜨거운 두현의 손을 움켜잡으며 한씨 부인은 두현의 머리맡으로 가까이 다가갔다.

"그 사람은요?"

정신이 조금이라도 돌아올라 치면 두현은 항상 지안부터 찾았다.

"읍내에 약 찾으러 갔다. 니가 먹을 약이라 자신의 손으로 직접 챙긴다면서."

"괜한 애를 쓰네요. 이제 아무것도 소용이 없는데."

두현의 숨소리가 밤처럼 기어 들어갔다.

"그런 말 하지 말기라. 니를 살려보려고 저리 동동거리는 새아기를 조금이라도 생각한다면 그리 말하지 말아."

"어머니도 아시잖아요? 이제 정말 얼마 남지 않았다는걸."

"약한 소리 말래도. 그리고 그게 어디 에미 앞에서 할 소리더냐?"

"죄송합니다. 끝까지 못난 모습만 보이고."

두현의 속죄에 한씨 부인은 왈칵 눈물이 쏟아졌다.

"아이다. 니는 항상 내게는 자랑스러운 아들이었데이."

"어머니! 마지막으로 꼭 간청 드릴 말씀이 있어요."

"간청이라니? 무슨?"

"제가 잘못되기 전에 꼭 단이에게 저를 보러 오라 기별을 넣어 주세요."

"기별은 벌써 넣었다."

"그러면, 단이가 오면……."

숨 쉬기가 힘이 드는지 두현이 잠시 말을 멈추었다.

"오냐."

"단이가 오면 상을 다 치를 때까지 머물라 해주세요. 제 죽음에 진실한 눈물을 흘려줄 단 한 명의 벗이니까."

"그래. 니 말 안 해도 허 선생이 그리할 끼다."

한씨 부인은 목을 치밀어 오르는 오열을 삼키며 겨우 답을 했다.

"그리고 상이 끝나고 나거들랑 별당의 그 사람은 단이와 함께 보내주세요."

"니, 그기 무신 말이고?"

한씨 부인의 눈이 동그래졌다. 순간 두현이 정신이 오락가락하는 모양이라고 생각했다.

"어머니! 별당의 그 사람, 아직까지도 말짱한 처녀예요."

"응?"

한씨 부인이 화들짝 놀랬다.

"어머니! 작년에 단이 떠나기 전날 밤, 별당의 그 사람 방에 단이 들었었습니다."

"뭣이라?"

"저는 일본에서 돌아올 때, 이미 여인을 안을 수 없는 몸으로 돌아왔고 그 사실을 아신 할아버님이 단이를 그 사람 방에 강제로 밀어 넣었었어요."

한씨 부인의 놀라움은 극을 지나 더 이상 놀랍다는 시늉도 못 했다. 그때 한씨 부인은 진주 친척집 잔치에 참석하느라 집에 있지 않았다.

"한데 단이는 할아버님 눈만 속이고서는 그냥 떠났습니다. 왜 그랬는지 아세요?"

"……."

"단이에게 별당 그 사람이 진정한 마음이라서 그랬습니다."

"대체 무슨 말이고? 에미는 하나도 못 알아 듣겠데이."

"10년 전, 별당 그 사람 어머님 문상을 저 대신 단이 갔었고 그때 만난 단이와 그 사람은 서로에게 첫 마음을 단단히 묶어버렸습니다. 그러고는 그 10년이라는 긴 세월을 서로 낙인처럼 가슴에 품고 살았구요. 그것이 그 사람이 친일파 집안의 개망나니인 저에게 시집을 온 이유랍니다."

"그기 참말이가?"

한씨 부인이 소스라치듯 놀랐다.

"네. 한 톨의 거짓도 없이 참말입니다. 두 사람이 그리 독한 연정을 똑같이 마음에 품고서는. 한데 저는 진실을 알고 나서도 차마 그 사람에게 말하지 못했어요. 저도 이제는 그 사람 없이는 살 수가 없을 것 같아서."

"두현아! 어찌, 어찌?"

"하니. 더 이상은 그 사람을 잡아두지 말고 단이 갈 때 함께 보내주세요."

"내, 내는……."

한씨 부인은 뭐라고 답을 못했다.

"제 마지막 유언이라 생각하시고 꼭 간청 드릴게요. 별당 그 사람, 단이와 함께 꼭 보내주세요. 자유롭게 훨훨 날아갈 수 있도록."

"두현아!"

"꼭 간청 드릴게요. 그래야 저도 편안하게 눈을 감을 수 있을 것 같습니다. 제발요. 어머니!"

╬ × ╬

세세히 다 듣지는 못했지만 세 사람의 이야기가 한씨 부인에게도 놀라웠고 아팠다. 하지만 또 살아온 연륜만큼 그 시간들이 이해가 되고 동감이 되었다.

"아이다. 각설하고, 오늘 밤 행랑채 사람은 물론이고 누구 한 사람 바깥출입을 하는 이가 없을 게다."

"네? 그것은 또 왜?"

"새아가! 허 선생과 함께…… 함께 만주로 가그라."

말을 마친 한씨 부인의 입술이 일자로 굳게 닫혔다. 지안의 몸은 진저리를 치듯 떨렸다. 서러운 낮 시간 위로 이운 배꽃이 날아와 앉았다.

연잎은 전설처럼 우거지고 나란히 앉은 선아와 강은 아무런 말이 없었다. 늘 고데기로 멋을 내던 선아의 머리는 아무렇게나 동여매었고 받쳐 입은 원피스도 검은색이었다. 두현을 떠나보낸 상실감은 선아에게도 다르지가 않았다.

"각오하고는 있었지만 막상 닥친 일은 쉽지가 않네요."

강은 아무런 말없이 선아의 귀밑머리를 쓸어 넘겨주었다.

"우리 집안에서는 내가 제일 힘든 사람이라고 생각했어요. 할아버지는 원해서 하시는 친일이셨고 어머니는 그저 매사에 흐름을 따라 순종하시는 분이시죠. 오라버니는 은근히 할아버지의 그늘을 이용하고 즐기면서 허랑하게 살아가는 이라고만 생각했는데 독립운동에 군자금을 대고 있었다니. 어찌 보면 드러내 놓고 말하지 못한 오라버니의 마음이 제일 많이 힘들었겠다 싶어요."

이해한다는 듯 강이 고개를 끄덕였다.

"이제 집안에 남은 남자가 아무도 없네요. 순하시기만 한 우리 어머니, 집안을 어떻게 이끌어 갈지 적이 걱정이 되어요."

"두 번의 상을 잘 치러내셨지요? 이겨나가실 겁니다."

"그러시겠죠?"

선아가 강의 어깨에 고개를 기댔다.

"한데, 왜 아무것도 묻지 않는 거지요?"

잠시 침묵이 흐르고 선아의 어깨를 다독이던 강이 물었다.

"무엇을요?"

고개를 들어 올리며 선아가 다시 물었다.

"내 아버지 이야기. 그리고 지금 나의 이야기."

"물어본다 하여 해줄 수 있는 이야기는 아니지요. 해주기를 기다려야 하는 이야기 아닌가요?"

물으면서 선아가 고개를 조금 더 들었다. 그 바람에 두 사람의 얼굴이 비슷한 높이에서 만났다.

강의 눈길이 선아에게로 내려앉았다. 그리고 선아는 그 눈길을 피하지 않았다. 강의 손이 선아의 볼을 살며시 감쌌다. 파르르 떨리는 손길이었다. 강의 얼굴이 선아에게로 다가왔다. 선아는 눈을 감았다. 역시나 속눈썹이 떨렸다.

서늘한 강의 입술이 선아의 입술로 다가왔다. 욕심 없이 가벼운 입맞춤이 아기 새의 솜털처럼 내려앉으려고 했다.

하지만 그것도 잠시, 강의 입술은 선아의 입술에 채 닿지 않고 떨어져 버렸다.

"이강 씨?"

선아의 음성이 떠나는 강의 입술을 붙잡았다. 하지만 순간.

울컥!

강이 마른기침을 토해냈다.

"쿨럭!"

무언가를 토하는 기침과 함께 강의 입가에 핏물이 묻었다. 놀란 강이 선아에게서 멀찍이 떨어졌다.

"이강 씨!"

"저리로 비켜요."

강은 다가오는 선아를 밀쳐냈다.

"쿨럭! 쿨럭!"

강의 마른기침은 끊임없이 이어졌다. 입을 막은 강의 손가락 사이로 핏물이 흘러내렸다. 선아의 두 눈이 커졌다.

한씨 부인의 방을 물러나온 지안은 마루에서 내려섰다. 막막한 마음에 눈길이 먼 데 산으로 갔다. 구부려 엎드린 거북이등 같은 구등 산 위에 피어 흐드러진 배꽃이 지안이 입은 삼베 상복 같았다.

잠시 기억 속에서 자신을 업고 산길을 내려오던 두현을 떠올렸다. 이제는 떠나고 없다는 게 아직 실감이 나지 않았다. 고개를 저어 기억을 떨쳐 버렸다.

지안이 막 고무신에 발을 집어넣으려는 순간이었다. 인기척에 고개를 들어보니 안채의 대문으로 단이 들어서고 있었다. 검은색 양복 팔에는 아직도 상주의 완장이 채워져 있었다. 신을 신으려던 지안의 발짓이 멈추었다.

막 안채 문을 들어서던 단도 지안을 발견했다. 단의 걸음도 멈추었다.

한없이 서로를 바라보며 서 있는 지안과 단.

'수고가 많으셨습니다.'

지안의 눈이 말했다. 단에게는 건네지 못하는 말이었다.

'많이 야위셨습니다.'

단의 눈이 말했다. 역시나 지안에게는 건네지 못하는 말이었다.

'와주셔서 정말 감사했습니다.'

'함께할 수 있어 저 또한 감사했습니다.'

'선생님이 계시지 않았다면 많이 힘들었을 것입니다.'

'힘이 되었다니 다행입니다.'

한참을 서서, 건네지 못하는 말을 주고받으며 시선만 얽히는 지안과 단. 두 사람 다 움직일 생각도 없이 서로를 바라보았다.

한씨 부인의 부름을 받고 안채로 들어왔다는 것을 단은 잊었다. 그만 별당으로 돌아갈 참이었다는 것을 지안은 잊었다. 그저 멍하니 멀리에서 자신과 같은 눈빛을 한 상대방을 바라보고 또 바라봤다.

이곡리의 배꽃이 봄바람에 이워 날렸다. 사뿐사뿐 두 사람 사이를 건너다녔다. 말없는 말 사이로 발꿈치를 들고 건너다녔다.

상중인 집 안은 깊은 밤의 숲속같이 적막했다. 간간이 흩날리는 배꽃만이 시간이 흐르고 있음을 말해주었다.

그 적막을 깨고 행랑채의 작은 방 문이 열렸다. 그러더니 숨죽인 발소리가 울렸다.

대문을 밀고 나갔다. 어두운 밤길 속을 자박이는 발걸음 소리가 수놓았다. 자박이는 발걸음은 계속 이어져 허름한 집 앞에까지 이르렀다. 오랫동안 비어 있어 허물어져 가는 모양새의 집이었다.

"불렀어예?"

불 하나 없이 캄캄한 방문에 대고 발소리가 물었다. 아무 대답도 없이 방문이 조용히 열렸다. 기다렸다는 듯.

여린 달빛이 내렸다. 그리고 달빛 아래 드러나는 얼굴! 간노가 문 열린 방 안에 어둠을 지고 앉아 있었다.

"왔구나! 어여 들어오니라."

"이 밤중에 무슨 일이라예? 집안이 상중인 것도 빤히 알면서예."

"일단 들어오니라. 내 은밀히 할 말이 있다."

"무신 말인데예? 그냥 예서 하이소예."

"그 경성 선생에 대한 일인데."

"또 경성 선상님은 와예?"

발소리의 얼굴이 경직되었다.

"그 선생, 총독부의 수배를 받고 있던디."

"뭐시라꼬예?"

"니도 깜깜 몰랐제? 하기사, 내도 얼마 전에 알았다."

"흥! 허튼 소리 하지 마이소."

"허튼 소리라꼬? 그렇다믄, 안 들어올 끼가?"

"안 들어갈 끼요."

"그으래? 알았다. 그라믄 내 내일 다른 순사들을 데불고 집으로 찾아가서 말을 할꺼나?"

"와 있지도 않은 말로 경성 선상님을 모함하는 기라예?"

"있지도 않은 말이라꼬? 그럼 예 들어와 봐라. 내 증거도 보여줄 끼다."

"참말이라예?"

"하모!"

발소리가 기어이 방 안으로 발을 들였다. 신발도 신은 채로였다. 쳐다보는 간노의 눈빛이 야비하게 빛났다.

간노의 건너편으로 다가와 앉은 발소리는 고개를 반쯤 돌려 간노를 외면했다.

"경성 선상님이 와 총독부의 수배를 받았는데예?"

방바닥을 손가락으로 비비며 물었다.

"정이 니도 몰랐나 보제. 경성 그 선생, 독립운동하는 불순분자다."

"뭐라꼬예?"

정이의 목소리가 갈라져 올라갔다. 그랬다. 어둠을 수놓던 발자국 소리는 바로 정이었다.

"참말입니꺼?"

"참말이다. 내 수배전단도 가져왔으니께 함 봐라."

간노가 무언가를 내밀었다. 접혀 있던 종이가 펼쳐졌다. 간노가 부싯돌을 부딪쳐 불빛을 냈다. 정말이다. 간노가 내민 것은 수배 전단지였고 그 위에 단의 이름이 떡하니 놓여 있었다.

간노는 작년에 당한 치욕을 잊을 수가 없었다. 윤 참판이 대수롭지 않게 넘어간 덕분에 순사 자리에서 떨려나는 것은 면했지만 단을 생각할 때면 이가 갈렸다.

경성에 있는 아는 순사에게 단의 이름을 말해두었었다. 이상한 것이 있으면 언제든 알려달라고.

그리고 배꽃의 봄이 시작된 후, 단의 이름이 적혀진 수배 전단을 받게 되었다. 혼자만 숨겨두고 기다린 보람이 있었다. 단이 제 발로 이곡리로 걸어 들어와 주었다.

"그…… 래서, 우짤끼란 말입니꺼?"

정이의 말소리가 저절로 떨렸다.

"정이 니가 하기에 달렸다."

야비한 눈빛의 간노가 내는 음성도 눈빛만큼이나 야비했다.

"내 보고 우짜라꼬예?"

"니 그리 목을 매는 아씨 집에 온 손님인데 내가 해꼬지를 하겠나? 내 일전에도 니 부탁으로 손에 피를 묻히지 않았다나? 이번에도 내 그냥 넘어갈 수 있다. 물론 다 니를 위해서 그라는 거지만."

"참말로 그리 해줄 깁니꺼?"

"암만! 하지만서도 세상에 공짜는 없다는 걸 알고 있제?"

"원하는 게 뭡니꺼?"

"잘 알 텐데. 내가 원하는 건 딱 하나뿐이다."

간노가 정이의 가까이로 다가와 앉았다. 정이는 질끈 눈을 감았다. 눈가가 아프게 일그러졌다.

눈을 감은 정이는 어느새 아홉 살 어린 여자아이가 되었다.

╬ ╳ ╬

혼자 남은 행랑채에서 아홉 살의 정이는 멍하니 생각에 잠겨 있었다. 그저께 사랑채의 두현 도련님이 돌아왔다. 학교가 문을 닫아 당분간 쉬러 내려온 길이라고 했다.

그런 도련님의 뒤로 경성에서 온 도련님이 함께 대문을 열고 걸어들어왔다. 그 순간 아홉 살 어린 정이의 마음에도 대문이 열려 버렸다.

골똘히 경성 도련님의 얼굴을 떠올려 보았다. 정이를 향해 웃어주던 얼굴이 단정했다. 거만한 얼굴로 정이는 거들떠보지도 않고 지나간 두현과는 다른 얼굴이었다. 멍하니 정이의 넋이 빠졌다.

"얘!"

누군가 옆에서 정이를 불렀다.

"애!"

다시 정이를 불렀다. 그제야 정이는 퍼뜩 생각에서 놓여났다.

"네!"

습관적으로 대답하며 몸을 옆으로 돌렸다.

아!

그런데 정이의 옆에는 경성 도련님이 서 있었다. 이름이 단이라는 그 도련님이 정이의 옆에 서서 정이를 부르고 있었던 것이었다.

"네⋯⋯."

다시 한 번 대답하며 정이의 목소리가 기어들었다. 어깨가 저절로 움츠러들었다.

"니가 정이 맞지?"

열다섯 살의 단이 아홉 살의 정이에게 물었다.

"맞아예."

대답을 하며 얼른 손을 뒤로 숨겼다. 채송화를 심어두고 오느라 흙이 묻어 더러워진 손이었다.

"내가 누군지 알아?"

"예. 사랑채 도련님 친구분이시잖아예."

"그래. 기억하는구나. 묻고 싶은 게 있어 왔어. 답해줄 테니?"

"지가 아는 거라면 다 답해 드릴께예."

"두현이가 그러더구나. 니가 꽃에 대해서는 박사라고."

"박사? 박사가 뭐라예?"

박사라는 말은 머리털 나고 처음이다.

"아! 그건, 꽃에 대해서 잘 안다는 말이야."

"아! 맞아예."

"꽃말도 잘 안대지?"

워낙에 꽃을 좋아하는 정이였다.

그래서 학교의 보잘것없는 화단에 심어진 꽃들도 늘 정이가 정성들여 가꾸어 주었다. 그 모습을 눈여겨 본 선생님이 어느 날인가 정이에게 책을 한 권 선물해 주었다.

〈조선의 야생화 100선〉.

책의 제목이었다. 다 이해할 수는 없었지만 꽃의 종류와 원산지, 특이점 그리고 꽃말이 자세히 적혀 있었다.

"그란데예?"

"그러면, 혹 자운영 꽃말을 알고 있니? 궁금한데 아는 이가 없어서."

"자운영꽃이예?"

"응. 신작로길 논두렁 밑에 지천으로 피었더구나."

물론 정이는 자운영 꽃말을 알고 있었다. 그런데 쉽게 대답이 나오지 않았다. 답을 하고 나면 부끄러움을 더는 견딜 수 없을 것 같았다.

"알고 있는 거니?"

"어…… 그게……."

"이런! 너도 모르는 게로구나."

단의 얼굴에 실망의 빛이 스쳐 지나갔다.

"아이라예. 자운영꽃의 꽃말은, 그대의…… 관대한…… 사랑이라예."

답을 하고 나서 정이의 얼굴이 표가 나게 붉어졌다.

그리고 웬일인지 단의 얼굴도 확― 붉은 물이 올랐다.

"고마워. 너 정말 꽃박사로구나."

단의 손이 건너와 정이의 검은 머리를 한 번 만져 주었다. 내리는 봄빛 아래에서 정이를 향해 단정하게 웃어주었다. 아홉 살 정이의 심장이 말 그대로 벌렁거렸다.

단은 2주가량을 머물다가 두현과 함께 경성으로 돌아갔다.

어쩌다가 집 안에서 정이를 마주칠 때면 항상 다정한 미소를 지어주었다. 안채에서 내린 귀한 간식도 정이의 손에 쥐어주고는 했다.

아버지 박 서방의 뒤에 숨어 서서 잘 가시라 인사도 못 했는데 단은 정이를 보고 또 웃어주면서 경성으로 돌아가 버렸다.

단이 돌아간 후로 며칠간은 밥이 넘어가지 않았다. 아홉 살 어린 정이의 마음이 무엇인지 아무도 몰랐다. 물론 정이도 몰랐다.

봄이 돌아와 자운영꽃이 피어오를 때마다 단정한 경성 도련님의 미소가 정이의 마음에 물 동그라미처럼 퍼져 났다. 대문간이 삐걱거릴 때면 혹시나 싶은 마음에 맨발로 달음질을 하기도 했다.

하지만 그 후로는 한 번도 단을 보지 못했다.

열일곱 살의 나이로 시집을 가면서도 단을 생각했다.

모진 시집살이를 겪으면서도 늘 단을 생각하였다. 경성이란 곳엔 꼭 한 번은 가보고 싶었다.

이 년 만에 시집에서 쫓겨나게 되었다. 아이를 낳지 못한다는 이유였다. 한없이 슬프고 아렸다.

그리고 며칠 후 그가 왔다. 경성 도련님, 허단.

반갑지만 부끄러웠다. 그리웠지만 볼 때마다 숨어 다녔다. 아이를 낳지 못해 쫓겨 온 자신의 모습을 단의 앞에 드러내기가 싫었다.

그리고 무엇보다 단의 눈길은 언제나 별당 아씨 지안에게 머물러 있었다. 언제나 자신의 눈으로 단을 좇고 있었기에, 언제나 지안에게로 가 닿는 단의 눈길을 정이는 진즉에 알아차렸다.

어차피 자신은 올려다보지도 못할 도련님이었다. 이제는 경성에서 선생님이 되셨다니 더 높아져 버린 도련님이었다. 그리고 그런 도련님은 별당 아씨를 마음에 품고 있었다.

정이에게는 단만큼이나 소중한 지안이었다. 사랑받지 못하고 시들어가는 지안이 정이도 눈물겨웠다. 그래서 가여운 아씨가 경성 도련님과 함께 떠나가기를 정이는 매일 매일 기도했다. 슬펐지만 다행이라 생각했다.

그날 밤도 정이는 먼발치에서 사랑채를 바라보고 있었다.

꽤 늦은 시간이었는데 갑자기 사랑채에서 사람이 나왔다. 두현 도련님과 단이었다.

두 사람이 함께 어딘가를 향해 가고 있었다.

정이는 발걸음을 죽이고 두 사람을 따라갔다. 별다른 이유가 있었던 것은 아니고 그저 멀리서나마 단을 더 보고 싶었을 뿐이었다.

그들이 도착한 곳은 별당 지안의 방 앞이었다. 하지만 지안의 방에 들어간 사람은 뜻밖에도 단이었고 두현은 잠시 우두커니 서 있다가 주먹을 말아 쥐며 별당을 나가 버렸다.

두현이 사라진 후에도 한참을 정이는 별당 입구 옆 구석진 자리에 서 있었다. 얼른 나가고 싶었지만 바깥마당에는 어느새 윤 참판이 지키고 서 있었다.

새벽과 함께 지안의 방을 나온 단은 그대로 집을 떠났다. 정이는 숨어 서서 떠나는 그 모습도 지켜보았다.

정이만이 배웅하던 단은 몇 번이고 고개를 돌리고, 돌리고 돌렸다. 발걸음이 떨어지지가 않는 모습이었다. 단이 누구를 기다리는지 정이는 알았다.

행랑채 사람들이 수군거렸다. 윤 참판이 강제로 단을 별당에 들게 했단다.

두현이 아이를 가질 수 없는 몸이 되었단다. 이 일 후에도 혹여 잉태를 하지 못하면 지안의 신세가 어찌될 것이냐고 하였다. 경성으로 돌아간 단은 또 얼마나 비참한 지경이겠냐고 다들 입을 모았다.

행랑채 사람들을 볼 때면 슬아네의 눈이 귀 옆으로까지 돌아갔다. 어머니 박 서방네도 슬아네를 슬슬 피해 다녔다.

지안이 잉태를 할 리가 없었다. 정이는 확신했다.

얼마 후, 정이는 간노를 찾아갔다.

"동달이 오래비!"

"정이 니가 우짠 일이고? 내를 다 찾아오고?"

지서 책상 위에 다리를 꼬고 앉아있던 간노가 반색을 하며 정이를 맞았다. 정이와 얘기를 할 때만큼은 사투리를 술술 써대는 간노였다.

"내 부탁이 하나 있어서 왔어예."

"부탁? 니 내한테 무슨 부탁이?"

"먼저, 꼭 들어줄끼라고 약속부터 하이소."

정이의 입술이 일자로 굳게 다물어졌다. 그리고 다음 날, 윤 참판은 신작로길에서 목숨을 잃은 채 발견이 되었다.

＋╳＋

"내가 원하는 건 딱 하나뿐이다."

간노가 다시 말을 했다. 정이의 잇 사이에 입술이 아프게 물린다. 피가 맺혔다.

"니만 좋다면 내는 뭐든지 다 할 수 있다. 일전 윤 참판 일만 봐도 알 수 있제?"

간노가 정이에게로 더 다가와 앉았다. 두 사람의 몸이 바짝 맞닿았다. 역한 담뱃진 냄새가 풍겼다. 정이의 저고리 옷고름이 거칠게 풀렸다.

배꽃이 바람에 이울어 흩어졌다. 자운영꽃도 밤바람에 꽃잎을 흩었다. 잔인한 바람의 손길은 흩어진 꽃잎을 즈려 쥐었다. 꽃잎은 신음하며 으깨어졌다.

꽃잎이 신음하며 으깨어지는 그 시간, 단은 사랑채에 앉아 있었다. 앞에 놓인 좌탁 위에는 지안의 노란 노리개가 놓였다. 그 노리개를 뚫어져라 봤다.

낮에 한씨 부인과 나누었던 말들이 떠올랐다.

＋╳＋

끝없이 바라보던 지안이 말 한마디 없이 안채를 나가 버렸고 지안의 뒷모습만 바라보던 단은 한씨 부인의 방으로 들어갔다.

"허 선생!"

"네! 어머님!"

"두현이가 내 아들이고……."

한씨 부인은 말을 하다 말고 단을 지긋이 바라보았다.

"허 선생도 내게는 아들이제."

"어머님!"

아들을 잃은 한씨 부인의 아픔에 지기를 잃은 자신의 아픔을 더하며 단은 한씨 부인을 보았다.

"해서 말인데, 별당 저 아이, 내 그만 허 선생에게 함께 보냈으면 하네만."

"어머님! 두현이 상중입니다. 어찌 그런 말씀을 하십니까?"

화들짝 놀라서 단의 몸이 흔들렸다.

"두 사람 마음도 그러리라 내 짐작하네."

"어머님!"

전혀 뜻밖의 말이라 적이 놀랐다. 하지만 단은 아니라고 부인은 못했다. 한씨 부인은 이해와 관용이 담긴 눈빛으로 단을 보았다.

"나라 위해 사는 몸이니 많이 에려우시겠는가?"

╪ ╳ ╪

에려우시겠는가? 에려우시겠는가?

마지막 물음이 아직까지도 단의 머릿속에 메아리를 울렸다. 생각에서 깨어나며 단은 지안의 노리개를 쓰다듬었다.

"허 선생님……!"

단은 처음에는 잘못 들은 줄 알았다. 너무 생각에 골몰해서 환청이라도 들은 줄 알았다. 그런데, 아니었다. 지안이었다. 지안이 방문 밖에서 단을 부르고 있었다.

"잠시 안으로 들어도 되겠습니까?"

조심스런 지안의 음성이 다시 들어왔다. 단의 몸이 긴장하여 경직했다.

"네. 들어오십시오."

단은 얼른 노리개를 좌탁 밑으로 감추어 넣고 몸을 일으켰다.

지안이 조용히 단의 방으로 들어섰다. 들어서는 지안의 등 뒤로는 밤을 등지고 이우는 배꽃이 하얗게 쌓이고 있었다.

지안과 단은 마주 앉았다. 창호지 문살에는 달빛이 내려 둘을 조용히 지켜보았다.

"어쩐 일이십니까? 마음은 좀 추스르셨습니까?"

"염려해 주신 덕분입니다."

"간 사람은 간 사람이고 남은 사람은 또……."

이렇게 말을 잇던 단은 곧 말을 멈추었다.

"하기야, 이런 말은 너무 상투적이군요."

"드릴 말씀이 있어 왔습니다."

지안이 망설이며 말을 꺼냈다.

"……만주에는……."

하지만 지안이 말을 다 맺지 못하여 단이 말을 했다.

"만주에는 모시지 않겠다고 안채 어머님께 이미 말씀드렸습니다."

"나라 위해 사는 몸이니 많이 에려우시겠는가?"

한씨 부인이 물었다.

"별당의 부인이 원치 않을 것입니다. 저 또한 원치 않습니다."

그리 답을 했다. 쳐다보는 한씨 부인의 눈빛에 가여움이 어렸다.
"제가 괜한 발걸음을 하였습니다. 혹시나 기다리실까 싶어……."
두 사람의 사이로 잠시 침묵이 흘렀다.
"앞으로 어찌실 요량이십니까?"
단이 먼저 그 침묵을 깨고 무겁게 물었다.
"찾아봐야 할 사람이 있습니다."
일본의 고아원에 맡겨져 있다는 인실을 찾아갈 작정이었다.
"누군지 물어봐도 되겠습니까?"
단의 물음에 지안은 고개를 저었다.
"내일 떠나신다 하셨습니까?"
"네. 만주로 바로 떠나야 해서요."
이미 총독부의 수배 전단에 이름까지 올라가 있었다.
"따로 배웅은 않겠습니다."
"저 또한 바라지 않습니다."

지안이 다시 고개를 들었다. 감춰둔 눈빛이 아프게 흔들렸다.

"그러면, 여기서 작별 인사를 올려도 될는지요?"

단이 대답 없이 고개를 끄덕였다. 지안이 일어났다. 잠시 단을 내려다보더니 팔을 맞대어 큰절을 올렸다.

"아니, 왜 이러십니까?"

단이 앉은 자리에서 반쯤 몸을 일으켰다.

"그냥 앉으셔서 받아주세요."

지안의 간청에 반쯤 일어났던 단의 몸이 다시 앉았다.

"그저 선생님께 감사한 제 마음의 표현이라 받아주십시오. 연전에도 그렇고 이번 장례 때도, 늘 도움만 받았습니다."

큰 절을 올린 지안이 몸을 다시 일으켰다.

"감사한 마음으로 치자면 큰절을 몇 십 번을 올려도 모자랄 것입니다. 하나, 이 한 번의 절에 제 감사의 마음을 모두 담았으니 그리 받아주십시오."

"부인!"

"하면, 이만 쉬십시오. 갈 길이 멀 것입니다."

지안이 일어서 나가려 했다. 서러운 치맛자락이 서걱댔다.

단은 지안을 보았다. 오늘 밤이 지나면 어쩌면 다시는 보지 못할 그 모습을.

'이렇게 보내도 되는 것일까? 이대로 그냥……?'

단은 좌탁 밑에서 노란 노리개를 쉴 없이 만지작거렸다. 어느새 지안의 치맛자락은 방문 너머로 사라지고 없었다.

제 욕심을 채운 간노는 코를 골아가며 잠에 들었다. 단추를 하나도 채우지 않은 셔츠 자락은 흉하게 벌어져 있었다.

지금 간노의 기분은 최고로 좋은 상태였다.

단의 일을 빌미로 정이에게 욕심을 채웠고 이제 내일 진주경찰서로 가서 단을 고변하면 1, 2계급 진급쯤은 일도 아니었다. 이제는 정이를 두고두고 제 여자로 삼을 수도 있을 것이었다. 서두를 필요도 없었다.

정이가 시집에서 쫓겨나 이곡리로 돌아온 것을 안 이후, 매일 윤 참판 집 주변을 어슬렁거렸다. 슬아네가 잘못 본 것이 아니었다.

시집가는 정이를 잡을 수는 없었지만 이제는 아니었다. 간노는 행복감을 품고 잠에 들었다. 간노에게도 정이에 대한 마음만은 깊은 진정인 것이었다.

옷을 깔끔하게 마무리해서 입은 정이는 그렇게 잠든 간노를 바라보았다. 정이의 입술 끝이 아프게 물리더니 눈빛이 이상하게 빛났다.

간노에 대해 잘 알고 있었다. 단의 일을 절대 이렇게 넘어가지 않을 위인이었다.

조용히 방문이 열렸다. 버선도 챙겨 신지 않은 정이가 마당으로 내려섰다. 달빛에 의지하여 이리저리 마당을 휘둘러보았다.

저만치 말라 버린 우물곁에 묵직한 돌덩이 하나가 놓여 있었다. 맨발로 다가갔다. 돌덩이를 집어드는 정이의 손끝이 바들바들 떨렸다. 그래도 망설임 없이 방으로 다시 들어갔다.

구멍 뚫린 창호지 방문에 어린 정이의 그림자가 돌덩이를 높이 치켜들었다. 잠시 후 창호지 방문에 핏물이 튀고 놀란 달빛은 도망을 갔다.

"으흐흐흐흐응!"

그 뒤를 정이의 숨죽인 울음소리가 따라갔다.

밤이 더 깊었다. 불면증에 시달리는 배꽃은 깊어가는 밤을 따라 더 많이 이울어 내렸다.

단은 후원의 연못가로 발걸음을 옮겼다. 졸고 있는 달빛만 내리는 집 안은 고요했다. 흩날리는 배꽃만 아니라면 움직이는 것은 단의 발걸음뿐이었다.

그렇게 움직이던 단의 발걸음이 멈추었다. 후원 연못가 앞에는 이미 누가 서 있었다. 그림자만 보아도 알겠다. 지안이었다.

단과 지안은 동시에 서로를 발견했다.

"늦은 시간에 어쩐 일이십니까?"

단이 지안에게로 성큼 다가갔다.

"아! 생각이 좀 어지러워서."

"저 역시 잠에 들지를 못해."

두 사람 다 앞에 선 사람 때문에 잠들지 못했다. 하지만 두 사람 다 그랬노라고 말은 못 했다. 이랑이랑 흩어져 날린 배꽃이 지안의 가르마 위에 단의 셔츠 자락 위에 한숨처럼 쌓였다.

"그럼 저는 먼저 들어가겠습니다."

지안이 걸음을 돌렸다.

하지만 단이 막 돌아서려는 지안의 오른팔을 잡았다. 만약 손으로 말을 건넬 수만 있다면 눈물이 잔뜩 흐르는 말투로 단의 손이 지안의 오른팔을 잡았다.

1년 전 지안이 치료해 주었던 상처의 흔적이 아직도 남아 있는 단의 오른손이.

"사실은, 사실은 저는 같이 가고 싶다는 말을 하고 싶었습니다. 부인의 마음이 어떻든 저는 부인과 같이 만주로 가고 싶다고……."

달빛 아래 단의 고백이 깨어졌다.

"아니요. 저는 이걸로 되었습니다."

지안의 어조가 결연했다. 지안을 잡은 단의 팔이 주춤거렸다.

"저도 목석이 아닌 이상 저에 대한 선생님 마음이 느껴지지 않았겠습니까? 그리고 그런 귀한 마음을 받으면서 제 마음이라고 요동이 없었겠습니까?"

"부인!"

"선생님 떠나시고 1년을 혹시나 대문간에 그림자만 비춰도 행여나 선생님인가 마음이 설레고는 하였습니다. 멀리서 구둣발 소리만 울려와도 행여나 선생님이 오시는지 동구 밖으로 눈길이 가고는 하였습니다."

"한데, 왜?"

"찾아야 할 이도 있고 선생님 가시는 전정에 누가 되고 싶지도 않습니다."

"부인이 나의 앞길에 누가 될 일은 없을 것입니다."

"아닙니다. 아버지 살아생전, 저에게 항상 그러셨습니다. 나라를 위해 사는 사람의 마음에는 들어가서는 안 된다고. 민족을 위해 싸우는 사람의 눈에는 밟혀서는 안 된다고."

"그래도 제가 괜찮다 하면 어쩌시겠습니까? 제가 부인으로 하여 민족을 위해 살고 부인으로 하여 나라를 위해 싸우겠다고 하면, 그러면 어쩌시겠습니까?"

"아니요. 그건 좋은 일이 아닙니다. 선생님이 그럴 수 있는 분도 아니실 테고."

그렇게 말은 하면서도 지안의 마음은 도리질을 했다. 당신과 함께 가겠노라고, 기꺼이 그렇게 하겠노라고 말하고 싶은 마음을 도리질했다.

지안은 아프게 치맛자락을 움켜쥐었다. 배꽃이 흩어져 내리는 사이로 걸어가려 했다.

하지만 단은 이대로 그냥 지안을 보낼 수는 없었다.

"부인!"

단이 뒤에서 지안을 아프게 끌어안았다. 차마 말로는 다 할 수가 없어서 지안을 안았다. 지안은 불에 덴 듯한 단의 심장 소리를 느꼈다. 그 심장 소리가 곧 자신의 심장 소리였다.

"해방이 되면 이곳으로 돌아오겠습니다. 혹여 그때까지 살아 있을 거라 내 명운을 장담할 수는 없는 일이지만 그래도 해방이 되면 다시 돌아오겠습니다. 그때는…… 그때는…… 기꺼이 저를 맞아주시겠습니까?"

단의 음성이 잘게 부서졌다. 그 목소리가 그대로 지안에게 와서 돌조각처럼 박혔다. 지안은 고개를 저었다. 단이 가두어놓은 팔을 밀어내려 했다.

"아니요. 기다리지 않을 겁니다."

거짓말이었다.

다시 단을 보내야 하는 칼날 같은 아픔이 지안을 찔렀다. 눈물이 오르지만 참았다. 그래도 기다리지 않겠다고 해야 기다릴 수 있을 것 같았다.

단은 떨리는 지안의 어깨를 알아챘다. 그 어깨를 잡고서 살며시 돌려 세웠다. 이번에는 지안의 몸이 저항 없이 단의 손을 따랐다. 두 사람의 눈이 가장 가까이에서 만났다.

단이 지안을 당겨 안았다. 하나가 된 지안과 단의 그림자가 달빛이 춤추는 연못물에 어렸다.

단의 손이 올라와 지안의 쪽 찐 머리를 안았다. 한 팔로는 지안의 어깨를 안고 한 팔로는 지안의 머리를 안았다. 여린 창포향이 코끝에 머물렀다.

지안은 단의 가슴에 얼굴을 묻었다. 단의 셔츠 깃이 납작해졌다. 시리고 시린 단의 체취를 느끼며 기어이 눈물이 터지고 말았다. 더운 눈물이 볼을 타고 내렸다.

우욱―!

신음 같은 지안의 울음이 터졌다. 그 눈물과 함께 단의 눈에서도 서러운 눈물이 흐르기 시작했다.

"눈물을 참는 건 좋은 일이 아니라 했잖습니까? 하니, 오늘 밤만은 마음껏 우십시오."

지안의 몸을 더 크게 가두고서 단의 팔 힘이 단단해졌다. 단의 품 안으로 지안의 몸이 완전히 들어가 버렸다.

달빛에 맞춰 이울어 내리는 배꽃 사이로 연못물에 어린 두 사람의 그림자가 한참을 그러고 서 있었다.

　이 밤이 배꽃도 많이 아픈가 보았다. 흐느끼는 배꽃의 울음이 이곡
리 길목 길목에 전설처럼 흘러내렸다.

9. 배꽃과 함께 떠나다

    사랑채 마루에 단과 선아는 함께 앉아 있었다. 단은 꼿꼿이 등을 세웠고 선아는 반쯤 마루에 걸터앉아 발을 까딱거렸다. 아직 이른 시간이었다.

    "점심까지는 드시고 가우."

    까딱거리는 발을 멈추지 않고 선아가 단을 보았다.

    "아니다. 아침 식찬을 끝내면 길을 나서야지."

    "하면, 내는 가는 모습을 보지 않을 테요. 두현 오라버니 가고 없는데 단 오라버니마저 가는 모습 내는 못 보겠우."

    "내는 괜찮다. 그렇게 하려무나."

    "만주로 다시 가신다 했우?"

    "그래."

"그래도 언젠간 다시 만날 날이 있을 것이지요?"

"그럼."

불쑥, 선아가 손을 내밀었다.

"악수나 한 번 하우."

단이 웃으며 선아의 손을 맞잡았다. 그 따스한 손의 온기에 선아는 눈물이 올라왔다.

"아이 참! 내는 이만 나가겠우. 단이 오라버니! 먼 길 조심히 다녀 오시오."

"알았다."

선아는 얼른 사랑채 마루를 내려서서 나왔다. 떠나는 단에게 괜히 눈물을 보여 마음을 무겁게 하고 싶지 않았다.

단은 돌아서 나가는 선아를 보았다. 눈물을 감추려고 얼른 돌아섰음을 안다. 단은 별당 쪽으로 고개를 들었다. 지안 또한 어젯밤 자신에게 작별을 얘기했었다.

"이대로 떠나는 거다. 허단! 그래. 그것이 옳은 게야."

단은 스스로에게 말을 했다.

생각에 잠긴 단을 두고 선아는 사랑채를 나섰다.

"선아 아가씨!"

저만치에서 박 서방이 다가왔다. 사랑채를 나서 걸어오던 선아를 보며 반색을 하는 모습이 선아를 찾아다니고 있었던 모양이었다.

"박 서방 아저씨! 무슨 일이오?"

"전해 드릴 것이 있어 찾았십니더."

"무에요?"

박 서방이 편지 하나를 내밀었다.

"왜 그 자주 뵙는 이 선상님 있지예? 그분이 전해 달라 하시고 가셨습니더."

"이강 씨가 말이오?"

"예."

"알았소."

"그럼."

박 서방이 가버리고 선아는 그대로 후원으로 발을 옮겼다. 볕 좋은 연못가에서 강의 편지를 읽을 요량이었다. 아껴가며 편지를 들고 후원으로 향했다. 배실배실 웃음이 났다.

'어제 봐놓고 또 무슨 편지람?'

괜히 선아의 손끝이 간지러웠다. 연못 물속에서는 비단 잉어들이 한가로이 헤엄을 치다가 선아의 발치로 모여들었다.

"왜? 니들도 이 편지를 같이 보고 싶은 게냐?"

비단잉어를 들여다보며 선아는 혼잣말을 했다.

갈색의 봉투를 뜯자 세로로 쓰인 편지가 몸을 드러냈다. 강의 성품만큼이나 강직한 글씨체였다. 살포시 선아의 입가에 미소가 묻어났다. 편지를 읽어 내려갔다.

선아 씨! 보시오.

내 아버지는 일본인이셨고 내 어머니는 일본말을 쓰시기에 어머니도 일본인인 줄 알았소. 내 또한 일본어를 자유로이 썼으니 나는 완전한 일본인이었소.

자주 볼 수는 없었지만 올 때마다 굉장한 선물을 안기는 아버지는 일본에서 큰 사업을 한다고 했소.

하지만 열다섯 살이 되던 어느 해, 일본에서 형이란 사람이 찾아왔소. 일본에 있는 아버지의 본부인에게서 낳은 아들이라 하더이다. 내 어머니가 남들이 말하는 현지처라는 것을 그날 처음 알았소.

비록 천한 피가 섞인 반쪽짜리 제국인이지만 나를 데리고 일본으로 가겠다고 했소. 아버지가 현해탄을 오가며 두 집 살림을 하는 모습을 두고 볼 수만은 없다고. 미개한 조선인 어머니는 버려두고 일본인 어머니와 함께 살자고 했소. 뛰어난 일본인의 핏줄이 미개한 나라에서 살고 있는 것도 싫다고.

그때 견고했던 내 세상은 모두 무너져 버렸소. 늘 조센징이라 부르며 업신여겼던 내 이웃의 조선인들이 나와 한 핏줄이라는 것이 수치스럽고 징그러웠소.

하지만 곧 알게 되었소. 나야말로 일본의 내 형제에게나 조선인들에게나 수치스럽고 징그러운 반쪽짜리 존재라는 것을. 늘 나를 제일 잘난 이로 여기며 살던 내 교만한 모습이 한없이 부끄러웠소.

한바탕 난리가 일어났고 내가 던진 접시에 이마를 다친 아버지는 두 번 다시 어머니와 나를 찾지 않았소.

나는 차라리 행복했소. 그날부터 머리를 길러 상투를 틀었고 한복 외에는 입지 않았소. 씻어서 지울 수 있는 것이라면 살가죽이 벗겨지도록 씻어서라도 내 속에 흐르는 일본인의 피를 지워 버리고 싶었소.

카와라는 이름을 버리고 강으로 살기 시작한 것도 그때부터였을 게요. 일본말도 일부러 하나라도 쓰지 않으려 애를 쓰기 시작했소.

그런데, 작년의 일이오. 갑자기 아버지가 나를 찾아오셨소.

일본의 본부인이 세상을 떠났다고 하였소. 하니, 어머니와 함께 일본으로 가자고. 그리고 그때를 맞춰 내게 결핵이라는 병마가 찾아왔소.

반쪽짜리 일본인의 피를 부정하고 싶었던 나의 몸부림이 결핵이라는 병마가 되어 내게 돌아온 것이었는지도 모르겠소.

여기까지 읽고 선아는 잠시 편지에서 눈을 뗐다.

'강이 토하였던 피가 그렇다면?'

어제 강은 봄감기 끝에 목이 헐어서 피가 나온 것이라고 했었다.

모든 것을 정리하고 이곡리로 내려왔소. 아버지의 도움을 버리고 마련한 세간은 초라하기가 짝이 없었지만 마음만은 어느 때보다 풍성하였소.

그러다가 선아 씨를 만났소.

친일파 할아버지를 믿고 사치와 허영에 들뜬 듯이 보였던 선아 씨의 모습은 반쪽짜리 인간이라는 것을 알기 전의 교만한 내 모습과 너무나 닮아 보였소.

해서 그리도 선아 씨가 노여웠던 것 같소. 무시하려 했고 외면하려 했소. 처절히 밟아두고 싶은 마음이었소.

하지만 나의 마음은 그런 내 의지와는 반대로 어느새 선아 씨를 향해 나아가고 있더이다. 노력하고 애를 써봤지만 선아 씨에게 다가가는 내 마음을 도저히 막을 수가 없었소.

강의 뜻밖의 편지. 그의 뜻밖의 고백. 선아의 눈에 살며시 물이 고었다.

그대를 통해 알게 되었소. 전해온 피는 어쩔 수 없지만 그 피를 가지고 어떻게 살아가야 할 것인지는 나의 선택이라는 것을.

친일파 할아버지의 손녀로 태어났지만 그래도 치열하게 조선의 여인으로 살아내고자 하는 선아 씨의 모습이 내게 힘을 주었소. 내게도 선택할 힘이 생겼소.

선아의 볼을 타고 주르륵 눈물이 흘러내렸다. 강은 모르는 모양이었다. 강으로 하여 선아도 더 단단해질 수 있었다는 것을.

일본으로 가겠소. 이 나라에서는 내 병을 고칠 수가 없다 하더이다. 포기하는 심정으로 살고 있었지만 이제는 내게도 살아야 할 이유가 생겼지 않소.

아프고 힘든 선아 씨를 두고 가는 걸음이 가볍지만은 않소. 하지만 혹여 나까지 잘못되어 선아 씨에게 또 다른 아픔을 안길 수는 없기에 힘든 결정을 내렸소.

선아 씨, 그대를 위해 내 살아내겠소. 치열하게 한번 싸워보겠소. 어제 그 이야기를 하고파서 만났던 것인데 각혈을 하는 바람에 말을 차마 못 했소.

그대는 보지 않고 이대로 떠나려고 하오.

꼭 다시 만날 것임을 믿기에 지금 떠나는 내 발걸음도 가벼울 수 있는 것이오. 잠시라오. 다시 만날 것을 알기에 기쁘게 헤어지는 잠시의 이별이오.

많이 그리울 것이오. 언제나 선아 씨를 마음에 담고 살아갈 것이오.

그러니 나를 너무 원망 말고 부디 안녕히.

선아는 벌떡 일어섰다. 앉았던 잔바위가 끄덕거렸다. 대문을 향해 막 달려갔다. 대문간에 채 이르지도 못했는데 마침 마당을 소제하던 박 서방과 마주쳤다.

"박 서방 아저씨! 이 서한은 언제 받은 것이오?"

"어제 오후 나절 받은 것입니더예. 이삿짐 나가면서 꼭 오늘 아침에 아가씨께 전해 달라 당부를 하였습니더예."

"이삿짐이라니?"

"아가씨는 모르셨습니꺼예? 어제 이 선상님 이사를 나가셨습니더."

"지금 뭐라고?"

선아가 고개를 저었다.

눈물바람을 흩뿌리며 강의 집을 향해 뛰어갔다. 흩날리는 배꽃이 달리는 선아의 걸음 아래에서 서걱였다. 남강 쪽을 향해 난 길을 정신 없이 달려갔다.

저 멀리 그리운 대문이 보였다. 강의 집이다. 가까이 다가가자 대문이 열려 있었다. 발을 멈추고 들여다보니 세간 하나 없이 휑한 집 안에는 바람만이 지나갔다.

'이강 씨……!'

휘청, 달려온 선아의 다리에 힘이 풀렸다.

정신이 빠져 버린 사람처럼 선아는 집으로 돌아왔다. 어디로 가야 할지 정처를 모르겠다.

한참을 두리번거리다가 뒤꼍을 향해갔다. 그곳이라면 마음 놓고 울수 있을 것이었다. 막 뒤꼍으로 돌아섰다. 눈물이 주르륵 주르륵 쉬지도 않고 흘러내렸다.

그런데 뒤꼍에는 이미 와 있는 사람이 있었다.

정이. 순한 모습으로 얼굴 한 번 찡그리는 일이 없던 정이가 뒤꼍에 앉아 눈물을 쏟고 있었다. 그 모습에 선아의 눈물도 더 많아졌다.

정이는 자신의 두 손을 들여다보았다.

단은 다시 만주로 떠난다. 그리고 단을 위해서 이 손에 피를 묻혔다. 이제 자신은 살인자가 되었다. 섬뜩하리만치 자신의 두 손이 끔찍했다.

"정이야!"

눈물에 젖은 선아가 부르고 눈물에 젖은 정이가 고개를 들었다.

"선아 아가씨!"

"니 예서 왜 이러고 있는 게야?"

"아가씬 왜 그러고 오시는 거라예?"

"으응? 내는 그냥……."

"지도 그냥……."

두 사람 다 거짓말인 줄 알았다. 하지만 구태여 이유를 더는 묻지 않았다.

털썩ㅡ. 울고 있던 정이의 옆으로 선아가 가서 앉았다. 왈칵 눈물이 소리 내어 터졌다.

"으흐흐흑!"

배꽃 이울다

먼저 선아의 울음이 크게 터졌다.

"흐으으윽!"

그 울음을 따라 정이의 울음도 더 크게 터져 나왔다.

"으흐흐흑!"

"흐으으으윽!"

둘의 울음이 폭포처럼 터져 났다.

어쩔 수 없는 삶의 폭력에 짓밟힌 정이가, 가슴을 찢고 솟아오르는 이별의 아픔에 찔린 선아가 그렇게 울음을 터뜨렸다.

배꽃 잎이 흩날렸다. 누군가는 배꽃을 보며 사랑을 맹세했지만 누군가는 흩날리는 배꽃을 따라 떠나가 버렸다. 아프게, 아프게 마음을 찢고 떠나 버렸다. 아렸던 사랑이, 고왔던 순수가 그렇게 찢기어 떠나 버렸다. 흩날리는 배꽃과 함께 떠났다.

단은 짐을 정리하고 있었다. 짐이라고는 별다를 것도 없이 두현이 꼭 단에게 주고 싶었다고 한 책 몇 권이 전부였다. 물론 책의 표지 안에는 어음으로 바꾸어놓은 군자금이 들어 있었다.

"허 선상님! 며칠만 더 계시다 가믄 안 될까예?"

슬아네가 안타까운 눈빛으로 단을 쳐다보았다.

"경성에 급한 일이 있습니다. 제가 꼭 필요한 일이구요."

"압니더. 허 선상님 바쁘신 분인 줄은 내가 빤히 아는데 그래도 작은 나리까지 떠나 버린 이 집이 너무 휑해서."

"죄송합니다."

"아이라예. 선상님이 와 죄송합니꺼? 제가 괜한 억지지예."

"시간만 허락하면 제가 먼저 며칠 더 머물겠다 청하고 싶은 마음입니다."

"우리 아씨는 뵈었어예?"

"네. 어제 인사 나누었습니다."

"선상님 가신다는데 한번 와 보시지도 않고."

"별당의 부인까지 와볼 이유가 무엇입니까?"

"그래도 우리 아씨가 매정한 성정도 아니신데."

"다 되었습니다. 이만 나서볼까요?"

단이 가방을 손에 들고 방문을 나섰다. 이운 배꽃이 단의 가방 위에 올라앉았다.

흩어져 날린 배꽃은 별당의 처마 끝에도 내려와 앉았다. 배꽃이 고개를 내리고 지안의 방을 들여다보려 하는데 굳게 닫힌 지안의 방문에서는 조그만 기척도 없었다.

방 안의 지안은 수틀을 앞에 두고 앉아 있었다. 하지만 실을 꿰지도 않은 바늘은 그대로 천에 꽂혀 있고 무언가를 쥔 지안의 손은 치마폭에 싸여 멍했다. 어디를 보는지 알 수 없는 시선에는 초점이 명확하지가 않았다.

"아씨! 지안 아씨!"

방문 밖에서는 연거푸 지안을 부르는 슬아네의 목소리가 넘어 들어왔다. 그래도 지안은 아무런 답도 없이 여전히 멍했다.

"허 선상님 지금 가신다는구만예. 어여 나와보이소."

단이 가는 길에 배웅을 하라는 재촉이었다. 하지만 지안은 여전히 답을 안 했다.

"만주꺼정 가신다는디 인자 가믄 하마 언제 보겠습니꺼? 행여나 마지막 길일지도 모르겠는디 그리 앉아서 안 나와 보실끼라예? 아씨! 아씨!"

"……"

"우찌 그리 허 선상님께만 모지십니꺼? 잠시 머물다 가는 객이 먼 길을 떠나도 이리는 안 하실 끼라예. 지금 가십니더. 지금 대문간에 서 계시단 말입니더."

지안과 단의 하룻밤.

처음에는 눈앞에 불벼락이라도 지나가는 듯 놀랐지만 곧 그녀는 잘된 일이다 싶었다. 행랑채 이들이 뭐라고 소곤거릴 때마다 눈이 귀에 까지 돌아갔지만 차라리 지안에게는 잘된 일이다 싶었다. 단이라면 슬아네도 안심이었다.

그리고 이제는 거리낄 것도 하나 없게 되었다. 지안이 단과 함께 떠나기를 바랐다. 한씨 부인이 미리 슬아네를 불러 언질을 주었다.

게다가 상을 치르는 내도록 지안을 바라보는 단의 눈빛은 분명 친구의 아내를 보는 눈빛이 아니었다. 유심히 살펴보았기에 슬아네도 이번에는 그것을 알아차렸다.

하지만 단은 혼자 떠나려 하고 있고 지안은 방문까지 닫고 앉아서 미동도 없다. 젖을 먹여 기른 어머니의 심정이라 슬아네의 마음에 불이 일었다.

"아씨! 아씨! 내 장담합니더예. 두고두고 후회하실 끼라예."

결국 슬아네의 입에서 마음에도 없는 모진 말까지 튀어나왔다.

별당을 나가 버리는 슬아네의 발소리를 들으며 지안은 손에 쥐고 있던 사진을 들여다보았다. 두현과 두현의 그녀 혜숙 그리고 아이 인실의 사진.

"서방님! 제 마음을 지켜주세요. 제발……."

지안은 고개를 떨구었다. 논길처럼 곧게 난 가르마가 파다닥 파다닥 흔들렸다.

단은 막 사랑채를 나서는 길이었다. 뒤에는 슬아네와 박 서방 부부 세 사람이 따르고 있었다. 정이는 울고 있느라 배웅도 못 한다. 단의 얼굴을 차마 볼 수도 없다.

"허 선상님! 돌아오시게 되믄 언제든 꼭 이곡리부터 먼저 들러주이소."

슬아네는 연신 치맛자락으로 눈물을 훔쳤다.

"자네는 방정맞거로 먼 길 가시는 분 앞에서 뭔 눈물바람이고?"

박 서방네가 슬아네에게 퉁박을 주었다. 하지만, 박 서방네의 눈가도 촉촉이 젖어 있기는 마찬가지였다.

"알겠습니다. 돌아오게 되면 꼭 다시 꼭 들르겠습니다. 꼭……."

단은 꼭이라는 말을 몇 번이나 반복하며 다짐을 했다.

"하모예. 하모예. 우리가 다들 기다릴 끼라예."

"네. 고맙습니다."

"무사히 돌아오시라꼬 매일 매일 기도할께예. 언제든 선상님 위해 기도할께예."

정인이라도 떠나보내는 듯한 슬아네의 말이었다.

"꼭 무사히 돌아오겠습니다."

단의 대답에 세 사람은 함께 고개를 끄덕였다.

"이제 이 집과도 당분간은 안녕이군요."

단이 고개를 들어 집 안을 한 번 둘러보았다. 세 사람도 그 시선을 따라 고개를 들었다.

잠시, 단의 눈길이 건너다보이는 별당에 머물렀다. 하지만 그뿐이다. 단은 금방 시선을 도로 거두어들였다.

"멀리에 있어도 이곡리의 배꽃이 늘 그리울 것입니다."

서러운 단의 음성. 하지만 단이 그리운 것은 이곡리의 배꽃이 아니라 지안일 것이었다. 단의 말에 기어이 슬아네와 박 서방네의 눈물이 터졌다. 박 서방도 연신 소매로 눈가를 훔쳤다.

"아이고! 허 선상님!"

"허 선상님! 흐으윽!"

흐르는 눈물 사이로 배꽃은 흩어져 날리고 이제 단은 배꽃과 함께 떠나려 했다. 서러운 작별의 노래를 남긴 채.

지안은 자신의 방에서 꼼짝 않고 수만 놓고 있었다. 그런데 자꾸만 수가 잘못 놓였다. 수를 놓아야 할 선이 제대로 보이지 않고 놓이는 실의 색깔이 무엇인지도 헷갈렸다. 그래서 수를 놓았다 뜯었다를 반복했다. 그나마도 손이 헛놀아서 제대로 할 수가 없었다.

단이 대문을 나서고 시간이 한참을 지났다. 지안은 결국 수놓기를 포기하고 일어나 방을 나섰다.

오늘은 기억 속의 산길을 올라가 봐야겠다. 단을 따라 나서고 싶은 마음을 추스르려면 두현이 자신을 업고 내려왔던 그 산길을 올라가 봐야겠다. 지안은 행랑채로 갔다. 혼자 가기에는 적막한 산길이라 슬아네에게 함께 가자고 할 참이었다.

단을 배웅하고 돌아온 박 서방 부부와 슬아네는 함께 행랑채의 툇마루에 앉았다.

"이제 허 선상님까지 가셔 버리고 집 안에 남자라곤 그림자 하나 없게 됐구먼."

박 서방의 얼굴에 서운한 기색이 역력했다.

"참말로 고마우신 분이제. 먼 길에 일부러 오셔서 저리 힘을 도우셨으이."

박 서방네도 서운한 눈빛으로 대문간을 한 번 더 바라보았다.

"작은 나리가 좋은 지기 한 분은 확실히 두신 거제."

"그러게 말이여. 그 먼 길, 일부러 예까지 오시었으니."

박 서방 부부가 허한 마음에 서로를 달래듯 단의 이야기를 나누었다.

"내는 말이여……."

두 사람의 대화 사이에 슬아네가 끼어들었다.

"이런 말을 해도 될랑가는 모르겠지만."

"무슨 말인디?"

박 서방네가 슬아네 쪽으로 몸을 기울였다.

"우리 아씨, 허 선상님같은 분과 가시버시를 맺으셨으면 우땠을까 자꾸 자꾸 그 생각이 드는구먼."

"누구는 그 생각 안 하는가? 그거는 내도 마찬가지제."

박 서방네의 손이 슬아네의 손 위에 살며시 포개졌다.

"허지만서도 허 선상님은 연분 있는 분이 따로 있는 것 같던디."

작년에 단의 방을 청소하면서 보았던 불꽃 모양의 쌍노리개 한 짝을 박 서방네는 기억했다.

"그기 참말이가?"

"암. 쌍노리개 한 짝을 분신처럼 지니고 다니시던디."

"자네가 우찌 아는데?"

"사랑채 허 선상님 방 청소하는데 좌탁 뒤에다가 아무도 모르게 모셔두었던디. 항상 품에 품고 다니시는가 보았다니께."

상을 치르는 내도록 지안을 쳐다보던 단의 애절한 눈빛을 슬아네는 떠올렸다. 분명 가여움만 담긴 눈빛은 아니었다. 게다가 1년 전 하룻밤을 함께 보내기도 한 두 사람이었다. 한씨 부인도 그것을 알아차렸기에 지안에게 단과 함께 떠나라고 했을 것이다.

그런데 단에게 연분 있는 사람이 있다고? 그러면서 별당 지안의 방에 들었다고?

말도 안 된다.

"아닐 낀데."

"진짜 맞데니께."

"확실한 거제?"

"하모! 워낙에 허 선상님이야 여자들이 따를 성품이니께. 우리 정이도 허 선상님이 참 좋다고 내도록 안 그러더나."

박 서방네가 하도 확신을 하니까 슬아네도 단에 대한 의혹을 떨쳐 버렸다.

"그래도 혹시 우리 본댁 마님 작고하셨을 적에 작은 나리 먼저 만나지만 않으셨다면, 우리 아씨 행여나 허 선상님을 먼저 만날 일이 있었을 꺼나?"

"그야 모르는 일이제. 사람 인연이야 우째 알겠노?"

"그때 아씨, 그리 작은 나리 얘기를 할 때, 내 그냥 다 잊어버리라고 단단히 다짐을 드릴 걸 그랬제. 그깟 봄날의 기억 하나가 무에 그리 소중하더냐고 끝까지 무시해 버릴 걸 그랬제."

"참말로 그리하지 그랬노?"

"어린 연정도 연정이고 아씨 마음이 워낙에 단단했어야 말이제. 그래도 진즉에 그냥 말려볼 것을, 인자는 내가 다 원망스럽구만."

"원래 서러울 때 만난 인연이 더 질긴 법이제."

"에이고! 해서 내도 못 말린 것이 아니던가?"

"그래도 인자, 마, 다 끝나 버린 이야기가 된 기라. 그만 서러워하소."

박 서방은 얘기를 주고받는 두 사람을 멀거니 쳐다보았다. 무슨 말인가 하는 물음표가 얼굴에 떠올라 있었다.

"그거이 다 뭔 말들이여?"

고개를 갸웃거리던 박 서방이 기어이 물었다.

"아니…… 별당 아씨 말이여. 인자는 다 소용없는 이야기가 되었지만……. 왜 아씨 본댁 마님 작고하셨을 제 이녘이 도련님 모시고 문상을 갔었제?"

박 서방이 고개를 끄덕였.

"글씨, 그때 별당 아씨가 작은 나리 위로를 받으시고는 단단히 마음을 정해 버리셨다 하제. 어린 연정이 그예 딱 정해져 버리셨다는구만."

"대체 그게 다 뭔 소리여? 좀 자세히 풀어보제."

"아이구! 이 냥반! 말귀를 못 알아먹나? 본댁 마님 작고하셨을 제 별당 아씨 작은 나리를 처음 만났는데, 그때부터 작은 나리한테 마음을 정하시고는 요동이 없었다 안 하요. 본댁 아버님에 슬아네까지 아니 된다 말리고 난리도 아니었는데 끝내 고집 부려 우리 집으로 시집오신 거라요."

"으응……?!"

박 서방이 지나치게 놀란 척을 했다.

"무엘 그리 놀라노? 어린 연정에 그럴 수도 있제, 뭐."

지나치게 놀라는 그 모습이 의아하여 박 서방네가 퉁박을 주었다.

"허…… 참! 허…… 이것 참!"

박 서방이 갑자기 잎담배를 꺼내들었다. 하지만 불을 붙일 생각도 없이 꼬나물고만 있었다. 짚신을 신은 발이 불안한 듯 뒤척거렸다. 박 서방의 눈동자도 불안하게 돌아갔다.

"아니, 이녘이 왜 이리 갑자기 안달이고?"

"그거이 말이여……."

이윽고 박 서방의 입이 천천히 열렸다.

"뭐?"

"하이고! 참! 그거이 말이여 아이라니께……. 하이고!"

"뭣을?"

묻는 박 서방네의 음성이 한층 높아지는데 여전히 박 서방은 혼자서 안달이었다.

"답답하구만! 박 서방! 도대체 뭣을?"

답답한 마음에 이번에는 슬아네가 물었다.

"우짤 거나? 우짤 기라? 그것이 아니제. 그거이 아이라……."

"무에가 아니라꼬? 답답하구면. 아인 줄 알았은께 말을 좀 해보소."

"그때, 내가 모시고 간 분은……."

박 서방이 안달 끝에 참지 못하고 입을 열었다.

"그니깐, 그것이 그때 내가 모시고 간 분, 작은 나리가 아이고 허 선상님이라."

"으잉……? 뭣이라꼬?"

슬아네와 박 서방네의 눈이 동시에 휘둥그레지는데 슬아네의 눈이 좀 더 커졌다.

"아니. 이 냥반이! 실성을 했나? 그기 뭔 소리고?"

퉁박을 주며 박 서방네가 슬아네의 눈치를 살폈다. 슬아네는 아예 자리를 바꾸어 박 서방의 옆으로 가서 앉았다.

"아니…… 박 서방! 그기 뭔 소리라? 퍼뜩 제대로 말을 해보라꼬."

"그거이 말이제. 그때 마침 핵교가 문을 닫아 허 선상님이 작은 나리랑 함께 우리 집에 내려와 있었제. 이녁도 기억하제?"

박 서방의 물음에 박 서방네가 고개를 끄덕였다.

"참판 나으리 달구벌에 가시며 작은 나리께 문상을 가라 하셨는데 당신은 절대 못 가겠다 버티고 누워 있으니."

"그래서 뭐 우쨌는데?"

"할 수 없이 내가 허 선상님을 대신 모시고 갔제."

"뭣이라……? 아니 그거를 그냥 모시고 갔단 말이가?"

박 서방네가 타박을 하고 슬아네는 눈앞이 깜깜했다.

"그럼 우짜노? 참판 나으리 아시면 불호령이 떨어질 텐디."

"미쳤는갑다. 참말로."

박 서방네의 눈이 한껏 사나워졌다.

"그 참말이라요?"

눈자위가 돌아가며 슬아네가 박 서방에게 물었다.

"하모. 그때 허 선상님이 내 먼저 돌아가라 해서 혼자 왔다가 작은 나리한테 얼마나 치도곤을 먹었었는디. 허 선상님은 한 나절도 더 있다가 돌아오셨고."

"아이고! 우짤 끼고? 이 일을 우짤 끼고? 아씨! 아이고! 우리 아씨! 아씨!"

슬아네의 음성이 비명을 지르듯 터져 났다.

"그래도 뭐, 허 선상님은 연분이 있는 분이 있다 아이가. 내 쌍노리 개 중 한 짝을 분명 보았다니께."

어떻게든 사태를 수습하고 싶어 박 서방네가 말을 했다. 하지만 그 말에 슬아네의 눈빛이 번뜩이며 더 빛났다.

"박 서방네, 그 노리개 분명 보았다 했제?"

"하모. 사랑에 허 선상님 방 소제를 하다가 봤제. 내 만지기까지 했는디."

"우떤 모양이더노?"

물어보는 슬아네의 음성이 떨렸다. 지안의 나이 열한 살, 한나절을
나갔다가 돌아온 지안이 어머니의 유품인 노리개를 잃어버렸다 해서
함께 산길까지 다녀왔다. 몇 번이고 다시 가보았지만 결국은 찾지 못
했다. 그리고 쌍노리개의 다른 짝은 일국의 장례식 후 지안이 지니고
있었다.

"그거이 노란색에 불꽃 모양으로 생겼는디. 늘어진 수술은 무지개
색이고. 하여튼 특이한 노리개였제. 일부러 쌍으로 맞춘 것 같았는
디."

"아이고! 이 사람아! 그거이 바로 우리 본댁 마님 유품이다 아이
가. 그때 지안 아씨가 그거 잃어버리고 와서 내랑 같이 산길까지 몇
번이나 샅샅이 뒤져 보았었다 말이라."

"뭐시라꼬? 그라믄 혹시 허 선상님도……."

눈치 없는 박 서방네이긴 하지만 슬아네가 하는 말의 뜻을 이번에
는 얼른 알아들었다.

"내 아무래도 이상타 했다. 그리 깔끔하고 정갈하신 분이 우째 우
리 아씨 보는 눈빛은 그리 젖어 있더노 싶었더만. 인자 알겠다. 인자
다 알았데이. 우리 아씨 그분이 작은 나린 줄 알고 10년을 품어왔든
기 허 선상님도 우리 아씨 그랬던 기라. 참말이라. 내 진즉에 허 선상
님 눈빛이 참말로 이상타 했다. 아이고! 아이고! 내가 몬산다!"

슬아네가 부끄러운 줄도 모르고 퍼질러 앉아 눈물바람이었다. 면
구스러워 쳐다보지도 못하는 박 서방네는 대신 박 서방을 향해 매섭
게 눈을 흘겼다. 박 서방은 그저 잎담배만 질겅거렸다.

"아씨! 아씨! 이 일을 우짤기라? 책임지소! 다 책임지소! 박 서방이

우리 아씨 인생 다 책임지란 말이오. 아이고! 아씨! 아이고! 아이고! 아씨!"

"좀 진정을 해보라꼬."

"자네 같으면 지금 진정이 되겠나? 고마 내가 딱 죽겠다."

위로하는 박 서방네의 손을 뿌리쳐 버리고 슬아네는 숨 죽여서 통곡을 했다.

퍼질러 앉은 모양새에 아예 짚신까지 벗어 바닥을 두드려대며 슬아네가 통곡을 했다. 박 서방은 은근슬쩍 방으로 들어가 버렸다. 박 서방네는 고개도 들지 못하고 슬아네 옆에 같이 퍼질러 앉아버렸다.

"아이고! 그래도 인자사 우짤 끼꼬?"

고개도 들지 못한 채 박 서방네가 하는 말이었다.

"그래. 인자사 우짤 끼고! 내도 다 안다."

"미안쿠마. 내가 참말로 미안쿠마."

"허 선상님 가기 전에만 알았어도. 이제는 하마 벌써 가셨겠제?"

"암만. 집 나가신 지가 올매나 지났는데."

"그라믄 말하지 마소. 아무 말도 하지 마소. 그라고 우리 아씨한테는 더 암 것도 말하지 마소. 그라믄 우리 아씨 참말로 죽을 기라! 아이고! 허 선상님 그냥 보내던 얼굴빛이 올매나 퍼렇게 질려 있었는디. 내가 다 알고도 그리 모진 말로 타박을 주었는디. 아이고! 아씨! 아씨!"

누구한테라고 할 것도 없이 슬아네가 입단속을 시켰다. 그나마 울음에 막혀 정확하지도 않은 말이었다. 손으로 입을 틀어먹은 슬아네의 울음이 자꾸만 깊어졌다.

들려오는 슬아네의 울음에 지안은 행랑채 옆벽에 털썩 주저앉았다. 과수원 산길에 같이 다녀오자고 슬아네를 찾아온 걸음이었다. 지안의 머릿속이 하얗게 비었다.

겨우 벽을 의지하고 손을 짚는데 짚은 손이 벌벌 떨렸다. 봄날의 기운이 따스하게 내리고 있는데 지안은 얼음 속에 든 것처럼 온몸이 떨렸다.

지안은 일어나려 했다. 휘청— 주저앉았다. 또 일어나려 했다. 그런데 또 주저앉았다. 자꾸 주저앉기만 했다.

지안이 겨우 일어났다. 어찌나 손가락 끝에 힘을 주었는지 흙벽이 움푹 파였다.

훠어이— 훠어이—,

대문을 향해 걸어갔다. 두 발이 똑바로 놓이지 않고 자꾸만 어긋나게 걸었다. 대문의 턱에 발이 걸렸다. 겨우 문짝을 잡고 몸을 지탱했다.

밖으로 나섰다. 깜깜했다. 어디로 가야 할지 모르겠다. 어떻게 해야 할지도 모르겠다.

미친 바람이 불어서 지안의 소복자락이 마구 흩날렸다.

"눈물을 참는 건 좋은 일이 아닙니다."

"만주에는 모시지 않겠다 말씀드렸습니다."

"그래도 제가 괜찮다 하면 어찌시겠습니까? 제가 부인으로 하여 민족을 위해 살고 부인으로 하여 나라를 위해 싸우겠다고 하면, 그러면 어찌시겠습니까?"

배꽃 이울다

"해방이 되면 돌아오겠습니다. 혹여 그때까지 살아 있을 거라 내 명운을 장담할 수는 없지만 그래도 해방이 되면 다시 돌아오겠습니다. 그때는…… 그때는…… 기꺼이 저를 맞아주시겠습니까?"

단의 말들이 두서없이 떠올랐다. 늘 아프게 자신의 비녀 끝에 내려앉던 그의 눈길도 생각이 났다. 항상 기억 속에서 그리워했던 그 모습대로의 단의 모습들이 생각이 났다.

"아니요. 기다리지 않겠습니다."

마지막으로 단에게 했던 말도 생각이 났다. 기다리겠다고 하면 참을 수 없을까 봐 기다리지 않겠다고 냉정하게 잘라 버렸던 자신의 말도 생각이 났다. 기다리겠다고 하고 나면 그 다음에는 만주로 같이 가겠다고 말해 버릴 것 같았다.

"끝까지 해주지 못하고 가는 말……. 이렇게 당신을 속이고 가는 나를, 나를 용서하시오……."

숨을 거두기 전, 안타까운 음성으로 되뇌이던 두현의 마지막 말도 이제는 다 이해가 되었다.
"허 선생님! 허 선생님!"
지안은 급히 발걸음을 옮겼다. 자꾸만 갈지자로 놓이는 발걸음을 애써 앞으로 나아갔다. 마음이 급하여 치맛자락이 발밑에 밟혔다 빠졌다 했다. 치마끈이 헐거워지는 것도 몰랐다.

갑자기 지안은 뛰기 시작했다. 상중이라 신은 짚신 자락이 벗겨졌다 신겨졌다 했다. 결국 논두렁에 짚신이 남고 지안은 버선발 차림 그대로 뛰어갔다.

하지만 지안은 곧 발걸음을 돌렸다. 이 길로 가서는 단을 보지 못할 것이었다. 단은 이미 한참을 멀어졌을 것이다.

그래서 지안은 산길로 올라섰다. 꼭대기에 올라가면 멀어져 가는 단의 뒷모습이라도 볼 수 있을 것 같았다. 들리지는 않겠지만 그래도 이름이라도 한 번 불러볼 수 있을 것 같았다. 이미 다 부질없다는 것을 알면서도 지안은 산길을 올라섰다.

적막한 산길을, 아무도 없는 산길을 지안의 어지러운 발걸음이 걸어서 올라갔다. 버선발 그대로 꿈을 꾸듯이 올라갔다.

막 과수원 입구쯤에 다다랐을 때였다.

"아!"

짧은 탄식과 함께 지안의 어지러운 발걸음이 멈추었다.

믿을 수 없었다. 어쩌면 환영일지도 모르겠다.

그런데, 믿을 수 없지만, 저만치에 단이 앉아 있었다. 한 손을 올려 이마를 괴고 단은 고뇌에 찬 모습으로 앉아 있었다. 그리고 단의 손에는 무언가가 쥐어져 있었다. 지안은 눈을 모아 자세히 보았다.

"아!"

더 큰 탄식이 지안의 입을 통해 흘러나왔다. 노란 노리개. 기억 속의 그날. 두현을, 아니 단을 처음 만났을 때 잃어버렸던 어머니의 유품.

아프게 노리개를 끌어안은 단의 손이 이마를 짚었다. 보지 않으려 했지만 지안은 보았다. 노리개를 끌어안은 손을 따라 흐르는 단의 고뇌를. 자신과 똑같이 10년을 속으로 품고 그리워했을 단의 그 아픔을.

단은 마지막으로 지안을 업고 내려왔던 산길을 한 번 더 올라와 봤다. 그냥 가려는데 발이 떨어지지가 않았다. 그래서 기억 속의 산길에 올라와 있었던 것이다.

단은 이마를 짚었던 손을 내리며 노리개를 들여다보았다. 지안에게 주었다면 어땠을까 부질없는 생각을 했다.

아무것도 모르는 채 단이 일어섰다. 손에 쥐고 있던 노란 노리개는 막 단의 양복 안주머니로 들어가려는 참이었다. 그러다가 그제야 단은 저만치에 서 있는 지안을 발견했다.

단의 눈이 커다래졌다. 입술을 달싹이며 움직이지만 말이 되지 않았다. 단은 지안이 버선발 차림임을 알아차렸다. 급히 뛰어온 듯 헝클어진 지안의 매무새를 보았다. 눈이 더 커다래지더니 그의 발걸음이 앞으로 놓이려 했다.

"아니요. 그냥 그 자리에 서 계셔 주세요."

성급히 놓이려던 단의 발걸음이 지안의 만류에 멈추어 섰다. 몇 걸음만 가면 바로 지안의 앞인데.

"제가, 이번에는 제가 가겠습니다."

지안이 천천히 단에게로 다가갔다. 꿈속을 헤쳐 가는 것처럼 느린 발걸음이었다. 노란 노리개를 쥔 단은 채 손을 내리지도 못하고 엉거주춤 서 있었다.

이윽고 지안이 단의 앞에 가서 섰다. 11년의 시간을 지나 겨우 밝혀진 진실 앞에 두 사람이 마주보고 섰다.

배꽃 이울어 흩날리던 그 봄날.

자운영꽃 개울가에 만발하던 그 봄날.

업고 업혀서 함께 걸었던 배꽃의 산길, 자운영꽃의 논두렁길.

개구리를 건너뛰느라 끌어안았던 목. 함께 웃었던 콩잎.

떨리는 지안의 손이 단의 손으로 다가왔다. 채 갈무리해 넣지 못한 노란 노리개가 지안의 손으로 건너갔다. 노리개는 그대로 지안의 뺨에 가 닿았다.

"부인! 저기, 그것이……."

단의 두 손이 어쩔 줄을 몰라 했다.

"자운영꽃의 꽃말이 뭔지를 아시지요?"

노란 노리개를 얼굴에 묻은 채로 지안이 단을 보았다.

"대답해 보셔요. 허 선생님!"

"……그대의 ……관대한 사랑이지요."

"왜 그러셨습니까?"

"무얼 말입니까?"

"왜, 저에게, 아무 말씀도 하지 않으셨습니까? 아십니까? 11년 전 배꽃의 그날, 저는 제가 만났던 열다섯 살 소년이 서방님인 줄 알았습니다."

"네? 무슨?"

"어머니 유품인 노리개를 잃어버렸던 그날, 제 마음도 함께 잃어버렸는데 처음 만났던 열다섯 살 서방님이 제 마음을 주워가셨습니다."

"네? 그렇다면 혹시? 그래서 두현과?"

"네. 그래서 저는 10년 전 배꽃의 그날을 잊지 못하고 서방님의 아내가 되었습니다. 계몽운동가로서의 아버지의 명예도 저버리고 서방님의 그 어떤 처지와 형편도 생각지 않고 저는 그저 서방님만 보고 달려왔었습니다."

"그럴 수가!"

지안의 말소리가 떨리고 단의 얼굴이 떨렸다. 두현의 교복을 입고 문상을 갔던 단. 이제야 단도 알았다. 지안이 왜 두현과 혼인을 하였는지.

"10년을 마음에 품고 그리워한 분이 서방님인 줄로만 저는 알았습니다."

"부인! 나는……."

"어머니를 잃고도 혼자 남으신 아버지 걱정에 눈물 한 방울 흘릴 수 없었던 저를 마음껏 울게 해주었던 것이 그 손수건이었습니다. 누구에게나 깍듯하고 조심스러웠던 제가 쉬이 몸을 누인 것도 그 등이었습니다. 너무 따스해서 그랬지요. 너무 다정해서 그랬습니다. 그래서 그때 저는 서방님에게서 자운영꽃처럼 관대한 마음을 받았다 그리여졌지요. 언제든 배꽃 피는 봄날에 자운영꽃도 피어오르면 물색없이 뛰어노는 저의 마음을 느꼈었습니다. 그 마음이 선생님의 마음인 줄은 꿈에도 모른 채."

"설마 부인이 저를 두현으로 알고 있을 거라고는 상상하지 못했습니다."

"분명 그날, 선생님은 서방님의 교복을 입고 계셨습니다. 온통 불투명한 그날의 기억 속에서 교복 가슴에 수놓여 있던 윤두현 이름 석 자만은 정확하게 기억하고 있었지요. 그 이름 석 자의 주인이 저에게 자운영꽃 같은 마음을 주었다 믿었습니다. 그래서 그 이름을 붙잡고 10년을 지냈습니다. 그런데 10년이 흐른 후에도 선생님은 이렇게 아무 말씀도 없이 그저 숨어서 자운영꽃 같은 마음을 저에게 주셨던 것입니까?"

이제야 확인하게 된 지안의 마음이지만 진실을 알게 된 단의 마음에 감격이 번졌다.

"배꽃의 꽃말은 온화한 애정이라지요. 부인의 모습이 저에게는 배꽃 같았기에 저 또한 그랬을 것입니다."

"송구합니다. 알아보지 못해 너무 송구합니다."

"아닙니다."

"선생님도 그렇게 저를 잊지 않고 계셨던 것입니까?"

슬아네와 박 서방네가 나누던 이야기에서는 그랬다.

"네. 저도 10년 동안 배꽃의 이곳을 내도록 그리워했습니다. 알 지에 평안할 안자를 이름으로 가진 갈래머리 소녀가 너무나 그리웠습니다."

"……"

"누군가 저에게 그러더군요. 제가 그리워하는 것은 이곳의 배꽃이 아니라 배꽃을 닮은 누군가일 것이라고."

단과 지안이 서로를 바라보며 동시에 고개를 끄덕였다.

"거짓말을 하였습니다. 제가 선생님께 거짓말을 하였어요."

"……"

"기다리겠습니다. 얼마가 걸리든 상관없어요. 여기에서 선생님을 기다리겠어요."

"참말이십니까?"

"네. 네. 그러니, 그러니 꼭 돌아오셔요! 꼭 살아서 돌아오시란 말이에요!"

"언제 돌아올지 모르는 길입니다."

"알고 있습니다."

"돌아올 수 있을지 장담도 못 하는 길입니다."

"이미 10년 전에 선생님에게 드린 저의 마음이에요."

"멀쩡한 모습으로 돌아오지 못할 수도 있어요."

매일 매 순간을 전쟁터에서 사는 단의 삶이었다. 온전한 모습으로 다시 돌아올 수 있다고는 아무도 장담할 수 없었다.

"어떤 모습이어도 상관없어요. 그냥 선생님이시면 됩니다. 그냥 살아서 돌아오시면 됩니다."

더 이상 단의 이성은 지안을 향해 뻗어가는 마음을 이기지 못했다. 여전히 엉거주춤하게 들려있던 단의 손이 지안을 향해 뻗어갔다.

단이 지안의 하얀 상복 허리가 꺾어질 듯 감아 안았다. 상복만큼이나 하얀 지안의 목덜미에 단의 고개가 떨어졌다.

"저도 하고 싶은 말이 있습니다."

단의 목소리에서 쇳소리가 났다.

"말씀하세요."

지안의 목소리에서는 물소리가 났다.

"한 번만, 마지막으로 한 번만, 이름을 불러봐도 되겠습니까?"

끄덕였다, 지안의 고개가. 서럽게 끄덕였다.

"지안 씨!"

열렸다. 단의 입술이. 서럽게 열렸다.

"꼭, 꼭 돌아오겠습니다. 꼭! 지안 씨……!"

지안의 고개가 다시 끄덕였다. 목덜미에 와 닿는 단의 숨결이 더웠다.

잠시 후, 단이 지안을 품에서 떼어놓았다. 지안의 큰 눈을 가만히 들여다보았다. 이번만큼은 지안도 피하지 않고 단의 눈을 같이 들여다보았다.

물기에 젖은 서로의 눈망울에 서로의 얼굴이 비쳤다. 서로를 가여워하며 이별을 아파하는 얼굴이 똑같은 모습의 얼굴을 바라보았다.

천천히, 막 고치를 벗어나는 나비가 날개를 펼치며 물기를 떨구듯이, 단의 얼굴이 지안의 얼굴로 다가갔다. 두 사람의 입가에 파르르 경련이 일었다.

배꽃이 이울어 서로 맞닿듯이, 자운영꽃이 피어 서로 몸을 기대듯이, 단의 입술과 지안의 입술이 만났다. 지안의 혀끝에서 배꽃 향기가 났다. 단의 혀끝에서는 자운영꽃의 향기가 났다.

길고도 아픈 입맞춤이 이우는 배꽃 사이에서 흩날렸다.

"꼭 돌아오세요."

"네. 잊지 말고 기다려 주세요."

단의 팔이 더 억세게 지안의 허리를 끌어안았다. 지안의 팔이 올라와 단의 목을 아프게 끌어안았다. 꼬옥! 다시는 놓지 않을 것처럼.

또르르—.

배꽃 이울다

두 사람의 눈물방울이 굴러 배꽃 향기를 적셨다. 눈물방울이 흩어져 자운영꽃의 향기를 적셨다.

고운 당신을 두고 나는 갑니다.
어느 언덕길 해 저물 때면
땅거미처럼 당신이 내릴 텐데
아프다 말 못 하고
이리 당신을 두고 갑니다.

나루터 길마다 풀빛이 짙어
지친 내 발길 쉬어 갈 때면
잔물결 위로 밀려오는 당신이 보일 텐데
시리다 말 못 하고
이리 당신을 떠나보냅니다.

배꽃 피어 향을 날리고
자운영꽃 피었다 이울 때면
배꽃처럼 창백한 기억이 손짓할 텐데
자운영향처럼 은근한 기억이 눈짓할 텐데
함께 있겠다는 약속도 못 하고
이리 당신을 두고 갑니다.
이리 당신을 가라 합니다.

어느 계절 틈바구니에 우리 만나질까요?

어느 꽃잎 사이에서 우리 만나질까요?

눈물 풀어 신을 삼아도

못 보낼 당신인데

못 떠날 당신인데

배꽃 이울어 바람에 흩날리듯

이리 우리는 이별합니다.

이별합니다.

4월의 봄날, 이별을 아쉬워하며 배꽃도 이울어 내렸다.

배꽃 이울다

10. 배꽃과 자운영꽃은 서로 그리워하며

별당 자신의 방에서 지안이 수를 놓고 있었다. 옆에는 정이와 슬아네가 앉아 바느질을 했다.

"우째 허 선상님은 연락 한 자락 없을까예?"

슬아네가 조금은 푸념이 섞인 듯 바느질감을 내려놓았다.

"나랏일 하느라 바쁘신 분이오. 어찌 사사롭게 연락을 할 수가 있겠소?"

"그래도 그렇지예. 우리가 다 기다리는데 너무 서운하다 아입니꺼."

단과 지안이 서로의 진실을 알고 헤어진 것을 알게 된 슬아네가 애써 감정을 감추었다.

"만주로 가신 지 벌써 1년째라예."

"시간이 벌써 그렇게 되었네예."

"우리가 이렇게 허 선상님 생각하는데 선상님도 우리 생각 하실까 예?"

"당연하제. 안 할 리가 없잖아."

슬아네와 정이가 서로 마주보았다. 괜히 얼른 말을 돌렸다.

"아씨! 병풍 수가 다 되어가네예. 배꽃과 자운영꽃이라! 색깔도 그 랗고 어째 참 잘 어울립니더."

단이 떠난 후, 지안은 병풍 수를 놓는다면서 1년째 한 가지 수만 놓고 있었다. 하얀 배꽃은 이울어 흩날리고 그 밑에는 붉은 자운영꽃 이 흐드러진 풍경이었다.

"우리 아씨야 원래 배꽃을 참 좋아하시니까 그렇지예. 한데 자운영 꽃은 왜 같이 수놓으시는 거라예? 보통 배꽃이랑 자운영꽃을 같이 수놓지는 않잖아예."

"응! 그냥 예뻐서."

정이의 물음에 지안은 짧게 답을 했다. 왜 배꽃과 자운영꽃을 함께 수놓는지는 슬아네도 정이도 몰랐다.

지안은 고개를 들어 먼 산을 바라보았다. 4월의 봄 산에는 배꽃이 덧칠해 놓은 풍경화처럼 자리 잡았다.

'허 선생님! 무소식이 희소식이라! 그저 무탈하시리라 믿고 그리 기 도합니다. 부디 몸조심하시고 늘 형통하시기를.'

배꽃에서 시선을 거두며 지안이 속으로 말했다.

만주의 단은 어두운 골목길에서 누군가를 스쳐 지나가고 있었다.

배꽃 이울다

군자금을 전달받기 위해 은밀히 사람을 만나는 중이었다. 거리 곳곳에는 일본군 보초들이 지나다녔다.

"배꽃 이우는 밤이네요."

"자운영꽃도 만발합니다."

서로의 암호를 주고받으면서 상대가 건네준 가방을 단이 받아 들었다. 옆에 서 있던 젊은 남자도 알아차리지 못할 만큼 순식간의 일이었다.

"선생님! 왜 항상 암호에 배꽃과 자운영을 넣어서 만드시나요?"

옆에서 따르던 남자가 물었다.

"네?"

"항상 그렇잖아요. '배꽃에는 손수건을 매었다. 자운영꽃 위에는 개구리가 앉아 있다', '배꽃이 지는 밤이다. 자운영꽃이 문을 열고 들어온다' 들을 때마다 도대체 무슨 뜻인지 저는 참 궁금합니다."

"그래요? 한데 무슨 뜻인지 알아서 무엇 하시려고요? 어차피 암호라는 것이 두 사람만이 통하고 주고받는 것인데."

"좀 의외네요."

"무에가요?"

"선생님이 배꽃을 좋아하시는 건 진즉에 알았지만 자운영꽃도 좋아하시는 줄은 몰랐어요. 저는 이름도 생소한 꽃인데."

"글쎄요! 그 꽃을 좋아하는 또 다른 사람은 제 마음을 이해하겠지요."

만주의 4월의 밤 산에도 배꽃은 피어 흐드러졌다. 그 풍경을 바라보며 젊은 남자와 걷는 단의 발걸음이 무거웠다.

'잘 계시는 거지요? 배꽃의 이곡리에서 건강히 지내시는 거지요? 그리 믿으면서 저는 오늘도 또 하루를 견디고 살아냅니다.'

밤하늘에서 시선을 거두며 단이 혼잣말을 했다.

지안과 단이 이별한 지 1년이 지난 4월의 봄날이었다.

╬ × ╬

"새아가! 오늘도 고생 많았데이."

"아니에요. 어머니!"

분주했던 하루를 마치고 지안은 시어머니 한씨 부인과 마주 보고 앉아 있었다. 다시 4월이 돌아와서 텃밭에 각종 모종 심는 일을 지안도 도왔다.

"니 혹시……."

무슨 말을 하려는지 한씨 부인이 망설였다.

"말씀하세요. 어머니!"

"니 혹시 재가할 생각은 없나?"

"네?"

의외의 말을 한씨 부인이 물었다.

"그 아이 떠난 지 벌써 3년째다. 남편도 없는 시모 시하에서 니가 살아갈 일이 참 고단할 거라 내 맘이 아프데이."

"양친 부모 다 여의고 이제 저한테도 의지 가지는 어머님뿐이에요. 어찌 그렇게 말씀하세요?"

"재 너머 소릿골에 사는 이인데 2년 전에 상처를 했다더라. 인품도

훌륭하고 학식도 있어 새아기 너한테 부족함이 없을 것 같데이."

"저는 재가할 생각이 전혀 없습니다. 어머님!"

"내가 너를 묶어두고 니 좋은 세월을 허비만 시키는구나!"

"무엇보다 어머님! 제가 어머님 곁에 꼭 있어야 할 이유가 있잖아요."

"그것도 나는 니가 안됐데이."

"어머님!"

"니 혹시 기다리는 사람이 있나?"

짐작이 되는 표정으로 한씨 부인이 물었다. 대답 대신 지안이 손을 내밀어 한씨 부인의 손등을 쓰다듬었다.

"할머니! 어머니!"

그때, 방문 밖에서 종다리 같은 목소리 하나가 날아들었다.

"오, 오냐! 들어오니라!"

한씨 부인이 지안의 손을 빼면서 방문을 쳐다보았다.

힘차게 문이 열리더니 일고여덟 살 됨직한 여자아이가 들어왔다. 단을 처음 만났던 날의 지안처럼 양갈래 머리를 땋아 늘이고 원피스를 입었다.

"할머니!"

아이는 한씨 부인을 부르면서 다가앉기는 지안의 옆에 와서 앉았다.

"산 위에랑 동구 밖 길이랑 신작로랑 온통 배꽃이 피어 흐드러졌어요. 꼭 어머니를 닮았어요."

"산에 갔다 온 게야?"

지안이 아이에게 물었다.

"네. 배꽃을 보러 갔다 왔어요."

"그랬구나."

"배꽃이 어머니를 닮아 저는 배꽃이 너무 좋아요. 게다가 배꽃 향기도 어머니를 닮았어요."

"이 에미에게서 배꽃 향기가 나느냐?"

"그럼요. 어머니 향기가 얼마나 좋은데요."

아이가 지안의 품을 파고들었다.

'허 선생님! 만주에도 배꽃이 피어올랐나요? 거기에도 걸어 다닐 배꽃길이 있으신가요? 우리가 다시 한 번 배꽃의 산길을 함께 걸어볼 수 있을까요? 다시 한 번 그 봄날을 누려볼 수 있을까요? 무탈하십시오. 부디 매일 매일 무탈하십시오.'

아이를 안고 지안은 만주에 있는 단을 생각했다. 두 사람을 바라보며 한씨 부인은 한숨을 삼켰다.

만주의 단은 국내에 들어갈 조직원을 배웅하고 있었다. 늘 은밀하게 움직여야 해서 작별을 하는 장소도 음침한 뒷골목이었다.

"조심히 다녀오세요. 길이 험할 것입니다."

단이 남자에게 손을 내밀어 악수를 했다.

"네. 잘 다녀오겠습니다."

남자가 단의 손을 마주 잡으면서 결의를 다졌다.

"한데 허 선생께서는 어찌 편지가 1통뿐입니까? 본가 형님께 드리는 서신 한 장뿐인 것 같던데. 국내에 달리 소식 전할 사람이 없으십니까?"

'소식을 전할 사람이요? 있지요. 있습니다. 너무도 간절히 그리운 사람이 있습니다. 하지만 그리워하지 않으려 합니다. 그리워하면 그리움을 참지 못하고 당장 그 곁으로 돌아가고 싶을 테니까요.'

단이 혼자서만 속으로 답을 했다.

"4월이라 배꽃이 많이 피어올랐을 테지요. 괜찮으시다면 배꽃 가지 하나만 말려서 손수건에 싸오시겠습니까?"

대신에 단은 배꽃을 부탁했다.

"국내에 들어가는 사람이 있을 때마다 늘 배꽃 가지를 부탁하시는군요. 다 어떻게 하시는 것입니까?"

"그저 책갈피 사이에 넣어 두고 보지요."

"배꽃이 그리 좋으십니까?"

"네. 제게는 참 좋은 꽃입니다."

"알겠습니다. 잊지 않고 꼭 챙겨 오지요."

남자가 고개를 끄덕이며 단의 앞을 떠났다.

단은 바지 주머니에 손을 넣고 혼자서 뒷골목 길을 걸어갔다. 어디선가 배꽃 향기가 풍겨왔다. 공기 중에 떠도는 먼지들도 모두 배꽃에서 떨어진 꽃술 같았다.

'이곡리 그곳에도 배꽃이 피어올랐겠지요. 신작로길 아래로 자운영 꽃은 또 흐드러지게 피었겠지요? 다시 한 번 그 길을 같이 걸어볼 수 있을까요? 다시 한 번 배꽃의 봄날을 함께 누려볼 수 있을까요?

그립습니다. 그립다는 말만으로는 표현이 안 될 만큼 그립습니다. 보고 싶습니다. 보고 싶다는 말만으로는 다하지 못할 만큼 보고 싶습

니다. 평안하십시오. 부디 오래 오래 평안하십시오.'

만주의 4월은 아직도 냉기가 남아 있었다.

단과 지안이 이별한 지 3년이 지난 4월의 봄날이었다.

┼╳┼

지안은 정이와 슬아네와 함께 이불을 빨아 널고 있었다. 볕이 잘 드는 후원 연못의 비단잉어들의 비늘 위에 4월의 햇살이 부서졌다.

"아씨! 이제 하나 남았네예."

슬아네가 대야에 손을 담그며 지안을 보았다.

"마저 짜서 얼른 같이 널으오."

"아이라예. 이거는 이제 정이랑 지랑 하면 돼예."

"같이 하오. 둘이 하면 힘들잖우."

"정이야! 얼른 저쪽 끝 잡기라."

지안이 다가가자 슬아네가 얼른 정이를 손짓해 불렀다.

정이와 슬아네가 이불을 펴서 털자 공기 중으로 물방울들이 튀어 올랐다. 불시산에서 이워 내린 배꽃잎이 그 물방울들 위에서 목마를 탔다.

"아씨! 빨래를 널 때면 지는 와 이리 허 선상님 생각이 날까예?"

"응? 허 선생님이 왜?"

"허 선상님께서 우리 집 오셨을 제 이불 빨래 널어주셨지예. 남자 분이라 그런지 힘이 좋으셔서 저희가 수월케 일을 마쳤었잖아예."

"유모는 허 선생님 생각이 그리 많이 나오?"

"당연하지예. 내사 해방이 빨리 되어서 허 선상님 돌아오시는 거 매일매일 기도하잖아예. 정이야! 니는 안 그러나?"

"암만예. 지도 빨리 이놈의 시절이 끝나서 허 선상님 이곡리로 오셨으면 하는구만예. 배꽃만 피어오르면 꼭 여게가 구멍이 난 것처럼 뻥하다 아입니꺼."

정이가 오른손으로 가슴을 돌려 쓰다듬었다.

"여기 모인 사람들은 모두 기다리는 사람이 있네."

"아씨도 허 선상님 기다리시잖아예?"

"다들 기다리는 그분을 나라고 안 기다리겠니? 나도 허 선생님께서 이곡리에 빨리 다니러 오셨으면 좋겠구나."

"우와! 아씨가 웬일이라예? 항상 내는 그립고 뭐고 그럴 게 없는 사람이다 이렇게 말씀하시더니."

정이가 지안의 말투를 흉내냈다.

"세월이 많이 흘렀지 않니? 이제는 그립다 말 한마디 정도는 할 수 있을 것 같아."

"암만예. 기리우면 기립다 말할 수 있는 것도 좋은 일이라예."

지안의 대답에 슬아네가 좋아라 하며 박수를 쳤다.

"우리 허 선상님은 꼭 무탈히 이곡리로 돌아오실 거라예. 제가 장담합니더."

이곡리 산등성이마다 배꽃이 피어 늘어졌다. 보이지는 않지만 동리 밖 신작로길에는 자운영꽃도 꿈처럼 흐드러졌다.

지안이, 정이가, 슬아네가 그 풍경 속에서 단의 생각에 잠겼다.

만주의 단은 기수와 함께 인쇄물을 만들고 있었다. 검은 잉크가 묻은 롤이 지나갈 때마다 글자들이 뚜렷하게 떠올랐다. 이제 스무 살이 넘은 기수도 만주로 왔다.

"선생님! 강 건너 언덕에 배꽃이 피었습니다."

기수의 말에 단의 손길이 잠시 멈추었다.

"그래. 벌써 4월이 되었군. 배꽃의 계절이야."

"배꽃이 꼭 그리움처럼 피어났습니다."

"기수군은 혹시 배꽃의 꽃말이 무엇인지 아는가?"

"글쎄요? 저번에 한 번 들었는데 잘 모르겠습니다."

"배꽃의 꽃말은 온화한 애정이라네."

"어쩐지! 피어 흐드러진 배꽃을 보면 정말 온화함이 떠오릅니다."

"근데 자네는 강가에 갔다 왔던가?"

"네. 너무 답답해서 잠시 다녀왔습니다."

"총상을 입은 몸으로 찬바람을 쐬면은 안 되네. 4월이라고는 하지만 만주의 봄바람은 여전히 시리고 차네."

"선생님도 너무 무리하지 마십시오."

얼마 전, 일본군과의 대치 상황에서 기수가 왼쪽 팔에 총을 맞았다. 단도 어깨를 스쳐 간 총알 때문에 오래 붕대를 감고 있었다. 그래서 오늘은 둘이 함께 인쇄물 만드는 일을 하고 있었다.

"바람의 시리고 찬 기운보다는 배꽃의 포근함이 훨씬 따스합니다."

"자네는 어찌 그리 배꽃을 좋아하는가?"

"하하하! 선생님께서 물으실 말씀은 아닌데요. 선생님께서 늘 배꽃을 귀애하시니 저도 모르게 어느새 배꽃이 좋아진 모양입니다."

"하지만 아무리 고운 배꽃이라도 이곡리의 배꽃만큼 곱지는 못할 것이네."

단의 눈빛이 어느새 아련하게 젖어갔다.

"선생님! 해방이 되어 돌아가면 이곡리에 꼭 가실 거지요?"

"응. 본가에 인사를 드리고 나면 바로 이곡리엘 가볼 생각이야."

"하면 그때 저도 함께 데려가 주십시오. 선생님께서 그렇게 자랑하는 이곡리의 배꽃을 저도 꼭 보고 싶습니다."

"좋지. 꼭 함께 가보세."

불안한 오늘, 더 불확실한 내일.

아무것도 확신할 수 없는 시절, 전쟁터 같은 곳에서 살아가는 단과 기수가 배꽃을 생각하며 같은 곳을 바라보았다.

단과 지안이 이별한 지 8년이 지난 4월의 봄날이었다.

┼ Ｘ ┼

지안은 정이와 함께 읍내에 다녀오는 길이었다.

작은 시내를 건넜다. 돌멩이가 듬성듬성 징검다리로 놓여서 지안과 정이는 앞뒤로 서서 건넜다. 지안은 여우비가 오던 날, 단과 건넜던 기억을 떠올렸다.

막 신작로길로 접어들었다. 4월의 봄볕을 받아 신작로길 아래로는 자운영꽃이 피어올랐고 동구 밖 길 양쪽으로 늘어선 배꽃은 구름처럼 솜처럼 걸려 있었다.

"아씨! 또 배꽃의 봄날이 돌아왔어예."

"그래. 온통 하얗게 피어올랐구나."

"배꽃 향기가 곳곳에서 돋아나고 있어예."

"어지러울 만큼 향기롭구나! 고운 향기야!"

"읍내에서 얘기를 들었는데예, 곧 일본군이 항복을 할 거라 그러던데예."

"정이 넌 어디서 그런 얘기를 들었니?"

"난전의 사람들이 다 그러던데예."

"그래?"

"야. 뭐 비행기가 뜨고 어쩌고 막 그라던데예."

"헛소문일 게다. 해방을 너무도 간절히 원하는 이들의 염원이겠지."

"그래도 이번에는 다 진짜 그랄 꺼라고 하던데예."

"그래. 이번 주일에 예배당엘 가면 기도를 더 간절히 해야겠구나."

"다가오는 주일에는 비가 올 꺼라데예."

"그래? 그럼 교회 갔다 돌아오는 길에는 배꽃비를 맞을 수 있겠어."

"막 손을 벌려서 맞으면서 그렇게 올랍니더."

"그러려무나."

지안이 신작로길 아래를 내려다보았다. 개구리 몇 마리가 논둑길에 앉아 있었다.

"저 개구리는 무엇을 보고 있는 걸까?"

개구리를 뛰어넘느라 단의 목을 끌어안았던 기억을 떠올리며 지안이 물었다.

"예? 개구리야 그냥 벌레나 잡아먹으려고 보고 있겠지예."

"훗! 그렇겠지?"

엉뚱한 정이의 대답에 지안이 낮게 웃었다.

만주의 단은 부산하게 어딘가를 걸어가고 있었다. 언제나처럼 기수가 뒤를 따랐다.

"선생님! 미국이 관여할 거라는 소문이 사실인가 봅니다."

"분위기가 그리 흘러가는 것 같네."

"하면 올해는 우리의 염원을 이룰 수 있을까요?"

"그리 되도록 간절히 소원하고 애써 봐야지."

"내년의 배꽃은 국내에 돌아가서 볼 수 있을까요?"

"그 또한 소원해 봐야지."

"드디어 이곡리의 배꽃을 볼 수가 있는 건가요?"

"이곡리는 배꽃만 아름다운 곳은 아닐세. 신작로길 아래 논두렁에는 자운영꽃이 얼마나 소담하게 피어나게."

"해서 우리들이 이리 목숨 바쳐 지켜내야만 하는 거겠지요."

단과 기수가 마주 웃으며 비밀 회동 장소인 객점으로 들어섰다.

1945년 4월, 지안과 단이 이별한 지 10년째 되는 해의 4월이었다.

╬ ╳ ╬

눈물에 가득 찬 지안이 자신만큼이나 눈물로 젖은 정이를 쳐다보았다.

"정이야! 내가 잘못 들은 것이 아니지?"

떨리는 목소리로 지안이 묻지만 정이는 선뜻 답을 못했다.

"말해 보아라. 정이야! 잘못 들은 것 아니지?"

"네. 아씨! 맞아예. 절대 잘못 들은 것 아니라예. 해방이, 해방이 됐답니더."

1945년 8월, 구석진 시골 마을 이곡리에도 해방의 소식은 제비처럼 날아들었다.

"내를 좀 꼬집어보려무나."

"아씨가 지를 먼저 꼬집어보세예."

"그래. 정말이구나! 정말이야!"

지안이 마치 열이 오른 사람처럼 중얼거렸다. 정이의 입은 귀까지 걸려 다물어질 줄을 몰랐다.

"아씨! 아씨!"

그때, 두 사람의 뒤로 슬아네와 박 서방네가 득달같이 달려왔다.

"참말이지예? 참말이지예?"

두 사람의 눈에도 눈물이 흘러넘치기 직전이었다.

"아씨! 이제는 됐십니더. 이제는 다 됐십니더."

8월의 햇살이 뜨거운 줄도 모르고 지안과 정이, 슬아네와 박 서방네, 네 명이 서로를 얼싸안았다.

만주의 단도 기수와 포옹을 하고 있었다.

"선생님!"

눈가에 눈물을 담고 기수가 단의 어깨에 몸을 기댔다.

"그래. 수고 많았네. 수고 많았어."

역시나 눈물을 담은 단이 기수의 어깨를 두드렸다.

"자네의 소원대로 내년의 배꽃은 정말 국내로 돌아가서 볼 수 있겠네."

"선생님과 함께 이곡리엘 꼭 가보고 싶습니다. 배꽃도, 자운영꽃도 아름다운 그곳에."

"그래. 함께 가세. 우리가 지켜낸 그곳으로."

감격에 어린 단과 기수의 포옹도 풀어질 줄을 몰랐다.

1945년 8월의 한 날이었다.

÷×÷

단은 만주 객점의 아지트에서 다른 남자와 탁자를 마주 하고 앉아 있었다. 단의 몸 바로 앞에는 지안의 노리개가 놓여 있고 두 사람은 만주 복색을 했다.

"허 선생! 하루라도 빨리 귀국을 서둘러야겠어요. 이 아지트마저도 이제 노출이 되었다고 하는데."

"글쎄요. 임정의 동향을 좀 더 살펴봐야 하겠는데요."

"해방이 된 지 벌써 4개월이 지나고 있어요. 허 선생도 기다리는 가족이 있을 것 아닙니까? 내년의 봄은 국내에 돌아가서 맞아야지요."

남자의 질문에 단이 지안의 노리개를 힘주어 잡았다.

"국내 사정은 많이 안정되었다고 하던데 아직도 만주에서는 극렬 일제 세력이 판을 치고 있으니."

단이 걱정스럽게 말을 이었다.

"그러게요. 큰일입니다."

"더욱이나 천황단의 포악은 극에 달했어요. 수많은 동지들이 해방 전보다 더 쉬이 목숨을 잃었어요."

"패배를 인정하지 못하는 저들의 마지막 몸부림이겠지요."

"어쨌든 사정이 너무 나빠요. 그러니 어쩌겠습니까? 우리라도 남아서 임정의 활동에 힘을 실어주어야지요."

결의를 다지는 단이 지안의 노리개를 더 꽉 쥐었다.

그립다. 말로 표현할 수 없을 만큼 그립다. 배꽃의 그곳이, 배꽃을 닮은 지안이.

달려가고 싶었다. 만사를 다 제쳐 두고 지금 당장이라도 배에 몸을 싣고 싶었다. 하지만 혼자만의 이기심으로 쉽게 움직일 단의 성정도 못 되었다.

"선생님! 선생님! 급한 일입니다."

그때, 호들갑이라고는 없는 기수가 문을 박차고 뛰어 들어왔다. 어찌나 세게 들어서는지 문 부서지는 소리가 났다. 기수 역시 만주 복색이었다.

"무슨 일인가? 기수 군! 왜 이리 부산한 게야?"

"지금 이렇게 느긋하실 때가 아닙니다. 얼른 몸을 피하셔야겠어요."

"왜인가?"

"천황단이 곧 이곳을 급습할 것이라는 제보가 들어왔어요."

"뭐라고?"

"그게 정말인가?"

"네. 어서들 일어나세요."

"그래. 얼른 서두르자꾸나."

단과 남자가 벌떡 몸을 일으키자 기수가 앞서서 회의실을 나갔다.

그렇게 세 사람은 한 번씩 뒤를 돌아보며 급히 거리를 달려갔다. 아지트가 있는 낡은 객점이 늘어선 만주의 뒷골목은 한산했다.

"빨리! 빨리! 이쪽입니다."

앞서 뛰어가는 기수가 두 사람을 재촉했다. 단은 남자를 보호하듯이 뒤를 지키며 걸음을 옮겼다.

"앗!"

그러다가 갑자기 단의 발걸음이 멈추었다. 황급히 손을 들어 양복 안주머니 쪽을 더듬었다. 한 번을 더듬고 다시 한 번을 더 더듬었다.

"허 선생님! 왜 그러십니까? 급하다니까요."

"기수군! 미안하지만 내는 잠시 아지트에 다시 다녀와야겠네."

"네. 거기엘 왜 말입니까?"

놀란 기수의 발걸음이 멈추었다.

"내가 무얼 두고 온 게 있어."

"안 됩니다. 그냥 버리십시오."

기수가 단을 만류했다.

"그래요. 허 선생. 지금 목숨이 경각인데 무얼 챙기러 다시 돌아간단 말입니까?"

"아닙니다. 빨리 다녀오겠습니다."

기수와 남자가 말려 보지만 이미 단을 몸을 돌리고 있었다.

"안 됩니다. 선생님!"

기수가 팔을 벌리며 단을 막아섰다.

"비켜나게. 기수군!"

"안 된다니까요."

"내가."

기수가 굳건히 서서 비킬 생각을 안 하자 단이 숨을 짧게 한 번 내쉬었다.

"내가 노리개를 두고 왔네."

"아……."

노리개라는 말에 기수의 팔이 힘없이 떨어졌다.

한국으로 돌아가기 전까지는 무엇 하나도 장담할 수 없는 시절이다. 그리고 기수는 알고 있었다. 단에게 지안의 노리개가 어떤 의미인지. 그리고 단이 노리개를 잃어버리게 된다면 어떻게 될지.

단에게 있어 노란 노리개는 살아서 꼭 돌아가야 할 이유였다.

"하면, 저도 따라가겠습니다."

"아니네. 내 금방 다녀오지."

"하면 여기서 기다리겠습니다."

남자는 먼저 떠나 버리고 기수가 기다리겠다고 하자 단이 아지트를 향해 다시 걸어갔다.

초초한 시간이 흘렀다. 기수의 숨이 멈추는 듯했다. 하지만 잠시 후 객점 안으로 들어갔던 단이 다시 모습을 드러냈다.

"휴우!"

단이 다시 나오자 그제야 기수가 숨을 몰아쉬었다.

하지만 그와 동시에 한산했던 뒷골목이 분주해지기 시작했다. 저만치 앞쪽에서 한 무리의 남자들이 우루루 객점 쪽으로 몰려오고 있었다.

남자들의 무리가 단을 발견했다.

"잔당이다!"

그런 소리가 들렸다. 그러고는 그중의 한 남자가 총을 꺼내 들었다.

"선생님!"

기수가 단을 외쳐 부르자 단이 더 빨리 달리기 시작했다.

탕!

하지만 달려오는 단의 등 뒤에서 총성이 울렸다. 그리고 잠시 후, 단의 몸이 짚단처럼 쓰러졌다. 기수의 눈이 휘둥그레졌다.

단이 겨우 몸을 일으켰다.

"선생님!"

기수가 다시 비명처럼 단을 부르는데 한 발의 총성이 더 울렸다. 다시 쓰러지는 단의 손에서 지안의 노리개가 떨어졌다.

12월의 찬 공기가 광활한 만주벌판에 내려앉았다.

그 시간, 지안은 단이 머물던 사랑채의 방을 청소하고 있었다. 경대 위를 살며시 닦는데 어쩐 일인지 팔꿈치 끝에 화병이 걸리고 말았다.

쟁그랑!

방바닥으로 굴러 떨어진 화병은 세 조각으로 깨져 버렸다.

"아씨! 뭔 소리라예?"

사랑채의 마루를 청소하고 있던 정이가 놀라서 방으로 들어왔다.

"으응! 이를 어쩌니? 내가 그만 화병을 깨뜨리고 말았구나."

"저리 비켜나이소. 손 다치십니더."

화병 조각을 주우려는 지안을 만류하며 정이가 손을 내밀었다.

"우짠다고 아씨께서 화병을 다 깨뜨리셨어예?"

"글쎄다. 조심한다고 했는데, 그만!"

"후후! 지는 다 알겠구만예."

"무엇을 말이냐?"

"이제나 저제나 오매불망 기다리는 분이 있으니께네 그거에 온통 마음이 빼앗겨서 그러신 거 아니라예?"

"정이 너두 참!"

정이의 말이 아주 틀린 말은 아니라 지안이 낯을 붉히며 웃었다.

"이제 벌써 12월입니더. 늘 배꽃 필 때마다 오시던 허 선상님이께 새 봄이 돌아오면 아마 돌아오시지 않겠십니꺼?"

정이가 열고 들어와서 닫지 않은 방문으로 먼 데 산이 건너다보였다. 앙상한 배나무들이 12월을 입고 있었다.

"그럴까? 정말 배꽃이 피기 시작하시면 돌아오실까? 벌써 해방이 된 지도 4개월이 지나가고 있어."

"두고 보이소. 지 말이 딱 맞을 겁니더. 언제고 배꽃 피면 오셨던 선상님이께 다음 해 새 봄, 배꽃 핀 날이면 꼭 오실 거라예."

"그렇다면 내도 참 좋겠구나."

해방이 되면 바로 단을 볼 수 있을 줄 알았다. 줄곧 연락 한 자락도 없던 단이었지만 죽었다는 소식을 들은 적도 없으니 반드시 살아서 돌아올 거라고 지안은 믿었다.

하지만 벌써, 문산읍 이곡리는 해방 후 12월의 한겨울.

'빨리 오시면 좋겠구나. 나도.'

혼자서 속삭이는 지안의 말을 정이도 알아들었다.

두 사람은 나란히 앉아 앙상한 배나무의 산등성이를 올려다보았다. 아마도 지금 동리로 들어서는 신작로길 아래에는 자운영꽃도 땅속에서 새 봄을 기다리고 있을 것이었다.

새 봄이 돌아오면 배꽃이 자운영꽃을 향해 그리움의 목을 드리울 것이다. 자운영꽃도 배꽃을 향해 그리움의 발걸음을 옮길 것이다.

아무도 그 끝을 알지 못하는 배꽃과 자운영꽃의 그리움이 서로를 향해 늘어질 것이다.

총을 맞은 자운영꽃을 알지 못하는 배꽃의 그리움이……

11. 봄마다 배꽃은 피어난다

다시 시간은 쉼 없이 흘렀다. 시간은 꽃잎과 함께 피었다가 꽃잎과 함께 졌다.

5월에는 아카시아꽃이 피어났다. 짙은 그리움의 향기가 났다. 7월에는 배롱나무에 꽃이 맺혔다. 백일홍의 창백한 꽃잎이 그리움에 못이겨 고개를 가누지 못했다.

9월에는 구절초가 피어올랐다. 멀어져 가는 발걸음 소리를 따라 하얗게 그리움을 토해내었다. 12월에는 눈꽃도 피었다. 가느다란 가지 끝에서 그리움은 손이 얼었다 녹았다 하였다. 모두가 배꽃과 같은 하얀 꽃잎을 지녔다.

그리고 1946년, 진주군 문산읍 이곡리에 다시 봄이 돌아왔다. 마을을 둘러싼 산등성이마다 희디흰 배꽃 잔치가 다시 시작되었다.

지안은 부지런히 과수원 길을 거슬러 올라갔다. 하얀 냉이꽃과 함께 노란 별꽃이 피어 과수원 길섶에 색색의 수가 놓였다. 적막한 산길에 배꽃이 지안과 어깨를 나란히 하고 걸어갔다. 지안의 가슴에는 노란 쌍노리개 한 짝이 달려 있었다.

이윽고 과수원길이 끝나고 풀을 깎아서 손질을 해놓은 평평한 땅이 나왔다. 무덤 몇 개가 동그랗게 엎드려 있었다. 지안은 망설임 없이 그중의 한 무덤으로 다가갔다.

― 윤 두 현

세워진 비석에 세 글자가 반듯했다. 지안은 몸을 내려서 앉았다. 그러고는 따스하게 두현의 비석을 쓰다듬었다. 물기라곤 하나도 없는 돌비석인데 금세 지안의 손바닥에 물기가 어렸다. 아마도 그것은 기억의 물기이고 그리움의 물기이고 아련함의 물기일 것이었다.

봄마다 배꽃은 피어났다. 그리고 배꽃 이울어 떨어지는 사이사이로 떠나간 이름들이 기억이 났다. 그리웠고 아련하였다.

병약했던 어머니,

지안에게 배꽃처럼 곱다 하시던 아버지,

10년을 속으로만 삼키며 그리워했던 두현, 상처와 눈물만 주었던 두현, 하지만 결국 생의 마지막 사랑을 지안에게 주고 간 두현.

그리고 또 봄이면 배꽃 화사한 과수원 길을 걸으며 기다림에 설레기도 했다.

기억 속 마지막 밤, 조심스레 지안을 안고 눈물을 흘리던 단. 모든 사실을 알게 되었지만 그래도 지안을 두고 서럽게 떠나갔던 단. 지안의 배꽃 향기 사이로 물렸던 자운영꽃 향기의 단. 이제 지안의 삶에 유일한 기다림이 된 그 이름, 허단.

배꽃이 바람에 끝없이 이울었다. 그 바람 따라 지안의 상념도 끝자락 없이 이어졌다.

친일파에 매국노라 손가락질 받았던 윤 참판의 죽음 이후, 한씨 부인은 본격적으로 독립운동의 조력자가 되었다. 일제의 강제 수탈에는 어쩔 수 없었지만 그래도 한씨 부인은 지안과 함께 힘들게 집안을 지켜 나갔다. 그 과정에서, 단이 잠시 머물렀던 것을 빌미로 지안이 읍내 지서로 가서 조사를 받기도 했었다.

1년 전, 한씨 부인이 세상을 떠난 후에는 지안은 혼자서 집안을 지켰다.

그래도 지금 생각하면 그런 사건들이 오히려 약이 되었다. 해방이 되면서 근동에서 일제에 협력한 집안 중 제대로 보존된 집이 없었다. 모두가 나라의 매국노로 몰려 해방을 맞은 백성들의 돌을 맞아야 했다.

하지만 그와 달리 지안의 집안은 무사할 수 있었다. 그리고 지금도 예전과 같이(예전엔 오히려 권력 때문에 두려워했던) 동네 사람들의 흠모와 존경을 받으며 지안은 살아가고 있다.

오랫동안 비어 있던 폐가의 우물에서 신원을 알 수 없는 시체 하나가 발견된 일을 빼고는 동네에서도 큰일은 없었다. 그 시체가 간노라는 것은 오직 정이만 알았다.

그리고 지안의 집에서는 또 하나의 큰 변화가 있었다……

지안이 여기까지 생각을 하고 있는데 저만치에서 누군가가 뛰어 올라왔다. 우거진 수풀 사이로 갈래머리를 팔랑거리며 주황색 원피스를 입은 여자아이가 뛰어오고 있었다.

"어머니!"

서른한 살의 지안은 여자아이의 부름에 잔잔한 미소를 보냈다.

인실이다.

두현이 세상을 떠나고 단도 그렇게 만주로 떠난 후였다. 지안은 일본으로 직접 건너가 고아원에서 자라고 있던 인실을 데리고 돌아왔다. 세상에 유일하게 남겨진 두현의 혈육. 이제 열세 살이 되었다.

처음 인실을 데리고 왔던 날이 생각난다. 산머루처럼 눈이 새까만 아이는 지안의 치맛자락을 붙잡고서는 할머니인 한씨 부인을 보아도 멀뚱멀뚱 눈만 굴렸다. 아이를 보는 한씨 부인의 눈가가 금방 젖어들었다. 체면도 잊고 달려와 아이를 보듬어 안더니 연신 볼을 부볐다.

"인실인 게제! 니가 인실이제."

하나뿐인 아들을 잊고 고통으로 얼룩졌던 한씨 부인의 얼굴에 오랜만에 기쁜 웃음이 떠올랐다. 그렇게 한씨 부인이 자기를 안아도 인실은 가만히 서서 지안만 올려다보았다.

한씨 부인은 지안을 보며 거듭 미안하다, 또한 만주로 보내주지 못해 안쓰럽다 하였다. 하지만, 인실을 보는 한씨 부인의 눈 안에 두현을 보는 것과 같은 극진한 사랑이 있음을 지안은 보았다. 자신의 선택에 대해 그리고 앞으로의 운명에 대해 당당히 맞서리라 다짐했던 지안이었다.

"어머니—!"

"아씨 이모!"

작은 새처럼 인실이 뛰어와 지안의 품에 안겼다. 아이에게서는 솜털같이 좋은 내음이 풍겼다. 아씨 이모라고 부른 아이는 정이의 딸 소희다.

"한데, 왜 또 수풀길을 따라 올라오는 게야? 뱀이 나올지도 모르니 오솔길로만 걸어 다녀라 에미가 단단히 주의를 주었는데도."

닦아 놓은 과수원길을 두고 수풀 사이로 뛰어온 두 아이를 나무라는 말이었다.

"어린 소희야 그렇다 치고 인실이 넌 내년이면 중학생이 될 거잖니?"

"그깟 뱀, 내는 하나도 무섭지 않아요."

지안의 나무람에 인실이 비쭉 입을 내밀었다.

"어째서?"

"소희가 뱀을 얼마나 잘 잡게요? 산딸기나무 줄기 하나면 거뜬한걸요."

"그—래?"

"네. 지는 뱀이 하나도 안 무섭구만예."

인실의 뒤에 서 있던 아홉 살의 소희가 냉큼 대답을 했다.

"그렇담, 오히려 뱀이 우리 인실이와 소희를 보면 무섭겠구나."

"그럼요."

"그람예."

지안의 말에 인실과 소희가 희게 웃었다.

"참! 어머니. 유모 할머니가, 고모에게서 우편이 왔다고 얼른 가서 어머니 모셔오라 했어요."

지안의 소맷자락에 매달렸던 인실이 그제야 생각이 난 듯 말을 했다.

"선아 고모님이? 부산에서 말이니?"

"네."

"그래? 그럼 어디 내려가 볼까?"

지안은 두현의 비석에서 손을 떼며 몸을 일으켰다.

결핵 치료차 일본의 아버지에게로 떠났던 강을 찾아 선아도 일본으로 갔다. 그 후 강은 완치가 되었고 두 사람은 결혼 후 강의 어머니 함안댁을 모시고 부산에 정착을 하였다. 그곳에서 전공을 살려 의상실을 운영하는데, 한복을 신식으로 개량한 선아의 옷은 인기가 좋다고 하였다.

잊지 않고 꼬박꼬박 전해오는 편지 속의 선아는 언제나 행복하고 활발했다. 고데기로 멋을 내던 처녀 적 모습 그대로.

한 손으로는 인실, 다른 손으로는 소희의 손을 잡고 지안은 올라왔던 과수원 길을 도로 내려갔다.

단이 떠난 다음 해 첫 달에, 정이는 딸아이를 낳았다. 후사를 이을 수 없다 하여 시집에서 쫓겨나기까지 한 정이였는데 영문을 알 수가 없었다. 게다가 정이는 아이의 아버지가 누구인지 절대 말을 하지 않았다. 믿고 따르던 지안에게조차도 말이다.

윤 참판이 살아 있었다면 어림도 없을 일이었겠지만, 어차피 다시 재가를 할 것도 아니라, 정이는 아이와 함께 행랑채에 그대로 눌러앉았다. 배꽃처럼 희게 자라라는 뜻으로 이름을 소희라 지었다. 일본에서 온 인실과 좋은 언니 동생으로 잘 어울려 지내게 되었다.

집에서 부리던 사람들은 모두 살림 밑천을 주어 자유롭게 해주었다. 그래서 인실, 슬아네와 박 서방 부부 그리고 정이 모녀만이 이제 지안에게 남겨진 가족들이다.

"어머니! 해방이 그렇게 좋은 거여요?"

과수원 길을 걷다가 갑자기 인실이 물었다.

"응?"

"아니요. 동리 사람들이 다들 해방이 되어 너무 좋다 너무 좋다 그러는데 전 그냥 어머니가 읍내에서 사다주신 눈깔사탕이 훨씬 좋거든요."

"그랬구나."

지안은 인실의 말에 잔잔한 미소가 절로 났다. 그러고는 혼자서 속으로 생각했다.

'해방이 좋은 거냐구? 그래. 내게도 해방이 참으로 좋은 것이구나. 나라를 찾아서 좋고 내 말과 얼을 찾아서 좋고 그래서 이 에미는 참으로 좋구나. 하지만 인실아! 이 에미에게 해방이 좋은 건 또 다른 이유도 있단다. 기다림의 끝이 있어서 그래서 내게도 해방이 참 좋은 것이구나. 이제는 기약 없이 기다리지 않아도 되니 나에게 해방은 더 좋은 것이로구나.'

속으로 하는 지안의 말을 들으며 배꽃이 바람에 이울었다. 가지 끝에 채 떠나지 못한 잔설처럼 잘디잘게 배꽃이 바람에 이울었다. 눈앞이 잘 보이지 않을 만큼 잔설의 배꽃이 쌓여갔다.

산길을 다 내려오자 눈앞으로는 신작로가 펼쳐졌다.

"아씨 이모! 먼저 가서 오신다고 말씀 전할께예."

갑자기 소희가 나풀나풀 앞서 뛰어갔다. 정이를 닮아 몸이 가벼운 소희는 달음박질을 곧잘 했다. 뛰어가는 그 모습을 보더니 인실이 잠시 망설였다. 지안과 함께 갈 것인지 소희를 따라 먼저 뛰어갈 것인지 가늠해 보는 눈치였다. 그러더니 결국 인실의 양 갈래 머리도 지안을 앞섰다.

"어머니! 내도 먼저 갈래요. 어머닐랑 쉬엄쉬엄 오셔요."

"저런! 넘어질라! 둘 다 조심하려무나!"

혼자 남겨진 지안은 신작로에서 벗어나 논길로 내려섰다. 조심조심 논둑길을 밟으며 걸었다. 논두렁 아래로는 자운영꽃이 속삭임처럼 피어올랐다.

지안의 눈앞으로 경신중학 교복을 입은 소년이 검은색 원피스의 소녀를 등에 업고 지나갔다. 둘 다 얼굴이 상기되었다. 논두렁 중간에는 개구리 두 마리가 버티고 앉아 있었다. 소년이 개구리를 뛰어넘느라 껑충거렸다. 업힌 소녀가 놀라며 소년의 목을 끌어안았다. 둘의 얼굴이 동시에 더 붉게 물들었다.

"저기, 자운영꽃의 꽃말이 무엔지 알아요?"

등에 업힌 소녀가 물었다. 소년은 선뜻 답을 못했다. 잠시 시간이 흘렀다. 소년의 입이 천천히 열렸다.

"응! 그대의 관대한 사랑."

답을 하는 소년의 얼굴이 또 확 붉어졌다. 소녀의 얼굴도 따라서 붉어졌다.

"그대의 관대한 사랑."

서른한 살의 지안은 소년의 대답을 따라 작게 읊조렸다. 그러자 서른한 살 지안의 얼굴도 붉어졌다. 자운영꽃물이 들었다.

인실은 소희의 뒤를 따라 열심히 달렸다. 하지만 워낙 걸음이 날랜 소희라 벌써 그 모습이 사라지고 없었다. 작은 주먹을 모아 쥐고 다리에 더 힘을 주어 달렸다.

그러다가 그만 돌부리에 걸려 넘어지고 말았다. 돌부리가 있는 줄을 알고 넘어진 터라 크게 다치진 않았지만 창피한 마음이 앞섰다. 인실의 무릎에 피가 빨갛게 맺혔다. 눈물이 나려고 하는데 꾹 참았다. 그나마 보는 사람이 없어 다행이다 싶었다. 치맛자락을 모으고 앉았다.

"이런! 괜찮니?"

그런데 버티고 앉은 인실의 머리 위로 목소리 하나가 내려왔다. 봄 햇살처럼 나직한 목소리와 억양, 이곡리에 사는 이는 아니었다. 인실은 고개를 들어보았다. 중절모를 눌러 쓴 중년의 아저씨가 인실의 앞에 서 있었다.

"괜찮아요."

인실은 아무렇지도 않은 척을 했다. 낯선 아저씨가 보고 있었다고 생각하니 그만 더 창피해졌다. 정말 눈물이 나려고 했다. 하지만 또 참았다. 열한 살의 지안이 홀로 남겨진 아버지 일국을 생각하며 눈물을 참았던 것처럼 열세 살의 인실 또한 홀로 자신을 키우는 어머니를 위해 늘 눈물을 참는 아이였다.

"너…… 울고 싶은가 본데."

앞에 선 아저씨가 인실의 앞에 무릎을 구부려 앉았다. 다리가 불편한지 끙 소리가 났다. 가까이 앉은 아저씨에게서는 먼 곳의 공기 냄새가 났다. 이국적인 공기의 향이 입고 있는 봄 코트 자락에 배였다.

"이런…… 피가 맺혔구나. 그런데도 의젓하기도 하지. 하지만, 아이야! 눈물을 참는 건 좋은 일이 아니야. 눈물을 참는 건 더 많은 눈물을 만드는 일인데."

봄 코트 주머니에서 손수건을 꺼낸 아저씨는 인실의 무릎을 묶어 주었다. 빨갛게 내비치던 핏자국이 모습을 감추었다.

"눈물을 참는 건 더 많은 눈물을 만드는 일이야!"

아저씨가 하는 이 말은 늘 어머니가 하시던 말이었다.

슬아네 할머니가 앞니를 뽑아서 지붕 위로 던져 얹었을 때 그 모양을 지켜보며 눈물을 참고 있던 인실에게 어머니가 하셨던 말.

소희를 따라 뜀박질을 하다가 대문의 턱에 발이 걸려 고무신을 찢어먹었을 때 고무신을 들고 눈물을 참고 있던 인실에게 어머니가 하셨던 말.

열 감기에 들떠 풀린 눈동자를 하고서도 눈물을 참고 있던 인실에게 어머니가 하셨던 말.

"인실아! 눈물을 참는 건 좋은 일이 아니야. 눈물을 참는 건 더 많은 눈물을 만드는 일이란다."

그럴 때마다 인실을 다독이던 어머니의 음성은 그 어느 때보다도 다정했지만 또 아련하고도 애잔하였다. 꼭 인실이 아닌 다른 누군가에게 말하는 것 같기도 했다.

'이상하다! 처음 보는 낯선 아저씨인데 왜 어머니와 똑같은 말을 하는 걸까?'

열세 살 어린 인실은 아저씨의 얼굴을 자세히 쳐다보며 말을 했다.

"아저씨! 혹여 우리 어머니를 아셔요?"

"으—응?"

막 손수건을 마무리하던 아저씨의 표정이 의아해졌다.

"왜 그렇게 묻는 거지?"

"이상해서요. 왜 울 어머니랑 똑같은 말을 하셔요?"

"어머니……?"

아저씨의 고개가 잠시 갸웃거렸다. 설마?

"너희 어머니가 이 아저씨와 꼭 같은 말을 하셨다구?"

"네. 제가 눈물을 참고 있을 때마다 눈물을 참는 건 좋은 일이 아니란다. 눈물을 참는 건 더 많은 눈물을 만드는 일이란다. 제게 늘 그러셨는걸요."

인실이 제법 지안의 음성을 흉내냈다.

"게다가 아저씨도 저희 어머니처럼 말씀하시는 억양이 참 듣기에 좋아요."

"하면, ……혹 너희 어머님 함자가 어떻게…… 되시니……?"

아저씨가 갑자기 말을 더듬었다. 이상했다. 왜 갑자기 말더듬이가 되신 걸까?

"저희 어머니요? 김, 지자 안자를 쓰시는데요. 알 지에 평안할 안, 평안함을 알고 평안함을 알게 해주는 사람이 되라고 할아버님이 그리 지어주셨대요. 전 할아버님을 한 번도 뵌 적은 없지만요."

서른다섯 살의 단은 인실의 눈을 들여다보았다. 닮았다. 지안이 낳은 아이가 아닌데도, 처음 만났던 열한 살의 지안과 지금 열세 살의 인실은 꼭 닮아 있었다.

인실의 입가에 하얗게 웃음이 걸렸다. 단의 눈가에는 하얗게 기억이 걸렸다.

"이런! 인실아! 넘어진 게야?"

하얗게 서로를 쳐다보던 단과 인실의 뒤에서 목소리가 날아들었다.

"어머니!"

"그러니 이 에미가 조심하라 하지 않던?"

다정함이 담긴 꾸중을 하는 지안을 보며 인실이 벌떡 일어섰다. 무릎에 맨 단의 손수건이 도드라져 보였다. 지안을 등진 단의 무릎은 천천히 몸을 일으켰다.

"어머니! 이 아저씨가요……."

인실이 무어라고 했다. 하지만 지안과 단은 둘 다 듣지 못했다.

막 몸을 돌린 단과 뒤에서 다가오던 지안의 눈길이 서로를 향해 걸렸다. 두 사람의 눈동자가 동시에 휘둥그레졌다.

믿을 수 없었다. 하지만 정말 단이 지안의 눈앞에 서 있었다. 거짓말 같았다. 하지만 정말 지안이 단의 눈앞에 서 있었다.

이울어 흩날리는 배꽃이 두 사람 사이에서 나풀거리며 춤을 추었다. 한 발짝도 더 움직이지 못하고 두 사람의 시선이 서로에게 못 박히듯 머물렀다. 배꽃이 흩어지면서 지안의 어깨에, 단의 어깨에 스치며 향기를 묻혔다.

이윽고 젖어가는 지안의 눈이 단에게 물었다.

'돌…… 아…… 오셨군요. 이곳…… 이곡리로.'

말로는 못 하고 지안의 목이 메였다. 배꽃의 목이 메였다.

'네. 돌…… 아…… 왔습니다. 이곳…… 지안 씨…… 곁으로.'

역시나 말로는 못 하고 단의 목도 메였다. 자운영꽃의 목도 연신 메였다.

'기다리셨습니까?'

이번에는 단이 먼저 물었다. 눈으로만 묻는 말이었다.

'기다렸지요. 매일 매일 기다렸습니다.'

지안도 눈으로만 답을 했다.

'너무 늦게 돌아왔습니까? 기별 한 자락 없는 제가 원망스럽지는 않았습니까?'

'아닙니다. 기별이 없었던들 무슨 상관일까요? 언제까지든 이 자리에서 기다리겠다고 약조하였으니 매일 매일 그 약조를 기억하면서 하루처럼 기다렸습니다.'

'많이 보고 싶었다 하면 죄가 되는 말이겠습니까?'

'아닙니다. 저 또한 많이 그리웠으니 같은 마음일 뿐이겠지요.'

'보고 싶었습니다. 지안 씨!'

'저도요, 허 선생님! 하지만 저의 모습이 많이 변하였지요. 선생님을 처음 만난 그날 이후로 벌써 20년이란 시간이 흘렀습니다.'

'아니요 제 눈엔 그저 열한 살 어렸던 소녀의 모습 그대로입니다.'

'선생님도 제 무릎에 손수건을 매어주시던 그날 그 소년의 모습입니다.'

그러다가 두 사람의 시선이 동시에 인실에게 머물렀다.

'이 아이가 인실이에요.'

지안의 눈이 단에게 말해 주었다.

'진즉 알아보았습니다.'

단의 고개가 끄덕였다.

단이 지안의 가까이로 다가서는데 다리를 약간 절었다. 하지만 지안은 조금의 동요도 없이 평온한 표정으로 단을 보았다.

"송구합니다. 온전치 못한 모습으로 돌아왔습니다."

단이 처연하게 말했다.

"전쟁 같은 시절이었습니다. 우리는 모두 하나씩은 상처를 지니고 치열하게 그 시간을 살아내었지요. 어떤 모습이어도 괜찮습니다. 이리 살아서 돌아와 주신 것만 해도 저는 그저 감사하고 또 감사합니다."

지안도 처연하게 답했다.

만주의 객점 아지트에 두고 온 지안의 노리개를 가지러 들어갔던 단은 두 발의 총을 맞았다. 모두 단의 다리에 박혔다. 기수가 엄호하여 도와주지 않았다면 그 자리에서 죽었을지도 몰랐다. 긴 수술 끝에 무사히 총알은 빼낼 수 있었다. 하지만 그 후로 단의 걸음걸이는 온전

하지 못했다.

잠시 지안의 저고리에 달린 노리개를 바라보던 단이 봄 코트 안주머니에서 쌍노리개 다른 짝을 꺼내들었다.

"이제는 이 쌍노리개도 제 모습을 갖추게 되었네요."

각자의 노리개를 보며 처연한 웃음이 두 사람의 입가에 함께 걸렸다.

"어머니? 아저씨?"

어리둥절한 인실은, 단의 손수건을 묶은 채, 중간에서 눈만 굴렸다.

바람이 분다. 어디선가 숨어 있던 4월의 봄바람이 불어왔다.

지안의 목에 두른 하얀색 봄 목도리가 바람에 살랑였다. 4월의 산에서 흩날린 배꽃은 바람을 따라 흩어지면서 더 넓은 목도리가 되어 살랑였다. 서 있는 지안과 함께 새하얀 배꽃 송아리가 되었다.

단이 입은 하얀색 봄 코트가 바람에 나풀거렸다. 4월의 산에서 이운 배꽃은 바람을 따라 흩날리면서 더 넓은 코트 자락이 되어 나풀거렸다. 서 있는 단과 함께 새하얀 배꽃 송아리가 되었다.

배꽃이 자꾸 피어난다.

배꽃이 자꾸 이운다.

지안의 봄 목도리에는 기다림의 끝이 되어…….

단의 봄 코트 자락 위에는 반갑게 손 벌린 환영의 인사가 되어…….

인실의 원피스 자락엔 만남의 속삭임이 되어…….

1946년 배꽃의 봄날,

진주군 문산읍 이곡리
산그림자 지는 곳곳마다
이울지 않는 축복이 되어
그렇게
그렇게 배꽃은 피어났다.
그렇게 배꽃은 이울었다.

에필로그 - 새로운 시작

1946년 4월.

"아씨! 아씨!"

마당이 시끄럽도록 슬아네가 불러대자 지안은 미소를 지으며 방을 나섰다.

"아씨! 퍼뜩 이리 나와보이소."

슬아네가 손짓까지 해가며 마루에 선 지안을 재촉했다.

"유모! 왜 그리 다급하오?"

"지금 동구 밖에 큰일이 났다 이입니꺼! 얼른 가보셔야겠어예."

"무슨 일이오?"

"지금 이것저것 따질 때가 아이라니께예. 빨리 지를 따라 오이소."

슬아네는 지안이 신발을 신기도 전에 손목을 잡아챘다.

슬아네와 함께 뛰다시피 걸어서 지안은 동구 밖에 도착했다. 하지만 4월 말일이 되어 다들 모내기를 하느라 동구 밖은 인기척 하나도 없이 적막했다.

"유모! 여기에 무슨 일이 있단 말이오?"

"암말 마시고 요 잠시만 서 계셔 보이소."

지안의 물음에 답도 없이 슬아네는 다시 마을 쪽으로 가버렸다.

"유모!"

의아한 지안이 슬아네를 불렀다. 하지만 다음 순간.

"지안 씨!"

아카시아 잎사귀가 그늘진 뒤에서 단이 걸어 나왔다. 반듯한 셔츠를 입고 자전거를 양손에 잡았다. 단이 자신의 이름을 소리 내어 부르는데 지안의 안에서 배꽃이 흔들렸다.

"허 선생님!"

"제가 좀 불러주십사 부탁을 드렸습니다. 놀라셨죠?"

단이 멋쩍은 듯 웃었다. 그에게서는 방금 걸어 나온 아까시나무 향기가 싸아하니 났다.

"바람을 쐬러 강가에 다녀올까 하는데 동행해 주시겠습니까?"

여전히 멋쩍은 단이 자전거 뒤를 가리켰다. 맞춤하여 방석까지 놓은 것이 지안이 앉으라고 준비한 모양이었다.

"다들 모내기에 바쁘시니 눈치 볼 걱정도 없을 것 같고 하여서."

단이 지안과 둘이 있고 싶은 모양이었다. 아닌 게 아니라 단이 이 곡리로 돌아오고 거의 2주 가까이 둘이서 마주 앉아 이야기라도 나누어 본 기억이 없었다.

"저까지 태우시고 다리가 힘들지 않으시겠어요?"

말은 그렇게 해놓고 지안은 단이 잡은 자전거 쪽으로 다가갔다.

"총알이 두 개나 박히고도 살아남은 다리입니다. 지안 씨를 태우고 서라면 하늘을 날 수도 있을 것 같은데요."

"훗!"

생전 과장된 표현이라고는 쓰는 법이 없는 단이라 지안은 그만 웃음이 터졌다.

"그래도 하늘까지는 안 가셨으면 좋겠네요. 다시 내려오기 힘들 테니까."

"그럴까요?"

지안이 웃고 단이 웃었다. 지안이 뒤쪽으로 올라앉으려 하자 단이 손을 내밀어 지안을 잡아 주었다. 잠시 마주치는 손끝에서 파스스 배꽃 몇 장이 떨어져 내렸다.

이울어가는 4월의 시골길을 지안을 태운 단이 달렸다. 드문드문 나타나는 개울물은 햇살을 받아 은갈치 비늘처럼 반짝였다. 한창 물이 오르기 시작한 봄의 나무들끼리 다정한 이야기를 속삭여댔다.

무엇보다 자전거가 달리는 길목마다 이울어 흩날리는 배꽃은 가는 4월이 아쉬워 손을 흔드는 것 같았다. 가슴이 저미게 아름다운 풍경 속을 지안과 단은 달렸다.

"이만 내리실까요?"

강가에 다다르자 단이 먼저 자전거에서 내리더니 지안의 손을 잡아주었다. 조심스럽게 건너오는 단의 손길에서 지안을 아끼는 마음이 떨어졌다.

강으로 이어진 경사 길을 내려가면서도 단은 잡은 지안의 손을 놓지 않았다. 지안도 구태여 놓으라고 하지 않았다. 발 옆으로 스치는 풀잎들이 바스락거리고 아무도 오지 않는 강가에 두 사람의 그림자는 다정하게 어렸다.

"어찌 계속 손을 잡고 계십니까? 그만 놓아주세요. 누가 볼까 걱정됩니다."

"강가로 이어지는 길까지 내도록 인적이라고는 우리 둘뿐인데요."

"허 선생님답지 않으신데요."

"저답다? 무엇이든 참고 무엇이든 숨기고, 그랬던 저 말인가요?"

지안은 대답 대신 조용히 웃었다.

"예전의 저는 한 사람의 사내이기보다는 잃어버린 나라를 찾아야 하는 독립군의 한 명으로 살았어요. 그래야 마땅하다고 생각했죠. 하지만 이제 조국에는 완전히 자유로운 봄날이 돌아왔고 저는 한 사람의 사내로서 살아가도 부끄럽지 않습니다."

"힘겨운 삶이셨지요."

"그러니 이제는 무엇이든 마음껏 드러내고 참지 않고 그렇게 살 것입니다. 무엇보다……."

단이 지안을 한 번 쳐다보았다.

"무엇보다 지안 씨에 대한 제 마음을요."

두 사람이 마주 보며 웃고 이운 배꽃은 그 입가에 내려앉았다.

"언제 봐도 봄의 강물은 참 아름답습니다."

여전히 지안의 손을 잡은 단이 다른 손으로 그늘을 만들어 강 저편을 쳐다보았다.

"네. 저도 봄의 강이 참 좋아요. 마치 은색의 물고기들이 뛰노는 것 같잖아요."

지안도 단이 바라보는 쪽으로 시선을 모았다.

"강가에 자주 나오십니까?"

"글쎄요. 그리움이 넘쳐서 눈물이 되어 일렁이려고 할 때면 늘 왔던 것 같습니다. 잔잔한 강물이 제 눈물 대신 흘러주었으니까요."

그 그리움이 단이었다고는 말 못 하고 지안이 강가를 따라 먼저 걸었다. 단도 다리를 절룩이지 않으려 조심하며 지안의 옆에서 따라 걸었다.

"강물에다 눈물을 숨길 만큼 누구를 그리 그리워하셨는지 물어도 되겠습니까?"

"말하지 않아도 아실 것이라 믿는데요."

"그래도 듣고 싶습니다."

"20년 전부터 항상 제 마음에 새겨 있었던 이름입니다."

"그러니까 그 이름이 무엇인가요?"

단이 집요하게 물고 늘어질 모양이었다. 대답을 못 하고 지안의 가슴이 뛰고 단의 가슴도 뛰었다.

"말씀해 주시지 않겠습니까?"

단이 다시 묻는데 볼을 물들인 지안이 고개를 저었다.

"제 가슴에도 20년간 새겨져 있던 이름이 있습니다. 김,지,안. 아마도 저 강물 위로는 허단이라는 이름과 김지안이라는 이름이 같이 흘러가고 있었을 겁니다."

단이 걸음을 멈추며 지안을 보았다. 지안도 따라서 걸음을 멈추고 단을 보았다. 서로의 눈 안에서 햇살과 함께 부서지는 은색의 강물을 보았다.

"수일 내로 경성에 다녀올까 합니다. 걸음이 길어질지도 모르겠습니다."

"무사히, 편안히 다녀오세요."

"기다려 주실 거지요?"

"돌아만 오신다면요."

"다시 떠나는 제 발걸음이 원망스럽지는 않겠습니까?"

"그런 마음일랑 하나도 없습니다. 10년을 그리고 또 10년을 기다렸던 저인데요."

"잠시만!"

단이 지안의 얼굴에서 눈을 떼지 않은 채 바지 주머니에 손을 넣어서 무언가를 꺼냈다. 붉은색이 고운 향낭이었다.

단이 향낭을 풀어 거꾸로 들어올렸다. 그러자 향낭 안에서 옥반지 하나가 떨어졌다.

아!

지안의 눈이 크게 열렸다.

"만주에서부터 노리개와 함께 품고 온 것입니다."

단이 엄지와 검지로 반지를 집어 올렸다.

"이 반지를 지안 씨의 남은 생애에 끼워 드리고 싶습니다. 받아주시겠습니까?"

청혼이었다. 앞으로 남은 평생은 지안과 함께하고 싶다는 단의 청혼.

사르르르! 지안의 눈 밑으로 눈물이 차오르고 단은 지안의 손을 들어올려 반지를 끼워주었다. 하얗게 기다란 단의 손이 지안의 작은 손 위를 스쳤다.

"경성에 가게 되면 혼사 문제를 마무리하고 돌아오겠습니다."

"저도 기쁘게 기다리고 있을게요."

"강물 보이시죠? 저 강물이 마르지 않는 한 저의 마음도 마르지 않을 것입니다. 저 강물이 끊어지지 않는 한 저의 사랑도 끊어지지 않을 것입니다."

단의 맹세에 지안은 그저 고개만 끄덕였다. 단의 정갈한 향기와 목소리에 가슴은 걷잡을 수 없이 방망이질을 했다.

"뿌리를 잘 내린 나무에서는 봄마다 배꽃이 새로 피어나지요. 저는 지안 씨를 제 심장 위에다 심겠습니다. 그래서 제 심장에 뿌리내린 지안 씨는 제 심장이 멈추기 전까지는 영원히 이울지 않을 것입니다."

지안이 좋다고, 너무 기쁘다고 고개를 끄덕였다.

"사랑합니다."

잠결의 한숨처럼 단이 속삭였다. 그렇게 고였던 지안의 눈물은 더 이상 참지 못하고 흘러내리고 말았다.

단이 반지를 낀 지안의 손가락 마디마디에 입을 맞추었다.

"사랑합니다."

단이 고백하더니 지안의 어깨를 감싸 안으며 얼굴을 가까이 했다. 두 사람의 이마가 맞닿더니 지안의 이마에 닿은 단의 이마에서 힘줄이 살짝 불거졌다.

단이 옅은 숨을 토했다. 지안도 숨죽인 한숨을 토해냈다. 올라온 단의 손이 지안의 눈물을 닦는가 싶더니 어느새 단의 입술이 지안의 눈물을 머금고 있었다.

"사랑합니다."

눈물이 흐른 지안의 볼을 따라 천천히 내려가던 단의 입술이 지안의 입술에 닿으며 다시 한 번 사랑을 토해냈다. 지안이 고개를 끄덕였다.

입맞춤이 길어지자 단의 입술이 살짝 벌어졌다. 따라서 지안의 입술도 배꽃처럼 벌어졌다. 애틋하지만 농밀한 단의 숨결이 지안에게로 왔다. 물결 위를 반짝이는 은빛의 햇살가루처럼 그의 입맞춤이 쏟아졌다. 마지막 향기를 풍기며 이울어 떨어지는 배꽃처럼 그의 입술이 쏟아져 내렸다.

지안의 볼을 감싸 쥐고 있던 단의 한 손이 이번에는 지안의 목 뒤를 감싸 안았다. 지안의 귀밑머리가 전율을 했다. 단의 나머지 손은 지안의 허리를 감아 안았다.

단의 셔츠 자락에 납작해진 지안의 저고리가 뒤로 밀리면서 두 사람의 몸이 완전히 하나로 밀착했다.

"사랑합니다. 김, 지, 안!"

알맞게 굴곡진 지안의 몸이 단의 몸 안에 갇혀 파르르 떨렸다. 그동안 참아왔던 사랑을 끝없이 토해내며 감긴 단의 속눈썹도 파르르 떨렸다.

"저도 사랑합니다."

단이 배꽃 향기처럼 지안의 이름을 부르자 지안의 속눈썹도 떨렸다. 그리고 반지를 낀 지안의 손은 단의 어깨를 감싸 안았다.

빗물이 들던 셔츠 깃에, 배꽃이 내려앉던 단의 어깨에 지안의 체취가 스몄다. 빗물이 내려앉던 지안의 동정 위에, 배꽃이 스쳐 가던 지안의 비녀 위에 단의 향기가 어렸다.

그렇게 단의 20년과 지안의 20년이 농밀하게 만났다. 그리고 두 사람의 20년은 앞을 보며 함께 걷기 시작했다.

＋×＋

"여보! 이곡리에서 서신이 왔어요."

한복을 개량한 원피스 몇 벌이 걸려 있는 선아의 작업실로 강이 들어섰다. 일본에서 사서 들여온 미싱 앞에 앉아 있던 선아가 고개를 들었다.

"처남댁 글씨는 아닌데."

강이 고개를 갸웃거리자 선아가 얼른 편지를 받아들었다. 이곡리에서 부산의 선아에게로 온 서신인데 강의 말마따나 처음 보는 글씨체였다. 게다가 이곡리 주소만 있을 뿐 보낸 사람의 이름도 없었다.

"글씨체가 누구 아는 분인가요?"

강이 호기심이 담긴 눈으로 편지 옆으로 다가왔다.

"글쎄요? 글씨체만 보고는 나도 모르겠는데."

선아가 편지를 뜯자 단정하게 세로로 쓰인 편지가 나왔다.

"앗! 단이 오라버니가 보낸 서신이에요."

선아의 눈에 반가움이 가득 담기더니 서둘러 편지를 읽어 내려갔다. 강도 몸을 더 붙여왔다.

선아 누이! 잘 지냈었니? 단이 오라버니야. 나, 돌아왔다. 만주에서 이 곡리로 다시 돌아왔어.

"단이 오라버니!"
"허 선생님!"
여기까지 읽고 선아와 강의 얼굴에 동시에 반가움이 걸렸다.

항상 간절히 돌아오고 싶었던 곳으로 내가 왔다. 그리고 다시 돌아온 이곡리는 여전히 배꽃이 화사한 봄날이로구나. 10년 전의 기억 그대로 변한 것이라고는 하나도 없어. 많이 그리웠던 풍경이 세월을 건너뛰어 그대로 넘어와 있구나.

이 선생님과 함께 행복하게 살고 있다 들었어. 항구 도시인 부산에도 봄이면 배꽃이 피어나는지 궁금하구나. 언제 한 번 다 함께 볼 수 있었으면 좋겠어.

실은 선아 누이에게 양해를 구하고 싶은 일이 있어. 지안 씨…… 이렇게 불러도 되겠니?

잠시 서신에서 눈을 든 선아가 이해가 담긴 눈빛으로 강과 마주보았다. 단과 지안의 10년 세월을 선아와 강도 이미 알고 있었다. 그리고 다시 10년을 기다려 온 마음도.

나는 지안 씨와 혼인을 하였으면 한다. 본댁 아버님도 돌아가시고 이곡리 어머니도 안 계시는 지금, 지안 씨에게는 선아 니가 단 한 사람의 인척이지 않나 싶구나. 내가 너에게 지안 씨와의 혼인에 대한 허락을 구하여도 노엽지 않겠니?

단의 성품만큼 곧고 강직한 글씨체에서는 지안에 대한 진심과 선아에 대한 배려가 올곧게 드러났다.

선아가 편지를 다시 접어 넣으며 미싱 앞에서 몸을 일으켰다.

"두 사람의 혼인이라? 뉘라서 감히 말을 할 수가 있겠어요? 나 역시 마찬가지고요."

낮게 열리는 선아의 말에 강이 고개를 끄덕였다.

"참 모질고 독한 사람들이에요. 어찌 그 긴 세월을 한결같은 마음으로 서로만을 바라볼 수 있었는지."

창밖의 4월을 내다보는 선아의 눈빛이 아련했다.

"아팠던 시절이에요. 그리 모질고 독하지 못했다면 그 연모도 지켜 내지 못했겠지요."

강도 선아의 뒤로 다가와 선아의 등 뒤에서 내다보았다.

"당신은 진즉에 단이 오라버니의 마음을 알았다 했지요?"

"네. 허 선생님께서 나에게 그만 들켜 버렸지요."

"들키다니요? 무엇을요?"

"눈빛!"

"눈빛이요?"

강이 고개를 끄덕였다.

"무슨 눈빛을?"

"감출 수도 없고 포장을 할 수도 없는 간절한 눈빛."

"당신이 단이 오라버니의 눈빛만으로 새언니에 대한 마음을 알아차렸단 말이에요?"

"그럼요."

선아가 대단하다는 듯 고개를 한쪽으로 젖혔다.

"어쨌든 부럽네요. 연모의 마음이라는 것이 참 그런 것인가 보아요."

"그 마음이 부럽다고요?"

강이 놀란 척을 하며 선아의 어깨에 손을 얹었다.

"부러울 필요 없어요. 내 옆에도 그리 모질고 놀라운 신여성이 서 계시는데요."

"무에라고요?"

선아가 일부러 강에게 눈을 흘기는 척을 했다.

"현해탄을 건너서까지 연모의 마음을 지키러 왔던 그 신여성이 바로 당신 아니던가요?"

"정말!"

일본인 아버지를 따라 결핵 치료를 하러 갔던 강을 수소문 끝에 찾아낸 선아는 결국 일본으로 갔다. 그리고 강이 완치가 되기까지 그 곁을 지켜주었다. 전염성이 강한 병이라 모두들 만류하였지만 아무도 선아의 고집을 꺾지 못했다.

강이 선아의 어깨를 잡고 안았다. 어긋맞긴 강의 양팔이 선아를 가두고 선아는 등 뒤에서 그의 온기를 느꼈다.

"고마워요, 당신. 나를 잊지 않고 찾아와 줘서."

"오히려 제가 고마운데요. 당신이 나를 잊지 않고 기다려 줘서."

"당신이 아니었다면 내가 결핵을 완치하였으리란 보장도 없어요."

"정말 그렇게 생각해요?"

"당연하죠. 당신이 옆에서 힘을 주고 함께 싸워주지 않았다면 해방된 4월의 봄날을 내는 보지도 못했을 거예요."

"당신! 그런 빈말도 할 줄 아는 사람이었군요."

"빈말 아닌데."

강이 유쾌하게 웃더니 턱을 내려서 선아의 어깨에 얹었다. 선아의 볼과 강의 볼이 따스하게 맞닿았다.

"내게 다시 주어진 생명은 선아 씨 몫이라고 믿어요. 그러니 이제부터는 오로지 선아 씨의 사내로 살아갈 것이에요. 오직 선아 씨 앞에서만 뛰고 움직이는 내 심장이니까."

"피! 한눈이라도 팔면 내가 가만히 있기나 할까 봐!"

"가만히 안 있으면?"

"얼굴이랑 호적에 2차선 도로라도 그어주어야지. 흥!"

"이거, 이거, 무서워서 딴 생각은 절대 못 하겠는데."

어느새 반말을 주고받는 두 사람이다.

"어디 한번 해보시든가!"

선아가 골이 난 척하며 몸을 돌렸다. 그러자 강과 마주보고 얼굴이 맞닿았다.

"이렇게 멋있고 어여쁜 신여성이 옆에 계시는데 그럴 리가요? 게다가 소인이 먼저 꺼낸 이야기도 아니온데요."

강이 팔을 앞으로 모으며 모자를 벗어 인사를 하는 척했다. 그 모습을 보며 저도 모르게 선아의 웃음이 터졌다.

"그러면 이쯤에서 커튼 좀 쳐 볼까요?"

다시 몸을 일으킨 강이 선아를 지나 창문 바로 앞으로 갔다.

"대낮에 커튼은 왜요?"

금세 커튼을 풀어내는 강을 보며 선아의 눈이 동그래졌다.

"왜요? 하하! 이러려고요."

눈가를 늘인 강이 성큼 선아 앞으로 다가오더니 선아의 허리를 감싸 안았다.

"뭐 하는 거예요? 누가 들어오면 어쩌려고?"

선아가 강의 가슴을 치며 살짝 밀쳐 내려고 했다. 하지만 강의 몸은 조금도 밀려나지 않았다.

"들어오면 어때요? 우리는 이제 어엿한 부부인데."

"하여간 짓궂기는!"

선아의 말이 다 마무리되지도 않았는데 강의 입술이 선아의 입술에 와서 닿았다. 선아의 호흡을 삼키듯 깊숙한 입맞춤이었다.

힘을 준 강 때문에 선아의 등이 밀리자 커튼자락이 한들거렸다, 배꽃처럼.

÷×÷

1947년 4월, 진주군 문산읍 이곡리의 밤.

"수정과 좀 드세요."

방으로 들어온 지안이 좌탁에 앉은 단의 앞에 차반을 내려놓았다.

"책을 보시던 중이셨어요?"

"아니요. 배꽃 보고 있었습니다."

안 그래도 단의 방문이 활짝 열려 있었다.

"다시 배꽃의 4월이 돌아왔습니다."

단의 목소리가 생각에 잠겼다. 단에게서는 언제나처럼 잉크향이 풍겼다.

"네. 해마다 배꽃의 봄날이 돌아오네요."

"하지만 올해의 봄날은 아주 특별한 봄날이지요."

웃으면서 하는 단의 말에 지안도 따라서 웃었다.

작년 가을, 단과 지안은 혼례를 올렸다. 단의 교회 목사님의 주례로 단의 형님 내외들과 이곡리 가족들, 그리고 독립운동을 같이 했던 몇 명의 사람들이 하객의 전부인 약식 혼례였다.

"제수씨! 인생의 절반을 전쟁터에서 살았던 아이입니다. 제수씨 곁이 자신에게는 가장 편안한 안식처라고 하니 서로 섬기면서 행복하게 살기를 바랍니다."

"명심하겠습니다."

"단아! 오늘부터 너의 새 인생이 시작되는 거다. 지금까지처럼 많은 이들에게 도움을 주면서 베푸는 삶을 살도록 하여라."

"네."

딱 10년 후쯤의 단의 모습을 한 단의 큰형님이 했던 말이었다. 깊은 눈빛 속에 이미 지안과 단에 대한 이해를 담고 있는 모습이었다.

"동서! 우리 도련님과의 20년 세월을 듣고 내는 참 많이 울었어요.

그런 연모를 지킬 수 있는 두 사람이 참 부럽네요. 하니 앞으로는 동서가 우리 도련님의 온전한 다리가 되어줘요."

"그러겠습니다. 형님!"

"그런데 도련님이 묶어주었던 손수건을 가지고 10년간이나 도련님을 기억했다면서요?"

"네."

"역시 그랬구나! 도련님이 동서에게 묶어 주었던 손수건은 내가 직접 수놓아 준 것이에요. 하니 도련님과 동서의 중매장이는 나라는 걸 꼭 기억해 줘요."

장난스러운 미소를 띤 단의 큰형수의 말이었다. 지안도 입을 가리고 살짝 웃었다.

경성에서의 혼례가 끝난 후 두 사람은 다시 이곡리로 돌아왔다. 단의 두 형은 기꺼이 자신들의 막냇동생을 이곡리에 양보해 주었다.

두 사람은 아담한 기와집을 하나 장만하였다. 시어머니 한씨 부인도 세상을 떠난 터라 지안이 혼자 지켰던 두현의 집은 문화재로 재정하기 위해 내어놓았다. 두현이 3대 독자라 두현 쪽의 친척은 아예 없었다. 선아는 가진 재산이 지금도 충분하니 자신에게는 신경도 쓰지 말라고 했다.

전남편의 아이를 데리고 전남편의 친구와 올린 혼례.

이곡리같이 작은 시골 마을에서 충분히 사람들에게 손가락질 받고 구설수에 오를 만한 일이었다. 하지만 정이와 슬아네, 박 서방네가 온 동네방네 단과 지안의 20년 세월을 이야기하고 다닌 통에 모든 사람들은 진심 어린 축하를 건네주었다.

스무 살 전후의 처녀 아이들은 자신들도 꼭 지안과 단과 같은 사랑을 할 것이라며 공공연히 떠들고 다녔다.

게다가 이곡리에 자리를 잡은 후 야학을 열고 아이들을 가르치기 시작한 단의 인기는 상상을 초월했다. 야학의 앞자리는 늘 자리다툼을 벌이는 처녀 아이들의 점유석이 되었다.

"부인! 수정과는 언제 담았습니까?"

"제가 담은 것이 아닌데요."

"그럼요?"

단의 물음에 지안이 주먹으로 입을 가리며 웃었다.

"홋! 용순이가 가져다 준 것이에요."

"아! 용순이가요?"

단이 멋쩍게 웃었다. 용순이는 단의 야학에 한글을 배우러 나오는 열아홉 살 처녀 아이로 단의 바로 앞 자리다툼을 벌이는 단골이었다.

"한데 왜 웃으십니까?"

멋쩍은 표정 그대로 단이 웃었다.

"선생님 표정이 재미있어서요."

"네?"

"그리 멋쩍어하시지 않으셔도 됩니다. 선생님 인기야 저도 모르는 바도 아니구요. 꼭 약주 한잔하신 얼굴이시네요."

지안이 다시 주먹으로 입을 가렸다.

"나를 놀리는 것이라면 그만두세요. 그리고 선생님이라니요? 우리가 혼인을 한 지 벌써 8개월이나 지났는데 내가 어찌 아직도 선생님입니까?"

지안을 보는 단의 잉크향이 푸르고 정갈했다.

"네? 하면?"

"이제는 '서방님' 이렇게 부르셔야지요."

단의 입가가 다정하게 올라갔다.

"네? 참, 선생님도."

지안의 얼굴과 귀가 발갛게 달아올랐다.

"어허! 서방님이요."

"차차 그리하겠습니다."

지안의 달아 오른 얼굴이 식을 줄을 몰랐다.

"참 인실이에게 기수 군이 왔다고 이야기했어요?"

함께 독립운동을 할 때부터 늘 단을 존경해 왔던 기수는 몇 번이나 이곡리엘 와보고 싶다고 하더니 오늘 아침 이곡리엘 도착했다.

"아니요. 기숙사에서 돌아와 하 피곤해하길래 일찍 자라 하였습니다."

"밤중에 보면 놀라겠네요."

"한 번 자면 천둥이 쳐도 모르는 아이니 내일 아침에 서로 인사 시키지요."

"그리하세요. 그리고, 이리 좀 가까이 와보세요."

단이 수정과가 놓인 좌탁을 옆으로 치웠다. 지안이 무릎걸음으로 단에게 다가갔다.

단이 조심스러운 손짓으로 지안을 당겨 안았다.

"배꽃 같은 당신에게서는 늘 창포향이 풍기는군요."

단이 곱게 모아 빗은 지안의 머릿결을 어루만졌다.

"자운영꽃 같은 선생님에게서는 늘 잉크향이 풍기는걸요."

단의 어깨에 머리를 묻으며 지안이 속삭였다.

"살아생전 이렇게 당신을 마음 놓고 안을 수 있으리라고는 상상도 못 하면서 살았어요."

단이 지안의 어깨를 살며시 다독였다.

"저 또한 그랬습니다."

"열한 살의 어렸던 소녀가 스물한 살의 여인이 되고 이제 서른두 살 나의 아내가 되었어요."

"네. 저도 열다섯 살 어렸던 첫 마음을 서른여섯 살 낭군님으로 맞게 되었습니다."

"아끼고 아꼈던 마음입니다. 하니 아끼고 아껴가며 그리 사랑하겠어요."

"저도 소원하고 소원했던 마음입니다. 하니 매일 매일 새롭게 함께 하겠습니다."

"이렇게 당신을 안을 때마다 왜 당신은 늘 첫 마음처럼 설레는지 모르겠네요."

"선생님을 볼 때마다 제 마음이 설레니 그 마음이 전해져서 그렇겠지요."

"생각해 보면, 배꽃의 그 봄날, 나는 아마도 당신을 만날 운명이었나 봐요."

"어째서요?"

"그때 중학의 급우들끼리 농촌 봉사활동 일정이 잡혀 있었어요. 그런데 출발하던 당일 날 내가 배탈이 나서 함께 가지를 못했지요. 해서 나는 그 친구와 함께 이곡리로 오게 되었던 거예요."

단이 대화 속에서 두현의 이름이 나오지 않도록 조심을 했다.

"농촌 봉사활동을 가셨더라면 저는 선생님을 못 만날 뻔했네요."

"그렇죠."

"하면 선생님의 배탈에게 감사해야겠어요."

"하하하! 그런가요?"

지안이 단을 보았다. 단도 지안을 보았다. 그러다가 두 사람은 같이 웃었다. 정말 오래 돌아왔다. 20년이라는 멀고 먼 시간을. 20년간의 배꽃의 이야기를.

"사랑합니다."

"저도 사랑합니다."

단이 엄지손가락만으로 지안의 입가를 쓰다듬었다. 지안의 고개가 단의 손 쪽으로 조금 기울어졌다.

단의 입술이 지안의 입술로 살며시 내려앉았다. 조용하고 나직한 동작이지만 마음만큼은 불꽃같은 입맞춤이었다.

"오메! 곰 같은 덩치에 막고 있으면 우리는 어째 본대? 그만 좀 비켜나 봐!"

갑자기 창호지 문이 살짝 열리더니 바깥이 요란했다. 창호지 문에 몸을 붙이듯이 하고 들여다보는 슬아네에게 박 서방네가 타박을 놓고 있었다.

슬아네는 지안과 함께 살고 있고 박 서방네와 정이는 바로 옆집에 살면서 아침저녁 가리지 않고 허물없이 드나들었다.

"아! 자네는 좀 기다려 보라니께."

"쪼끔만 비켜나면 같이 볼 수 있잖에."

"그람 자네는 위에서 보든가."

"선생님이랑 아씨 계시는데 찬바람 들거로."

"그럼 국으로 입 닫고 가만히 있던지."

"첫날밤도 아닌데 뭘 그리 훔쳐볼라고 그래?"

"그라는 자네는?"

"봐도 봐도 내가 더 좋은께 그렇제."

"아! 진짜! 내는 안 그렇나?"

몰래 훔쳐보느라 지안과 단이 듣지 않기를 바랄 텐데 기차 화통 삶아먹은 소리로 슬아네와 박 서방네가 실랑이를 했다. 매일 밤마다 지안네 방을 훔쳐보는 게 두 사람의 일과였다.

'아씨! 허 선상님! 이제 오래오래, 이 세상 작별하는 그날까지는 내도록 행복하고 또 행복하셔야 돼예. 지는 딱 그 마음으로 매일 매일 기도할께예.'

두 사람의 뒤에 선 정이는 흐뭇한 미소를 흘리며 속으로 말했다.

바깥의 소동에 단이 잠시 지안을 떼어놓았다.

"유모랑 박 서방네 아주머니에게 우리 방 훔쳐보는 건 이제 그만두라 말을 해야겠어요."

지안이 살짝 볼을 붉혔다.

"저만큼이면 점잖으신 거죠. 하하! 그래도 구경꾼들이 너무 많으니 얼른 불을 꺼야겠어요. 불이 꺼져야 돌아가시는 분들이니."

단의 말에 얼굴을 물들인 지안이 고개를 끄덕였다. 단의 입가에 미소가 걸리더니 촛불을 불어서 껐다.

잠시 후, 바깥의 마당에서 멀어져 가는 발소리가 점차 사라졌다.

사라지는 발소리를 확인한 단이 다시 지안을 가까이 안았다. 안은 단의 팔뚝에서 핏줄이 파랗게 불거졌다.

"부인!"

단의 입술이 지안의 입술로 내려앉았다. 조심스럽게 시작된 단의 입맞춤이지만 점점 지안의 숨결을 남김없이 빨아들이며 깊어져 갔다.

아!

은밀한 탄성이 터지고 조심스러운 단의 손길을 따라 지안의 저고리 고름이 풀렸다.

바스락거리며 옷감 비비는 소리가 방 밖으로 새어 나오고 새롭게 시작되는 배꽃이 달콤한 봄날 위에 이울어 흩어졌다.

선아와 강은 이부자리를 펴놓고 잠자리에 들 준비를 하고 있었다. 똑같은 모양으로 두 벌 맞춰 입은 잠옷은 선아가 직접 만든 것이다. 하여튼 시대를 앞서가는 선아였다.

"이곡리의 집이랑 토지들, 참말 아깝지 않아요?"

강이 자신의 베개를 다독이더니 선아의 베개까지 손봐주었다. 이곡리의 재산을 선아의 명의로 하겠다는 지안의 말을 거절한 일을 묻는 것이었다.

"하나도요. 왜요? 당신은 아까워요?"

"그럴 리가요. 내는 당신만 있어도 충분히 부자인데요."

"그럼 저도 미련 없어요."

강의 말에 선아가 어깨를 으쓱거리며 웃었다.

"그럼 그만 잘까요?"

강이 은근한 말투로 선아의 곁으로 왔다. 한 팔로 선아의 허리를 감더니 어깨를 잡아 누이려고 했다.

"잠시만요."

하지만 금방 강의 손을 풀어낸 선아가 명치를 두드렸다.

"왜요? 아직까지도 속이 거북해요?"

강이 걱정스럽게 물었다.

"오늘 내도록 속이 왜 이런지 모르겠어요."

선아는 아침나절부터 속이 쓰리다며 밥을 먹지 못하더니 결국 저녁도 한 숟가락 뜨다가 말았다.

"너무 빈속이라 그런 건 아닐까요? 어때요? 내가 나가서 김치 수제비라도 한 그릇 끓여 올까요?"

"김치 수제비요?"

선아가 눈빛을 빛내며 잠시 입맛을 다시는 듯했다.

"김치 수제비? 우욱!"

하지만 곧바로 입을 막더니 헛구역질을 했다.

"헛구역질까지! 정말 왜 이러지? 김치 수제비가 아니라 약을 사와야 하나?"

강이 선아의 얼굴을 더 가까이에서 들여다보았다.

"김치 수제비? 우욱! 당신, 그만 말해요. 우욱! 우욱!"

선아가 쓴 입가를 막으며 헛구역질을 연신 했다. 상체까지 앞으로 구부러지면서 적이 힘이 드는 모양이었다.

선아의 몸을 잡아 주던 강의 눈이 갑자기 휘둥그레졌다.

"선아 씨, 당신! 혹시?"

강이 선아의 상체를 일으키며 선아의 양팔을 조심스럽게 잡았다.

"혹시?!"

강이 다시 혹시를 말했다.

선아와 강이 결혼한 지 벌써 7년.

결혼만 하면 아이는 당연히 금방 생기는 줄 알았다. 행동도 생각도 신식인 선아였지만 아이에 대한 애정과 애착은 여느 여인과 다르지 않았다.

하지만 1년이 넘어가도 아이 소식은 없었다. 그렇게 5년이 지나면서부터는 암묵적인 합의하에 아이 생각은 하지 않기로 한 강과 선아였다.

선아가 입가를 막은 손을 떼더니 손가락을 펴서 날짜를 꼽아보았다. 그러더니 선아도 강처럼 눈이 휘둥그레졌다.

"여보!"

감격에 어린 선아가 강을 부르는데 어느새 눈가에는 촉촉이 눈물이 걸렸다.

"정말?"

강의 눈가도 젖기는 마찬가지라 촉촉해진 음성으로 확인을 했다.

"그런 것 같아요."

눈물이 그렁그렁한 선아가 고개를 끄덕였다.

"야호!"

강이 이부자리를 박차고 벌떡 몸을 일으켰다. 입은 아주 귀까지 걸려 찢어지기 일보직전이었다.

"이름은 뭐라고 짓지? 이름은 뭐가 좋을까요?"

방방 뛰다시피 하던 강이 다시 앉자마자 선아에게 물었다.

"당신도 참! 아직 몇 달이나 남았어요. 딸일지 아들일지도 모르고요."

"뭐 어때요? 여자아이든 남자아이든 다 붙일 수 있는 이름으로 정해놓고 기다리면 되지."

"이렇게 기다렸으면서 그동안 어떻게 채근 한마디 안 했대요?"

"채근한다고 될 일도 아니잖아요."

강이 선아의 배에다가 머리를 갖다 댔다.

"무슨 소리 들려요?"

강의 머리에 손을 얹으며 선아가 물었다.

"글쎄요. 발 차는 소리가 들리는 것 같기도 하고."

누가 옆에서 본다면 똑같이 팔푼이 같다고 할 선아와 강이었다. 그러거나 말거나 행복과 기다림을 가득 담은 두 사람은 이 밤이 사르르 녹아드는 듯했다.

두 사람이 아니라 세 사람이 함께하는 새로운 시작을 꿈꾸어보았다.

기수는 단의 집 사랑채의 마루에서 밤하늘을 올려다보았다.

4월의 봄밤, 어스름 달빛에 떠오른 배꽃은 장관이 따로 없었다. 단이 왜 그렇게 이곡리의 배꽃을 노래 불렀는지 기수는 단숨에 이해가 되었다.

단과 함께 이곡리에 온다고 해놓고 이것저것 정리하고, 단의 혼인이 있고 하면서 이곡리를 방문하는 걸음이 늦어졌다.

"참 아름다운 배꽃의 밤이로구나."

기수의 입가에 미소가 걸렸다. 까만 밤을 수놓은 하얀 배꽃은 검은 강물 위를 따라 흐르는 가로등 불빛 같았다.

파라라랑! 파라랑!

갑자기 배꽃의 봄밤 속에 아기 손톱만 한 불빛들이 빛나기 시작했다. 이윽어 흩날리는 배꽃 사이로 손톱 불빛들도 함께 흩날리기 시작했다.

기수가 눈을 모아 보더니 그제야 그것이 반딧불이라는 것을 안다.

"이야! 이것이 말로만 듣던 반딧불이로구나!"

기수의 입이 감탄을 토해 냈다. 손을 내밀어 반딧불이를 잡아보려는 듯 마루에서 몸을 일으켜 마당으로 내려섰다.

"좀 가만히 있어봐! 내가 아프지 않게 잡아줄게."

기수가 한참 반딧불이를 바라보고 있는데 사랑채 입구에서 어린 목소리 하나가 날아들었다. 인실이었다.

인실은 이른 잠에 들었다가 깨었다. 중학교에 입학하고 한 달 만에 처음 돌아온 집이었다. 잠만 자기는 아까워서 밖으로 나섰다가 불빛을 반짝이는 반딧불이를 보고 뒤따라 왔다. 어느새 사랑채에까지 들어섰다.

"앗!"

뒤늦게 기수를 발견한 인실이 발걸음을 멈추었다.

"안녕? 넌 누구니?"

기수가 부드러운 억양으로 물었다. 한 손을 들어 흔드는데 그 손가락 끝으로 이운 배꽃이 스쳐 지나갔다.

"저는 인실이라고 해요. 이 집 딸인데요."

인실의 당돌한 말투였다. 동그랗게 뜬 눈동자도 도전적이었다. 딱 고모인 선아를 닮았다.

"아하! 니가 인실이로구나."

뒷짐을 진 기수가 눈가에 웃음을 걸고 인실을 보았다.

"저를 아세요? 아니 그보다 먼저, 아저씨는 누군데요?"

호기심이 많고 낯가림이 없는 인실은 기수를 경계하지도 않았다.

"이기수. 허 선생님 제자."

"아하! 경성에서 산다던?"

"나를 알아? 어떻게?"

"아버지께 이야기를 많이 들었어요. 사랑하시는 수제자라고. 그런데 뭐야! 완전 아저씨네요."

인실이 기수의 옆으로 한 발 다가갔다.

"아저씨? 하하하하! 인실이, 넌 몇 살이냐?"

"열네 살이요. 올 봄에 중학에 입학했어요."

"음— 그러면 내가 스물다섯 살이니까 아저씨라 부르는 게 맞는 건가?"

기수가 일부러 고개를 갸웃거렸다.

"아저씨를 아저씨라 불러야지 그럼 뭐라고 불러요?"

"오라버니라고 불러도 되는데."

"웩! 말도 안 돼. 나보다 열한 살이 많은 오라버니가 어디 있어."

"요즘은 오라버니―누이동생 맺기 놀이가 경성에서는 유행인데."

"여기는 경성이 아니고 진주군 문산읍 이곡리거든요."

"내도 알고 있다."

어느새 기수와 인실은 사랑채 마루에 나란히 앉았다.

"무얼 그리 보세요? 배롱나무?"

물끄러미 배꽃의 밤 산에 못 박힌 기수의 시선을 인실이 알아차렸다.

"배롱나무 말고 배꽃 보고 있는데."

"뭐예요? 아저씨도 아버지나 어머니처럼 배꽃쟁이시구나."

"인실이 넌 배꽃이 싫으니?"

"싫은 건 아니지만 내야 늘 보는 풍경인걸요."

"아니. 이곡리의 배꽃은 다른 그 어느 곳의 배꽃하고도 달라."

"어떻게요?"

"아주 포근하고 따스하단다."

"그리구요?"

"헹구어 널어놓은 홑이불처럼 정갈하지."

"그건 그래요."

"더욱이나 이만큼이나 배꽃이 장관인 모습은 경성에서는 감히 상상조차도 못 해볼 풍경이야."

"아저씨! 내도록 경성에서만 살았죠?"

"응. 해방 전 5년간은 허 선생님과 함께 만주에서 있었고."

"어쩐지 그래서 얼굴이 희여멀건하니 그렇구나. 건강한 사나이라면 당연히 그을린 피부가 멋들어지게 어울리는 법."

"그러는 너도 까맣지는 않은데."

"피! 나는 사나이도 아니잖아요. 그리고 내가 진주의 학교에서도 얼마나 들로 산으로 뛰어다니는데요."

"그래도 안 까매."

"그러면요?"

"씻어 놓은 조약돌처럼 하얗고 예뻐."

기수가 인실을 향해 웃어준다.

'뭐, 뭐야? 이 아저씨!'

뜨악하면서도, 뜬금없이, 열네 살 인실의 심장이 철렁하고 내려앉았다.

4월의 봄밤, 또 하나의 인연이 그렇게 시작되고 있었다. 봄마다 배꽃이 다시 피어나듯 그들 사이의 인연도 또 피어났다. 그리고 봄바람 속에서 배꽃은 또 쉼 없이 이울었다.

봄마다 배꽃은 피어나겠지.

그리고 바람이 불면

바람 따라

그렇게 배꽃은 이울겠지.

그리고 우리는 그 시간을 살아가게 되겠지.

기다리면서

사랑하면서

그리고

기억하면서…….

바람이 분다.
하얀 배꽃을 안은 배꽃바람이 분다.
바람이 부니까
우리는 또 살아가게 되겠지.
귀밑머리 하얗게 센 어느 날이면
양지바른 언덕에 함께 앉아
배꽃과 함께했던
오늘을
행복했노라 추억하게 되겠지.
다가오는 아픔에 허리가 휘는 어느 날이면
둘이 함께 어깨를 안고 앉아
배꽃보다 더 순결했던
이 시간을
꿈같았노라 그리 노래하게 되겠지.

〈끝〉

작가 후기

꽃이 좋습니다. 그중에서도 산자락이나 길섶에 피어나는 우리 꽃을 좋아
합니다. 자극적이지는 않지만 마음에 오래 남는 그 향기가 좋아서입니다. 그
래서 늘 들꽃 향기 같은 글을 쓰고 싶었습니다.

민족의 밤 일제시대, 나라를 잃고 말을 잃었습니다. 하지만 사랑만은 잃
을 수가 없어서 그들도 사랑을 했고 사랑을 지켜나갔습니다. 그 속에서 꽃 같
은 사람들의 이야기는 쉼 없이 피어나고 또 이울었습니다.

지안은 배꽃 같은 여인입니다. 온화한 애정이라는 그 꽃말처럼 주변의 모
든 이들에게 온화함을 주는 여인, 항상 자신을 괴롭히는 두현에게조차 말입
니다.

자칫 운명에 순종하는 것처럼 보일지도 모르겠지만 자신의 마음을 따라

과감한 선택을 내린 그녀는 기억 속의 두현과 혼인을 합니다. 항상 두현에게 최선을 다했고 그 기억이 잘못되었다는 것을 알게 된 후에도 끝까지 그와의 신의를 지킵니다. 정말 온화한 사랑입니다.

단은 자운영꽃 같은 사내입니다. 관대한 사랑이라는 그 꽃말처럼 10년의 세월을 묵묵히 지안을 품고 지안을 그리워합니다.

아픈 현실에 발 딛고 선 지안을 바라보며 자신의 마음은 숨겨둔 채 그녀를 위해줍니다. 진실을 알고 난 후에도 끝내 그녀를 잡으려고 하지도 않습니다. 그녀의 결정을 존중해 줍니다. 이런 그의 사랑은 관대한 사랑입니다.

두현은 엉겅퀴 같은 사내입니다. 자신을 찔러대는 가시가 결국은 자신의 꽃 속에 돋아 있다는 것을 너무 늦게 알아버렸기에 슬픈 죽음을 맞게 됩니다.

다 꽃 같은 사람들의 이야기입니다.

그래도 그들이 자신만의 사랑을 추구했다면 어땠을까요? 그들이 사랑을 넘어선 가치를 무시했다면 어땠을까요? 시대는 여전히 암울했을 것이고 이 이야기의 끝도 퇴색되었을 것입니다.

사랑을 하면서 또 신념과 가치도 지켰기에 오늘 자유로운 봄날의 배꽃은 다시 피어날 수 있다고 믿습니다.

이 글이 오래오래 시린 배꽃 향기처럼, 자운영 꽃향기처럼 기억되기를 소원해 봅니다. 앞으로 세상에 나오게 될 꽃의 가야 화(花)가야 시리즈도 사랑을 받게 되기를……

제 모든 걸음을 인도하시는 하나님께 감사를 드립니다. 제가 살아가는 이유이십니다.

'배꽃 이울다'를 출간해 주신 청어람 출판사에 감사의 마음을 전합니다. 책 한 권이 완성되기까지 이렇게 많은 수고가 들어가는 줄은 미처 몰랐습니다.

책이 나오기까지 가장 큰 힘과 격려가 되어 주신 박지영 작가님께 감사드립니다. 작가님이 없었다면 〈배꽃 이울다〉는 빛을 보지 못했을 것입니다.

늘 힘이 되는 댓글로 함께해 주시는 고운 독자님들께도 고개 숙여 인사 올립니다. 달아주신 댓글들로 하여 여기까지 달려올 수 있었습니다.

삶의 고비마다 물심양면으로 후원자가 되어주셨던 숙모, 문두리 집사님께 감사드립니다. 숙모가 저의 숙모라서 너무 좋습니다.

마지막으로 꽃을 정말 사랑하는 꽃박사인 저희 어머니, 황용순 권사님께 이 책을 드립니다. 배꽃 피는 4월에 함께 문산에 가볼까 합니다.

— 2016년 5월

꽃의 작가 이영희